La Cultura

1349

Helen McClory

Fotogrammi di un film horror perduto

Traduzione di Stefania Perosin

ilSaggiatore

This edition published by arrangement with Piergiorgio Nicolazzini Literary Agency (PNLA)

Titolo originale: *On the Edges of Vision*

Sommario

Fotogrammi di un film horror perduto

A Douglas,
che ripaga il mio lavoro
con il complimento più grande:
la sua viva attenzione.

A mia madre e a mio padre,
perché senza il loro amore e sostegno
questo libro non esisterebbe.

Ragazza bella morta si prende una pausa

Si stacca la plastica di dosso ed esce dall'acqua, un po' goffa, con gli arti che non si muovono a dovere, attraversati dal lento flusso del suo sangue blu nerastro.

Non ha ancora aperto gli occhi; sono rimasti chiusi per così tanto tempo che deve far leva con le dita gonfie sulle palpebre, tenerle sollevate per un attimo, esercitarsi a sbatterle. Eppure ci vede benissimo, e se lì ci fosse qualcuno scorgerebbe un paio d'occhi di una luminosità gloriosa, limpidi come quelli di una creatura cresciuta nutrendosi di pesce e acqua ghiacciata. Dio, quanto desidera una sigaretta. Ma prima i vestiti.

Si arrampica fuori dalla tv ed entra in una stanza deserta, arredata con un divano malconcio in tartan, coperto di cuscini, e un tavolino su cui sono sparpagliate cartacce di dolci e vecchie bollette. Lascia la stanza per andare in corridoio e poi in bagno, in cerca di asciugamani per il corpo e i capelli.

Probabilmente dovrebbe fare una doccia per lavare via la melma del lago, ma può anche capitare di averne abbastanza dell'acqua, sapete? Nella piccola stanza da letto c'è un cassetto pieno di camicie a quadri e un altro pieno di felpe. S'infila i vestiti e, anche se non riesce davvero a sentire calore, perlomeno avverte qualcosa di nuovo, non è più soltanto *corpo*, *ragazza*, *morta*.

La ragazza morta si prepara un caffè nel cucinino con le pareti rivestite in legno e ci aggiunge quattro cucchiaini di zucchero, la panna, ed è la cosa migliore che abbia mai assaggiato, e lecca il coperchio del vasetto di panna prima di rimetterlo a posto. C'è un pacchetto di sigarette sul tavolo, sotto una bolletta della tv via cavo, però la marca non le piace e manca l'accendino. Ma sì, va bene qualsiasi cosa. L'accende sul fornello e torna sul divano, con il suo caffè e la sua sigaretta.

Che c'è alla tv? Due detective in macchina, due uomini che stanno palesemente litigando tra loro. La campagna sfreccia via, silenziosa, umida e verde, come un'estate che muore, satura di colori, oppure è febbraio, in una squallida città. La sua morte riguarda sempre cose diverse dalla sua morte. La ragazza morta fuma la sua sigaretta, sorseggia rumorosamente il caffè. Non manca molto. C'è il campo di canna da zucchero. C'è il vicolo. Si spoglia. È di nuovo nuda. Si sposta i capelli dagli occhi. Aspira una boccata di fumo e trattiene il respiro, che può trattenere per sempre. Spegne la cicca sul tavolo. Rientra nella tv.

Qui non c'è nient'altro che uno spazio desolato, verde o roccioso. Riprende il suo cammino, scalza, con le braccia legate dietro la schiena. Sulla gola ha l'ombra di un livido. Lui l'ha già uccisa, almeno questo. E poi c'è il punto in cui è stata abbandonata, proprio contro quell'albero. Proprio dietro a quel muro. C'è il punto in cui la ritroveranno.

Un'automobile in lontananza. Quegli uomini stanno già parlando. Non stanno mai zitti. Si sdraia e guarda il cielo, soffiando fuori piano l'ultima boccata di fumo.

Motel, tavola calda, farmacia notturna

«Per l'eternità» disse Dan, stringendosi al petto un litro di latte. Lui e Lauren erano svegli da mercoledì, ed erano immortali. Delany li aspettava in macchina, troppo sudato e stravolto per entrare. Era in preda a strane allucinazioni. Il parcheggio era un oceano di pece. Dan e Lauren corsero fuori dalla farmacia con il latte, un gel per le afte, caramelle gommose alla vitamina C, bende e nastro adesivo.

«Hai preso il cibo per gli insetti?» chiese Delany.

Lauren schiacciò l'acceleratore e strinse il volante. Al suono delle sue mani a contatto con il cuoio, Delany scoppiò a ridere. Lauren sospirò, cercando una nuova canzone.

«Carissimo fratello» disse Dan, senza rivolgersi a nessuno dei presenti. Lauren alzò il volume.

Presero un caffè alla tavola calda, mentre Delany era in preda a una crisi isterica più moderata del solito. Singhiozzava paonazzo sulla manica. Dan sminuzzò le sue uova in pezzi sempre più piccoli. Il tuorlo s'attaccò al coltello. Nessuno dei tre mangiava cibo vero da anni.

«Ce l'hanno almeno un sapore?» chiese Dan, con tono neutro, guardando Lauren. Lauren si alzò e gettò il piatto in cucina, con l'intento di colpire qualcosa. Il piatto mancò il cuoco e si frantumò sul piano di lavoro in metallo.

Era proprio il momento di andarsene.

Sfrecciarono via in auto. Faceva caldo e le luci sul piazzale ronzavano, come se una ruota di bicicletta si fosse messa a girare davanti ai loro occhi.

«Cazzo» disse Delany. Dan, che sembrava il più tranquillo di tutti, pagò la stanza. Si radunarono dentro, si spogliarono, si buttarono a letto. E poi sembrò che ci fosse qualcosa di ancora più distorto e sbagliato di prima. Ma un mostro avrà sempre, sempre bisogno di contatto fisico.

Tornarono fuori e si sedettero in macchina, in silenzio.

Il sole stava per sorgere, ma d'altra parte lo faceva abbastanza spesso in quel periodo.

Delany decise di mettersi alla guida e così si ritrovarono davanti al più vicino rifugio per animali abbandonati. Dan e Lauren sedevano dietro, svogliatamente. Delany salì su un cassonetto, ruppe la finestra con una testata e strisciò dentro. Ne uscì con un gattino bianco, che si accucciò sul cruscotto aperto, strizzando gli occhi. Lauren voleva dargli del latte, ma era andato a male per via del caldo. Dan invece lo morse, rendendolo immortale.

Il gattino ululò e soffiò e morse Delany.

Delany emise un suono terribile e si coprì il volto.

«Lascia che il sole lo faccia fuori» disse Dan.

Delany non parlava. Poi disse: «Vissero migliaia e migliaia di creature viscide, e io vissi con loro».

E guidò fino al motel.

Una volta entrati, Dan tirò le tende. Un'altra alba, e poi un'altra ancora.

«Un'altra, un'altra ancora» disse.

Di fronte a uno specchio senza volto, Lauren finse di sistemarsi i capelli. Ne strappò via una ciocca ridendo e li infilò sotto al materasso, in mezzo alla sporcizia.

Di quella volta che mi hai tagliato la mano e poi l'hai servita a tavola, come se fosse prosciutto

Imburravamo il pane, in piedi davanti a un tavolo, all'aperto. Stavamo preparando il pranzo per tutti quanti. Il clima era festoso. Harry e la maggior parte dei bambini sguazzavano nel lago. Una brezza soffiava dall'acqua e mi ricordo che la carta del burro svolazzava, minacciando di volare via. Le bandierine colorate che avevo appeso, nel tentativo di rievocare le feste estive che si facevano a casa, si erano impigliate ai rami di un albero, ma continuavano eroicamente a sventolare, forse soltanto per me. Molti ospiti erano in casa, impegnati a preparare una specie di bibitone alla frutta per i bambini, insieme a qualcosa di più forte e corroborante per gli adulti. Al tavolo c'eravamo soltanto io e te, e poi c'era Mia che come sempre se ne stava da sola sull'amaca, immersa nella lettura. Stavi sfogliando dell'altra lattuga, la spezzavi rumorosamente con le mani, quando all'improvviso ti sei girata verso di me e hai detto: «Evie, ti sei mai chiesta...». Poi, una pausa. Io ho adagiato un pezzo di tacchino rosa su una fetta di pane.

«Chiesta cosa?» ho detto. Dev'essere stato qualcosa nel mio tono di voce. Ma non riesco a ricordare esattamente cosa. Quando ripenso agli avvenimenti di quel giorno, mi tornano in mente il placido splendore della casa e dei giardini; i gridolini di felicità, il tonfo sordo dei piedi nudi sul molo. Mi ritorni in mente tu. Portavi un rossetto arancione scuro che disegnava un arco luminoso sul tuo viso e sembravi così riposata, pervasa da una bellezza energica, quasi smaniosa, di cui io non avevo mai fatto esperienza. La tua pelle aveva un bagliore dorato, che veniva dal riposo mattutino sulla sedia a sdraio, valorizzato alla perfezione dal grazioso abito grigio, avvolgente e scollato, che indossavi. L'avevi preso in prestito dalla madre di Mia. Lei te l'aveva dato con gioia, perché era chiaro che ti avrebbe aiutato ad approcciare Richard, quasi ex di Julia, spensierato e ignaro di tutto. Erano giorni così belli, così sereni. Soltanto le notti, sì, quelle erano un po' inquiete. Hai finito di guarnire la sommità di una torretta di sandwich al cetriolo.

«Non ti sei mai chiesta che *sapore* abbia? Be', sono sicura che...» mi hai detto distrattamente «sono sicura che proveranno un brivido vero. Dobbiamo solo stare attente che non se ne accorgano.» Vedevo Mia che si dondolava sull'amaca, voltando languidamente le pagine del suo libro. Pensavo che avrei potuto contare le foglie sul ramo sopra alla sua testa; se solo mi avessero lasciato in pace avrei potuto farlo.

«Perdonami» ti ho detto educatamente «ma non sono certa di aver capito.» Ho intuito che stavi escogitando un altro scherzo. A te e a tutti gli altri piacevano certe buffonate, e a essere sincera questa cosa mi faceva sentire un po' tagliata fuori dal gruppo. Sapevo esattamente perché tutti ridevano quando qualcuno stendeva la pellicola trasparente sul lavandino della cucina, o qualcun altro scambiava il ricercato volume di Harry con uno sciocco romanzo rosa di cui nessuno avrebbe mai rivendicato la proprietà. Solo che queste cose non facevano per me. Eppure sapevo che avrei continuato a partecipare, perché è così che si deve fare, e perché è bello vedere gli altri illuminarsi di gioia.

Mi hai preso per mano. Pensavo che volessi portarmi da qualche altra parte. Invece hai sollevato il coltello del pane. Ancora non avevo idea di cosa avessi in mente.

«Oddio, Miriam» ho detto senza fiato «spero non sarai troppo indulgente.» È stato facile fingere di volerlo con tutto il cuore, per far parte del gruppo. Nessuno mi stava escludendo, tutti erano gentili e sorridenti.

Eppure.

E *poi.*

Be', avrei voluto che ci fosse stata una mannaia, almeno. Un arnese più pesante, per fare le cose in modo netto, senza tutti quei movimenti. Ho guardato a terra, il dolore era davvero terribile. Ma per qualche ragione all'altezza del taglio non era così intenso, almeno non quanto si potrebbe immaginare. Forse perché – devo averlo letto da qualche parte – non siamo in grado di immaginare il dolore. Né il dolore immaginario, né quello provato davvero. Forse perché anche quest'ultimo è diventato immaginario in proporzione al tempo trascorso e alla rimozione degli eventi passati.

Il sangue ha coperto la tovaglia a quadretti, ma tanto si poteva pulire facilmente, quindi in realtà non abbiamo fatto alcun danno.

Mi ricordo molto chiaramente i panini, quel delizioso pane casereccio che compravamo esclusivamente in un determinato negozio, in città, e le croste tagliate, abbandonate sul tavolo, in casa, accanto al vassoio di frutta e ai resti della Red Velvet. E la sciarpa che mi hai dato, scarlatta, il colore perfetto per nascondere l'emorragia. Ho tenuto il mio moncherino nascosto per tutta la sera, ti ricordi? Poche fettine di prosciutto tagliato «a mano» hai detto, pronunciando «a mano» con una faccia molto composta. Sei stata proprio brava a tagliarlo tutto intorno all'osso con un coltello da cucina. Davvero, nessuno avrebbe potuto sospettare alcunché. Oh be', e le loro facce a fine serata. Le tue risate roche. E il mio viso, soltanto un po' più pallido, un pizzico più teso del solito, mentre ridevo al tuo fianco.

Materiale

A otto anni Cambion, con la bocca spalancata in uno sbadiglio, guardava i suoi genitori naturali che dormivano. Gli pareva d'osservare una coppia gentile e assolutamente ordinaria che fluttuava abbracciata nel buio. Era felice di essere il loro bambino. Ma senza ombra di dubbio c'erano anche gli altri due genitori, fuori dalla finestra della sua camera da letto, che si tenevano per mano sul prato, proprio sotto la casa sull'albero, costruita la primavera precedente.

Cambion si era scrupolosamente informato sull'argomento e aveva trovato questo:

> Gli *Incubi* e i *Succubi* sono privi d'anima e pertanto incapaci di generare vita. In verità, tutti i viventi devono avere un'anima, e questo è quanto, ma anche le creature al di fuori della gerarchia degli angeli – i demoni e i non visti – sono occasionalmente colpiti dal desiderio di procreare. L'Incubo e il Succube che desiderano farlo, devono in prima istanza incitare un corpo vivente a produrre

liquidi seminali, quindi trasportare questi fluidi in un ventre e inseminarlo, facendo in modo che la madre umana diventi un contenitore per la loro creatura, che porterà in grembo. Il figlio nato da questa bizzarra unione, che può essere considerato umano sotto tutti gli altri punti di vista, è conosciuto come Cambion.

Annuì, anche se portava ancora sulle spalle il peso di molte altre domande. I libri non chiarivano se le creature demoniache amassero il loro bambino o meno, ma probabilmente ogni caso era a sé. Di certo tutte le notti, immancabilmente, quei genitori si presentavano in giardino per vegliare su di lui, con le ali spiegate. I loro volti, lassù in volo, avevano il colore dei lamponi schiacciati, i loro sorrisi si confondevano tra migliaia di denti a spillo. Cambion si abituò presto a convivere con l'ansia. A succhiarsi il pollice muovendo le altre dita per salutarli, prima di mettersi a letto e starsene lì sdraiato – in bilico tra la felicità, l'assoluto sgomento e la solitudine – fino ad addormentarsi.

Gli anni dell'infanzia procedevano; Cambion crebbe un po'. Non era affatto fragile come pensava la gente della sua città, né come volevano suggerire il suo sguardo dolce e supplichevole e la camminata incerta, assistita da un bastone. Era stato creato su due livelli e gli erano stati dati due doni: poteva guardare nell'anima di chiunque per scoprire quel che conteneva; e niente, nemmeno la forza più bruta, avrebbe mai potuto abbatterlo. Utilizzò il primo all'età di dieci anni, per trovare una chiesa con un buon sacerdote che lui e sua madre potessero frequentare. L'anima è più visibile sulle mani e sul collo: le vene evidenziano ogni crudeltà. La scusa per sua madre, con cui dimostrò una sensibilità non troppo diversa da quella che realmente possedeva, fu una certa idiosincrasia per l'architettura della chiesa. Alla fine scelse una costruzione con un bel muro di mattoni bianchi e neri – e un prete che intontiva la gente con l'incenso – che Cambion riusciva a tollerare.

Immergeva le dita nell'acqua santa e poi le posava sulla fronte, sul cuore, a sinistra e a destra; ogni tocco lo feriva come ghiaccio bollente. Cambion si chiedeva quale parte di lui avrebbe preso il sopravvento. Le preghiere lo avvolgevano come una pelle d'orso, quando nient'altro poteva proteggerlo. Aspettava di diventare buono o d'essere catturato dai demoni. Confidava in sé, resisteva e lasciava la finestra aperta.

I compagni di scuola pensavano di aver trovato in Cambion un corpo debole al punto giusto, adatto ad accogliere pugni e insulti. Cambion posava il suo bastone. Le anime di quei ragazzi erano come sorgenti d'acqua che cambiavano colore, niente di sedimentato, niente di definito ancora. Incassava ogni colpo con gli occhi rivolti al cielo, perché nessun affondo selvaggio nelle viscere avrebbe potuto costringerlo a terra. Pensava al sapore meraviglioso del suo stesso sangue, al mostro che era. Pensava che tutti quei ragazzini avessero visto la sua anima, proprio come sapeva fare lui. Non poteva fermarli; era stato smascherato e giudicato di conseguenza. I ragazzini, da parte loro, si scontravano con un oggetto immobile e sputavano disprezzo per mascherare la paura; poi se ne andavano, senza parlarne con nessuno. Cambion era il segreto di ognuno di loro. Cambion, con gli occhi gonfi, si succhiava il pollice. La sua debolezza era invincibile. La pelliccia delle preghiere lo accarezzava mentre si appoggiava al bastone, oscillando. Nel frattempo i suoi veri genitori erano occupati a succhiare la linfa vitale delle persone, nelle camere da letto di tutta la città.

Quando si comincia a parlare di ciò che si è? Cambion comprese il motivo per cui era diverso dagli altri bambini. Soltanto lui aveva ricevuto una maledizione che l'obbligava a stare sempre fermo a guardare. Andò in chiesa, ma lì le parole erano troppo semplici, saggezza per il cuore degli uomini. Il dolore del martirio finì. Cos'è che trasforma le parole giuste in un consiglio completamente sbagliato? Cambion compì dodici anni e cominciò a frequentare le scuole medie, dove camminava nei corridoi per conto suo, fra le vetrate inondate di luce. La madre naturale cominciò a provare disgusto per qualcosa d'indefinito nel suo modo di stare al mondo e le venne da pensare che le avessero scambiato il figlio nella culla. Lo strinse a sé e singhiozzò, affondando il volto nella sua spalla. Cambion, il suo bambino, sangue del suo sangue. Niente ragazze per Cambion, né ragazzi. Al di là dei pugni e dei calci di chi ancora non lo conosceva bene, Cambion non sopportava di essere toccato.

A sedici anni trovò un lavoro. Vendeva alberi di Natale speciali, piantati nei vasi in modo da poter essere poi riportati nelle foreste. Gli piaceva staccare la corteccia dei pini con le unghie e ammucchiarla in piccoli fastelli, si era innamorato dell'odore della terra appena smossa dalle macchine e del raschio della vanga di ferro che sradicava gli alberelli per poi appiattire nuovamente il terreno. Non era abbastanza forte per zappare, ma poteva guardare gli altri lavoratori mentre lo facevano. Aspettava i pagamenti, faceva i conti e rivolgeva il suo sguardo dolce ai clienti, osservando tutte le loro resistenze, tutte le terribili voragini che segnavano il volto della loro anima.

Dopo tre settimane il capo di Cambion vide in lui qualcosa che non gli piacque affatto, e gli diede un pugno in faccia. Perché se ne stava sempre a bocca aperta come un grosso animale scemo, disse. E con questo intendeva dire: perché mi guardi, impassibile, e non riesco a capire che cosa pensi di me. La cassetta dei soldi, il libro mastro, il tavolo e la sedia caddero a terra, tra gli aghi dei pini. Come Gesù nel tempio, disse Cambion sorridendo, remissivo come sempre. Il capo inveì. Inveirono tutti. Erano costretti a farlo, in realtà. Cambion guardò bene il capo e vide la sua anima, spezzata da decenni d'inverni ghiacciati nei boschi. Il ragazzo decise che non c'era molto altro da fare se non un gesto gentile. Si lasciò andare, cadendo a terra in un lamento, finché l'altro non si irritò e se ne andò.

Tutto questo non era abbastanza? Una bugia, una sottomissione violenta, un cuore simile a una porta socchiusa che cigola. Per un momento si sentì il giovane martire che aveva provato a essere da bambino, poi fu immediatamente sopraffatto da un poderoso disprezzo per se stesso. Un meccanismo piuttosto consueto per la mente di quel cattolico senza fede, figlio di demoni. Perlomeno posso starmene confuso nella mia stessa oscurità, pensò Cambion, sapendo che è mia. Lentamente e non senza difficoltà si rialzò e individuò un albero adatto con cui, barcollando, arrivò fino all'incrocio, per poi prendere l'autobus e tornare a casa da mamma e papà.

Decorò quell'affare con delle belle stelle di carta, mentre i suoi genitori erano in biblioteca. Raccolse con le mani gli aghi sparpagliati in giro e accese le luci. Allo specchio vide in che stato era ridotto e andò a lavarsi la faccia insanguinata e sporca di lacrime nere.

Quando scese al piano di sotto c'erano i suoi genitori, ma nelle loro anime vide gli altri due. I demoni erano dentro di loro, ai piedi delle scale, i corpi si tenevano per mano. Era forse questa una resa dei conti? Il momento in cui i peccati venivano messi sul tavolo alla presenza di tutta la famiglia? Le sue due madri avevano in mano un libro. Glielo porgevano insieme. Si strappò la manica, ma lo prese ugualmente. Aveva un adesivo della biblioteca di quartiere, ma quando lo aprì vide che era zeppo di xilografie di uomini con la testa da caprone e le ossa sporgenti, e di terre rocciose e fiamme. Le madri gli indicarono una pagina a metà del volume.

CAMBION

C'era scritto. E c'erano tre immagini. Tre opzioni, ipotizzò lui.

LA PRIMA: un ragazzo in compagnia di due demoni. I demoni lo scuoiano. Sotto, un terzo demone con le ali. Il ragazzo-demone sale al cielo e si siede tra i mondi, da dove contempla atrocità di ogni genere, con cui sembra del tutto a suo agio e che non ha alcuna intenzione di fermare.

LA SECONDA: un ragazzo che diventa uomo. L'uomo allontana due demoni. L'uomo cammina nel deserto. L'uomo invecchia e poi muore, solo, in una grotta infestata da locuste e cani della prateria. L'uomo sale al cielo ed è costretto a rannicchiarsi davanti alle porte del paradiso, in attesa del giorno del giudizio.

LA TERZA: un ragazzo che diventa uomo. L'uomo accoglie i due demoni nella sua vita. L'uomo diventa immensamente ricco, siede su un trono e una gran quantità di persone intorno a lui lo acclama alzando le mani. Quando muore, l'uomo scende all'inferno, dove diventa un demone lui stesso.

Cambion alzò lo sguardo. Teneva il libro sui palmi delle mani. Così tanto dipendeva da una scelta di cui nessuno gli aveva mai parlato, e da una scelta che non era stata sua, che andava ricondotta alla sua nascita. Pensò agli altri bambini, alle loro anime d'acqua torrenziale. Sentì che la sua mascella, lì dove il capo l'aveva colpito, si stava gonfiando come un uovo. Quali sono le risposte giuste per una creatura impossibile?

Finalmente parlò. Nessun deserto, nessuna porta del paradiso, nessun inferno, disse. Con voce flebile, ma ferma. Per fare bella figura con i demoni, guardò dritto negli occhi fulgenti della madre. Vide ben oltre i peccati dell'animo umano (che se ne stava lì a sonnecchiare su un divano, di fronte a un televisore muto). Vide il demone stesso. Il Succube non ha anima, si dice. Non può generare vita, eppure lui era lì. Affondò la mano nel petto di sua madre, passando attraverso la pelle e l'osso senza fare alcun danno. Si spinse fino al demone e procedette a tentoni. All'interno del corpo trovò una particella, che riluceva come un dente bianco in una soffitta buia. La sollevò e la osservò attentamente. Chi ha in mano la situazione, adesso? Pensò. Indicò l'Incubo, per dirgli che c'era un'anima anche dentro di lui, e nel suo stesso corpo, e nell'albero, e in ogni oggetto della stanza. Poi strappò via le pagine del libro che lo riguardavano e cominciò a ripiegarle. Non sapeva bene che farsene perciò, dopo un attimo di esitazione, semplicemente ne ricavò un'altra fragile stella.

Biblico

Si alzava presto, anche se dire presto non aveva alcun senso per lei, che viveva da sola in una tenda. Aveva capito che il concetto di presto dipendeva da un tetto e da quattro mura. Era costretta a vivere così, ma non perché fosse povera: aveva comprato la miglior tenda sul mercato, spaziosa e facilmente trasportabile. Di tela, per evitare che si accumulasse la condensa e per fare in modo che il tessuto (e lei stessa) potesse respirare, continuando comunque a proteggerla dalle fredde notti del deserto. Non proprio respirare, per essere precisi. E non di notte.

Era costretta, finché poteva, a vivere evitando il contatto umano. Il deserto era quello del New Mexico, popolato da arbusti e vacche magre al pascolo, che in certe zone si trasformava in una distesa vellutata e bianca, a tratti screziata da strisce pastello, per via dei ciuffi di artemisia. La parte migliore era dove c'era legna da ardere in abbondanza. Di giorno andava a raccoglierla, insieme a pezzi di cose che avrebbe dovuto mangiare. La giusta specie di cactus, radici di cardo. Raramente si concedeva di entrare in un negozio. Di solito si trattava di stazioni di servizio, perché lì c'era sempre un gran via vai ed era improbabile che i cassieri riuscissero a memorizzare un volto, anche se si trattava del suo. Era meglio andarci prima di mezzogiorno, comunque, prima che le cose cominciassero a farsi evidenti.

Di notte accendeva il fuoco, estraeva la sua sedia pieghevole, si scolava un paio di whiskey e si metteva ad aspettare pazientemente quel che sarebbe successo. Verso mezzanotte di solito c'era la luna. Alla fine le stelle, che a quel punto lei aveva già confinato in un luogo oltre la memoria, alla base del cranio, proprio dove curva verso la spina dorsale. Guardava in alto verso i punti che conosceva, contando, pensando, cercando di non permettere che la giudicassero, finché non perdeva la lucidità, sopraffatta dallo sbocciare delle stelle, dal latte della Via Lattea che sgocciolava tra loro.

Lo avvertiva prima in faccia, dove le cicatrici diventavano di vetro e poi si sbriciolavano come zucchero a contatto con le dita. Aveva capito che era più facile se assecondava la trasformazione. Tirava, finché non venivano via parti abbastanza grandi. Finché non aveva tutta se stessa fra le mani. Cullava tutti quei frammenti. Guance, bocca, la curva delle narici, le orecchie. Nel fuoco. Provocavano piccole scintille. Doveva tenersi gli occhi fino alla fine. Restavano sospesi al loro posto, nel cranio.

Di solito proseguiva con i piedi, grattando finché la carne non si staccava dalle ossa. E lo stesso faceva con il resto del corpo. Qualche volta aveva dei problemi. Non era mai facile rimuovere le sue stesse labbra, l'utero, le ovaie, e guardarle bruciare, pur sapendo che all'indomani sarebbe ricresciuto tutto. Il seno le veniva via tra le mani.

S'inginocchiava sul suo scheletro e si staccava la schiena, scrollandosi di dosso la carne dalle braccia. E poi quel che rimaneva delle ossa si polverizzava, crollando a terra. I suoi occhi, sospesi per un attimo, cadevano poi nel fuoco. L'ultima cosa che vedeva era il cielo notturno, incorniciato di luce infernale.

Non era stato sempre così. Prove, errori e paura le avevano insegnato a bruciare quei pezzi di sé, anche se il risultato, la mattina dopo, non era importante quanto quel che accadeva la notte prima. Spesso si era chiesta che cosa avesse fatto di male per meritare quella condanna. L'unica risposta – abbastanza ovvia – che era riuscita a darsi, era che si trattasse di una specie di dannazione. Era stata punita per quel che era, e per tutto quel che non era. Era cresciuta convinta che Dio sapesse riconoscere le anime dei dannati fin dalla notte dei tempi, perciò una volta compiuta o non compiuta l'azione per cui poi sei maledetto, ne avverti addosso soltanto la patina, ecco tutto: l'unico cielo che ti rimane è quel che guardi da quaggiù, nel rimpianto.

Eppure, eccola lì. Ogni mattina si svegliava avvolta nel suo sacco a pelo mentre un altro giorno sorgeva alle spalle della *mesa*. Il suo corpo nuovo era ancora suo. Fuori, fra le ceneri, i cristalli del vecchio corpo scintillavano nel verde acqua. Sentiva quasi sempre – quasi sempre – di non essere la peggior creatura del mondo conosciuto. Si lavava i denti nuovi e sputava nella sabbia, sentiva il calore sul collo. Immaginate di baciare per la prima volta qualcuno con le labbra e la lingua nuove di zecca. Anche questo faceva parte della maledizione, pensò. Essere così felice per un po'. Poi arrivava il momento di ritornare nel mondo cui apparteneva, buttava qualche ceppo sulla brace, montava la griglia e si preparava la colazione: caffè caldo, cardi, quel che c'era. Proprio nel punto in cui era andata a fuoco.

I marinai annegati

La cosa migliore sarebbe smettere di vivere qui, insieme.

Ti piace l'odore; è questo che ti mancherà. Ti piace l'odore di putrefazione che c'è a riva, dove siamo rimasti a barcollare, le esalazioni che provengono dalle nostre capanne ammuffite, chiglie coperte di catrame, ti piace il freddo e umido Mare del Nord. Un territorio gelido, una steppa grigia senz'angoli di paradiso, un luogo da cui fuggire. Avresti avuto bisogno di più tempo per capire, se le cose fossero andate diversamente. Se io ti chiedessi di nuovo, di fronte alla stufa a legna, con tutti i miei cimeli bagnati lì appesi ad asciugare, cosa che non accade mai, se vorresti tornare su quell'isola del Pacifico, dove faceva sempre caldo e dove il mare restituiva sempre quel suo sapore increspato di blu, dove la gente ti conosceva ed era la tua gente, tu mi diresti di no.

Non lo diresti sul serio, ma sarebbe serio il gesto di dirmelo.

Io ti ho detto che la grazia dell'oblio non t'appartiene, tu mi hai risposto di smettere di leggere poesie. Non è giusto. Una cosa morta non dovrebbe poter leggere. E non è giusto che un morto senta la mancanza di qualcosa. Mi hai mormorato di fare silenzio. Con la mano ti accarezzavi le bende alla gola. Ho detto va bene. Proprio mentre te ne stavi andando ho estratto quell'amo dalla mia gamba. Stava lì dentro da tanto tempo, la carne era pallida e gonfia tutt'intorno, e io volevo farmi male. Volevo che tu lo vedessi. Anche se non poteva succedere; anche se non mi hai guardato. Ed eccomi qui a scarabocchiare, dopo tutto quel che è successo. Ogni mia azione, anche se non le mie intenzioni, ha ancora un senso per me. Proprio come la pipa per te, di cui non senti il sapore. I suoi anelli di fumo attraversano questa nostra luce cocciuta.

Immagino di chiudere gli occhi, di sprofondare in mezzo alle alghe nere, di lasciarmi trasportare dalle maree contro gli spuntoni di roccia vulcanica, ancora e ancora. Ridurmi a brandelli sarebbe utile al mio scopo in questo momento. L'assenza di significato e d'azione, un messaggio perduto, finalmente ripulito dall'inchiostro. Un pezzo di vitreo mare silente sul fondo di una fossa oceanica.

Non ho niente da perdere, ora che ti ho perduto, e mi basterebbe poco. Il vivo ricordo della tua impazienza. La deriva del nostro annegamento, gli anni in cui lo abbiamo vissuto, mentre la città andava a rannicchiarsi sulla costa e a diecimila miglia di distanza le nostre mogli riposavano sotto terra, nelle loro tombe gemelle.

Il calore della tua mano che allora, mentre precipitavamo, mi afferrava.

Regalo

Nella cucina del cottage più grande, Coya è appoggiata alla parete fresca. Dalla porta aperta osserva le falene che friggono nella trappola elettrica per insetti. C'è il solito rettangolo di luce, stagliato sui gradini in basso. Più in là un altro quadrato di luce indiretta illumina l'erba di blu. Fa sempre caso ai chiavistelli. Questo è abbastanza buono, affidabile. Oltre il prato non riesce a vedere nient'altro che nero e piccole luci. Potrebbero essere insetti o persone che attraversano il bosco, se il bosco non fosse tanto fitto e il terreno avvolto da una coltre d'acqua.

Sta pensando al suo vicino, Ray. Ray è alto e distrutto dall'ansia. Indossa polo che appartenevano a qualcun altro. Forse a un fratello o a un cugino, o a uno degli uomini che gli fanno visita. Ma durante i fine settimana, in questo periodo dell'anno, si veste con abiti speciali per le battute di caccia. Abiti rossi, che gli permettono d'esser visto in mezzo al grano. Ray è tranquillo nei giorni di caccia. All'inizio le aveva detto di essere un battitore, ma lei ha scoperto che mentiva. Si guadagna meglio facendo altri lavori.

Coya sente le ossa pesanti. Sventola la canotta per farsi aria. Sta cucinando dalle sei e ora deve andarsene a casa da sola, al buio. Ray le aveva detto che sarebbe passato, ma non sa se lo farà. Fa scorrere la mano lungo la nervatura della treccia, poi si guarda il palmo. Farina. Ma al di sotto, le linee che sa interpretare. Fiamme, morte. Ma non la sua. Fiamme e morte, eh? Lei la conosce, la sua morte. La sua linea della vita si ferma con uno sbaffo, si rompe in un delta. Ha imparato da sola che cosa significa. Ha imparato a non pensare al futuro quando si tratta di andare avanti. Solleva la canotta per tamburellare le dita sulla pancia che somiglia a un pane piatto, cotto al forno dopo essere stato spennellato d'uovo. Si volta indietro e guarda fuori dalla porta. Il grano probabilmente brucerà.

Sente il rumore di un'automobile che avanza sulla ghiaia. La casa è grande, silenziosa all'interno e all'esterno dopo che chi ci lavora se n'è andato. Ma non quando ci sono le battute di caccia, nei week-end di fine estate.

È Ray; riconosce il suo passo. Il modo in cui richiude la zanzariera. Riesce a sentire il suo odore, ancor prima di vederlo. È una di quelle notti. Coya, dice lui, tutto sorridente. Lei annuisce e basta, recuperando la borsa. Devi andare da qualche parte così di fretta, le chiede. No, in realtà no. Andiamo a fare un giro, le dice Ray. Facciamo qualcosa. In macchina, Coya vede la Vergine attaccata al cruscotto, con la colla che fuoriesce dai bordi. La fissa. Non fare così, le dice Ray in tono severo. Se ne vanno in giro per un po', con i finestrini abbassati, in mezzo alle canne da zucchero, al grano e ai rami degli alberi. Ha la sensazione che ogni foglia piegata, quando è illuminata nitidamente dalla luce, arrivi a grattarle la pelle, per poi lasciarla andare. Devo fare benzina, dice Ray. Si fermano. Coya esce per sgranchirsi.

È simile a uno spasmo. Comincia sempre nello stesso punto, ha sempre la stessa intensità. È un pugno molle, che spinge verso l'alto. Sapeva che stava per succederle. Quando la colpisce, nel peggiore dei casi, i suoi occhi diventano vagamente vitrei. Nessuno le ha mai parlato degli spasmi dell'anima. Ad ogni modo, qualche volta si trasformano in un'emicrania proprio dietro agli occhi. Non questa volta: se ne sta lì in piedi alla stazione di servizio e poi anche in mezzo a un corridoio, mentre guarda dentro a una stanza. Chiude gli occhi. Poi è ai bordi di un campo di grano, riesce a sentire gli spari. La luce del giorno incombe sui suoi occhi chiusi, come una minaccia. Il grano fa rumore, si suddivide in lunghi filari e al di sopra, di fronte ai filari, gli uccelli s'alzano in volo facendo baccano. Un campanello tintinna. Questo è quanto. È di nuovo nella stazione di servizio. Ray ha pagato. Vuole andare a mangiare qualcosa, ma Coya gli dice che stasera non può. Ha comprato una bibita di colore blu intenso, che bevono insieme, tornando verso casa.

Ray parcheggia e scende per primo, allontanandosi. Coya stacca la Vergine dal cruscotto e la infila in borsa. Buonanotte, Ray. Domani mi alzo presto per andare a caccia, Coya. Prendi l'autobus, okay? Magari portami qualcosa da mangiare dalle cucine e io ti accompagno a casa presto. Sì okay Ray, risponde lei. Buonanotte. Entra in casa, si lava, e poi sposta i corpi delle sorelle addormentate per infilarsi nel suo lato del letto. Ma non riesce a dormire. C'è una luce che entra nella stanza e le illumina il palmo della mano. Coya lo tiene premuto contro il muro per un po'. Si asciuga il volto e respira profondamente.

Non sa bene come stiano le cose, non proprio.

Pensa alle scarpe da corsa di suo fratello maggiore. Sono le migliori. Lui s'infurierà. Ma le cose scompaiono; la casa è piena di gente. Si tira su a sedere. E va bene.

Esce, con i piedi nudi nella terra, stringendo a sé le scarpe. Quasi tutti i lampioni sono rotti, c'è solo una luce a cui aggrapparsi. È la casa di Ray. Attraversa la strada in mezzo al nulla, apre il cancello di metallo e avanza con passo felpato fino al portico. Piantine ed erbacce la sfiorano. Sistema le scarpe in ordine davanti alla porta, estrae la Vergine dalla tasca posteriore e La colloca nella scarpa destra. Scusami, sussurra, La avvolge nel pizzo assicurandola all'interno.

Il mattino dopo Coya si sveglia con il tonfo degli uccelli caduti nel grano, uccisi dai colpi di fucile degli uomini che vengono da fuori città. Non sente nessuno spasmo per tutto il tragitto fino alla grande casa. Ma questo non può significare molto. Le sue mani tormentano la cerniera della borsetta, spostandola avanti e indietro, lungo il ciglio della strada accecata dal sole.

Conflagrazione

Sputò via il fiammifero si sciolse i capelli rossi lo sfregò sulla scatola vide la scintilla guardò l'uomo che la supplicava sogghignò contò fino a tre gettò a terra il fiammifero scappò in fretta nel grano corse a perdifiato con i capelli al vento al cospetto della notte inseguita dalle fiamme inseguita fino al torrente che non poteva attraversare rinnegò le profezie fiutò una strada di là del fuoco tornò dall'uomo spense le fiamme che lo avvolgevano slacciò le corde carbonizzate toccò la sua mano lo riportò in vita maledisse la sorte con voce forgiata nell'oro disse puoi perdonarmi non puoi immaginare la mia angoscia lui rispose che cazzo è successo signorina non so nemmeno come sono arrivato fin qui e sollevando il suo bel viso s'alzò in piedi come se fosse rimasto seduto per tutta la durata d'un lungo viaggio e si diresse verso la sua auto senza mai voltarsi.

Ragazzo ciclope

Ho incontrato il mio amico ciclope per un drink in un tetro cocktail bar con le pareti verdi di muffa e i mobili spaiati. Abbiamo frequentato ogni genere di posto insieme. Quel giorno offriva lui. Di recente era entrato in possesso di una fortuna assai sospetta. Stava facendo i tarocchi al tavolo vicino all'acquario. Fuori era ancora chiaro, anche se ormai erano le undici di sera. In questo paese d'estate abbiamo più ore di luce, ogni anno le rubiamo ai mesi invernali come adolescenti un po' sfigati che pensano di saperla lunga e di conoscere ogni volta cosa contiene la bottiglia d'alcol che hanno rubato.

Dunque il ciclope è un ragazzo, anche se mostruoso. Ha un occhio verde molto bello e i fianchi sottili, ma i suoi denti sono come quelli di un elefante. Quando gli antichi Greci trovarono i teschi degli elefanti li scambiarono per quelli di uomini giganti con un occhio solo, per via del foro della proboscide in mezzo al grande volto bianco. Dice che i suoi denti da elefante non sono dominio esclusivo di alcuna creatura. Dice che non morirà mai, finché resta una creatura nata da questo caos, e finché le cose non si complicheranno. O almeno, una volta mi ha detto questo.

Mi sono accasciata su uno sgabello e mi sono tolta le scarpe contro le gambe del tavolo.

«Ehilà», gli ho detto, con il fare irritante tipico della mia gente. Lui mi ha sorriso, ha alzato le spalle. A volte non parlava per giorni interi. Quello era il giorno delle carte, ma aveva molti altri hobby. Sfidare il destino, leggere libri sulla Seconda guerra mondiale, piazzare spiritosi coni stradali a mo' di cappello sui monumenti pubblici.

La prima volta che ci siamo visti eravamo alla biblioteca centrale di Edimburgo. L'edificio è appollaiato su un ponte, i piani inferiori scendono inosservati fino alla Cowgate, affondando le loro radici in una valle di ubriachi e «saune» e vecchie pietre rigate di piscio. Per più di ottocento anni la Cowgate è stata un'area popolata soltanto da esseri umani, ma il ciclope si ricorda di quando ospitava fragili felci grandi come mucche e una manciata di uomini primitivi vestiti di pelli che litigavano, cacciando cervi e accoppiandosi qualche volta con loro, con buoni risultati.

I bibliotecari lì si annoiano, curvi sulle loro scrivanie, perché non sono né cacciatori né cervi e la digitalizzazione li ha privati dei documenti da timbrare. Incidono le loro iniziali sul legno delle scrivanie con le corna. Hanno il collo corto e soffice, e i colletti delle loro camicie sono più ampi per poterlo ospitare. Ho sempre fatto caso alla fauna radunata in questa città, ma solo il ciclope ha catturato la mia attenzione, intrufolandosi nel mio campo visivo con un ghigno.

«Hai un occhio solo», gli avevo detto, mentre lui rideva sotto i baffi. Nemmeno i bibliotecari con le loro orecchie di velluto lo avevano sentito, mentre con le mani guantate giravano le pagine della Bibbia bordate da illustrazioni.

«Allora, dimmi cosa mi aspetta» gli ho chiesto, alzando l'angolo di una carta, «visto che a te è andata bene.» Il suo portafoglio buttato lì sul tavolo era zeppo di banconote lilla che ritraggono uno dei nostri numerosi sovrani sanguinari.

«Un drink, se non l'avevi capito» mi ha risposto. Di solito diceva cose più stravaganti. Oggigiorno il mondo delle creature mitologiche è privo di magia eppure infinitamente ricco di particolari. Era in grado di raccontarmi storie bizzarre di povera gente che aveva vissuto per secoli facendo l'elemosina, dimenticata dalla morte. Di risalire in verticale Salisbury Crags e aspettarmi in cima, battendo a terra le sue Converse, mentre io mi trascinavo come tutti gli altri esseri umani su per il sentiero lambito dalle ginestre gialle. Conosceva ogni angolo della città, tutto quel che era andato a fuoco oppure era stato demolito e i luoghi che non esistevano ancora. Siccome non mi ci poteva portare, me li indicava. Qui, nel 1647, una donna piantò un giardino che soltanto i bambini potevano vedere. Qui, nell'Ottocento, un principe dei coloni anglosassoni venne ucciso da un cinghiale, mandato ad attaccarlo da un uomo con il corpo dipinto che apparteneva alla tribù dei

Pitti. Qui, nel 400 a.C., il ciclope perse la sua verginità; ma non mi rivelò il nome né le sembianze della creatura con cui era successo. Io non insistevo, e comunque non sempre gli credevo. Sembrava così fragile che non pareva possibile avesse perso la sua purezza. Sospettavo fosse ancora vergine. Persino i personaggi mitologici mentono a loro piacimento. Sa essere soffice come un fico, se lo desidera.

«Va bene, vado a prendere da bere.»

«Non ce n'è bisogno» ha detto, e si è alzato in piedi in modo cerimonioso. Con il suo petto di cartongesso, il suo grande occhio, tenero e verde, ma un'espressione del volto tesa come la prua di una nave vichinga. È salpato per andare a saccheggiare il bar.

«Sono felice che non ci siano turisti qui», ho detto a un pesce rosso che sembrava decorato di pizzo e ondeggiava al ritmo della sua noia, senza rivolgermi a nessuno in particolare. Quando mi sono girata, il ciclope stava ordinando per noi due Slivovitz micidiali, eleganti come piace a te. Come sai essere tu, indossando una piccola felpa nera con il cappuccio alzato sui riccioli.

Ma lì, d'un tratto, l'altro occhio, verde come il primo, è diventato spaventosamente visibile. Lui è tornato da me. Tutto aveva assunto toni civili e non valeva più la pena di prestare attenzione a nient'altro che a quell'esotico frutto estivo che m'incendiava le labbra e mi strimpellava giù per la gola, a quel ragazzo che fletteva le carte, corrucciando platealmente il volto, come se non avesse mai visto prima la Morte, o il Matto.

Torta di noci pecan

La porta si apre, facendo entrare una manciata di foglie, ma non è lei. Bernina ripiega lo strofinaccio. Il cliente si toglie la giacca di lana e si accomoda al tavolo quattro, accanto alla finestra. Bernina non lo conosce, e non le interessa conoscerlo, ma si ritrova suo malgrado a osservarlo. Lo straniero ha dei bei lineamenti, forse è per questo. Si avvicina con il taccuino in mano e l'ultimo caffè rimasto. Non riesce a ricordarsi le cose, perciò deve prender nota anche dell'ordine più semplice.

Lui avvolge le dita intorno al menu.

«Fa freddo stanotte» dice Bernina, versandogli il caffè. «Questo è l'unico posto aperto fino a tardi. Ve ne sono molto grato» risponde lui con uno strano sussurro. Anche se non dice niente di particolare, Bernina avverte un certo ritmo, sente che ha una lunga storia da raccontare. La voce suona straniera, riservata e, proprio per via del riserbo, la invoglia a saperne di più. Questo la infastidisce. Non c'è niente che odi più della debolezza. Sta pensando a questo, battendo la punta del piede sul linoleum.

Il cliente guarda in alto e poi fuori dalla finestra. Il suo volto di profilo, i capelli biondo fragola un po' scompigliati, ma comunque in ordine, le lunghe ciglia. Se solo ci fosse Marguerite, pensa Bernina. Marguerite inizia il turno in panetteria alle quattro e mezzo e di solito, se non ha bevuto la sera prima, arriva a quell'ora per un caffè, poco prima che Bernina chiuda il locale, passando indirettamente il testimone alla ragazza che comincia la mattina successiva, alle sei. Dunque, pensa Bernina, se ci fosse Marguerite lì all'angolo, coglierebbe il suo sguardo, la vedrebbe alzare gli occhi al cielo di fronte al modo di parlare dello straniero. Una volta andato via, potrebbero prenderlo in giro insieme.

Invece Bernina non ha scampo.

È notte lì fuori, in strada, ma l'alba non è lontana. Lo rivela il colore del cielo, simile a quello che vede nelle sue palpebre chiuse quando se ne sta in piedi sul retro a bere il caffè dopo la fine del turno. Passa una macchina, le luci setacciano il marciapiede, facendo rabbrividire Bernina. Batte di nuovo il piede e scarabocchia sul foglio, per assicurarsi che la penna funzioni.

«Scusami, ero da tutt'altra parte» dice il cliente.

«In Inghilterra?»

L'uomo ride. «Sì, esatto.» Le parole di Bernina lo hanno divertito.

«Che cosa ti porto, tesoro?» gli chiede, strascicando le parole. E di nuovo il volto di lui si rompe in un sorriso. Lei vede i suoi canini e pensa che quando andrà al cinema con

Marguerite e rivedrà quei denti, le dirà che un cliente ce li aveva così. Se fossero sporchi di sangue sarebbero più belli

A volte Bernina fa dei pensieri che la turbano. Ma poi capisce che tutti quanti fanno pensieri come questi, di tanto in tanto. Soprattutto alle quattro del mattino.

«C'è ancora qualcosa di fresco?»

Bernina s'imbroncia, come se fosse un insulto: «È tutto fresco qui».

«Ma certo, perdonami. Hai ragione. Allora… che cosa mi consigli?»

«Le torte non sono male.»

«Okay, prendo la torta che per te è più comoda da raggiungere nel frigo.»

Lei disegna una fetta di torta e rientra in cucina, annunciando la comanda alla stanza vuota. Il cuoco è andato a casa alle due. Taglia lei stessa la fetta e ci mette sopra un cucchiaio di panna. Fa scivolare il piatto sul bancone, esce e lo porta al tavolo quattro. L'uomo ha il mento appoggiato sulle mani, il suo gemello alla finestra ha uno sguardo vuoto e perso. Non ci parlerò, pensa. Lo lascerò per conto suo.

«Di passaggio?» gli chiede.

Be', magari le dirà qualcosa di strano che poi potrà raccontare a Marguerite. I clienti che entrano alle quattro del mattino non dicono mai cose tanto normali. Sembra che la normalità si scarichi, come le batterie. Alle quattro lampeggia la luce rossa.

«Tu?» le chiede. Oh bene, eccoci qua, pensa Bernina. «Io?»

«Sei di passaggio?»

Bernina si accorge che spunta un filo dal bottone del suo cardigan. «No, io vivo qui.»

«Hai viaggiato molto?»

«No. Non è necessario. Posso avere tutto quello che voglio senza lasciare la città. Alla fin fine, tutti quanti passano di qui.»

«Alle...» il cliente solleva il polso per guardare l'orologio. «Alle quattro e venticinque. Io passo di qui così tu non devi andare in giro a cercarmi, giusto? Non devi andare in Inghilterra né camminare per sempre in mezzo a lande desolate chiamando il mio nome. Sono qui.»

Oh, Marguerite sarebbe scoppiata a ridere. Una risata fragorosa, di quelle che fa quando casca in pieno in qualche scherzo. Oppure avrebbe raccontato alla polizia quel che era successo l'ultima volta che aveva visto Bernina. Potrebbe andare in tutt'e due i modi, ma Bernina decide di rischiare. È in grado di difendersi, se deve. Immagina di sollevare un pugno e di scagliare il gomito, con tutto il peso del suo corpo, sulla faccia dello sconosciuto.

Bernina si gira, «Ti preparo dell'altro caffè» dice, scuotendo la testa. Si tiene occupata al bancone, in attesa che il caffè sia pronto. Prende il telefono dalla borsa. Lo guarda. Nessun nuovo messaggio.

Vede l'uomo che si strofina il volto. Ha due facce: il riflesso color palpebra sulla finestra che dà sull'esterno, e la versione più stretta e arrossata all'interno. Sorseggia il caffè e muove la forchetta come se non sapesse a cosa serve, se non a riflettere bene la luce. Poi poggia il palmo della mano sul tavolo, accarezzandolo, come se si chiedesse dove mi trovo, com'è questo tavolo al tatto? L'angolo della bocca di Bernina si contrae verso l'alto. Non sembra affatto violento, né sgradevole. Forse prenderà solo qualche misura di sicurezza, e quella gliela dovrà perdonare. Parla e si comporta in modo strano perché è tardi, perché tutto si consuma, perché anche lui avrebbe tutto il diritto di essere a letto. Lei dovrebbe chiudere. Il suo turno è finito, ma non può andarsene con un cliente lì. Non è come al bar, non gli puoi dire che non se ne deve andare per forza a casa, ma che non può nemmeno starsene ancora lì. Le regole di ospitalità sono diverse in una tavola calda.

Si ritrova ad andare verso di lui, tenendo in mano la caffettiera e una tazza.

«Il mio turno è finito cinque minuti fa. E di solito prendo il mio caffè prima di chiudere.»

L'uomo sorride e la guarda negli occhi. Non batte ciglio, ma la luce trema un po', rendendo dolce il suo sguardo.

«Lo so» dice. «Voglio dire, ci scommetto. Farei la stessa cosa anch'io.»

Bernina annuisce.

«In realtà se fossi in te penserei a un piano d'emergenza. Se mi ritrovassi da sola con un cliente che non conosco, intendo.»

«Sì. Un ragazzo un po' strano potrebbe fare qualsiasi cosa. Devo saperlo affrontare.»

«Dovresti giocare sporco. Darmi una gomitata in faccia». «Sì, lo farei» dice Bernina, ridendo un po'. «Lo faresti volentieri, credo» dice lo straniero.

Bernina avvicina la mano alla bocca per mangiarsi le

unghie. Qualcosa è bloccato a mezz'aria fra loro, le fa venire la pelle d'oca sul braccio, e l'aria ha un odore strano, floreale, simile a quello del sangue.

«Come ti chiami?» gli chiede.

L'uomo ride. In quel momento, Bernina preferisce la sua risata a quella di Marguerite. Forse quando sorgerà il sole la penserà diversamente. Ma lì per lì le piace la sua aria malinconica e la sua risata è perfetta in questa situazione, per quanto sia complessa, sotto tanti punti di vista. L'uomo non ha ancora assaggiato la torta. E sembra che non abbia bevuto molto caffè, forse neanche un po'.

«Non hai fame» dice Bernina. «Sono distante da qui.»

«Come ti chiami?», chiede di nuovo.

Lui la guarda. Lei si siede di fronte a lui e si riempie la tazza. Lui la sta guardando, ma non è il tipo di sguardo che lei si aspetterebbe. Si chiede che genere di danza sia questa. Forse lei gli sta pestando i piedi e lui è troppo gentile per darlo a vedere.

«Sarà soltanto più difficile per entrambi.» Bernina serra le labbra. «Ah.»

Di nuovo, ride: dispiaciuto, imbarazzato, rispettoso, furbo. Lei gli guarda le dita. Sono nere. No, di più: le punte sono nere, come se fossero state immerse nell'inchiostro, o tatuate, e il nero poi sfuma verso l'alto fino a trasformarsi in puntini grigi alla seconda falange. L'uomo le chiude in un pugno e poi le stende, facendole ondeggiare, come se stesse facendo un trucco di magia troppo veloce da capire.

«Sei il diavolo?» chiede Bernina. Lui sembra sorpreso. Poi s'acciglia.

«Assaggia un po' di torta» gli dice, afferrando il cucchiaino dal suo lato, «ti aiuto io, così finiremo entrambi il nostro lavoro.»

«Nessuno l'ha mai capito tanto in fretta, Bernina.»

Bernina s'infila in bocca un cucchiaio di torta con la panna e serra le labbra intorno al metallo. Emette un flebile suono e scuote la testa.

«Voglio solo finire il mio turno. Finisco sempre con un caffè. Però lascia che ti sveli un segreto. Questa torta è troppo dolce. È troppo dolce e non va bene, anche se è perfetta per momenti come questo.»

Lui ride di nuovo, perciò non sta fingendo. È una risata molto accattivante. Anche il suo riflesso alla finestra, di rimando, ride.

«Prima o poi, tutti passano di qui» dice Bernina «un povero diavolo dietro l'altro.» Si ferma, si pulisce un residuo di torta dalle labbra. La pelle sembra ruvida, come il pane tostato su cui si spalma il burro. «Tu, però sei il più bello finora.»

Lo dice facendo finta di niente, allungandosi per prendere un altro cucchiaio di torta. Pensa intensamente al nulla, anche se i confini di quel nulla pulsano teneramente. Il diavolo avvolge la tazza di caffè con le sue mani nere e beve a lungo, lentamente. Ha una bella gola, tenera. Qualsiasi cosa farà lui, lei saprà reagire.

Una macchina sfreccia per strada. Bagliori di luce rimbalzano sul piatto e sulla superficie del caffè, e negli occhi dolci del diavolo. Bernina pensa che qualsiasi cosa accadrà, non la racconterà a nessuno. Certe cose devi tenerle per te.

In onore di Hesse

Il villaggio di Dunmuir è un mostro e lo sarà sempre.

Da quando per la prima volta avvistarono il roccione inespugnabile sulla collina, scoprirono un ruscello d'acqua limpida, posero la prima pietra e piantarono il primo pilastro di legno, lo è sempre stato. La piazza è sbocciata dove si trascinava il mercato, ed era una cosa malvagia. Non sono state né la vita né la morte delle persone a rendere Dunmuir un mostro, né le azioni dei suoi abitanti; né il colera, i roghi di streghe, le umiliazioni pubbliche, i criminali ostinati che hanno trovato il modo d'insinuarsi in uno spazio grande tre strade per due, né le case senza amore degli anziani. Né quell'incidente del 1986, con lo scuolabus abbandonato sul bordo del fiume. Nemmeno le numerose ingiustizie che avvelenano il sistema e tengono insieme il villaggio di Dunmuir – queste per la verità sono state autorizzate lontano da qui, molto tempo fa, e gli abitanti non le comprendono.

Non è stato il villaggio a causare tutto questo, non ha contribuito più di un granello di sabbia alla discordia e al dolore seminati tra i suoi abitanti. È un mostro, perché ha avuto certi pensieri da sempre, e non avrebbe dovuto averli mai. Se ne sta tutto il tempo a guardare: un occhio indifferente, grigio, chiuso. Un'ostrica serrata. Germoglia e appassisce sulla sua collina come una muffa viscida, che espande i suoi confini per poi varcarli. Ma, per esser chiari, ciò che davvero conta, più di tutti questi mostruosi limiti piuttosto comuni, è il fatto che il villaggio c'è sempre.

Che significa? Significa che le stelle possono viaggiare sopra la tua testa e sganciarsi dalle loro orbite, tradendo le previsioni degli astrologi che continuano a dire, rassicuranti, che le stelle sono come sono, proprio come te, che sei legato al tuo caldo destino; significa che anche se ci sono molti universi in cui sei amato da chi ti ama, che tu sia una taccola o il primo e l'ultimo verso della poesia preferita di qualcuno, in tutti i casi Dunmuir esiste. Anche quando nei piani di questi universi non è prevista la nascita di un villaggio, questi universi non possono esistere senza *questo* villaggio.

Nel nostro mondo, Dunmuir siede su una collina, impegnato in attività di pietra, strade e carne, e il muschio cresce dove la pioggia del Nord lo nutre e lo plasma. Col passare del tempo, una progressione di eventi casuali fa sì che il mercato venga inghiottito dall'oscurità. Così come le tracce di merda di cavallo. Le mode e i discorsi cambiano. Un negozio all'angolo diventa più grande, stipato di spaghetti in scatola e acque vitaminizzate. S'accendono le luci, di sera, alle finestre: promesse, segnali, piccoli respiri (tutte queste cose sono poi la stessa). I mozziconi di sigaretta fuori dai quattro pub del villaggio rotolano qua e là in gran segreto, come i messaggi che un tempo trasportavano i piccioni.

Ma in tutti i mondi, sotto qualsiasi combinazione di stelle e pure nella loro totale assenza, nelle fiamme o nell'oscurità primordiale, con o senza amore, ci sarà un Dunmuir, più o meno come c'è qui, anche se l'aria di certi mondi potrebbe essere troppo tossica per ospitare l'elemento umano.

Il modo in cui Dunmuir si rigenera e garantisce la sua sopravvivenza è sconosciuto. Così come lo scopo di questo mostro. Di sicuro è un tipo di creatura con i suoi limiti. Pare non possa andarsene lontano. E pare che non gli manchi nulla. Vuole esistere, indifferente. Turbare, in una certa misura. Accorgersi che il tocco di una mano su uno dei muri antichi è a suo modo un gesto di pace. Sentire che la ghirlanda di papaveri sul monumento ai caduti non è stata messa lì esclusivamente per i morti. Questo gli basta. Sfogliare a tutta velocità i mondi come in un libretto animato, come fai tu, questo è il meglio che possa offrire; Dunmuir rimane lì, e lì, e poi di nuovo lì.

Piatto

Tennen sta bevendo qualcosa seduto sul suo molo.

Ma non lo sta facendo per davvero. Fa finta di bere qualcosa, seduto sul suo molo, guardando la fotografia di un molo online, su un lago, in America, dove in realtà non è mai stato. Di birre ne ha bevute però. Sorseggia una Pilsner su questo molo, fingendo che sia suo. Non tutto, solo il molo, la birra e forse l'ombra di una piccola costruzione lì dietro.

Il paese di Tennen è buio, e questo gli piace. Sta aspettando che il treno attraversi ululando la città, cosa che fa soltanto a notte fonda, in alcuni momenti rari come le stelle. Ulula e, anche se accade di rado, questo ricuce il tempo in modo da appiattirlo per bene.

Tennen vorrebbe che il suo paese diventasse più piatto e liscio, come quando il lino diventa cotone e poi sabbia del colore del calcare puro. Gli piace pensare che possa accadere senza violenza, gradualmente. Una volta ha addormentato una piccola volpe, o un cane, premendogli il palmo della mano sulla gola, perché la piccola volpe, o il cane – era notte, perciò non sa che animale fosse –, era stata investita da un'auto e stava soffrendo. Non l'aveva investita Tennen, perché Tennen non sapeva guidare. Entrambi se ne stavano sul lato più lungo e tranquillo della strada. Le cose dovevano diventare bianche e nessun altro poteva dargli una mano, c'era solo lui. O forse era necessario che lo facesse lui, senza l'aiuto di qualcun altro. Poteva anche non essere una piccola volpe o un cane. Poteva essere qualsiasi cosa, pensa. La profondità e la consistenza di questo pensiero Tennen non le conosce.

A volte, quando si sente energico, si alza molto presto e vagabonda nei boschi ai margini della città. Tennen spera che nevichi la mattina dopo, perché così potrà starsene fuori, lungo il sentiero nel bosco, a immaginare la foresta che diventa sempre più bianca, così come il cielo e la città in cui vive, in cui ha sempre vissuto, finché non rimarrà più nulla.

Seduto sul suo molo, Tennen si rinchiude in quel paese senza nome, di cui per ora ha levigato i confini. Dall'altra parte del lago, gli pare di scorgere una persona. È un uomo, un vecchio, seduto sulla roccia con un ramo portato dall'acqua sulle ginocchia. Anche da lontano, Tennen capisce che è il tipo di vecchio abituato a stare all'aperto. È a petto nudo e le sue braccia sembrano comodamente poggiate sul legno, rilassate. A volte, quando le persone parlano di capelli simili a quelli di quest'uomo, dicono un cespuglio di capelli bianchi. Ma Tennen non ha mai sentito nessuno dire una cosa del genere in vita sua. Un cespuglio di capelli bianchi. È raro vedere una persona anziana che non sia estremista o stramba o da compatire, o in qualche modo costruita su internet, pensa Tennen. Ecco qua un vecchio che è semplicemente se stesso.

Tennen beve dalla lattina di birra. Gli prudono gli occhi. Potrebbe esserci del polline o qualcos'altro, portato dal vento che soffia sul lago. Attraverso la finestra della stanza in cui è seduto. È contento di riuscire a vedere il vecchio, la sua presenza dall'altra parte del lago lo rassicura. Il treno ulula e la luce blu che ha sempre riempito la stanza inonda Tennen, i suoi bei capelli color cenere e i suoi vestiti soffici. Tennen solleva la lattina e guarda il vecchio, oltre il limite, e decide che lo saluterà in questo modo: chiudendo gli occhi, con un semplice cenno e un sorso di birra. Sono qui per annegare, pensa. Finita la birra scivolerò nel lago e annegherò, una volta che il vecchio se ne sarà andato. Oppure pensa, ah la situazione non migliorerà di certo. Un'altra frase che nessuno gli ha mai detto, né ha mai sentito dire.

Fotogrammi di un film horror perduto

Potrebbe non essere saggio restare qui. Fra poco arriverà la mia signora, reclusa al piano di sopra. Questo significa che ti raggiungerà, se hai preferito indugiare in corridoio e non sei uscito, superando la soglia delle porte finestre incontro alla luce bianca. Non ti sei accorto di questa patina metallica che pervade tutto? Una mano poggiata sulla ringhiera, come se ti aiutasse a restare ancorato a terra. Il fotogramma si vede soltanto in parte: il fatto è che è interrotto da un bagliore d'argento. Un'unica inquadratura che ricorda il cinema delle origini, l'arte goffa di far convergere gli oggetti di scena, la luce e la tua sagoma. A proposito: la senti, vero? Anche se devi seguire il copione e far finta di niente – senti il flusso in attesa, il luccichio febbrile e senza tempo.

Come sappiamo che qui si nasconde un mostro: tensioni accennate nella continuità narrativa, ipotesi inconsistenti, quel corso di teoria queer; ecco, si riduce tutto a questo. Guarda. Lei è al piano di sopra, mostruosa, come un personaggio dei film muti dell'Espressionismo tedesco. E questo mostro è malfermo, si è sollevato, tremante ma quasi immobile; l'altro confine è il giardino, significa sicurezza. Finché non si alzerà, per allungarsi lungo le pareti, si inarcherà veloce, illuminerà il tuo sistema nervoso in allerta e, qualunque sia il trucco del direttore della fotografia, spalancando le sue palpebre meravigliosamente scure, scenderà e annuncerà con testo bianco su fondo nero:

notte

Agile

Quattro ragazzi corrono nel bosco tutti insieme lungo un sentiero zuppo d'acqua. Presto uno di loro si perderà. Ha piovuto per tutto il mese di settembre nel Maryland. Persino i funghi sono affogati. Thomas corre in testa al gruppo. È massiccio e tozzo, ma ha le gambe lunghe, il suo corpo non ha ancora deciso che forma avrà. Dietro di lui c'è Kush, che è più alto degli altri, magro e ingobbito. È il suo carattere a essere ancora indefinito. Poi c'è Alfie, che corre come un orologio, senza mai accelerare o rallentare il suo ritmo. Anche l'ultimo ragazzo è un bello spettacolo. Titch ansima, asciugandosi il moccio e l'acqua piovana dal viso. Ma si dimena, sbatte i piedi, fende l'aria, fino al successivo albero nero e a quello dopo ancora, senza perdere di vista i capelli biondi di Thomas, anche se non ha speranze di raggiungerlo. Non importa; quel che conta è arrivare in fondo al sentiero e da Kush, dove si toglieranno le scarpe e i vestiti, faranno la doccia, s'infileranno la pizza in bocca, giocheranno alla Xbox.

Titch corre per fare bella figura, anche se non sa bene perché. È nuovo, ma non ha paura. Non ne avrà mai nel profondo del suo cuore. Anche se sta tremando per lo sforzo, ed è così fradicio che non riesce nemmeno a tenere gli occhi aperti. Le pozzanghere sono sempre più profonde. Sta sguazzando nel fango, in mezzo alle foglie che gli cadono sulle spalle. Inciampa, si sbuccia un ginocchio e si macchia di sangue, si rialza agile e prosegue.

L'oscurità del bosco inghiotte i ragazzi.

L'orologio di Alfie rallenta. Sente che manca qualcosa dietro di lui. Titch non c'è più. Lascia perdere, gli dice Kush. Probabilmente è tornato indietro.

Camminando nel bosco, dopo la scuola, giocavano a un gioco chiamato «come morirai». Thomas sarebbe uscito di scena tentando di prendere a pugni una ruspa. Kush cadendo da una cascata. Alfie sarebbe morto nel sonno. E Titch? Gli altri ragazzi non lo conoscevano. Non riuscivano a mettersi d'accordo: lo avrebbe ucciso il calcio? La matematica? (sapevano che non era in grado di giocare, né di far di conto). Il ronzio di un telefono: è il padre di Kush. A casa, okay?

Alfie, Kush e Thomas osservano il bosco, il loro respiro si condensa nell'aria. Kush è il primo a gridare. Ha un fratello più piccolo. Si agita, in preda al panico. Thomas è tranquillo, fa qualche passo in mezzo ai cespugli. Alfie si mette le mani intorno alla bocca per amplificare la voce.

Più tardi andranno da Kush. Thomas sarà il primo a parlare.

Nel frattempo, Titch è immerso nell'oscurità.

La donna sbuca da dietro un albero. Sembra un ramo bianco, con macchie nere simili a baci o occhi su tutte le braccia. Ha i capelli tinti e appiccicati alla testa. I piedi – se gliel'avessero chiesto, Titch avrebbe risposto che non aveva i piedi – non toccano terra. Titch si guarda le scarpe coperte di fango, sa che dev'essere educato, anche se gli viene da vomitare per la paura, e perché i suoi polmoni bruciano dopo la corsa. Sa che lei lo sta fissando dall'alto, che sta per dirgli qualcosa. Gli porge il suo lungo braccio. Una borsetta bagnata si annida nella sua mano. Un astuccio. Simile a quelli degli occhiali da sole. Non penso che sia mio, le dice. Mi scusi.

Lei gli porge la borsa, finché lui non allunga la mano per prenderla. Dietro di lei compaiono altre donne, sono tutte alte e bagnate. Le sorelle spalancano le bocche. Dentro si vede soltanto nero. Allargano le braccia. I dettagli non hanno importanza. Nessuno li ascolterà. Titch l'ha imparato da piccolo. Non ha paura, ma ha le cicatrici. Dietro alle gambe, in quel suo corpo che non riesce a prosperare. Era in grado di correre, comunque. Apre la borsa. Dentro ci sono tante cose nuove. Una chiave di legno consumata. Un coltello con una lama corta e uncinata. E un vasetto di vetro nel quale scorge quattro gocce di sangue. Il suo, che la donna ha raccolto dopo la caduta. Apre il barattolo e tira fuori il sangue con un cucchiaio, asciugandolo sulla camicia. Si accovaccia e posa la borsa a terra, ci mette il coltello e la chiave sopra. Sente il rumore dei rami che si rilassano. Posso andarmene? Chiede sommessamente, tenendo ferme le mani in modo che sembrino libere lungo i fianchi. La pioggia cade più rumorosamente. La foresta intorno a lui scompare, finché non rimane nient'altro che la chiazza di terreno su cui se ne sta in piedi. E su di lui cominciano a cadere foglie fresche e pesanti.

Ombre

Possiamo essere Amore e Psiche? È buio e fa paura qui; qui dentro, rinchiusa nel nulla, amata, sprofondo e muto. Ma ecco sopraggiungere l'odore delle erbe che crescono sul fianco roccioso di una collina. Certe galassie non sono altro che giardini pensili di profumo. Penso. E ci sono le tue unghie che scavano la terra e strappano le foglie. In massa. Se posso provare a descriverle. Tremandogli accanto. Se zummo sulle unghie a forma di mandorla e sui fragili aghi verdi.

Più giù c'è il ponte di vene vegetali, il nucleo di cellule. Più giù c'è il palazzo sulle montagne. Le porte e il palazzo sono dorati, ma bui. Che senso ha avere l'oro e le scalinate in marmo se non si possono vedere? Chiedo, aspettandomi una risposta seria. La luce di una candela è tutto ciò che avrai. Una candela contro i multiversi del sovrano nero.

Puoi far gocciolare la cera rossa sul mio polso nudo e in quel modo, in quel modo, fermarmi? Ticchettio. Per essere innamorato devi avere il lume della ragione e una ferita aperta da poco, impossibile da giudicare. Devi distinguerti dal caos, anche se devi obbligarti a esistere. Ferite antiche miliardi di anni come catene montuose modellate dal vento che infine si possono capire, perché si sono arrese al tempo. Ciò che è privo di dolore è inesauribile. Da quel punto di vista non abbiamo nemmeno iniziato. Scindi qualcosa di nucleare, proteggi i tuoi occhi ustionati e io sussurrerò la nostra passione. Ovunque andrai verrò con te, anche se non ci sarà alcuna meta da raggiungere. Soffrendo, inseparabili.

E poi la nostra pelle dovrà bruciare. È un ridicolo rogo di streghe, ma – baciando la tua guancia, se le mie labbra riusciranno a localizzarla – ho detto che non abbiamo ancora avuto il tempo di capire le nostre ragioni. Un bacio confuso, dunque, le tue ali le mie ali. I tuoi atomi fusi con i miei e con quelli della cera. Ho visto un film su di noi una volta; sono sicuro che parlava di noi. Un documentario o un'opera di fantasia, questa è una domanda importante. Di sicuro se abbiamo un nome, se siamo Amore, se siamo Psiche, non possiamo essere dei mostri, nemmeno se ci aggrappiamo l'un l'altra? I doppi sensi sono solo trucchetti. Mi disgustano. Ai due estremi. Ad ogni modo, finalmente alza lo sguardo, colomba mia, dove c'è così tanto da guardare. Scivolerò sopra alle teste e in mezzo a loro, sventolando il manto della nostra pelle bruciata, la nostra singolarità, una peonia rossa. Io canterò tutte le note basse e tu quelle alte.

Divinità domestica

La madre è seduta in salotto con una ciotola d'acciaio in grembo, sta montando il burro e lo zucchero mentre ascolta una radio online.

Dall'altra parte della città, oltre le dune, le vittime sacrificali stanno dormendo. Sbucciate dal sole e raggrinzite dal sale. Scriverebbero un'opera teatrale su di lei se solo si ricordassero come si fa a scrivere al computer. È giusto essere ambiziosi quando si è amati. Alcuni sopportano di essere un'opera di fantasia, dato che le cose accadono comunque.

La canzone cambia e arriva un pezzo di musica classica. Un ritmo logoro, ma fastoso. Sospira, però nulla incrina il suo placido volto. Per la pastella ci vogliono farina, due uova e una pinta di sangue. La madre chiude gli occhi. Dentro di lei c'è un insetto, un fienile che sussurra, un appostamento alla scuola cattolica statale.

Una sagoma in abito da cerimonia con ciliegie stampate cammina su un panorama di sabbia soffiata dal vento.

Sta ai piedi del surfista che riposa. Impugna un coltello come fosse una storiella da raccontare a una festa imbarazzante. Posso? Prendere qualcosa da te. Una tartina. Lui fuma e alza al cielo gli occhi blu. Lei taglia, pensando ai piccoli di tartaruga che escono dalle uova e non raggiungono mai il mare freddo.

Più tardi il surfista ricrescerà. Ci ha dato il fuoco. Ci ha dato il suo splendore di ragazzo e qualche poesia romantica canticchiata con voce tremante. Di certo non sarà mai sacrificale. È la madre il mostro che lascia una traccia d'impronte nere sulle dune.

Cinquanta minuti a 180 gradi.

È il momento di farla freddare. Una band di successo che non le piace strimpella le sue chitarre acustiche. Un pezzo di Lego è appoggiato con cura sulle scale. Una collana di perle realizzata con i denti del proprio coyote è adagiata sulla linea della clavicola.

E poi passa alla glassa, all'acqua di rose e alle mura merlate del castello e le sue parole vengono scambiate per l'isteria di una governante spiritata. Fuori le ragazze si sono svegliate, stanno cantando a gran voce, facendola a pezzi perché non sanno. Quando lo sapranno, non sarà colpa sua. Un pettirosso canta nonostante tutto. La madre farcisce gli strati e dispone le candele a forma di ferro di cavallo. È il compleanno di qualcuno. Taglia il cuore della torta e lo guarda sanguinare, furbescamente.

Ne solleva una fetta e occlude la sua sorridente bocca materna con la polpa del dolce granuloso. E, nel mare, tutto ciò che si è selvaggiamente indurito perché gli è stato permesso di vivere in modo non mostruoso

si allontana, lentamente, dalle sue braccia.

Tripofobia

«fanculo. Che ne pensi è una buona idea uccidere tt le persone in questa stanza?» ha digitato il primo uomo.

«Come? Come ti pare» gli ha risposto l'amico.

Il primo uomo ha tirato fuori la pistola dalla tasca posteriore. Nessuno lo guardava. Non riusciva a sopportarlo. Gli faceva venir voglia di strapparsi la faccia e di gridare. Invece si è alzato in piedi nel cinema e ha esploso un colpo in aria.

Quando ha sparato per la prima volta, a una ragazza, hanno incominciato a gridare. Ha detto a tutti di stare zitti e ha abbassato lo sguardo sul telefono. «Lo sto facendo» ha scritto. «Vuoi venire?»

Il secondo uomo era a casa, stava fumando una canna, guardando fuori dalla finestra.

«Nah, ho da fare».

Il tempo si è fermato, è diventato immortale.

Il secondo uomo ha sentito gli spari. Ha pensato a uno scherzo, allo scoppio di una marmitta, niente per cui valesse la pena di alzarsi. Nel frattempo un proiettile perforava una spalla. Un altro squarciava un cranio, di lato. Sgorgava sangue denso, bagnava i sedili di velluto, tingeva di rosso una camicia pulita. Il primo uomo ha trascinato i corpi nel corridoio e ha ricaricato la pistola. Se l'è puntata alla tempia e si è riempito la testa con l'ultimo applauso.

Hanno organizzato manifestazioni. Hanno offerto alle famiglie silenziose cibo fatto in casa di cui si sono riempiti la bocca, prima di andare a vomitare tutto nei bagni ai piani di sopra. Hanno lasciato fiori commemorativi a marcire nel fango. Hanno scritto centinaia di migliaia di parole. E il nome dell'assassino morto, ancora e ancora e ancora. Qualcuno, da lontano, ha deciso che la cosa migliore da fare fosse lasciare tutto così come stava.

Il secondo uomo ha provato a fare la mappa dei buchi del mondo. Si sentiva sempre male. Ma doveva continuare a cercare. Aveva una foto che ritraeva il volto del suo amico, quella che la scuola aveva dato ai giornali. La tirava fuori ogni giorno e la fissava. Una mattina ha cominciato a perforarla con una penna a sfera. Ha fatto un buco preciso. Gli occhi si sono rivoltati all'indietro. Ha spinto di nuovo e glieli ha cavati via. Era ancora un volto, ma da quel momento qualcosa avrebbe potuto vivere all'interno dei buchi, magari una specie d'insetto scavatore.

Un insetto aveva sempre vissuto nel volto del suo amico? Non poteva saperlo. Sul retro dell'immagine c'era la notizia di un processo. I buchi avevano divorato anche quella. La penna ha attraversato le parole *milioni* e *colpo di frusta*, *neonato* e *2014*.

Ha continuato a spingere, prendendosi del tempo, scegliendo le parole da cancellare, controllando a quale altezza stessero sul volto dell'amico.

Qualche tempo dopo, il suo telefono ha vibrato. L'ha afferrato; la luce ha illuminato di traverso uno di quei buchi, e qualcosa al suo interno si è contratto, all'indietro.

Fuori ululavano e lampeggiavano luci blu e rosse. Non c'era alcun rumore. Non ne aveva il diritto, non aveva il potere di cancellare. Ha tirato fuori la pistola dal cassetto chiuso a chiave. Per anni lui e il suo amico si erano allenati nei boschi. Il secondo uomo ha ricordato come il primo uomo avesse preso gusto ad atteggiarsi in modo teatrale mentre sparava. Un inchino, prima di mirare e premere il grilletto. La bottiglia scoppiava. Risate. Qualche volta era il petto di un uccellino.

Era buio ormai; le ambulanze se n'erano andate. Con la coda dell'occhio ha visto l'immagine del suo amico costellata di buchi e quelle cose dentro ai buchi che contorcevano le antenne.

In silenzio, il secondo uomo ha afferrato la pistola.

In silenzio, ha cominciato a eseguire il suo compito, a smontarla fino a raggiungere la parte più solida e inespugnabile.

Arte

La barca andò incontro al sole e alle profondità del mare. Dopo quaranta minuti, l'anziana donna si portò una mano agli occhi. La sua Ruth era all'ingresso della caverna. La barca scivolò dentro e insieme lo raccolsero. Un corpo bianco sulle rocce nere. Ruth tenne le braccia incrociate per un po', dopo aver scalato la collinetta insieme a lei e dopo aver riordinato le cose. C'era odore di birra nella capanna. Di birra e uccelli marini. Mina, stanca, aspettava che si scongelasse leggendo il suo giornale.

Che dicono? Chiese infine Ruth, cercando di leggere qualcosa dalle pagine ripiegate.

Ci facciamo un caffè, prima?

Si sentiva la ghiaia scricchiolare fuori, e il suono di qualcosa che staccava l'erba fresca e croccante sulla sponda.

Il caffè sul fornello neutralizzava il puzzo delle sbronze solitarie.

Non mi è rimasto nient'altro, disse Ruth.

E va bene. Ce ne andiamo fuori in veranda? Disse Mina battendo le mani.

Si sedettero con le loro tazze di caffè, Ruth sulla panca, Mina sulla corda di iuta.

Nella testa di Mina, l'isola somigliava a una balena disegnata da monaci medievali, per metà gatto e per metà pesce malvagio. C'erano una sorgente d'acqua potabile e delle rocce – alcune erano ricoperte di muschio, altre spoglie –, e tre antiche betulle che si lavavano i capelli nell'acqua, sul punto più estremo della coda, dove l'isola si rompeva. Ruth aveva fatto delle tabelle colorate, una per l'inverno, piena di precise losanghe grigie e gialle, e una per l'estate, illuminata da tocchi di pervinca, da macchie di lamponi della serra e da molte tonalità di verde. Queste tabelle erano appese al piano di sotto. Al piano di sopra c'erano la camera da letto e il bagno. Nel bagno viveva un grande ragno nero, che d'estate tornava utile per liberarsi delle mosche.

Dalla veranda, le due anziane riuscivano a vedere l'erba, l'orto e il sentiero che lo attraversava. Oltre l'orto, l'insenatura e poi l'acqua luccicante e agitata della baia.

Mina tirò fuori il portasigarette d'argento e ci guardò dentro. Lo ripose nella tasca della giacca a vento.

Non vuoi il tuo accendino? Stai resistendo fino a dopo cena, disse Ruth, soddisfatta.

Ha ricominciato a mangiare. Disse Mina, indicando l'insenatura con un cenno del capo.

Ruth annuì. Soprattutto erba, ma gli piacciono anche le radici.

La sagoma sulla riva aveva una forma simile a quella dell'isola, ma un aspetto più liscio, bianco e gommoso. Aveva gambe e braccia e un grosso grugno, con un'invisibile bocca al di sotto. In quel momento stava rosicchiando una carota legnosa, le foglie si accumulavano davanti al muso.

Mina sospirò. Non era bella, se ne stava sempre lì, come un bambino che non cresce mai. Capitava anche che piangesse come un bambino. Qualche volta era estenuante per Ruth, e Mina non sopportava di vederla così. Ma la creatura viveva sull'isola da molto più tempo di lei.

Mina si alzò e andò a prendere un'altra bottiglia di whiskey dall'armadietto, aggiungendone un goccio al caffè. Nel frattempo, la creatura si era addormentata su una pozzanghera di sabbia, tra le rocce costiere. Il suo ventre si alzava e si abbassava.

Sarà sempre qui, disse Ruth. Be', fino al giorno in cui dovrò obliterare il mio biglietto.

Finché non salperai verso il mare per sempre, disse Mina.

Sì, lo so. Spero che…

Mina avrebbe voluto che la sua storia fosse quella che le aveva raccontato Ruth. Avrebbe voluto che non ci fosse una terraferma a cui tornare. A volte avrebbe voluto che Ruth non fosse la geniale artista che era, che non fosse costretta a vivere lì, per fare arte lontana dalle distrazioni. Avrebbe voluto che quella creatura morisse. Ma non prima di Ruth. Aveva capito che non poteva accadere prima. Nonostante questo, immaginava di legare la creatura con la corda e di attaccarle dei pesi addosso e di remare al largo nella baia per poi gettarla nelle profondità del mare. E di sbirciare di lato, dove l'acqua verde schiaffeggia la barca, per vederla colare a picco, fino a giacere sul fondo del mare, annegata. Pensava con grande indifferenza al cuore di Ruth che si spezzava, apprendendo la notizia.

Il sole stava tramontando. Ruth andò dall'altra parte dell'isola a raccogliere legna, anche se nella cassetta ce n'era ancora molta. Mina guardò la creatura e la creatura, sbattendo in allerta le palpebre, guardò lei. Alzò una mano. La stava salutando? Con queste cose non si può mai sapere. Il caffè di Mina era finito. Entrò e chiuse la porta, si sedette lì, guardando fuori, finché non riuscì più a vederla, qualsiasi cosa stesse facendo, perché l'isola era completamente immersa nel buio.

Il sangue / Traumatofobia

Mi sono seduto a un tavolo di pietra respirando affannosamente, fissando le coccarde di licheni che ci crescevano sopra. Era inverno e le erbacce intorno alle tombe si erano arrese al gelo prima di morire. La luna era il mio punto di riferimento, funzionava molto bene. Non riuscivo ancora a riprendere fiato, ma era irrilevante. Mi sono lavato le mani, ho abbassato lo sguardo per guardare mentre le lavavo con l'aria gelida e basta. Alla fine, non avendo alternative, mi sono rialzato fiaccamente, sono tornato indietro fino al muro del sagrato attraversando il prato bianco, e sono rientrato, lasciando che le enormi porte si richiudessero dietro di me.

Il ragazzo aveva ancora il volto arrossato e se ne stava raggomitolato sulla chaise longue, privo di sensi. Il bicchiere gli era scivolato dalle mani, il vino si era rovesciato sul pavimento lastricato di pietra. Un rosso scuro che mi ha fatto trasalire. Ho respirato un po' con le mani intrecciate sul viso. Mi sono toccato i denti. Canini affilati che avrebbero potuto ferirmi anche solo premendoci le dita contro. Ho allontanato il dito, contorcendolo. Mi sono avvicinato al fuoco che crepitava. Poteva aiutarmi il pensiero di un prato, in primavera, con l'erba alta e lussureggiante, il vento che soffia dolcemente e la luce del sole che attraversa gli alberi. Ma ecco il ragazzo, ancora lì, con qualche segnetto sul collo. Dove ci avevo provato prima.

Mi sono avvicinato; mi sono inginocchiato accanto a lui. Mentre chiudevo gli occhi si è svegliato, con un tremito lieve, ma non me ne sono accorto finché non ho cercato di affondare i denti nella sua carne con tutte le mie forze, finché non gli ho perforato la pelle e ho cominciato a bere.

E ora, mi ha detto stropicciandosi gli occhi, cos'è che pensi di fare?

Mi sono allontanato di colpo, anche se sapevo che sarebbe stato meglio continuare a succhiare, come ho sempre fatto – non c'è modo di fermare il flusso una volta incominciato. Mentre mi staccavo, il suo sangue ha cominciato a zampillare dal collo, e lui, assopito, ha mormorato parole angosciate. Preso dall'agitazione, ho appoggiato un cuscino contro la ferita. Ma il sangue continuava a uscire. Potevo sentirne il sapore, avevo gli occhi fuori dalle orbite, occhi mostruosi e scintillanti che gli mostravano la mia frastornata bramosia, la mia paradossale repulsione.

Quel rosso denso sgorgava come un torrente. Il ragazzo non ha detto nient'altro, il suo corpo era in preda agli spasmi. Preso dal panico ho chiamato la servitù, anche se ovviamente non c'era nessuno. Di notte devo mandarli tutti a casa. Cosa farebbero se vedessero tutto questo? Mentre il sangue si riversava dappertutto, io respiravo in modo sempre più affannoso. Il cuscino mi è caduto dalle mani, nel vuoto. L'ultima cosa che ho sentito è stata la pietra fredda contro la mia testa.

Non si parla spesso di quel che succede a un vampiro quando sviene prima di completare il suo assassinio, né di quando piange e vorrebbe fermarsi, finché un meccanismo nel suo corpo, contro il furore della sua vitalità demoniaca, non trova il modo per riuscirci. Ma io l'ho sperimentato in prima persona. Quando mi sono svegliato, eccolo lì. Calmo e sereno – aveva indossato i miei abiti, quelli più vecchi e fuori moda, ma da cui non potevo sopportare di separarmi.

Ah, mi ha detto, stai bene? Posso portarti qualcosa?

Mi sono messo a sedere, ritrovandomi sulla stessa chaise longue su cui il ragazzo era stato poco prima sfiorato dalle ali di sorella Morte. È venuto accanto a me, sorridendo. C'era una macchia più scura sul tessuto; nessun'altra traccia di tutta quella violenza. Che cosa potrebbe significare, mi sono chiesto. Non c'era stato nessuno scambio – nessuna possibilità di nuova vita.

Si è piegato verso di me per sistemarmi i capelli, scompigliati per via della caduta, poi mi ha aiutato a rimettermi in piedi. Fuori splendeva il sole. Ha tirato le tende e io, ridotto così, non sono stato abbastanza veloce da fermarlo. Ma quella sferzata di luce non mi ha fatto del male. Mi sono voltato verso di lui, chiedendomi che cosa sapesse. Ma io, in effetti, che cosa ne sapevo? In realtà uno scambio *era* avvenuto, tanto complicato e straordinario che a malapena si possono trovare le parole per spiegarlo, figurarsi per parlarne in maniera onesta. Provoca intorno alle lingue di chi parla una membrana di spessa censura. Forse non vogliamo rivelarlo, temendo che le nostre verità infondate, inespresse, possano svanire al contatto con l'aria, come la bruma mattutina tra gli alberi.

Guardando quel ragazzo in piedi, assolutamente impossibile, mi ha travolto il ricordo dei baci, del sesso, di azioni che da tanto tempo avevo dimenticato. Sono rimasto a guardare il suo bel volto di profilo e ho pensato al desiderio che per decenni avevo conosciuto solo come una specie di disgustosa fame. Era troppo presto e anch'io desideravo una risposta chiara. Il ragazzo ha guardato fuori, oltre il muro del sagrato: dove sapeva esserci un prato che io avevo visto soltanto al buio. È lì che mi ha portato, camminando accanto a me. Avevo ancora paura. In verità avrei sempre avuto paura della sua miracolosa sopravvivenza, della mia terribile abilità, che conosco meglio della maggior parte degli uomini.

Era inverno, l'erba era bruciata e coperta di brina. Ma la scena era a suo modo deliziosa. Gli alberi si stagliavano contro un cielo brillante e uno stormo di corvi, creature estremamente intelligenti, si levava in volo. Non riuscivo a capire che cosa mi fosse stato perdonato, né perché. In che modo la mia mente debole e la mia mancanza di carattere avessero portato a questa gioia. I corvi si levavano con ardore nero per sorvolare i boschi, e il ragazzo camminava al mio fianco. E io ho capito che, qualsiasi cosa fosse, quello era il mio sangue, e funzionava tutto. Il mio cuore, e il suo.

L'isola oltre questa

Aveva trasformato la sua sfortuna in vantaggio, dato che aveva questa opzione. Il maglione sventolava sul petto. Il coltello era infilato nella cintura allentata. Il luogo dell'incontro era alle fauci del mare. Dove la cava di basalto aveva la forma di un organo imploso e l'aurora illuminava gli scogli con i suoi bagliori verdi. Notte. La schiuma s'increspava appena.

Onda, respiro, onda. Qualcosa di simile al silenzio, ma con una canzone allacciata dietro. E fuori nell'oceano, ad alzare il volume di quella canzone, l'osso lucente di una lunga pinna. Tutte le creature viventi brillano nell'oscurità, ma per alcune è un'arte. Si schianta sulla superficie del mare e gli nuota incontro. Uno s'illumina, l'altro scalcia, si avvicinano e si confondono. Ora può vedere tutta la sua lunghezza.

Canticchia, come dicevano: *ti scuoierò.*

Lo raggiunge, tossisce acqua salata. Il lungo coltello e la lama tagliente.

Glitter rosa

Grace svita il coperchio bianco, ne estrae un pennellino che sgocciola e si applica lo smalto, un'unghia dopo l'altra, poi solleva quelle mandorle alla luce, ad asciugare. Macchia e aura di colore contro il soffitto, dove un ventilatore fende lentamente l'aria. Stanotte è la grande notte, anche se non è ancora notte. C'è una musica a caso: una compilation chiamata MISANDRIA + GLITTER ROSA. Lei non sa cosa significhi misandria, ma le sembra una bella parola, da duri, e Grace, che ha tredici anni, vuole esser bella, e anche una dura. Fa caldo in questa città insulare. Un caldo appiccicoso. Prima andrà a Messa con sua nonna, perché è il giorno del digiuno, la vigilia della festa. Le faranno una croce di cenere sulla fronte, che non si toglierà nemmeno quando andrà a casa della sua amica Maricel. La frangia, in ogni caso, nasconderà la croce e poi se la pulisse renderebbe sua nonna tristissima. Ultimamente lo è spesso. Non la farà soffrire.

Al momento della consacrazione, la chiesetta comincia a ondeggiare. È un terremoto. Alcuni messali cadono a terra, come se stessero cercando di nascondersi. Una piccola scossa che non può fermare il rito. Una sciocchezza per Manila. Il prete non s'interrompe nemmeno e non sembra affatto allarmato.

Dopo la Messa, Grace sale in macchina e saluta la nonna. L'autista l'accompagna a casa di Maricel, una bellissima villa con i fiori rampicanti sui muri e, nel giardino, ad attenderla, c'è un bulldog bianco di razza che solo le ragazze, quando nessuno le può sentire, chiamano San Michele.

Quel pomeriggio c'è poca gente in giro ad ascoltare le frivolezze che le ragazze hanno in mente. La cuoca è in cucina a preparare un'insalatona, senza carne, e a tagliare la frutta per la ciotola del punch. Non sale al piano di sopra. La madre e il padre di Maricel sono in vacanza in America, sono andati a far visita alla sorella della madre. Maricel fa partire la sua playlist e Grace comincia a ballare. Poi tirano fuori la tinta per capelli, blu per Grace, rosa per Maricel. Commentano sagacemente i programmi alla tv, se ne stanno sedute con i capelli avvolti negli asciugamani e le maschere per il viso, poi si cambiano per cena, mangiano nell'elegante sala al piano di sotto e tornano a provare altri vestiti nuovi, con la playlist di Grace ancora a tutto volume. C'è un breve battibecco a proposito di una delle canzoni. Le ragazze ne vengono a capo grazie al potere del frullato di mango, che non può essere considerato un dolce. Maricel le racconta un segreto. Grace si aggiusta il rossetto dopo essersi lavata i denti.

È San Michele a salvarle. Sta arrivando un altro terremoto; va a svegliare prima Maricel che dorme nel lettone e poi Grace, nella sua brandina pieghevole. Ringhia e zampetta davanti alla loro porta. Stanotte è la grande notte. Escono fuori in giardino. Il cielo è basso e arancione. Le nuvole pulsano ma forse è un'illusione ottica. Somigliano a tremolanti insegne al neon che da qualche parte si riflettono sull'asfalto umido. C'è un profumo intenso di gelsomino notturno. Il giardino di Maricel è grande abbastanza per evitare che la casa gli cada addosso, se si dirigono oltre la piscina.

Le due ragazze se ne stanno in camicia da notte, a piedi nudi sull'erba ben curata. Non succede niente. Maricel guarda San Michele e lui guarda lei, spaventato. Allora, chiede lei. Si sente un cupo rimbombo. Grace lo sente nello stomaco, è una nota troppo bassa per essere percepita altrimenti. Il terreno comincia a tremare. Una palma, come al rallentatore, cade nel giardino del vicino con un suono orribile.

E poi, con un improvviso sussulto, Grace si rende conto che il terremoto proviene da lei. Da qualche parte nel profondo. Il terreno sotto i loro piedi si squarcia, il soffice manto erboso si spacca lungo le linee dei rotoli che erano stati posati il mese prima. Maricel ora la sta guardando. Oddio, i tuoi occhi, dice. Grace può soltanto nascondersi il viso fra le mani. Sente che il rimbombo aumenta d'intensità, è come se la stesse sollevando da terra. Piega la testa all'indietro e sente quest'intensità eruttare da lei, dritta in cielo. Un fulmine lucente, rosa acceso, scintillante di glitter.

Il rumore si alza di tonalità; non è più un terremoto né un

tuono, supera i limiti dell'udito umano. San Michele cade a terra scalciando, con la schiuma sulle labbra nere. Il potere si diffonde attraverso le nuvole. Grace non riesce a vedere niente – quella luce densa le sta uscendo dagli occhi. Non fa propriamente male. Ma quella situazione non è il massimo.

Finisce alla stessa velocità con cui è iniziato. Grace cade a terra, ansimando. Maricel rimane per qualche minuto in stato di shock prima di riuscire a inginocchiarsi accanto all'amica e a sfiorarla con le dita, terrorizzata di essere contagiata da qualsiasi cosa si sia presa. Grace sputa nell'erba, poi allunga la mano verso Maricel. In un attimo le ragazze si stanno abbracciando, piangono e tremano. In cielo imperversano ancora il rosa e l'oro. Le nuvole si aprono; comincia a cadere una pioggia di glitter rosa nel raggio di otto chilometri. L'albero caduto prende fuoco, ma l'incendio viene subito spento da quella doccia densa e sgargiante. Le ceneri brillano come lucciole; sono gialle fluorescenti, non arancioni come la brace vera. San Michele piagnucola e si alza barcollando, poi rientra in casa.

Tutto questo è un inizio. Per ora è circoscritto: soltanto un prato distrutto, la palma e la chiesa, dall'altra parte della città, dove Grace ha partecipato alla Messa quella mattina, incatenata alla luce accecante. Dentro, le ceneri rimaste si sono trasformate tutte di nuovo in foglie di palma lucide e brillanti, fuoriuscite d'improvviso da dove stanno come i tentacoli di una piovra straordinaria. Anche adesso si stanno srotolando sulle piastrelle del pavimento e stanno strisciando sotto la porta, nella strada profumata di gelsomini.

Viaggio atomizzato

Un vociare confuso all'angolo della strada. In cielo un sole empio. La polizia è già qui per esaminare i resti. Segni di artigli cerchiati col gesso sul marciapiede. Un corpo sbranato vivo e una persona che si pulisce la bocca con il dorso delicato della mano. Non è fin troppo ovvio? Fra tutte le celebrità del mondo, doveva essere proprio lei la più mostruosa?

In realtà, le informazioni sono sbagliate. Il mostro non è Lana. Lei è stata solo la prima persona ad arrivare sulla scena del crimine. Si è asciugata il sudore dal viso, sgualcendosi il rossetto, sotto shock. Mentre la polizia raccoglie i resti, lei se ne sta in disparte, appoggiata al muro. Scrosta l'intonaco spezzandosi le unghie. Gli occhi sbarrati puntano il tuo sguardo sfuggente, le ciglia finte somigliano a lancette che le misurano le guance. Mormora, *l'ho seguito fin qui ma sono arrivata troppo tardi. So dove si nasconde.*

Andate nel bar più vicino. Le compri una granita all'anguria. È così gelata da appannare il bicchiere. Lei prende un lungo sorso dalla cannuccia rosa. *Una notte, a una festa, non riuscivo più a trovare la mia produttrice discografica.* Una macchia di sangue sul balcone, un'altra sulle scale… ha sentito le sue urla soffocate e ha raggiunto una parte disabitata della casa. *Ho aperto la porta. Lui le stava strappando la gola con i denti. Era troppo impegnato per far caso a me.* Alza lo sguardo, prende un frammento di ghiaccio dalla cannuccia. *Lo seguirò fino alla fine del mondo, potete starne certi.*

È così che tu e Del Rey siete finiti insieme sulle tracce dell'uomo nero.

Cadavere dopo cadavere. Il suo rifugio si sposta. Noleggi una macchina; non riesci a cacciarla via. Affittate un paio di camere in un motel fuori Fresno e LDR si siede canticchiando sulla macchina del ghiaccio, senza trucco, attenta a ogni movimento. Ti saluta mentre le passi davanti con una scorta di bottiglie di cognac in un sacchetto. Le macchine sfrecciano davanti all'insegna «Camere libere».

Il giorno seguente, dopo dodici ore di viaggio, il GPS emette un segnale acustico e la macchina gira accanto a Salt Lake City. Si mangerà un mormone, dice Lana, pronunciando le prime parole dopo ore di silenzio. Per la maggior parte del tempo se ne sta seduta a piedi nudi e gambe incrociate, armeggiando con lo stereo e ascoltando la radio.

Strane canzoni anni quaranta, difficili da sentire per via dei disturbi di frequenza.

Signorina Del Rey, le chiedi, vuole qualcosa da mangiare? Lei scuote la testa. Indica un Holiday Inn in un piazzale vuoto, lindo e pinto. È lì dentro, dice, alzando la testa, *al terzo piano.*

La porta cede immediatamente sotto il peso del tuo stivale numero 47 e mezzo. All'interno, la suite dell'Holiday Inn è illuminata in un modo che non ti era mai capitato di vedere prima. Neon verdi e tremolanti, come sotto i ponti, in certi posti malfamati. È una piscina quella lì nell'angolo? Petali di fiori galleggiano sulla superficie. Altre cianfrusaglie da quattro soldi. Portamonete, orologi. C'è un uomo seminudo, avvolto per metà nella tenda della doccia, svenuto forse. Ma non sembra. Ti volti verso Lana, vedi i suoi occhi che riflettono il neon e tutto quel ciarpame nella vasca.

È lui, dice, avanzando. A un certo punto, nel tragitto tra l'auto e l'albergo, lei ha indossato un vestito bianco con degli ananas e un paio di scarpe di vetro con un tacco alto dodici centimetri. Apri la bocca, ti fermi, dici, è sicura, signorina Del Rey? È svenuto. *Mh-mh*, dice, leccandosi le labbra.

Lana afferra il mostro per la collottola, gli assesta uno schiaffo forte e deciso. Poi tira fuori qualcosa dalla borsa. È un oggetto di pelle sudicio e oblungo, a forma di becco d'uccello. Quando lo indossa, te ne rendi conto. È la maschera di un monatto, chi nel medioevo lavorava con gli appestati.

Ancora avvolto nella tenda della doccia, il mostro si sveglia. Lana incombe su di lui, con un dito premuto alla base della sua maschera senza labbra. Oh mio Dio, dice lui, cercando di liberare le mani bagnate. Anche tu fai qualche passo indietro. *Non è qui*, dice lei, senza respirare. *Comunque sento che non state andando d'accordo in questi giorni.* Sta parafrasando il verso di una sua canzone, si diverte, tu la guardi con ammirazione mentre te la fai addosso dalla paura.

Lana s'inginocchia, gira la testa in modo che il becco non graffi nulla. Gli appoggia la soffice mano sul petto. L'uomo smette di dimenarsi. Lana tira fuori dalla borsa un pezzo di pietra bianca e punta l'estremità aguzza verso il basso, sul petto del mostro. Spinge via la plastica.

Vuoi dire qualcosa? Chiede lei.

Mi dispiace, dice l'uomo. Respira, esausto: ma so cosa ho visto.

Poi tace.

Questo è per tutti gli altri. Con calma, Lana, solleva la roccia, piegata sotto il suo peso, e poi l'abbassa e la solleva, lo colpisce di nuovo, più forte, ancora e ancora. Finché le costole del mostro si spezzano, piegate verso l'interno, finché la cavità non si riempie di rosso atomizzato.

C'è un odore intenso di resina di pino nell'aria, sembra ci sia il fantasma di un albero. Lana lascia cadere la roccia nel buco all'interno del corpo dell'uomo, che si trasforma in polvere e si dissipa in una nuvola di rosso. L'aria condizionata soffia piano. Lana slaccia, rimuove e ripone la maschera del monatto. Spalanca la bocca dell'uomo; fa scivolare fuori qualcosa.

Poi tu la segui al piano di sotto, nella sala sfarzosa e fresca. La signorina Del Rey infila quel qualcosa nella sua borsa. Un cristallo rosa oblungo, ma troppo liscio. Sì, hai delle domande da fare, ovviamente. La signorina Del Rey si toglie le scarpe, canticchiando sottovoce una melodia. C'è qualcosa d'inquietante nel modo in cui, spensierata, incede danzando. Piccole impronte di piedi sul tappeto. E quell'odore di resina che ti segue mentre esci, invisibile e feroce, nel calore senz'alberi.

Ipseità

C'era uno stemma ai suoi piedi, sul pavimento, un ciondolo che la rendeva insopportabilmente stanca. Il fuoco sibilava nel caminetto. La tempesta sputava giù dal camino. Le pareti della stanza erano ricoperte di specchi e sul soffitto c'era il ritratto dell'uomo che avrebbe voluto sposare, ritratto nel giardino di casa sua. Il prato oltre la stanza di lei era infinito. Avrebbe dovuto diventare ricca; una principessa. La ragazza le aveva detto questo. Ma non indossava diademi, nessuno andava a spogliarla di notte, né nascondeva piselli sotto al materasso per metterla alla prova. Non se ne andava di lì, non mangiava, e quando vedeva uno spiraglio di cielo aveva il colore blu scuro dei balzi del Lago dei cigni che risuonava all infinito, era la sua danza furibonda con le mani alzate sul capo. Per il resto, non aveva particolare grazia.

I giocattoli non possono essere crudeli. Questa è una bugia, come il fatto che l'aspirazione di diventare principessa è un retaggio precapitalista, ma entrambe le cose si possono ricondurre al medesimo bisogno di conforti contemporanei, che riguardano la bellezza e l'adorazione, come per esempio quello di comprare l'imitazione di un vestito che ha indossato la tua stella del cinema preferita. La ballerina era parte di un orologio dotato di carillon musicale. Indossava un solo vestito, che era anche la sua pelle. Di fatto, era una metafora. Oppure forse rappresentava la tensione prima della completa realizzazione della metafora stessa, dal momento che le metafore sono in un certo qual modo violente: due o più parti del mondo che non potrebbero mai congiungersi altrimenti, vengono fracassate una contro l'altra. Una metafora è un ibrido del linguaggio, un mostro impossibile in un mondo in cui le cose sono quel che sono. È la creatura di un mondo ambiguo. Chi avrebbe dovuto ferire la ballerina?

O meglio, chi dev'essere crudele? Non è possibile che il bocciolo di una metafora pensi per conto suo. A quattordici anni la ragazza era troppo grande per far suonare il carillon, non lo faceva nemmeno per pigra nostalgia della melodia. L'aveva abbandonato sotto una poltrona lasciando che si ricoprisse di polvere soffice come neve grigia. La ballerina sentì di avere un cuore dove non c'era mai stato nulla e lacrime solcarono per la prima volta il suo viso. Era riuscita a staccarsi da quello stemma, a un prezzo altissimo per i suoi piedi, che da quel giorno sarebbero stati irrimediabilmente rotti e brutti. Si era raddrizzata sul letto, dove non aveva mai dormito, e aveva spinto il tettuccio di latta finché non era riuscita a spaccarlo.

Era diventata reale grazie alla forza della storia. Al suo desiderio di essere protagonista. Era stata creata per soffrire attraverso la sua umanità. Il mostro in parte è anche questo? La domanda non è retorica, ha bisogno d'esser letta. La ballerina, ignara di queste discussioni sull'individualità, sulla favola e sulla mostruosità, si era arrampicata fuori dalla stanza e si era alzata in piedi, diritta ma un poco sbilenca, minuscola e piena di speranze, umile e coraggiosa, guardandosi intorno con i suoi graziosi occhi neri: la storia, come è doveroso, l'aveva incollata al mondo attraverso alcuni aggettivi. Il suo desiderio era di scoprire che aspetto avesse una stanza piena di ballerine che ballavano allo stesso modo. Il suo desiderio era di vedere una promessa d'amore e di un posto dove poteva esserci un qualche commovente epilogo, in grado di lasciare il segno, e poi oltre tutto questo, un posto dove riposare, come potrebbe essere per ciascuno di noi.

Ma la ballerina era troppo piccola per una storia. E in ogni caso, la sua storia era già stata elaborata e raccontata molte volte prima d'allora. Da quel momento gli specchi che l'avevano rinchiusa, nel caso non ve ne foste accorti, rifletterono anche qualcosa di sorprendente, ma che finora era stato tralasciato: il logo di *Toy Story*, sulla coperta di plastica del suo letto. E così lei si sdraiò, disperatamente superata, disperatamente antica, un commento metaforico alla realtà o alla finzione, gettata via, a tutti gli effetti, su quel prato che in realtà era un tappeto, in un mondo che in realtà era la stanza piuttosto adorabile e artefatta della ragazzina, inutilmente animata e incapace di desiderare di vivere ancora, né di fare appello alla storia o al lettore della storia (ciao, mi aiuti?). Infine, in attesa, piangendo in silenzio e stupidamente quelle lacrime nuove e impossibili, la ballerina scivolò senza muoversi verso l'inevitabile perdita di coscienza, visto che la storia ormai era del tutto finita.

La padrona di casa nel *machair*

C'è una linea nera sul pavimento, laddove il mattarello è caduto e ha incrinato le piastrelle. Il giovane servo la fissa per un po', senza fiato. Dietro di lui il respiro delle tende alle finestre e l'infinito prato sabbioso di ranuncoli e margherite, noto anche come *machair.* Il giovane servo indossa un grembiule sudicio, si lava le mani, ma non raccoglie il mattarello per riporlo da qualche parte, al sicuro. Detesta la sua scivolosità. E perché ce lo aveva in mano, poi? Non c'è pasta da stendere. Il pane è nella dispensa a raffreddare. Sua Signoria, il fantasma, non è ancora sveglia a quest'ora. Il caminetto è stato ripulito dalla cenere. Tutto il resto ha il colore bianco-giallastro del *machair* e l'eco di un insolito dolore gli risuona nel petto.

Allora va a preparare un drink a base di sciroppo e gin per la sua padrona, e un tè per sé. Mette il drink in frigo, con una margherita dentro. Una margherita per lei. Ma non riesce a ricordare se la margherita è tossica. La immagina mentre fatica a sollevare il bicchiere per portarlo alle labbra, con il perenne rischio di rovesciarne il contenuto. Le ore che lo separano dal tramonto sono ancora molte. Si chiede se il fiore cambierà il colore verde chiaro del cocktail. Se il motivo geometrico che ha disegnato sul pane le piacerà; se farà finta di mandarne giù uno o due bocconi. Beve il suo tè nero, poi ne beve un altro e un altro ancora, finché il petto non si libera per un attimo dall'eco di quell'insolito dolore, poiché trova stancante concedersi anche solo un minimo di malizia, ed è felice di lasciarselo alle spalle senza dover andare da nessuna parte.

Nell'armadio ci sono i trucchi di scena. Apre la scatola, con un clic, e inizia a dipingersi delle ossa sul dorso delle mani. Poi un teschio giallo sul volto, ombre sulle ossa del collo. Per l'intero procedimento ci vogliono circa due ore. Per quell'ora la padrona avrà finito le sue abluzioni e si addormenterà nel solarium, sul pavimento nero. Solo il giovane servo può saperlo, nessun altro.

Il desiderio, pensa, raggiunge la mente attraverso la pelle. Chi sostiene che lo faccia attraverso gli occhi, si sbaglia.

Oppure si sbaglia sul concetto di desiderio. Il desiderio è sull'orlo del piacere. Il giovane servo desidera raggiungere il bordo della vetrata, mentre appoggia lì le mani per farle asciugare. Desidera il campo di fiori, dove andrà a recuperare il bucato del mattino, ora che il pomeriggio ha asciugato l'umidità dai vestiti, lasciando in cambio il profumo dell'estate, il residuo dei pollini, gli odori più diversi e impercettibili.

Le mani si asciugano. Lui si allontana con il cesto. Ripiega i vestiti con le mani ossute, con le lunghe, lunghe dita. Il trucco si è fissato, in modo da non sporcare, però non può ancora lavarsi, non prima che faccia giorno.

Altrimenti il fantasma piangerà per causa sua. Non le piace ricordarsi di essere diversa. Del fatto che lui è vivo e lei è morta. Lei vuole che lui sia vivo e non vuole morire. Non le piace nemmeno vederlo lavorare. Non le piace ricordarsi che lei è la padrona e lui è il servo. Le porte si richiudono pesantemente dietro di lui quando entra in una stanza o nell'altra, e ci sono percorsi che intraprende proprio per evitare d'esser visto, finché lei non lo chiama, perché lo vuole vedere.

Ora, cos'altro c'è da fare prima del crepuscolo? È un limpido giorno d'estate, e il sole tramonterà dopo le dieci. Si toglie il grembiule infarinato, che si era dimenticato di avere addosso. Entra nel giardino d'inverno e tira le tende, così lei non lo vedrà, nemmeno di sfuggita, nemmeno se abbasserà per caso lo sguardo dalla finestra della sua camera da letto.

Si siede tra le piante sferzanti, leggendo un libro che aveva abbandonato lì la sera prima. Non mangerà, né berrà da un bicchiere. Se necessario, strofinerà il pollice sulle foglie umide, masticherà i boccioli delle orchidee vaniglia, continuando a masticare finché non sentirà più nient'altro che il gusto di sapone del pistillo.

Il giorno si trasforma e un bagliore si diffonde a ovest. Quando ha accettato questo lavoro, il giovane servo conosceva il desiderio. Ora lo conosce come una foglia conosce il desiderio della lumaca che lambisce la sua superficie. Si tocca il viso e sente tutta l'umidità del giardino d'inverno su di lui, come una patina viscida.

Verso le nove, un'agitazione lo spinge a girovagare. Sebbene per l'appuntamento manchi ancora qualche ora, indossa i vestiti preferiti dalla sua padrona, un abito su misura che si adatta bene alle sue forme, un cappello a cilindro che tiene in mano come terrebbe una scatola con tutti i suoi averi. Quando ha accettato questo lavoro, non avrebbe mai immaginato. Era sempre stato coraggioso, ma nessuno aveva mai ricevuto una richiesta del genere.

Torna nella stanza di vetro per sudare e sgualcirsi, perché questo è un fenomeno umano come qualsiasi altro.

Non c'è amore. C'è solo tempo da ingannare. È pagato per occuparsi della casa e per essere una presenza umana, in modo che le sia concesso, qualche volta, di dimenticare. Alle dieci, il disco del sole tocca l'Atlantico. Ed è come se qualcosa lo squarciasse, come se affondasse in lui, come se lui stesso fosse il mare, costretto a trasformarsi in oro per via d'una presenza lontana e incomprensibile. Lei giace immobile, al piano di sopra, mentre lui prova a leggere, prova ad aspettare. Lei è insignificante, come una luce dietro la tenda. Ripone di nuovo il libro, s'alza in piedi, si asciuga la faccia umida, girando e rigirando il cappello tra le mani. Sente una voce, ma è la sua stessa voce. Non ha parlato che con lei negli ultimi mesi. Sta dicendo, *la porta*.

Attraversa la stanza, esce, entra in cucina, apre la porta sul retro e la tiene aperta. La distesa del *machair*, con i fiori selvatici che crescono sulla sabbia, si apre di fronte a lui, bassa e incredibilmente dolce. Il paese dista due miglia e qualsiasi nave della baia lo accoglierà. Perché tutti sanno chi è, anche se lo hanno visto soltanto una volta, al suo arrivo.

Scende sul *machair.* Esce. Non più servo, soltanto giovane. Senza bagaglio, come all'inizio. Con il respiro corto si allontana da casa, questo è tutto ciò che gli è possibile fare per il momento. Lo splendore dell'edificio indietreggia, si nasconde dietro dolci colline. Ranuncoli e margherite gli accarezzano le caviglie. Lascia una scia sbilenca d'erba piegata. Le sue dita-ossa lasciano cadere il cappello: rotola via, dietro di lui.

La padrona di casa non sente niente, perché da quel momento

non ci sarà più niente da sentire.

Incontro con una piccola strega

Sei arrivato tardi, con un volo notturno, sperando di goderti l'Islanda al meglio. Hai in mente la Laguna Blu, per lavar via tutte le preoccupazioni, una passeggiata sui ghiacciai, un giro in pony. Eppure vali quanto l'ultimo uomo che hai ucciso. Ti prendi il loro potere e la loro faccia.

Sei fermo al ritiro bagagli. C'è un elefante che gira sul nastro. È grigio chiaro. Un elefante non è il tuo genere di arma, ma è quella che ti è stata assegnata per questa missione.

Non hai dormito; c'è qualcun altro che lo fa per te – non ha dormito neanche lei. È una ragazzina piccola con gli occhi grigio chiaro. L'elefante è una valigia a forma di elefante a grandezza umana: la sua valigia. Eccola lì, seduta da sola su una fila di sedie grigio chiaro. Una luce lampeggia; e lampeggia come un pesce che nuota febbrilmente. Il nastro sta girando. Una strada asfaltata, una sfilata di carnevale. C'è la valigia e c'è la ragazzina che le cammina accanto per prenderla, stringendo fra le braccia un cagnolino. La ragazzina è vestita di grigio chiaro, ha i capelli ondulati grigio chiaro. Il cagnolino è di una tonalità più scura di quel grigio chiaro. Il cagnolino ti guarda stancamente: tu ultimamente non hai dormito; il cagnolino non riposa mai. Sebbene sia vuoto, il momento è vorace.

Cammini in direzione della ragazzina allungando le mani verso di lei, come se stessi per strangolarla. Lo fai da circa dieci metri di distanza, cammini a passo spedito, veloce, con gli occhi che roteano come quelli di un pesce in preda al panico. Molti obiettivi ora ti sono preclusi. Vali quanto la forza che è contenuta nelle tue mani. Vali quanto il modo giusto di dirlo. Vuoi solo fare un tuffo nella laguna; l'hai sempre sognato. Questa è la tua missione. Il linoleum grigio chiaro scivola e stride mentre ci cammini sopra. Con le braccia tese, inciampi e cadi, rompendoti un dente grigio chiaro. La ragazzina si avvicina e ti accarezza la testa, poi ti copre il volto con un cappuccio. Il nastro ti fa il solletico sul mento. Chiudi gli occhi. La stoffa non ha alcun colore. Senti il rumore della cerniera della valigia a forma di elefante che si apre. Ti fa rotolare dentro, la cerniera si chiude ermeticamente sui tuoi vestiti. Che fallimento! Non farci caso, amico. Stai camminando dentro la valigia a forma di elefante.

Ora hai le sembianze di un elefante, hai la pelle di gomma raggrinzita, e te ne vai in giro per l'aeroporto. Ogni volta che fai un passo, il cane grigio chiaro guaisce e mordicchia i tuoi talloni d'elefante, e la ragazzina ride. Non sei del tutto sicuro che questo cambio di programma sia una cosa buona, perché non ci vedi, sei un elefante, un assassino, un viaggiatore occasionale. Molti modi di resistere ti sono preclusi: è questo il potere di una piccola strega. Ma il sole non tramonterà a questa latitudine, in questo periodo dell'anno. La sfilata continua nel crepuscolo, passata la mezzanotte. Stai girovagando sulla brughiera, ti azzardi a ipotizzare. Sebbene sia vuoto, il momento è vorace.

Non importa, amico. Alle acque termali è stato assegnato il compito di lavar via tutte le tue preoccupazioni.

Rosso corallo

Le foto degli interni dell'abitazione di Miriam sono state più volte pubblicate sulle pagine delle riviste di moda, cartacee e online. La diverte il pensiero che siano state condivise sui social di tutto il mondo, raccogliendo cuori, commenti, pollici alzati. In questo momento, però, la casa è infestata.

I bambini si riuniscono quando giocano – dopo mangiato, prima di andare a dormire – e camminano insieme dentro alle pareti. A volte litigano, a volte cantano frammenti di canzoni. Canzoni nuove, uscite l'anno scorso, che i fantasmi più recenti devono aver insegnato agli altri. Alcuni sono appena arrivati, perché riescono ancora a lasciare sui muri l'impronta oleosa delle loro rosee manine. Miriam sospira e chiede alla donna delle pulizie di cercare dei detersivi che cancellino le macchie senza danneggiare la finitura della vernice.

Miriam è nel giardino d'inverno, sta sistemando i fiori. Una composizione sfarzosa, mandata da un cliente o da un ammiratore. È una varietà sudafricana, pensa, sollevando uno stelo, anche se in realtà la sua è soltanto un'ipotesi. Non le interessa controllare. I bambini stanno camminando su e giù per le scale. Su e giù. Di che gioco dovrebbe trattarsi se non di uno pensato appositamente per darle sui nervi. Ha sempre desiderato dei figli. E se loro sono lì, in parte è anche colpa sua.

Spinge un cardo blu accanto a un lucido eucalipto. Un altro fotografo arriverà a breve. Si sente il profumo del caffè appena fatto. È un caffè molto pregiato, anche se Miriam non è in grado di giudicare. Appoggia le forbici e, attraverso una porzione di vetro della finestra, guarda il giardino, dove la pioggia cade incessantemente sulla fontana di marmo e sui cespugli troppo cresciuti. Non ci sono altri colori oltre al verde e al bianco ed è così che le piace. Ottimo. All'interno predominano i toni neutri, con qualche tocco vivace dove necessario. Tranne che nel suo bagno. È stato rifatto di recente con un muro vivente, che le permette d'appoggiarsi ai muschi e alle felci quando fa la doccia, alla ricerca di qualcosa che non sa esprimere chiaramente, ma che le viene prontamente offerto.

Il suo sangue è dolce; le zanzare lo adorano, quindi Miriam fa sempre attenzione a tenere le zanzariere abbassate, alle porte e alle finestre. Prima se ne stava sempre fuori, ma ora che ha portato all'interno dell'abitazione quanto di meglio c'era all'esterno, non ha bisogno di scontrarsi con il peggio. In effetti raramente esce di casa. In effetti non esce mai, a meno che non sia costretta a farlo. C'è qualcosa di terribilmente sbagliato in Miriam, da molto tempo, ma non ha amici che possano dirglielo con gentilezza, e la governante, Ofelia, non pensa che siano affari suoi. In ogni caso, non si è mai preoccupata di osservare l'errore, d'infilare la testa nelle sue profondità, attraversando così il confine che la separa dalla sua datrice di lavoro. Bisogna lasciare le cose così come stanno. In caso contrario: struttura, sangue, ego, smarrimento.

Piove una nebbia sottile nel bagno al piano di sopra, quando entra il fotografo. Non sembra accorgersene. Non sente nemmeno le voci che chiamano, giocosamente questa volta, mentre ammira l'antico letto a barca e la trapunta Amish nella camera degli ospiti. Qui le annotazioni visive sono color lavanda e menta. Come per favorire la calma digestione dei visitatori. Visitatori che lei non aspetta più, né ha motivo di invitare. Miriam era così festaiola da giovane. Semplicemente non si era resa conto che quella era la sua giovinezza. Che anche a trenta, quarant'anni, non era mai stata nient'altro che una ragazzina. Buoni amici, pranzi e cene in casa, notti sul molo, nuotate sotto la luna, i postumi delle sbronze smaltiti davanti a programmi televisivi sul cibo, annegando un bambino, accoltellandone un altro, raccontando a tutti che si era trattato di un incidente. Quanti incidenti c'erano stati a quei tempi?

Il fotografo voleva vedere la cantina. È stata notevolmente migliorata da quando ho ereditato la casa, dice Miriam, appoggiandogli una mano sulla schiena. Con la mascella dolorante e i minuscoli piedi avvolti in un paio di pantofole di raso color rosso corallo, scende le scale con lui.

Uomo e cosa

C'erano una volta una ragazza e un ragazzo che si conobbero e s'innamorarono. Fu facile come scrivere questa frase; un meccanismo normale e ancor più incomprensibile dell'elettricità che pulsa ininterrottamente nelle nostre case e nei dispositivi elettronici.

La ragazza aveva un nastro intorno al collo, un bellissimo nastro nero di velluto, che non si toglieva mai. Il ragazzo una volta le chiese il perché, ma quando lei mise in chiaro che non ne avrebbe mai parlato, lui lasciò perdere e non sollevò la questione mai più, anche se ovviamente ci pensava spesso. Era arrivato addirittura a sfiorare il nastro in un'occasione, mentre lei dormiva, sentendosi terribilmente in colpa per essere stato tanto sleale.

La ragazza e il ragazzo vissero insieme per un po' e poi si sposarono. La loro vita fu ricca e monotona, splendida, piccola, povera e dolce. Divennero adulti e, infine, invecchiarono. Per tutto il tempo, il nastro di velluto rimase al collo della ragazza, senza mai sbiadire né sfilacciarsi.

Quando alla ragazza, ormai una donna anziana, fu chiaro che non le restava molto da vivere, chiese al marito di fare un'ultima cosa per lei. O meglio, decise di fare un'ultima cosa per lui.

Quando sarò morta, gli disse, potrai togliere il nastro. Ma non prima. E così morì, soffrendo un po', ma senza tribolare troppo, nel letto che avevano condiviso. Il ragazzo, ormai un uomo anziano, slacciò debitamente il nastro dalla gola di quella che era stata sua moglie. E la sua testa si staccò.

Il marito fece un balzo indietro, scioccato, e afferrò il braccio morto della moglie. Lì, sul polso, vide un altro nastro che non aveva mai notato prima. Era del colore della sua pelle e più sottile del nastro al collo. Afferrò le forbici e lo tagliò: la mano si staccò dal polso, senza sanguinare. La raccolse. Era la sinistra. C'era la fede nuziale, d'oro con un piccolo zaffiro. Sotto l'anello c'era un altro nastro. Zac. Il dito si staccò. Guardò le altre dita. C'era un nastro su ognuna. Un dito dopo l'altro, caddero tutti, anche il pollice. Posò quel palmo monco e si girò verso il corpo senza testa e con una sola mano che giaceva sul letto.

Controllando accuratamente, trovò e tagliò tutti i nastri principali che avevano tenuto insieme sua moglie. Una volta terminato, cominciò a singhiozzare, ma non poteva permettere che quel corpo continuasse a esistere. C'erano, li aveva trovati, anche nastri più piccoli, alcuni sottili come vene, altri più sottili d'un filo di seta di ragno. Man mano che tagliava, la moglie si riduceva in pezzi sempre più piccoli. Pianse così forte che il vicino della porta accanto lo sentì dalla finestra aperta e chiamò un'ambulanza. Passarono molti mesi: la questione venne documentata dalle autorità ospedaliere, chiamarono la polizia che analizzò la scena, la polizia se ne andò, il marito venne visitato, diagnosticato, curato, tenuto a riposo e poi infine mandato a casa. La moglie fu sepolta in una tomba legata da un nastro nero, in base alle sue istruzioni. Al funerale, scortato dalla polizia, il marito avvertì l'impulso di ispezionare la tomba in cerca d'altri nastri, ma glielo impedirono. Una piccola ricaduta, disse il dottore.

Quando tornò a casa per la prima volta dopo che i medici dell'ambulanza lo avevano portato via, il marito, non avendo nient'altro da fare, andò a prepararsi una tazza di tè. Nella credenza dove teneva l'occorrente, trovò un lungo capello castano. Lo sollevò alla luce e lì, intorno al capello, vide un minuscolo nastro marrone, troppo piccolo persino per essere tagliato. Perciò aprì la finestra della cucina, appoggiò il capello sul palmo della mano e lasciò che la brezza lo portasse fin dove poteva. Non cadde molto lontano. Nel suo stesso giardino, dove lo perse di vista o fece in modo di non vederlo più.

Subito dopo preparò due tazze di tè e sorseggiò la prima, guardando l'altra fumare e diventare poi fredda.

Automatismo

Il primo arco conduce a un secondo, poi a un terzo, un soffitto a volta, piccole finestre a feritoia e massicci pavimenti in pietra levigata da secoli di stivali strascicati sopra. All'esterno, manciate di fiocchi di neve festeggiano con le sculture e si dissolvono nello stagno. Il dormiente cammina leggiadro lungo il corridoio. Ha la bocca piena di sangue, dietro i denti e le labbra bianche. Indossa un mantello ricavato da un lenzuolo a fiori blu e rosa, di quelli che oggi come oggi si vedono soltanto alle aste immobiliari o fissati con le puntine sulle finestre di certe case abbandonate nelle praterie. Una lama annerita, una striscia d'orizzonte, il rumore del nulla, l'attesa del cambio di stagione per sollevarlo e lasciarlo cadere.

Le linee sono eccellenti: le spalle del ragazzo sono diritte e abbassate come quelle di un ballerino, il passo è cadenzato. I muri lo invitano a proseguire. Dal mantello fluttuante spuntano solo i polpastrelli. Mentre cammina, il sangue gli cola dalla bocca e schizza sul pavimento. Ma con perizia, non sull'abito né sul corpo. Sta per uccidere l'uomo che troverà nella stanza in fondo al corridoio di pietra. La sua mente è incollata a un principio ispiratore di velluto. Simile a quello conferito dalla figura di un santo in un libro illustrato o da un foglietto stropicciato con le istruzioni per costruire una sedia di metallo.

In camera c'è una luce scarlatta puntata sul letto. Si avvicina al capezzale. Un uomo immerso in un sogno lento, aggraziato, delicatamente stratificato, mormora nel sonno. Solleva il braccio. Impugna una conchiglia di Murex, rosa intenso e bianca, con piccole spine laterali che somigliano alle vertebre di un drago. Nel letto: chi c'è nel letto? Qualsiasi cosa di giorno, soltanto questo di notte: un placido volto paterno poggiato su un cuscino con i capelli rossicci tirati indietro. Il ragazzo mira all'occhio, oltre il suo involucro viola, e sferra il colpo, una volta, spaccando l'osso orbitale fino a farlo diventare osceno.

Il ragazzo sputa il resto del sangue. Appoggia la conchiglia perfettamente a 90 gradi. Copriletto, scena del crimine, sangue o cibo di scarto. Un suono che proviene dall'alto, duemila libri cadono dagli scaffali sul pavimento di legno della biblioteca. Si toglie il mantello, lo appoggia sul letto e ci si rotola sopra. È un campo di fiori, è un cielo mattutino in primavera. Lui è un vitello, un puledro, un porcospino, un uomo spezzato, vestito per un clima di ferro. S'abbandona al sonno dietro ciglia svolazzanti e insanguinate.

Dal guscio angolare e spinale, si sprigiona l'ultimo ricordo impavido di un cervello color corallo. Una mano umida e molle nella sua, incrostata al lenzuolo.

Una cosa abbastanza normale

È un panino, con gli occhi spalancati e un gran sorriso sul torso, braccia e gambe lunghe color crosta. Se ne dimentica sempre: è imbottito di formaggio? Il pane mostra nei dettagli la mollica morbida. È stato un panino ogni mattina in queste ultime quattro settimane: cammina in silenzio sui marciapiedi, salutando anche quando non c'è nessuno da salutare. Balla solo quando ci sono più di tre persone, ma meno di cinque, in arrivo da entrambe le direzioni – così da poter eseguire tranquillamente la sua unica mossa.

«Ha-ha! Eccoti qua, bello. Vestito da panino. Che cazzone».

Ha tenuto conto di tutti gli insulti un giorno e la cosa ha iniziato a pesargli. Oggi non ha alcuna intenzione di farlo, però sa che lo hanno chiamato cazzone quattro volte, culone altre due (una scolaresca di bambini), e mona una volta, o almeno *crede*, (gli è stato mormorato di passaggio e non ci sente bene). Wow, avrebbe voluto dirgli, originale. Aveva avuto giusto il tempo di riflettere sul fatto che questa cultura mette morbosamente in relazione i panini – e le manifestazioni all'aperto di natura pubblicitaria per le piccole aziende –, con gli organi genitali.

Questo è troppo. È il calcio finale sui denti, pensa. Non ha ancora ricevuto il suo primo stipendio da panino pubblico, il sole sta tramontando e molte persone si stanno godendo lo spettacolo. Quindi, dopo pochi secondi d'incertezza, si allontana in direzione dell'uomo che lo ha chiamato in quel modo. Lo segue a casa, discreto come soltanto un enorme panino può essere. Non è spinto dalla rabbia: ma da un insipido e compulsivo desiderio di seguirlo. Per poi affrontalo e farsi spiegare per quale ragione pensa che sia perfettamente normale insultare le persone che lavorano, persone che stanno solo cercando di rendere nota agli altri la disponibilità di panini nel quartiere.

L'uomo entra in una palazzina e non sembra sia necessario aprire il portone esterno con la chiave, quindi la mascotte aspetta un attimo prima di seguirlo dentro. Si ritrova nell'androne e allunga il collo su per la spirale delle scale. Ma lui è al piano terra, ne è certo. Aspetta ancora, ascolta. Appartamento due, qualcuno sta ritirando la posta. Va bene. Tamburella sulla porta. Sarebbe inutile bussare con guanti tanto spessi.

La porta si apre. L'uomo sta in piedi, con la maniglia della porta in mano, e guarda la mascotte a forma di panino.

Abbastanza rapidamente, come se in qualche modo si aspettasse di ricevere questa visita, gli dice: «Quindi? Che vuoi? Eh?». La mascotte lo spinge all'interno ed entra. Iniziano a picchiarsi, il panino è in vantaggio. Nessun colpo può fargli male, invece l'altro corre seriamente il rischio di cadere all'indietro. Il panino mascotte lo afferra per il bavero e lo spinge in soggiorno. L'uomo grida mentre il panino mascotte mantiene una calma inquietante, facilitata dall'assenza di espressioni, occhi spalancati e sorriso finti a parte. Indica una sedia e fa capire all'uomo, a gesti, che si deve sedere. L'uomo alza le mani, si arrende.

La mascotte entra nel cucinotto e apre l'armadio sotto al lavandino. L'uomo grida, ma è come se stesse urlando a una tv dalla quale proviene la voce gioiosa di un politico che parla di questioni con cui lui è violentemente in disaccordo. Dalla cassettina degli attrezzi sotto il lavandino, la mascotte seleziona un martello di taglia media.

Più tardi torna a casa, vestito da panino.

Quasi non si accorge dei volti delle persone per strada, intorno a lui. Per fortuna sono pochi, e la maggior parte vede solo un panino sporco che arranca, cosa che fa ridere molti di loro, qualcuno bonariamente, altri con cattiveria.

Va in bagno a lavarsi le mani, dimenticandosi che le sue mani sono caricature con i guanti. Tuttavia le sfrega forte con il sapone e osserva l'acqua rossa finire nello scarico. Quindi fa un passo, con difficoltà, nella doccia e se ne sta lì in piedi imbambolato. L'acqua scorre lungo la mollica morbida e la fetta di prosciutto finto. L'acqua scorre giù per lo scarico, portando via le ultime tracce di sangue e viscere.

Un giorno e mezzo dopo il panino, che ha iniziato a emanare un cattivo odore, si consegna alla polizia. La cerniera sulla schiena si è arrugginita, e non ha potuto mangiare né bere da quando è uscito di casa per andare a lavorare, quarantott'ore prima. Purtroppo, nessuno alla stazione di polizia riesce a far funzionare la zip, quindi si limitano a ritagliare un piccolo buco, dove sperano ci sia la bocca, per reidratarlo e sentirlo parlare chiaramente.

Tagliando la gommapiuma scoprono che in realtà si tratta di pane e che si sbriciola. Dietro il pane sbriciolato c'è una foglia sottile d'insalata, poi del formaggio e carne umida, troppo vecchia per essere identificata. Dall'altra parte, ancora pane e, infine, niente.

La poliziotta che ha in mano le forbici, una donna con oltre trent'anni di carriera alle spalle che è stata recentemente demansionata a lavoro d'ufficio e rimozione di costumi, scuote la testa. Come se anche lei non si fosse aspettata di vedere nient'altro che un panino, dove invece doveva esserci un uomo. Ma è comunque delusa, dal cliché di questa realtà. Il panino sospira, si volta e aspetta di essere riaccompagnato in cella.

Sirene sessualmente frustrate

Le sirene ci provano con altre sirene o comunque le amano, e basta. I baci però non placano l'ardore delle labbra e delle tette. Sono meravigliosi, ma… Alcune dicono di non aver bisogno d'altro. Poche fortunate. Poi ci sono quelle che non ce la fanno a galleggiare, quando pensano. E pensano come se un pensiero soltanto bastasse a farle impazzire. Fantasie sotto lenzuola di ghiaccio, di inesistenti sireni congelati con il rigido corno scanalato del narvalo e mani ruvide e intelligenti. Fantasie di sirene con calde grotte orlate di verde. Rispettabili fantasie che coinvolgono entrambi, in tutte le combinazioni, con tutte le parti del corpo: quelle che mancano e altre, nuove, concepite dalle menti di ragazze-pesce disperate e sognatrici. Alcune se ne vanno alla deriva, lasciandosi cadere nell'abisso, mentre pensano, Be' è abbastanza simbolico, no? Ma laggiù non trovano altro che mostri luminosi di gelatina e gamberetti adulatori.

Be' ma come fanno a saperlo? Senti, come l'hai scoperto?

Le sirene si radunano in cima a lucidi scogli, brillano selvaggiamente, cercano di pensare a qualcosa in più da dire di un semplice Hai mai provato un orgasmo? Sembri assonnata, sei sicura di non avere nulla da dirci? Da dove veniamo esattamente, dato che la partenogenesi è fuori discussione? Non si pongono la domanda ad alta voce. Non si sa nulla nemmeno a proposito della logistica legata alla cacca. Si mettono in posa, rilassate, impugnano le loro forche, salutano timidamente una flotta sguarnita, ogni nave fa brillare le sue vele, come se quella maledetta parata potesse mai significare qualcosa. Le sirene ammutoliscono, si guardano, le code gonfie schizzano acqua. L'ultima barca della sera attraversa una scia bianca e qualche ragazzotto ubriaco canta un'altra canzone del cazzo su riccioli di sale, su seni sodi e uno sposalizio con il mare. Afferrargli il piede, portarlo a fare un lungo viaggio nel blu. Ma sono anni che le sirene non annegano nessuno. Vedi, manca un passaggio, fra il momento in cui trascini un ragazzo sott'acqua e quello in cui fai sesso con lui. Quindi che cos'è un omicidio di per sé? Un modo per eccitarsi? Non sono così perverse. E poi torniamo al problema della mancanza di quella che può essere considerata la zona del piacere.

È un tratto mitologico-biologico imposto, che conduce all'insoddisfazione cronica: a parte l'aggiunta di una nota a piè di pagina nelle favole, non c'è niente che davvero si possa fare. Alla fine, gli viene in mente che forse potrebbe esserci qualcosa di nascosto, che si sono perse. Una sorella coraggiosa decide che ritaglierà una v sulle squame, afferra un coltello arrugginito dal sale e le raschia via. Solo per controllare, solo per esserne certa. Un dolore blu-verde dietro gli occhi, ma non è peggio di un'ipotesi senza conferma.

Sotto non c'è nient'altro che carne dolente color rosa salmone.

Nessuna sirenetta apre bocca.

Lei sparge le squame dilaniate nell'acqua. La marea ci guadagna un centinaio di scintillanti inviti a festa, ma non è tempo di ballare. Alla fine le squame ricrescono e l'assaltano di nuovo, inespugnabili come le teste di cento chiodi nuovi di zecca.

Grandi passi

Gliel'ho chiesto subito. Un graffio sul piede. Lo sporco fra le dita. Pensavo al tacchino natalizio. I boschi soffici e la prima neve che si scioglieva a terra. Il mio tesoro affettava il pane muovendosi a scatti. Le dita tese, aggrappate al pane come una mano di marmo del Bernini. Ho abbassato lo sguardo, odiando me stessa e il mio desiderio.

Si è fermato. Ha posato il coltello sul tavolo. Sì, ha detto, guardando i boschi. Oltre la staccionata troverai la carcassa della pecora, spalancata come una coperta da picnic. Ho mangiato persino le ossa.

E il contadino? Ho chiesto.

Silenzio. Una pentola gorgogliava. Ho pensato: quanto amo il modo in cui la manica gli avvolge il braccio. Adoro la sua peluria rossa sulla gola e sul petto. La scintilla di una distrazione: i regali per i bambini, che sono fuori con i nonni. Arriveranno presto. Mia madre, mio padre. I suoi sono morti da un pezzo o almeno così mi ha sempre detto.

Appoggiandosi a me. Quelle braccia, coperte da un cotone sottile, il mio, il suo. A testa bassa. La neve del mattino, il pensiero degli alberi all'imbrunire. Quando li illuminavo con il fascio circolare di luce della torcia, chiamandolo.

Sì, mi ha detto. Anche lui.

Ho tirato fuori la lista, dal posto in cui la conserviamo, gli ho dato la penna. Gli ho permesso di poggiare il bloc-notes sulla mia schiena. Giorni dall'ultima uccisione: 457, fallito. Sotto c'era scritto: giorni dall'ultima uccisione: 1. Poi il rombo di un'auto sul viale. Poi i nostri figli, vispi e con i capelli rossi, sono entrati in casa saltellando.

Fulmine estivo

C'è qualcosa che vira verso il giallo in cielo. Le sedie, all'aeroporto, si trovano comunque di fronte a una fila di finestre su cui si specchiano migliaia di volti, migliaia di corpi afflosciati che vagano, scintillanti, a strisce, campionati, dopo che hanno lasciato le loro ombre in auto e si sono stiracchiati sotto i piumini in fantasia paisley. Qui, grigi: un cestino pulito, un contrafforte. Un bagliore color crema, l'ingresso di una profumeria.

Gli aeroporti sono luoghi rituali, pieni di cerimonie di purificazione. La verifica dei documenti, la decontaminazione all'entrata – togliere le scarpe, la cintura. Il passaggio al gate, se ne sei degno, l'ingresso nelle stanze inondate di luce e senza tempo.

Un uomo cammina in modo diverso dagli altri. È scalzo. Sta sputando fagioli secchi. Si tratta di un rituale che risale all'antica Roma. Cammina fiero fendendo l'aria densa e la folla si sposta. Tutti, tranne una ragazzina. La ragazzina è appena stata tra gli scaffai dei cosmetici; le sue labbra sono dipinte d'arancione, sulle palpebre scure è stato picchiettato qualcosa di verde, che scintilla. Esce e alza la mano.

Un meraviglioso fragore esplode in aria: all'esterno, il primo fulmine ha colpito un aereo appena atterrato. L'uomo la riconosce. S'inchina profondamente di fronte a lei e sputa una manciata di fagioli secchi, in attesa che lei capisca. Lascia che il boccone offerto cada sonoramente sulle piastrelle del pavimento.

L'uomo è lì per annientare la ragazza. Ci ha già provato molte volte, prima. Pensa che lei non sia un essere umano, ma un fantasma domestico, senza dimora. Uno scivolone culturale con una dozzina di facce. Un insulto che dev'essere neutralizzato in un modo o nell'altro. La ragazza sorride e tra i suoi grandi denti bianchi c'è uno spazio. L'uomo rabbrividisce.

S'incurva, arrossisce. Spalanca la bocca e vomita un fiume di fagioli secchi. Protezione, correzione. Nell'antica Roma, l'uomo di casa cospargeva di fave il terreno intorno alla sua proprietà, per proteggerlo dai *lemures*, gli spiriti dei morti più bisognosi. Lui stava facendo la stessa cosa. Si stava liberando a tutti gli effetti di chi se n'è andato senza mai esser compianto, dei malvagi, degli intoccabili, degli squilibrati. Per poter rideterminare se stesso. Un uomo d'azione. Un primogenito, con i diritti che ne conseguono. Guarda come serra la mascella.

Ma una donna si fa avanti tra la folla. Tiene gli occhi socchiusi e la borsa stretta al fianco. Sta andando a casa, ma il suo volo è in ritardo per via della tempesta. L'aria pesante e deumidificata artificialmente la sta soffocando: si è tolta la sciarpa, una sciarpa in tessuto leggero che ha scelto quella mattina per valorizzare la sua bellezza, altrimenti difficile da cogliere in un volto tanto sobrio. E nonostante ciò appoggia una mano sul braccio dello sconosciuto. *Ehi! Allora.*

La ragazza è morta, la ragazza non è morta, o l'uomo ha finito i fagioli, o ne ha una scorta infinita, oppure gli ultimi si stanno riversando al suolo e disegnano la sagoma di un feto. Questa donna, chissà chi è, non permette attacchi, rifiuta le cerimonie e l'immutabilità, anche qui. Anche in aeroporto, dove l'immutabilità è l'unica cosa che tiene insieme la calotta di vetro sopra la testa di tanta gente.

La donna prende un opuscolo dalla borsa. Gli parla di salute, della necessità di comunicare agli altri le proprie sofferenze. Disperatamente inadeguata. Ma che altro fare? Si presume che anche lui sia umano. Sopra l'aeroporto i banchi di giallo emettono un ruggito e una seconda livida spaccatura d'elettricità. Un piccolo automezzo sulla pista, che sta trascinando vagoni di valigie, s'incendia. L'uomo prende l'opuscolo e lancia uno sguardo allo spazio intorno. Gli occhi sono umidi e scuri.

Non ha un piano d'azione, nessuno schema da seguire. La donna e la folla lo guardano mentre zoppica via, sulla strada di fagioli, senz'ombra sotto le luci dell'aeroporto.

La ragazza, la ragazza. Sul suo abito giallo sono stampate delle coccinelle. Sorride, arancione e con lo spazio tra gli incisivi, e fa la ruota insieme al vestito. Lei non deve dirti nulla. Ce ne sono ancora così tanti. Ce ne sono tanti altri nella grande sala, e ovunque, che resistono allegramente ai margini, mentre la tempesta, con il suo programma, risponde a ogni tensione con un rilascio.

Il museo dei dolori

Aveva curato l'allestimento della stanza delle api. Piccole statuette di porcellana con colature di cera. Uno sciame al posto della tenda, come una vibrazione nascosta dietro un arazzo. Senza uno scopo preciso, non facevano male per davvero, ci potevi passare attraverso con estrema delicatezza o di gran carriera ma le api, avvolte nel loro velo, comunque non ti avrebbero punto. Non c'era molto altro che potesse fare, ora che era tornato nel vecchio palazzo, tranne questa ristrutturazione. Qualche piccola modifica alla struttura architettonica, per ampliarne le dimensioni, la portata, per trasformarla nel palazzo di un cardinale morto da tempo, o ancora vivo, ma in un mondo parallelo a questo. Poi una tisana calda alla pera e cardamomo in una tazza di latta rossa. Indossava un abito nero tirato a lucido, era ben rasato e aveva i capelli puliti, anche se non si lavava e non si prendeva mai cura di sé, né tantomeno si cambiava.

Doveva davvero restare lì ancora un altro po'. Per distrarsi accarezzava le chiavi, chiedendosi: che differenza c'è tra un supercattivo e un mostro? Be', un certo margine di scelta. Qualche ritocco al meccanismo delle identità segrete. Spesso, anche se non sempre, un budget diverso. Scrollò le spalle e girovagò nella sala da ballo della dissociazione, anche se questa non lo appassionava mai per molto. In passato aveva importato la moda di Harajuku. I colori pastello, stranamente, erano i più belli. Spacchettò e sistemò gli abiti lui stesso, guardò dentro ai lunghi specchi gotici, passò una mano sui riccioli angelici e sospirò. Riprese il filo.

Fuori, a terra, il fosso di cinta, nascosto, separava il liscio prato verde dall'inizio dell'inferno. Su quello stesso campo, in ogni momento, qualche immagine senza precedenti. Fiamme color carne, una pioggia di teschi che si schiantava contro le rocce. Oppure una strana quiete prima del ritorno di flashback di una guerra, un'aura raccapricciante dietro agli occhi.

Aveva curato l'allestimento della stanza delle anomalie e l'aveva riempita di persone sole, facendo in modo che non potessero vedersi né sentirsi. La stanza dei cliché poetici era decorata con imitazioni di Blake. La stanza della pistola, quella sì che lo stava schernendo. Provò a pensare a una tortura paragonabile alle pistole, ma erano così elegantemente terribili. Nella sua testa, nessuno aveva mai fatto niente niente di paragonabile a una pistola, né aveva mai mentito tanto a tal proposito. Nemmeno durante l'infanzia le persone si sentivano tanto forti come quando impugnavano le pistole, che erano come ancore di ferro a cui si aggrappano i marinai mentre vanno a fondo.

Aveva trasformato la sala di lettura in una stanza piena di parole necessarie ma taciute, e dei pensieri peggiori delle persone più riservate e silenziose, anche quando erano riuscite ad arrivare in paradiso. C'erano molti romanzi, inoltre, per ingannare il tempo. La condizione umana era molto meglio se essiccata su una pagina e inalata con un bicchiere di borgogna, vicino al fuoco. Amava il pathos tanto quanto il sangue. Anche alcuni dei suoi autori preferiti avevano una stanza tutta per sé.

Ma nonostante le risorse infinite, anche il diavolo non sapeva che fare con le sue mani indolenti. Scattò in piedi sulle gambe lunghe ed entrò in ascensore. Aveva in testa qualcuno. Il percorso che conduce all'uscita è semplice, ma lungo. Conduce ai margini delle città, dopo i palazzoni alti, sotto i ponti, lungo l'autostrada, strade grigie dove vengono gettate solo lattine di Coca-Cola schiacciate, preservativi e cadaveri, dove nessuno dovrebbe andare se non un uomo in nero che traballa leggermente.

Si riposò un po'. Un pacchetto di Ritz e una bottiglia d'acqua Fuji per rinfrescarsi. Trasformò i rifiuti in pietre, con cura. Non era corretto inquinare. In tasca trovò diverse api rannicchiate insieme; le tirò fuori, poggiate sul palmo della mano. Il vento catturò le loro ali trasparenti e arruffò la loro pelliccia. Non c'era un diavolo delle api.

In prossimità della città che cercava, fece una pausa. E se fosse stato un errore? Era successo una notte. Una notte e poi quando? Guardò le sue dita lunghe, dipinte in scala di grigio, borbottando. Quella cara ragazza probabilmente era morta da molto tempo. Eppure non l'aveva incontrata dove si aspettava. E dopo una notte come quella? Non che lui la giudicasse per quella ragione. Ma aveva pensato che, forse, sarebbe stato un punto a suo sfavore. Considerata l'identità del suo compagno di ballo.

Il diavolo tirò fuori la sua abominevole mano dall'altra tasca, guardò il palmo aperto, il cui tocco era velenoso, e vide altre delle piccole api nere alzarsi in volo sui campi aridi. Lui era come le api, pensò, che cercavano di conoscere con i propri onesti mezzi ciò che doveva essere conosciuto. Un regno etereo segnato da danze, medicine, dolcezza, creature fragili. Forse non così fiorito. Ad ogni modo. C'era spazio per qualche benedizione speciale, troppo piccolo anche solo per esser nominato.

Si trascinò qualche passo in avanti. Alzò il mento verso l'alto e, infine, pronunciò il nome di lei. Riuscì a farlo senza biascicare velenosamente come spesso si era immaginato e come spesso era accaduto. Nessuna connessione, nessuno dalle lande del mondo fu sollecitato a rispondere.

Il diavolo, dopo un attimo di esitazione si voltò e se ne andò via svelto, diretto al suo museo.

E, in gran segreto, sorrise a se stesso, felice.

Non detto

Mia s'impegnava tantissimo per sembrare uguale a tutti gli altri, a scuola. Quando rimuginava troppo su certe questioni passate le spuntavano piante rampicanti dagli occhi e, dopo alcuni minuti, le foglie germogliavano. Qualche rametto sui condotti lacrimali era anche accettabile, si poteva nascondere dietro grandi occhiali scuri da mosca. Ma la gente cominciava a farci caso quando sbocciava qualcosa di lucente e iniziavano a fiorire piccole stelle bianche e blu.

Era ansiosa di capire quale fosse il senso del suo problema agli occhi. Non accadde mai. A volte cercava di tagliare le foglie; non le faceva male. Riempiva un grembiule di germogli. S'infilava un maglione e usciva nella nebbia. La scuola, vecchia e scricchiolante, si trovava nei pressi di un mare che spesso era avvolto dalla nebbia. La scuola si trovava anche accanto a un parco. Mia poteva gettare lì le sue foglie. Tuttavia, mettere pezzi di sé nei cassonetti o infilarli sotto un arbusto la turbava e la disgustava al contempo.

Mia scrutava il mondo da dietro i suoi occhiali, in attesa di capire il senso. Proprio come avrebbe fatto con l'amore. Un bel posto dove fare queste riflessioni era in mezzo alla nebbia: inteneriva tutto, anche lei. Un giorno un'altra ragazza la sorprese in bagno con le forbici in mano. Una ragazza con un taglio di capelli da maschio e una lunga camicia di jeans. Che cosa stai facendo? le chiese. Taglio le piante che mi crescono dagli occhi, rispose Mia. È più facile che strapparle via. Ah sì, disse la ragazza, allungando il collo, distratta da qualcosa che stava fuori dalla finestra. C'erano ancora i cervi sul prato. Erano sei, tutte femmine. La ragazza sbatté le palpebre una volta, si strofinò gli occhi. Hai idea di che compiti dovessimo fare per oggi? Mia arrossì. Guardò fuori dalla finestra in silenzio. In attesa che si levasse incontro a lei il senso che cercava. Tutti i cervi, saltellando, sparirono nel verde in un solo istante.

Infilarsi

Fare una gita speciale nel luogo in cui sono stati visti per l'ultima volta.

Prendere un autobus e poi un treno, con la campagna verde che ti lampeggia accanto e la tecnologia di un'epoca passata, ma non meno prodigiosa.

Arrivare in stazione, essere l'unica persona in piedi al binario, sotto un cielo che ingiallisce.

Vedere i campi di colza ugualmente gialli ondeggiare sotto un vento che le tue braccia non percepiscono.

Avvertire nel sistema nervoso l'arrivo di un temporale che s'incurva all'orizzonte.

Ripartire a piedi dalla stazione e camminare fino al segnale stradale più vicino.

Scoprire che la distanza che ti separa dalla meta è di quattro miglia e mezzo, e scegliere di non aspettare la corriera.

Estrarre da una borsa a tracolla di pelle morbida, cioè logora, un minuscolo barattolo di miele e un libro mastro con una copertina di pelle morbida e marrone, perfettamente abbinata alla borsa a tracolla.

Aggiustarsi gli occhiali.

Mettere il barattolo di miele nella tasca della giacca, ignorare gli strappi sulle cuciture del cappotto.

Iniziare a camminare verso la meta, leggendo in silenzio il libro mastro, tenendo d'occhio i piedi, la strada non asfaltata e il ciglio troppo erboso.

Rendersi conto di aver dimenticato il thermos del caffè sul treno.

Raggiungere infine la meta in preda a una gran sete.

Salire fino alla soglia senza fermarsi a prendere in considerazione la magnificenza della proprietà.

Togliere dalla tasca il vasetto di miele e appoggiarlo un momento.

Togliere da una tasca interna del blazer un coltellino con il manico di madreperla.

Togliere la scarpa sinistra e il calzino sinistro.

Chinarsi e percorrere la pianta del piede con il coltello finché una sottile linea di sangue insegue la lama.

Spalmare il sangue con il coltello sul gradino superiore dell'uscio.

Spalmare un po' di miele, così che miele e sangue giacciano insieme in un minuscolo arcobaleno.

Rimettere il coltello in tasca (lasciando il barattolo di miele aperto) e indossare tutti gli indumenti nell'ordine in cui erano prima.

Fare un respiro profondo.

Trattenere quel respiro per uno, due, tre secondi prima di lasciarlo andare.

Strofinare le dita su cui è rimasta traccia del miele e del sangue.

Attraversare la soglia.

Camminare lungo il corridoio, immaginare come si è sentito chi l'ha percorso per primo.

Immaginare come sarebbe stato essere il professore che per primo ha dichiarato questo luogo irrimediabilmente contaminato.

Immaginare di entrare in questo posto pulito come allora.

Considerarti puro, comunque, ignorando il sapere che il professore ha indirettamente trasmesso a te e a tutti gli altri visitatori.

Ritrovarti in una stanza in cui non ricordi di essere entrato.

Sentire la scarpa che inizia a bagnarsi. Sedersi sul grande focolare di pietra.

Stare seduto sul grande focolare di pietra che non si trova nella stessa stanza, ma in un'altra completamente diversa, in cui non ricordi di essere entrato.

Spostarsi in un'altra stanza, forse in più d'una.

Da notare: cucina (forno gigante), sala da pranzo (mano di cera e uva avvizzita in una ciotola di vetro da punch), veranda (priva di luce proveniente dall'esterno, sembra una spoglia mezzanotte, quando invece entro pochi minuti dovrebbe sorgere il sole), camera da letto (letto piccolo, chiuso da tende. Letto in cui ti ritrovi sdraiato, con le scarpe che penzolano giù, ti accorgi di avere stelle grigie nella testa per via di un'emorragia).

Essere sempre stato facilmente impressionabile e consapevole che sarebbe successo tutto questo.

Sapere che i confini devono diventare sfocati e labili, e che questo potrebbe richiederti di diventare sfocato e labile.

Ridere nel modo in cui le persone tendono a ridere quando sono da sole, come se la loro presenza sulla terra dipendesse dal fatto di ridere in modo convincente, per sé o per i potenziali ascoltatori.

Raggiungere il seminterrato certamente raggiunto anche dall'ultima persona che è stata qui prima che abbia attraversato il confine, senza fare ritorno.

Non avere alcun ricordo delle scale oltre un nuovo sbaffo di cera d'api sul palmo della mano.

Essere confusi sia su ciò che costituisce un ricordo sia sulla sensazione di leggerezza.

Ricordarsi della gran sete che ti affligge.

Leccarsi le labbra inconsciamente, poi consapevolmente, asciugarsi le labbra, sentire sapore di metallo e miele e di un altro derivato dalla secrezione delle api.

Trovare una bottiglia di vino, molto antica, con l'immagine di una donna nuda liberty e sbriciolare il tappo con le dita per berne il contenuto.

Rammaricarsene immediatamente.

Svegliarsi sul pavimento della cantina con il corpo come un otre e con qualcosa che scroscia intorno.

Sentire una voce. Sentire due voci.

Vedere, inclinando la testa, dei piedi che scendono le scale che portano in cantina.

Sapere che questa persona, che indossa un paio di pantofole color corallo, non è tra quelle che sei venuto per incontrare, ma una persona completamente diversa, e solo una. O forse due. Non abbastanza in ogni caso.

Sapere che hai rotto qualcosa.

Non sapere se quel che si rotto è interno o esterno al tuo corpo.

Non sapere se hai un corpo o se sei un corpo o cos'altro.

Sapere poi che non hai una storia, né una borsa a tracolla, né un taglio sul piede (anche se lo sentivi, probabilmente, fino a qualche minuto fa, o fino a qualche tempo fa).

Sapere che potresti non avere una faccia, ma molte.

Avere conferma, quindi, che la rottura era esterna, o meglio non-tua, dal momento che non hai un interno, quindi niente può esistere in relazione a questo.

Odiare te stesso (non-te stesso, *qualsiasi cosa tu sia*).

Pentirti perché andavi via prima dalle lezioni di filosofia per andare a comprare della cioccolata calda da portare in spiaggia guardando il tramonto, anche se tutto questo, allora, era quanto di più vicino alla perfezione per te.

Sapere comunque di essere una figura retorica, l'intruso, l'ospite inaspettato che in realtà è lì per controllare.

Essere consapevole del fatto che probabilmente è questo il modo in cui gli altri sono scomparsi. Sentirsi contaminati senza scampo.

Mettere entrambe le mani davanti alla bocca e strillare in questo spazio chiuso finché il vuoto terrore ti abbandona.

Vedere i piedi che ti passano accanto: non soltanto i piedi calzati di rosso corallo, ma anche un paio di stivali leggeri che potrebbero appartenere a un uomo, viste le dimensioni, un uomo che per lavoro viaggia molto all'aperto, affrontando climi imprevedibili.

Rendersi conto che i proprietari di quei piedi non sono consapevoli della tua presenza, nonostante tu sia disteso in posizione prona, nel bel mezzo della cantina.

Respirare a disagio per qualche istante, cercando di sistemare la faccia in modo che non sembri un modello di cera, ma un volto umano.

Metaforicamente parlando.

Rialzarti in piedi barcollando.

Guardare la scarpa sinistra e vedere che, nonostante tutte quelle stranezze, è diventata rosso-nerastra.

Continuare a essere invisibili e in iperventilazione.

Fissare un po' i due, uno in effetti è un uomo vestito da escursionista, l'altra è una donna di una certa età, ma molto composta ed estremamente elegante.

Alla fine, andar su per le scale, sperando di non perdere tempo.

Entrare in una stanza in cui non sei mai stato prima, e ha senso, dato che non è da qui che sei entrato. Sederti a un lungo tavolo di legno pregiato in un'altra stanza, che ha un arredamento talmente diverso, che potrebbe appartenere a un altro secolo, oppure a una casa di una persona eccessivamente appassionata di rievocazioni storiche molto verosimili.

Scoppiare a piangere, una crisi di pianto simile a un orgasmo.

Imbattersi improvvisamente in un'altra stanza.

Imbattersi improvvisamente in un'altra stanza, affollata, questa, di adolescenti, tutti eccezionalmente belli e allegramente sciocchi, che ti fissano.

Imbattersi improvvisamente in un'altra stanza. Oppure è la stessa, ma completamente cambiata.

Sbattere le palpebre.

Trovare ancora i muri di quella stanza coperti di un liquore color ruggine, come un momento prima

Abbassare lo sguardo su pezzi strappati di stoffa bianca, niente di più: piastrelle bianche e nere; stampe macchiate; legno; sughero; sabbia; terracotta; le tue scarpe, una marrone e l'altra nera e rossastra.

Tenerti la faccia tra le mani.

Sentire una strana sensazione sui denti, in bocca.

Sentire le labbra screpolate dal vino rosso e da altre sostanze.

Sentire un grande peso alla sommità del capo.

Sentire con le dita che il peso proviene da un vuoto a coste, nell'aria, sopra il cuoio capelluto.

Iniziare a ridere, senza più cercare di convincerti di

qualcosa, ma finché il cuore non si stringe nel petto, mettendoti a disagio.

Alla fine, smettere di ridere.

Sentire di respirare in modo strano ma costante.

Scendere con le dita, vuote e appiccicose, e sentire che gli occhiali sono ancora lì poggiati sul naso.

Consolarsi un po'.

Scienza

Il petrolio s'incendia nella ciminiera. Il motore fischia. Tu scendi sul binario. Mi nascondo nei tuoi bagagli, un frammento, una piega sotto le tue camicie bianche e le tue bretelle nere in ordine. Il tuo dente dentro una busta indirizzata a me e, prima, questa crescita sdentata dal mio cervello di scorta. Caro creatore, anche il tuo disgraziato sente la tua mancanza. Sono al Nord. Il tuo treno non può attraversare anche un mare ghiacciato. I panorami si contendono il primato. Il traghetto. I grigi che si fondono, come dopo un rogo. In che modo posso vivere da solo senza essere considerato da nessuno. Ho chiesto una ragazza da utilizzare. Fammi scendere dalla finestra della tua cuccetta sul mare. Mentre crescevo: richieste di bile. Secrezioni. Vedi? Questo. Questo è quel che succede quando mi rifiuti. Mi piacerebbe seminare me stesso. Mi piacerebbe bagnare con le mie parti del corpo un altro corpo aperto. Il mostro è una protuberanza diffidente. Di più: un appetito che arranca nella sua amarezza.

E abbiamo lo stesso volto. I tuoi baffi incerati sono così perfetti sopra il labbro. I miei sono storti perché ti sei scordato d'insegnarmi a radermi. Lentamente stai accorciando la distanza tra noi. Questa è narrativa. Imbarcarsi con pelle di foca e piuma d'edredone attraverso gli spostamenti del ghiaccio. Distorsioni blu e verdi sulla testa. Quando ci incontriamo, mi permetti di vivere perché anche tu sei un uomo. L'attrazione del sangue. Tiro fuori la mia mancanza d'amore nella forma del mio cazzo e prendiamo le misure. Questo è la consuetudine.

Quanti saranno morti. L'insolenza lucida come l'oro. Rompighiaccio e slitta. Quante altre stelle, ma nemmeno una in più di quelle che conosciamo. I cani balzano in avanti soltanto per congelarsi. Colli inarcati. Il ghiaccio gli fa ritirare le gengive. Quando m'incontri mi ami, mi conosci.

Sempre il freddo e il tuo sconcerto, lo ammetti soltanto ora che arriva la fine vera e propria; mi lavi le cicatrici incrostate di ghiaccio. Le stelle ricoperte di brina ancora qui, ancora noi. D'ora in avanti, per sempre, questo.

Allestire i tavoli!

Gli attori sono seduti in attesa che la padrona di casa finisca di impiattare.

Lontano dalle telecamere, dal pubblico, da tutti, sei bambole d'argilla sono state inchiodate al tavolo da pranzo. Si sente il rumore dell'oceano quando gli attori aprono bocca, cioè ogni volta che devono parlare alla padrona di casa.

La padrona di casa è una signora sorridente con i capelli biondi, gli occhi blu iniettati di sangue che non mettono bene a fuoco le cose, e un lucidalabbra che scivola in modo simile, ma rosamarrone e perlato.

«E ora un po' di guarnizioni. Mi piace usare il basilico come guarnizione, non è carinissimo?» La padrona di casa si sporge per consegnare a ciascuno il suo rametto. Porta i piatti in tavola. Il cibo è marrone, il cibo è fumante. Il cibo ha anche altri colori e consistenze, si vede che è cibo. Gli attori tagliano tutto nei loro piatti. L'attrice ride per qualcosa che la padrona di casa ha detto. Avvicina un bicchiere alle labbra. Racconta della sua prossima parte. Guarda l'attore alla sua destra, e lui inizia a fare gesti davanti al cibo, accompagnati da mormorii d'approvazione.

«Insalata notturna» dice un altro attore. Il gruppo scoppia a ridere.

Proseguiamo con un semplice ritocco di un grande classico che potrete riproporre a casa, facendo tutto da soli. Se siete in grado di aprire un sacchetto di patatine, ci riuscirete. Il cibo sul tavolo scompare. Gli attori si alzano e se ne vanno via, tranne la donna e l'uomo alla sua destra. La padrona di casa non dice nulla. Poi i due attori scompaiono.

Ora è il giorno del Ringraziamento, la scena è ambientata in casa sua, fuori ci sono alberi rossi e dorati e festose decorazioni a forma di tacchino. E tante pannocchie essiccate in un cesto di vimini e foglie velenose.

«Adoro il giorno del Ringraziamento!» esclama la padrona di casa. «Miscela di spezie per il dolce alla zucca. E questo è un piccolo extra che potete preparare velocemente.» Si volta verso un bambino che arriva dal giardino. Il bambino sta portando altre festose decorazioni a forma di tacchino in un grazioso cesto.

«Sì, ottimo lavoro.»

Tira fuori un piccolo arco e una freccia da una vetrinetta. Mira alla gola del bambino e scaglia. Un turbinio di piume di corvo. Dietro, uno stagno fangoso che si gonfia. Gli occhi del bambino roteano verso l'alto e, sorridendo, cade a terra. La padrona di casa raccoglie il cestino e lo mette in equilibrio sotto al braccio, sorridendo alla telecamera.

«È unnnnn periooohdoh spesciaaale delll'annnoh» dice la padrona di casa «famigliiiah.»

Dopo l'interruzione pubblicitaria è il momento di allestire i tavoli. Allestire i tavoli! L'albero di Natale è ricoperto di bicchieri da cocktail rovesciati. Da qualche parte c'è un corvo senza piume che si schianta contro una finestra del seminterrato. Probabilmente quella del bagno. La padrona di casa fa il broncio di fronte alla telecamera. Fa l'occhiolino. La padrona di casa indossa un maglione di lana peloso con la scritta SANTAN CLAUS, ma le lettere si confondono tra loro.

«Mio nipote», dice la padrona di casa.

La sala da pranzo è color granata scuro. Si sente una musica natalizia; risuona troppo lentamente, è melmosa, troppo lenta per Bing Crosby, e il vetro della finestra del seminterrato si è incrinato. La neve finta sta entrando in casa. Un piccolo uccello insanguinato sul pavimento del bagno, dietro il gabinetto.

La telecamera fa una panoramica sul tavolo. La padrona di casa è in piedi dietro a una sedia. Non ci sono ospiti; poi fingerà di averne.

«Allestire i tavoli!» esclama. «I miei amici li adorano. Ho fatto questa coperta» dice la padrona di casa socchiudendo gli occhi, felice, e sistemandosi i capelli. C'è una coperta sul tavolo. TADAAH. La padrona di casa toglie la coperta.

Sotto c'è.

Sotto c'è un cadavere.

La telecamera fa una panoramica sul cadavere. Le ferite sono molto vecchie. Ci sono chicchi bianchi di riso che strisciano sul corpo.

«È davvero alla portata di tutti!» dice la padrona di casa. «Ci ho messo anni e anni a imparare la tecnica giusta. E ora potete farlo anche voi.»

Le costole spuntano all'infuori come chiodi. Gocciolano. Oh, che decorazione. Coltelli e forchette, e questo speciale set per le portate in gelatina. La padrona di casa si sposta verso il muro. Ha le unghie lucenti. Le sue labbra sorridono come se fossero le labbra di un'altra persona che non la conosce tanto bene. I denti le squarciano le labbra. Sono di metallo e coperti di vino.

Fa scattare l'interruttore.

«È vivo!» esclama, mentre dentro il cadavere si accendono delle lucine rosse e verdi.

«Ahahah, una cosetta semplice semplice che potrete fare a casa con quel che trovate.»

Il filo per le luci colorate è stato accuratamente nascosto, fissato con nastro trasparente.

La padrona di casa tira fuori una bottiglia di vino rosso. La bottiglia di vino è quasi vuota. La punta verso ogni bicchiere e la solleva.

«E vi auguro un buon. A tutti.»

La padrona di casa vi invita a tornare quando volete. Aumenta il volume della musica. Si sente il ronzio di una luce rossa e d'ossa, finché qualcosa non la spegne.

Breve storia della creazione

Nella capanna sul fianco della collina la lampada esterna a energia solare è rimasta accesa. Miguel è felice che sia così, mentre vi sta facendo ritorno, mentre le rocce afferrano i suoi passi incerti. Intorno a lui, cespugli di arbusti spinosi, serpenti e ragni nelle loro tane in superficie. Forse dovrebbero morderlo, farla finita. Ma la lucina è sempre lì, fissa di fronte a lui nell'oscurità blu.

La capanna era di suo nonno, una base costruita per sminuzzare l'oro. Miguel riuscirà ad arrivarci all'alba. Collasserà su un letto di assi e dormirà fino a mezzogiorno. C'è un pozzo sul retro che contiene acqua sufficiente per qualche mese. Può cacciare i conigli con le trappole; ha con sé una guida per capire quali piante, se ce ne sono, sono buone da mangiare. Può sopravvivere. Non è più un bambino, ormai; ha quattordici anni. Ma non è una consolazione. Non ora che ha ucciso due persone.

Miguel si volta a guardare la pianura da dove proviene. Il fiume scorre, gonfio e argenteo, lucidato dalla luce della luna. Si distinguono i pochi negozi della via principale e le luci della stazione ferroviaria. Qualcuno laggiù si sarà già svegliato e avrà scoperto la sua fuga? Si strofina gli occhi per tirar via la sabbia e procede, arrampicandosi, inciampando, imprecando, ma non abbastanza forte da farsi sentire e allarmare qualcuno dietro di lui.

Tutto era cominciato quando aveva iniziato a disegnare cose vere, al posto delle cose che immaginava. Tutto era cominciato quando, all'inizio dell'estate, la sua vicina di casa, Maggie, gli aveva dato dei pastelli, un bloc-notes e la sua vecchia Leica, e lui aveva deciso di fotografare gli alberi della gomma in fondo al giardino, dove scorreva il fiume. Aveva consumato un rullino intero; primi piani della corteccia, il modo in cui la luce del sole trafiggeva i rami verso sera.

Poi gli alberi erano tutti morti. Durante la notte. La sua famiglia gli aveva detto che era per via della siccità. E Miguel ci aveva creduto. Ma il fiume, denso e coperto di schiuma, portava ancora acqua fin sulle sponde.

Dopo gli alberi, era passato a disegnare le pietre e i fiori che rubava dai vasi delle piante: ovviamente queste ultime erano morte; prima le aveva prese e poi le aveva lasciate al sole. Aveva mostrato i suoi disegni a Maggie, lei ne aveva scelto uno, l'aveva incorniciato e appeso al muro. Poi gli aveva chiesto di farle un ritratto da appendere accanto alla foto del marito. I colori a olio erano la cosa più preziosa che Miguel avesse mai toccato. Per realizzare il dipinto gli ci era voluta una settimana. Maggie si avvicinava, sbirciando, chiacchierando, suggerendo modifiche sui colori o la prospettiva. Il giorno in cui lo aveva finito, Miguel lo aveva sollevato dal cavalletto e portato alla sua poltrona. Era proprio ciò che Maggie desiderava. È uno schianto, aveva esclamato. Bisogna festeggiare. Ma alzandosi per andare a prendere l'occorrente per preparare un tè, l'anziana aveva cominciato a barcollare. Si era portata alla testa la debole mano. Sulle dita era comparsa una macchia densa, oleosa e colorata. Ma Maggie non si truccava mai e non si era sporcata con i colori. Si era guardata la mano, perplessa, e poi aveva guardato Miguel. Ed era caduta, goffamente. E non si era più rialzata. C'era uno strano buco incolore sulla sua tempia, dove con la mano si era sfiorata la pelle.

Miguel non poteva credere di aver davvero ucciso la sua vicina. Così aveva continuato a scattare foto di ombre e di sole, a inquadrare porzioni di campi che puntualmente appassivano. Cercando di migliorare, perché era questo che la vecchia Maggie avrebbe voluto che facesse. Novembre si era trasformato in dicembre. Natale era un bagliore sfolgorante. Poi era arrivato gennaio e sua sorella era tornata da Londra con una Polaroid e qualche rullino vintage. Lui le aveva detto di appoggiarsi alla parete turchese di casa e aveva premuto il grande pulsante arancione con il pollice.

Voleva soltanto una sua foto ricordo, per quando sarebbe stata di nuovo lontana.

Nella capanna, Miguel sprofonda in un immobile vuoto.

Si sveglia, si prepara il ramen di pollo sul fornello portatile. Il giorno trascorre miseramente. Si sente male, solo, e non è certo di poter mettere ordine nel magma dei suoi sentimenti. Al tramonto, lo colpisce un attacco di nausea e Miguel va fuori, senza riuscire a vomitare. Si siede per qualche tempo, senza pensare a nulla. Il vento soffia. Il sole inizia a tramontare. C'è una luce oro e porpora mentre uno stormo di cacatua rosa fende l'aria.

Poi pensa a sua sorella, che giace in un luogo freddo, con la pelle che diventa sempre più luminosa e poi sbiadisce, come un'istantanea. Pensa a sua mamma e a suo papà, al loro sguardo vacuo posato su di lei. Un aneurisma, ecco cosa gli hanno detto, sarebbe potuto succedere in qualsiasi momento. Siccità, un vaso sanguigno che ti esplode nel cervello. Dicevano che il cranio di Maggie era debole, che anche una caduta leggerissima lo avrebbe perforato.

Sta diventando troppo difficile da accettare. È troppo difficile da accettare e Miguel singhiozza.

Dopo un po', il ragazzo se ne va verso il pozzo e tira su il secchio. Riempie la sua bottiglia e versa il resto giù per la collina, sapendo che si tratta di un altro crimine. Versa l'intero secchio a terra. Ne prende un secondo. Versa l'acqua a terra per lavare via i corpi. Per far finire la siccità. Finché i campi non esploderanno, rigogliosi e sempre verdi.

La luna è di nuovo in cielo, fa scintillare l'acqua che scorre. Ma gli occhi di Miguel sono cupi. Se ne sta in piedi a guardare quel che ha fatto, finché la terra non assorbe tutta la luce.

Sophrosyne

Il collettivo se ne sta seduto in una radura in mezzo al parco, in campagna, tra le querce antiche, in attesa d'istruzioni. Qualcosa turba l'atmosfera di questa mattina primaverile. Le betulle argentate al limitare della distesa di querce sibilano, e si sente il suono del fiume provenire dal burrone. Le pagine del manoscritto sotto a un fermacarte, sulla panchina, svolazzano rumorosamente. La lettrice eletta sta controllando qualcosa sul telefono. È ora, dice.

All'inizio del secolo scorso, questo parco era il terreno di proprietà di un granduca. Ognuno nel collettivo ha qualche legame con la sua famiglia, è un erede o un parente di chi ha prestato servizio presso di lui. Anche se la guerra ha sterminato la diretta discendenza e trasformato il castello in una base militare per macchinazioni in stile Guerra fredda, il collettivo esiste ancora. Gli è vietato interrompere la connessione e parlare di quel che è chiamato a fare.

Il tamburo comincia a rullare, impostando il ritmo della cerimonia. Il collettivo prende posizione. Il telefono di qualcuno inizia a squillare e qualcun altro sussurra con rabbia di spegnere. Il sibilo delle betulle cambia gradualmente, finché non si possono distinguere anche altri suoni. Lo schiocco di zoccoli ungulati. Stanno arrivando i cervi bianchi.

Era il giorno di San Michele dell'anno 1698 e c'era bel tempo. Il duca, i suoi amici e i servitori erano andati a caccia, cavalcando attraverso il boschetto di faggi, dove avevano acceso gli affumicatori a carbone, oltre i cumuli degli argini antichi e giù nelle foreste selvagge.

Già allora le querce erano molto antiche e si era creato uno spazio tra i loro grossi tronchi dove crescevano soltanto primule, in tutte le stagioni. Una galleria di alberi enormi con corpi bulbosi e cavità tanto profonde da contenere il braccio di un uomo. I cani da caccia avevano raggiunto la radura per primi. Da lì proveniva un terribile baccano. Quando i latrati dei suoi segugi si trasformarono in un guaire acuto, il duca non si fermò a pensare, ma lanciò il suo cavallo al galoppo.

Una moltitudine di cervi bianchi se ne stava fra le querce. I cani erano fuggiti. Il duca commise immediatamente un peccato enorme, impossibile da dimenticare. Così grande che anche chi non poteva avanzare alcun diritto sul suo nome, ma semplicemente prestava servizio presso di lui, ne avrebbe pagato le conseguenze, quanto il più nobile degli eredi. Il destino di bambini e bambine sarebbe rimasto legato per sempre a quel momento. A un bel giorno di San Michele del 1698.

Il duca puntò la sua freccia alla gola del cervo maschio più imponente, una bestia con le corna talmente grandi che chiunque ci avrebbe pensato due volte. Nessuno s'azzardi a dire che il duca fosse un uomo saggio. Successivamente anche tutti gli altri, servitori e nobili, si radunarono lì e si ritrovarono d'accordo nel dire che, proprio com'era stato al tempo di re David, una luce sacra aleggiava su quel capo e che in quegli occhi s'intravedeva un'intelligenza severa, anche se forse contro le leggi della natura.

Ma nella mente del duca c'era spazio soltanto per la caccia, la bramosia e la collera. Estrasse la spada per finire il cervo e tenendolo fermo dalla radice del palco, lo decapitò. Solo allora tirò le redini del cavallo e indietreggiò. L'orrore lo aveva travolto. La testa del cervo si era separata dal corpo con la facilità con cui si taglia una pera col coltello. Il duca aveva sollevato la testa – e aveva visto che questi lo guardava ancora. La testa cominciò a bramire.

E tutti gli altri cervi nella galleria inclinarono la testa all'indietro e risposero con un grido simile all'ululato di un carnyx. Una guerra di fiati. Una guerra folle. Una specie di richiamo, perché la caccia proseguisse. In lontananza, il branco di cani che si era sparpagliato fece ritorno ululando.

La testa cominciò a sciogliersi. Si riversò, bianca e lucida, sul braccio del duca e sulla coscia del suo cavallo. Il cavallo cominciò a nitrire scaraventando il duca a terra. E per terra, tra le primule fuori stagione, il duca impallidì e perse completamente i sensi. I suoi uomini lo riportarono al castello e lo adagiarono sul letto.

Non morì allora. Visse a lungo, in realtà. Vide le sue ricchezze naufragare nella paludosa colonia di Darién, la cui breve e disastrosa esistenza terminò alla fine di quell'anno, nella lontana Panama. Prossimo alla rovina, il duca rinunciò all'indipendenza del suo paese per evitare di perdere il ducato. I suoi discendenti combatterono in prima linea per l'Impero britannico, sfogando bramosia e collera nelle Americhe, in India, in Africa e nei Caraibi.

E ogni giorno di San Michele gli eredi e i servi sarebbero tornati in quella galleria a espiare le proprie colpe davanti al branco, che si sarebbe radunato lì insieme a loro. Le modalità di espiazione erano state riportate in lingua scots dal duca su un manoscritto. In base alle istruzioni, il collettivo doveva radunarsi per testimoniare l'arrivo dello strano cervo bianco; dovevano portare frutta fresca e altre cose che piacevano ai cervi, che il conte aveva individuato in oggetti naturali o artigianali ben fatti e di colore bianco: conchiglie, bicchieri e minuscoli cervi di porcellana. Questi dovevano essere inseriti nelle cavità della quercia, al cospetto dei cervi, recitando alcune preghiere. Non rivolte a Dio, ma agli animali – qualsiasi cosa fossero.

Si diceva che grazie a queste offerte la casata si fosse arricchita. Era in possesso di tabacco, zucchero e un enorme esercito. Poi vennero le guerre, le terre caddero. Non ci si aspettava una spiegazione dai cervi. Il rituale era una spiegazione di per sé.

Il tamburo rullava, i cervi comparivano. I ninnoli venivano nascosti. Le preghiere recitate. La storia è incatenata al corpo tremante. La storia aveva preso un impegno e non poteva essere cambiata. A nessuno passa per la testa di fermare il rituale per vedere come potrebbe reagire il cervo. Una foglia verde pallido cade a terra inosservata. Le cose passano e fanno soffrire nella loro ambiguità, nella difficoltà d'esser comprese.

È il giorno di San Michele, molto tempo dopo il primo avvistamento e la prima efferatezza. Il cervo fa ritorno nella profondità dei boschi. Il cielo blu si staglia sul collettivo, e compare una croce, un lampo bianco sopra le teste, come succede a volte, quando passano gli aerei.

Each Uisge

Si era seduto fra le rocce a ripulire il pescato, o il raccolto, quel che era: facendo roteare ogni cozza in un secchio d'acqua, strappandole di dosso fronde e baffi, prima di trasferirla con un appagante plof nell'altro secchio rosso ai suoi piedi. Gli piaceva lavorare con le mani immerse nell'acqua fredda e la mente libera di vagare. Intanto poteva calcolare la rotta delle nuvole vagabonde sulle montagne che tracciavano il confine di quel braccio di mare. La fame stava crescendo da quando l'alba lo aveva portato a riva, dove non c'erano pesci, ed era stato costretto ad andare a raccogliere. Aveva il sale sulla barba e la sabbia viscida sulle suole dei suoi Wellington.

La consapevolezza di non essere solo, in mezzo a tutto questo, fu graduale.

Il ragazzo si era seduto a pochi metri di distanza, su una delle rocce più grandi, dove l'acqua si arrampicava roteando su se stessa. Era a torso nudo, la pelle bianca e traslucida. Le ossa delle costole e della colonna vertebrale sporgevano leggermente, anche se il braccio e la gamba allungata con la punta del piede in direzione dell'acqua, erano forti e avvolti dai muscoli. Grazie al nuoto. Indossava un paio di boxer rosa pallido, a costine, attillati. Guardava l'acqua, ma sicuramente l'altro rientrava nella sua visione periferica. Una seconda pelle giaceva su una roccia alle sue spalle: era la muta di cui si era da poco spogliato e che aveva steso ad asciugare.

«Ci vuole qualche giorno» disse al nuovo arrivato, cercando di eliminare l'incertezza dalla voce.

«Sì.»

L'importante era non parlare troppo. Si trattava sempre di questo. Poteva accennare al mese (febbraio), alla consueta riluttanza delle persone a tuffarsi con zero gradi. Poteva fare una battuta, la battuta giusta. Invece guardò il ragazzo con un po' più d'attenzione. Non era un ragazzo. La sua età era impossibile da determinare, ma l'aspetto era piacevolmente giovanile. A volte gli era difficile giudicare. Sulla pelle bianca delle spalle c'era una manciata di lentiggini. Sul viso, la barba di un giorno o due e gli occhi chiari, segnati dalle rughe, che guardavano nella sua direzione, avevano un anello limbare scuro. Andava bene.

Si alzò e andò a esaminare la muta. All'inizio senza toccarla. Era nera come le cozze, un indumento perfetto per abbracciare stretto il corpo.

Robusto, ecco cos'era. Non era mai diventato vecchio, irrobustito dal mare e dalla solitudine, aspettando l'ultimo momento opportuno. Che mattinata fresca, l'acqua aveva una bella morsa pungente. Nebbia dentro le colline, nessun altro, e ora, questa opportunità. Aveva osservato l'uomo al lavoro sin da quando era uscito dall'acqua. Erano passati quindici minuti e non si era ancora stancato di guardare. Un bel tipo, va bene, ma lo erano entrambi. Dai modi forti, ma alla mano, di chi sa quel che deve fare e che lo fa per bene, fino in fondo. Una barba scura con un tocco di grigio all'altezza della bocca. Guardò l'uomo togliersi il cappello e piegarlo, prima di metterlo in tasca. Lo guardò alzarsi e avvicinarsi.

Ora si sentiva in svantaggio: solo i boxer sottili gli facevano in qualche modo da scudo. Il pescatore era completamente vestito e aveva un bel maglione sotto la giacca a vento; un vecchio regalo, indossato fino a diventare logoro sui polsini ma ancora bello, di color rosso scuro. I capelli neri erano spettinati dal cappello. L'uomo ci passò su la mano, anche se pareva che si muovessero per conto loro. Fece un passo sulla roccia e cercò di non spostare il tessuto bagnato, né di muoversi troppo mentre l'uomo guardava la muta sulla roccia. Poggiò la testa contro il ginocchio finché gli zigomi non gli fecero male. Pensando, guardami, guardami. Il pescatore aveva gli occhi da cerbiatto, scuri come la barba. «Con questa si va meglio?»

«Sì, penso di sì.»

Allora disse: «Vuoi fare una nuotata? Prego. Provala, se vuoi».

«Fff».

Ancora non l'aveva guardato. «Mica mi entrerà mai.»

Il ragazzo osservò una ciocca di capelli spostarsi sulla testa dell'uomo.

«Che ne so io, non so.» «Se lo dici tu.»

«Lo dico io, sì».

Perché si stava comportando in questo modo? Non aveva bisogno di una muta, per nessuna ragione. Sarebbe stato così, ogni volta che avrebbe provato simpatia per un ragazzo? Se avesse potuto scegliere di avere un potere, avrebbe voluto un po' di delicatezza. In piedi su una gamba sola si tolse lo stivale e il calzino e arrotolò il calzino nello stivale. Appoggiò il piede nudo sulla sabbia grigia e sollevò l'altra gamba, per ripetere l'operazione. Gli occhi dell'altro erano puntati su di lui, il che significava, perlomeno, un po' di interesse. Si tolse i vestiti della parte superiore del corpo. Quindi la tuta impermeabile e i pantaloni stessi, che ripiegò. Su una roccia, insieme agli altri. Abbassò gli occhi sulle gambe nude e sui piedi, pensando che erano così pelosi da sembrare zampe di animale. La muta era stretta e strideva mentre la tirava sopra le caviglie.

«È così che si fa?»

«Serve una mano?»

Entrambe le gambe e poi su, intorno alla vita. La pelle pendeva. Poi le braccia. Si chiudeva con una cerniera dietro, finse di non esserne capace. Pensò a quelle dita sulla schiena, toccami. La pressione del metallo, il suono della zip e le onde calme che andavano e venivano. Si sentiva l'odore dell'acqua e delle alghe sul ragazzo, nient'altro. La serrò intorno al collo. L'altro indugiò un attimo prima di togliere la mano, che spostò sulla spalla.

«Non è troppo stretto?»

Sollevò un braccio e l'abbassò. Guardò il ragazzo, molto da vicino ora. Lentiggini sulle palpebre. Andava bene. Schiacciato dal neoprene, il suo stomaco gorgogliava. «Come dovrebbe essere, credo.»

C'era quell'intensità. Erano tutti sguardi di sbieco, respiri corti. Be', almeno non era da solo in tutto questo. In tempi bui. Si spostò i capelli dal viso e per un attimo incontrò il suo sguardo. Erano lontani miglia e miglia da qualsiasi luogo.

«Facciamo una prova, va bene? Vediamo di andare da qualche parte a scaldarci.»

«È così difficile?»

«No, non è difficile.»

«Va bene. Qualche bracciata.»

Prima un uomo e poi l'altro camminarono incontro al mare. Camminavano, si superavano, s'inseguivano a vicenda con le mani tese, nell'acqua cristallina, tra grumi d'alghe color ruggine. E su. E giù. E in fondo. Fino a scomparire.

Ringraziamenti

Grazie a tutte le persone che mi hanno spinto a migliorare, a chi ha letto con generosità, a chi ha criticato o apprezzato la mia scrittura, a chi mi ha mantenuta nei binari. A Douglas Dunbar per l'infinito amore, supporto e sguardo attento. Ai miei genitori. A tutto il gruppo del dottorato. A Jenny Brown. A Steve Himmer. A tutti coloro che mi hanno finanziato e ospitato e sono stati in qualche modo gentili con me durante il tour americano di OTEOV, nel 2015. A Erin McKnight e alla Queen's Ferry Press, che ha pubblicato per la prima volta quest'opera, alla Saltire Society e alla sua giuria per avermi concesso, come una sorta di fata madrina, il riconoscimento che ha dato la possibilità di una seconda vita a questo libro. Alle donne geniali di 404 Ink – Heather McDaid e Laura Jones – per averlo ristampato.

Infine, grazie a The Banff Centre e Creative Futures / Creative Scotland, i cui luoghi e fondi creano lo spazio per le foreste presenti in questi racconti.

Ultimi volumi pubblicati

Brian Switek, *Lo scheletro nell'armadio*
Lisa Morton, *Fantasmi*
Massimo Arcangeli, *Senza parole*
Giovanni Levi, *L'eredità immateriale*
Botho Strauss, *Il perseverante*
Terry Eagleton, *Breve storia della risata*
Giancarlo Liviano D'Arcangelo, *L.O.V.E.*
Lidia Bramani, *Le nozze di Figaro*
Vittorio Giacopini, *Re in fuga*
Maggie Aderin-Pocock, *Il libro della Luna*
Rolf Dobelli, *Smetti di leggere notizie*
Sandro Cappelletto, *Mozart*
Christiane Nüsslein-Volhard, *L'incanto degli animali*
Linda Barbarino, *La Dragunera*
MOTTA, *Vivere la musica*
Frank Kermode, *Il senso della fine*
Priya Basil, *Elogio dell'ospitalità*
Lewis Dartnell, *Origini*
Vincent Raynaud, *Disintegrazione*
Nassim Nicholas Taleb, *Incerto*
Nassim Nicholas Taleb, *Robustezza e fragilità*
Claudia Hammond, *L'arte di riposare*
László Darvasi, *La leggenda dei giocolieri di lacrime*
Anthony Aveni, *Stelle*
Cosimo Bambi, *Niente è impossibile*
Lorenzo Alunni, *Nel nome del diavolo*
Bruno Maderna, *Amore e curiosità*
Joan Didion, *Finzioni politiche*
Ugo Leonzio, *Il volo magico*
Mike Berners-Lee, *NO PLANET B*
Piero Camporesi, *Le vie del latte*
Gregory J. Gbur, *Perché i gatti cadono sempre in piedi*

FSC
www.fsc.org
MISTO
Carta
da fonti gestite in
maniera responsabile
FSC® C018150

Finito di stampare nel marzo 2020
presso Galli Thierry stampa, Milano

KNAUR

Im Knaur Taschenbuch Verlag sind
bereits folgende Bücher des Autors erschienen:
Süden und das Gelöbnis des gefallenen Engels
Süden und das Geheimnis der Königin
Süden und der Straßenbahntrinker
Süden und die Frau mit dem harten Kleid
Süden und das Lächeln des Windes
Süden und der Luftgitarrist
Süden und der glückliche Winkel
Süden und das verkehrte Kind
Süden und das grüne Haar des Todes
Süden und der Mann im langen schwarzen Mantel
Süden und die Schlüsselkinder
Süden
Süden und das heimliche Leben
Killing Giesing
Gottes Tochter
German Angst
Die Erfindung des Abschieds
Abknallen

Über den Autor:
Friedrich Ani wurde 1959 in Kochel am See geboren. Er arbeitete als Reporter, bevor er sich ganz dem Schreiben widmete. Er schreibt Romane, Kinderbücher, Gedichte, Hörspiele, Drehbücher und Kurzgeschichten. Seine Bücher wurden in mehrere Sprachen übersetzt und vielfach ausgezeichnet, so u. a. mit dem Tukan-Preis für das beste Buch des Jahres der Stadt München. Als bisher einziger Autor erhielt Ani den Deutschen Krimi-Preis in einem Jahr für drei Süden-Titel gleichzeitig. 2010 folgte der Adolf-Grimme-Preis für das Drehbuch nach seinem Roman »Süden und der Luftgitarrist«. 2011 veröffentlichte Droemer den Roman »Süden«, der mit dem Deutschen Krimi-Preis 2011 ausgezeichnet wurde. Zuletzt erschien »Süden und das heimliche Leben« im Knaur Taschenbuch. Friedrich Ani lebt in München.

Friedrich Ani

SÜDEN UND DIE STIMME DER ANGST

Roman

KNAUR

Dieses Buch erschien im Droemer Verlag 2001 bereits
unter dem Titel »Verzeihen«.

Besuchen Sie uns im Internet:
www.droemer-knaur.de

FSC
www.fsc.org
MIX
Papier aus verantwortungsvollen Quellen
FSC® C083411

Vollständige Taschenbuchausgabe August 2013
Knaur Taschenbuch

Umschlaggestaltung: ZERO Werbeagentur, München
Umschlagabbildung: Gettyimages / Heinz Wohner
Satz: Adobe InDesign im Verlag
Druck und Bindung: CPI – Clausen & Bosse, Leck
Printed in Germany
ISBN 978-3-426-51363-7

2 4 5 3 1

There are no mistakes in life, some people say,
it is true, sometimes you can see it this way.
But people don't live or die, people just float.
She went with the man in the long black coat.

Bob Dylan, »Man in the Long Black Coat«

1

Ich habe den Mann nicht hereingebeten. Er hat sich nicht abwimmeln lassen. Er war schmutzig. Seine Jacke stank nach Rauch. Ich weiß nicht, was er von mir wollte. Er kam von einer Reise zurück, ich habe ihn nicht danach gefragt. Wir saßen beide auf dem Rücksitz des Taxis. Er setzte sich neben mich, ohne zu fragen.

Wenn er mich nicht gezwungen hätte einzusteigen, wäre ich zu Fuß nach Hause gegangen. Das hätte ich geschafft. Es regnete. Ich habe mir vorgestellt, dass ich nüchtern und wach bin, wenn ich die Wohnungstür aufsperre. Und dass ich mir die Haare föhne und mich dann ins Bett lege und tief schlafe. Stattdessen überredete mich der Mann, mit ihm im Taxi zu fahren.

Ich bin so müde. So viel getrunken und nichts gegessen. Nur dagesessen. Drei Stunden. Vier Stunden. Erst im »Blaubart«, wo Lissi mich fragte, ob ich frei habe. Ja klar, habe ich zu ihr gesagt. Ich mag sie nicht. Sie ist eine Trickserin. Das war sie schon bei Enzo. Mir hat er nie geglaubt. Immer nur ihr. Und sie bildete sich was drauf ein. Wenigstens hat sie mir Champagner ausgegeben, billige Marke. Ich habe drei Gläser getrunken. Und zwei Wodka, die mir Roland spendiert hat. Er arbeitet in einer Walzfabrik, seine Frau ist Kleptomanin. Sagt er. Brille und Vollbart. Ehering trug er keinen. Er hat ihn vor der Tür abgenommen. Was denken solche Männer? Dass wir das persönlich nehmen, wenn sie eine Ehefrau haben?

Jetzt habe ich schon wieder »wir« geschrieben. Ich bin

nicht mehr wir. Seit dreiundzwanzig Monaten nicht mehr. Nächsten Monat werden es zwei Jahre. Genau zwei Jahre. Genau zwei Jahre, und ich schreibe immer noch »wir«, verflucht. Immer wieder schreibe ich das. Gestern auch. Ich hasse mich dafür. Ich bin nicht mehr wir. Ich bin nicht mehr ihr!

Ich will jetzt nicht schon wieder ausflippen. Ich darf das nicht. Ich habe mir vorgenommen, ruhig zu bleiben. Ich mache mich lächerlich. Nein, das stimmt nicht. Ich mache mich nicht lächerlich. Jetzt fange ich schon wieder zu heulen an. Das ist der Kater, ich werde sentimental, wenn der Alkohol weggeht am nächsten Tag. Das war früher schon so. Da haben mich die anderen gehänselt. Na und? Die haben auch alle ihre Macken. Jetzt schreibe ich schon wieder von denen. Ich muss über mich schreiben. Nur über mich. Das ist wichtig. Ich weiß nicht, vielleicht mache ich mir bloß was vor. Vielleicht rede ich mir ja nur ein, dass ich, wenn ich etwas aufschreibe, hinterher eine Kraft habe in mir. Wo soll die denn herkommen? Aus den Wörtern? Aber wenn ich nichts aufschreibe, zerreißt es mich.

Zuerst habe ich den Typ gar nicht bemerkt. Er glotzte mich an. Er hörte nicht mehr auf zu glotzen. Ich hätte ihn gleich wegschicken sollen. Er war aufdringlich, und niemand hat was unternommen. Die haben gedacht, die besoffene Tussi merkt eh nichts. Oder die wollten sehen, ob er mich rumkriegt und abschleppt, der stinkende Kerl. Hat er nicht geschafft.

Ich frage mich immer noch, wie er in meine Wohnung

gekommen ist. Ich muss ihn reingelassen haben. Ich lasse also einen wildfremden Kerl in meine Wohnung und bin auch noch besoffen. Ich bin enthirnt. Und er glotzt ständig meinen Busen an. Das hat er schon in dem Bahnhofsbistro gemacht. Gibt's da, wo er herkommt, keine Busen? Oder nur welche aus Silikon? Meiner ist echt. Er hat tatsächlich gesagt, ich soll mich ins Bett legen und er geht dann.

Für wie enthirnt hält der mich?

Parkt seinen Koffer mitten im Flur und legt den Arm um mich. Habe ich ihm das erlaubt? Ich habe einfach meinen Mantel fallen lassen, und da fiel sein Arm mit runter. Angeber. Vielleicht hat er gewartet, dass ich ihm was anbiete. Solche Typen erwarten ja immer was. Ich habe mich umgedreht und gesagt: Und jetzt? Und er hat nicht gewusst, was er sagen soll. Bei der ersten falschen Bewegung hätte ich die Pistole in der Hand gehabt. Ich war nicht weit von der Schublade weg, wo ich sie aufbewahre. Ich bin schnell. Ich habe das geübt. Blitzschnelle Drehung, Schublade auf, Knarre raus und Feuer. Sie ist geladen. Ich kann sofort abdrücken, wenn's gefordert ist. Ich hätte da keine Skrupel.

Nett war, dass er mich gefragt hat, ob ich allein zurechtkomme, wenn er jetzt geht. Das gefiel mir. Er hat das ganz ernst gesagt, ohne blöden Unterton. Ich habe das gehört. Ich erkenne das an der Stimme eines Kerls. Das war nett von ihm, und ich hab es ihm geglaubt. Und es hat nicht viel gefehlt, und ich hätte gesagt, er kann noch einen Tee trinken, wenn er will.

Auf einmal war es so dunkel hier. Es war vorher auch dunkel, nur das Licht im Flur war an, wo sein Koffer stand. Hier im Zimmer hatte ich kein Licht angemacht. Das Licht der Straßenlampe schien herein, wie immer. Ich weiß nicht, warum ich die Schreibtischlampe nicht angemacht habe. Das war ja riskant, mit einem Fremden in die Wohnung zu gehen, und dann ist es auch noch finster. Ich war betrunken. Ich war ja so betrunken.

Nicht jetzt wieder! Ich könnte grünen Tee trinken. Nein, ich mag nicht aufstehen, besser hier sitzen und schreiben. Gemein ist das, weil Iris heute allein im Laden ist. Ich habe sie angelogen. Aber sie schafft das. Anders war es nicht möglich. Ich würde mich ja selber anlügen, wenn ich's könnte. Aber das geht nicht, verflucht.

Ich darf nicht dauernd fluchen. Ich darf mich nicht in so eine Stimmung bringen, da bin ich verloren. Dann fange ich wieder an zu trinken. Das war immer schon so: Wenn ich mies drauf bin und was trinke, dann bin ich hinterher dreimal so mies drauf. Und wenn's mir gutgeht und ich trinke, dann fühle ich mich dreimal so gut. Und das ist dann auch Unsinn.

Ich hätte gern ein Gleichgewicht im Leben. Das habe ich mir immer gewünscht, so sein wie andere, die dastehen und nicht bei jedem Windhauch oder wenn's mal ruckelt umfallen. Diese Leute haben eine Balance, und ich habe keine. Und ich werde vielleicht nie wieder eine Balance haben.

Gestern Abend, in dem scheußlichen Bistro, habe ich gedacht, jetzt gehe ich zum Telefon und rufe meine Mutter an. So weit war ich. Seit zwei Jahren habe ich nicht mehr mit ihr gesprochen. Nicht mehr, seit ich ihr erzählt habe, dass ich mit Iris das Lokal eröffne. Das hat sie einen Dreck interessiert. Sie hat gedacht, im Hinterzimmer wird gefickt. Da habe ich sie so gehasst, und ich hasse sie immer noch. Aber gestern war ich fast so weit, sie anzurufen und ihr zu sagen, was passiert ist.

Wenn der Typ nicht plötzlich dagestanden hätte, hätte ich's womöglich getan. Ich hätte sie angerufen, ich hätte ihr alles erzählt. Der Typ hat mich gerettet. Der hat mich vor diesem Dummtum bewahrt. Niemals, das schwöre ich hiermit hoch und heilig, niemals werde ich ihr erzählen, was passiert ist, auch nicht, wenn ich weder ein noch aus weiß. Niemals.

Mir ist schlecht. Ich kann nicht weiterschreiben, ich trinke erst was. Nein, ich trinke nichts. Es war falsch, heute nicht zu arbeiten, blöd war das. Aber jetzt kann ich nicht mehr ins Lokal gehen. Ich muss was machen. Was? Schon wieder die Sirene des Sankas draußen, ich kann das nicht mehr hören. Iris sagt immer, wer neben einem Krankenhaus wohnt, der bleibt gesund. Stimmt gar nicht.

Stimmt ja gar nicht.

Er saß da. Und tat nichts. Er war allein in dem Zimmer mit den Computern und den Telefonen und niedrigen Aktenschränken und Grünpflanzen. Zwei Schreibtischlampen brannten. Sonst kein Licht. Er hatte die Hände flach auf den Tisch gelegt. Und horchte mit geschlossenen Augen auf das Rauschen von der Straße.

Für eine Schallisolierung der Fenster fehlte das Geld. Er machte die Augen auf. Wieso musste er jetzt daran denken? Ist das wichtig?
Und doch stritten sie jeden Sommer darüber, wieso es ihrem Chef nicht gelang, einen Antrag ans Ministerium zu stellen, in dem er ein für alle Mal auf einem Umbau bestand. Andernfalls müssten sie sich neue Räume suchen, da Dienstbesprechungen oder Vernehmungen bei offenen Fenstern wegen des Krachs unmöglich waren, genauso in der stickigen Luft an heißen Tagen.
Jetzt war November. Aber es war warm hier. Und still. Abgesehen von den gedämpften Geräuschen der Autos und Straßenbahnen vor dem Hauptbahnhof.
Wenn alles so blieb, war die Nacht kein Problem.
Er ahnte, dass es so nicht bleiben würde. Bis etwas passierte, wollte er nur dasitzen. An nichts Wichtiges denken. Kaffee trinken. Ein wenig summen. Und gelegentlich lächeln wegen Sonja.
Im Laufe dieses Samstags waren bisher drei Jugendliche und ein erwachsener Mann als vermisst gemeldet worden. Für die Kommissare der Vermisstenstelle kein Grund zur Sorge. Die Jugendlichen, drei Mädchen aus einer Trabantenstadt, waren Dauerläufer. Was bedeutete, sie verschwanden ungefähr jeden dritten Monat und kehrten nach einem weiteren Monat zurück. Unversehrt und missmutig. Obwohl die Polizei den Eltern jedes Mal erklärte, dass eine Suche sinnlos sei, bestanden diese auf einer Anzeige.
Was den Mann betraf, den seine Lebensgefährtin heute

Morgen als vermisst gemeldet hatte, ein Maler und Kleingalerist, so zog er vermutlich nicht zum ersten Mal, wie die Frau schließlich zugab, mit einem Freund um die Häuser. Und würde spätestens am Dienstag wieder zurück sein.

Diesmal ist es anders, hatte die Frau gesagt. Das kommt doch oft vor, dass einer behauptet, er geht zum Zigarettenholen, und haut dann ab für immer!

So etwas hab ich noch nie erlebt, hatte Kriminaloberrat Karl Funkel zu ihr gesagt. Sie glaubte ihm nicht.

Unter den eintausendsechshundert Verschwundenen, deren Fälle Funkels Dezernat 11 jedes Jahr bearbeitete, gab es keinen einzigen Zigarettenholer.

Daran musste Tabor Süden jetzt denken, während er seinen Kaffee trank. Und zur Tür blickte. Und sich dort Sonja vorstellte.

Das Telefon klingelte.

Er stellte die Tasse ab. Strich die Haare nach hinten. Und betrachtete das weiße Telefon, als verrate dessen Klingeln etwas über den Anrufer. Süden ließ es fünfmal klingeln.

»Meine Frau ist weg, die kommt nicht mehr.« Der Mann war angetrunken. Und weinte.

»Die kommt wieder«, sagte Tabor Süden.

»Ja«, brüllte der Mann. Dann schwieg er.

Süden hörte ihn schniefen. Er trank seine Tasse leer. Und machte sich Notizen.

»Seit wann vermissen Sie sie?«

»Was?«

Am anderen Ende schepperte etwas. Jemand fluchte. Dann war im Hintergrund eine zweite Stimme zu hören.

»Sagen Sie mir bitte Ihren Namen«, sagte Süden.

»Moment mal.«

Normalerweise hätte Süden ihn auffordern müssen, ins Dezernat zu kommen, um seine Aussage zu machen. Offensichtlich war der Mann jedoch nicht allein. Und Süden wollte erst herausfinden, was überhaupt vorgefallen war.

Er hatte ihn sofort gemocht. Der Mann hatte festgestellt, dass seine Frau verschwunden war. Doch ob er sie vermisste, darüber hatte er noch nicht nachgedacht. Es ist der Bruch der Gewohnheit, der uns am meisten schreckt. Mehr als das plötzliche Fehlen eines Menschen.

»Die seh ich nie wieder, nie wieder.«

»Bitte?«, sagte Süden.

Der Mann am anderen Ende der Leitung hielt sich das Telefon anscheinend direkt vor den Mund. Seine Stimme klang blechern. »Die kommt nicht mehr, die ist raus aus der Wirtschaft und weg.«

»Sagen Sie mir bitte Ihren Namen«, wiederholte Süden.

»Koberl Alfons. Sie müssen die suchen, die Frau, die ... die tut sich was an ... Die ist ge... gefährt ist die ...«

»Was ist sie?«

»Gefährt, die springt in die Isar.«

»Ihre Frau, Herr Koberl?«

»Welche denn sonst«, brüllte er.

»Wieso sollte Ihre Frau in die Isar springen, Herr Koberl?«

»Weil die spinnt.« Der Mann fing wieder an zu weinen. Jemand redete auf ihn ein. Süden verstand nur den Namen Fonsi. Der Mann schneuzte sich. Und hustete.

»Wer ist bei Ihnen?«, fragte Süden.
»Ihre Schwester ...«
»Ich möchte mit ihr sprechen.«
»Das geht nicht.«
»Bitte, Herr Koberl.«
Nach einer Weile meldete sich eine Frauenstimme: »Hier spricht Frau Falke.«
»Tabor Süden, Vermisstenstelle. Frau Falke, haben Sie eine Ahnung, wo Ihre Schwester stecken könnte?«
Sie zögerte einen Moment. Und hielt offensichtlich die Sprechmuschel zu. Der Kommissar klemmte den Hörer zwischen Kinn und Schulter. Und blickte wieder zur Tür, die er angelehnt hatte. Langsam begann er zu schwitzen. Das gefiel ihm.
Manchmal, wenn ihm heiß wurde, machte er auch den obersten Knopf seines Hemdes zu. Und krempelte die Ärmel runter. Und fühlte sich gesund. Du könntest mal was abnehmen, sagte Sonja. Und er gab ihr recht. Mit seinen ein Meter achtundsiebzig wog er achtundachtzig Kilo. Und das Fett war unregelmäßig verteilt. Trotzdem wäre Süden nie auf die Idee gekommen abzunehmen. Er war überzeugt davon, dass sein Körper sein eigener Herr und von Natur aus fair zu sich war.
Spinner, sagte Sonja zu ihm. Er umarmte sie dann.
»Herr Süden?«
»Ich bin hier.«
»Meine Schwester ... die hat Streit gehabt mit dem Alfons ...« Sie stockte. Jetzt war ihre Stimme leiser. »Wir haben heute ... heute Alfons' Mutter beerdigt, sie war sie-

benundachtzig, er hat sehr an ihr gehangen, und die Erika ... das ist meine Schwester, die ... die haben sich halt nicht vertragen. Aber das war nicht böse gemeint, die haben ...« Sie stieß ein trauriges Lachen aus. »Die haben, wissen Sie ... die wollten immer ... sie haben gewetteifert, in allem, beim Kochen, bei den Kleidern ... Wer hat die schöneren Sachen, wer kann den besseren Braten ... Die waren halt so, und ... und dem Alfons ist das auf die Nerven gegangen, immer schon, der hat deswegen rumgebrüllt, er wollte, dass die Erika nachgibt und sich ... sich nicht so reinsteigert ...«
»Ja«, sagte Süden. Und malte ein krummes Etwas auf seinen Block, das einen Baum darstellen sollte. »Und nach der Beerdigung waren Sie in einem Wirtshaus, und da hat die Erika wieder damit angefangen ...«
»Nein«, sagte Frau Falke und senkte sofort die Stimme. »Nicht die Erika, der Alfons ... der hat wieder damit angefangen, wir waren alle richtig fassungslos ...«
»Er wollte seiner Frau eine letzte Abreibung verpassen«, sagte Süden.
Einige Sekunden lang herrschte Stille in der Leitung.
»Ja ... Das hab ich mir auch gedacht, genau dasselbe, eine Abreibung, der wollt noch mal ... jetzt, wo die Mutter unter der Erde ist ... Und er hat so rumgebrüllt und sogar auf den Tisch geschlagen und Gläser umgeschmissen, dass wir alle gedacht haben, er prügelt jetzt gleich auf die Erika ein, so brutal hat das ausgesehen. Moment mal ...«
Wieder hielt sie die Sprechmuschel zu. In der Zwischenzeit stand Süden auf. Und steckte sein Hemd, das heraus-

gerutscht war, in die Hose. Vielleicht wäre es nicht falsch abzunehmen. Er war vierundvierzig. Wenn sein Körper sich weiter so entfaltete, würde er in zehn Jahren eine Kugel sein. Oder so aussehen wie sein Kollege Weber, dessen Bauch sich wie ein Ball unter seinen karierten Hemden blähte.

»Er horcht an der Tür«, sagte Frau Falke mit gedämpfter Stimme. »Ja, und dann fing meine Schwester an zu heulen, war ja sowieso alles so traurig ... Und der Alfons hat immer weitergebrüllt, und dann hat er ihr tatsächlich eine Ohrfeige gegeben, wir sind alle erschrocken, und er hat gebrüllt, dass diese Streitereien ... das ewige Hin und Her zwischen den Frauen sein ganzes Leben versaut hätt, und deswegen hätt er jetzt Krebs gekriegt ... Wir waren alle wie versteinert, davon hat keiner was gewusst ... Und er hat auch nichts weiter gesagt, als wär ihm das bloß so rausgerutscht, und die Erika hat geheult und geheult, und dann ist sie aufgestanden und weggegangen. Und weil sie nach einer Viertelstunde noch nicht zurück war, haben wir mal nachgeschaut, auf dem Klo, und draußen, wo im Sommer der Biergarten ist, da war sie nicht. Dann sind wir zu meinem Schwager in die Wohnung gefahren, die Erika schließt sich oft ins Zimmer ein, wenn irgendwas ist ... Aber da war sie auch nicht. Wir machen uns solche Sorgen ...«

»Wann haben Sie sie zum letzten Mal gesehen?«, fragte Süden. Gerade wollte er aufstehen, um sich frischen Kaffee zu holen, da stand Sonja in der Tür. In einer halben Stunde begann ihr Bereitschaftsdienst.

»Vor zwei Stunden«, sagte Frau Falke. »Wir haben schon überall gesucht, in den Lokalen, wo sie immer hingeht, im Park, der hier hinterm Haus ist ...«

»Waren Sie auf dem Friedhof, Frau Falke?« Auf seinem Zettel hatte er sich alles notiert.

»Was?«

Ohne ihre lederne Schirmmütze abzunehmen und ihren dunkelblauen Mantel auszuziehen, setzte sich Sonja auf den freien Stuhl gegenüber von Süden.

»Auf dem Friedhof ...«, sagte Frau Falke.

»Haben Sie Erika auf dem Friedhof gesucht?«

»Ich ... ich glaub nicht, nein ... Was soll sie da?«

»Sie wird dort sein«, sagte Süden. Er war sich sicher, dass sie zum Grab ihrer Schwiegermutter gegangen war. Um mit ihr zu sprechen.

»Das glaub ich nicht«, sagte Frau Falke.

»Rufen Sie mich an, wenn sie nicht dort ist.«

Jetzt dauerte die Stille länger.

»Und ... und wenn sie nicht da ist ...«, sagte Frau Falke unsicher. »Wenn ... wenn sie sich was angetan hat, wenn sie ... in die Isar gegangen ist ...«

»Hören Sie mit der Isar auf«, sagte Süden.

»Entschuldigung«, sagte Frau Falke schnell. Sie verabschiedeten sich.

Süden legte auf. Und hob langsam den Kopf. »Endlich«, sagte er.

Sonja nahm die Mütze ab. Sie hatte kurze blonde Haare, die eigentlich braun waren. Sie färbte sie. Niemand im Dezernat verstand, warum. Ihre Augen waren grün wie die von

Tabor Süden. Die Spitze ihrer schmalen Nase zeigte nach oben. Was sie seit ihrer Jugend ärgerte. Dafür fand sie ihre Lippen perfekt. Besonders wenn sie sie glutrot anmalte.

Sonja Feyerabend war einundvierzig. Sie arbeitete seit zweieinhalb Jahren in der Vermisstenstelle. Und trotz ihres Vorsatzes, nie wieder ein Verhältnis mit einem Kollegen zu beginnen, war das Gegenteil eingetreten.

Sie küsste Süden auf die Stirn.

»Hier ist es kühl«, sagte sie.

Er schüttelte den Kopf. Und hatte das kindische Verlangen, seine Hand an die Stirn zu legen. Um ihren Kuss zu wärmen.

»Bring mir auch einen Kaffee«, sagte sie.

Sie griff nach seinem Block. Und las die Notizen. Wenn sie das Gekritzel richtig verstand, hielt sie es nicht für abwegig, dass die Frau sich etwas antun könnte

»Unsinn«, sagte Süden.

»Wieso hast du die Familie nicht herbestellt?«

»Die Frau ist bald wieder da.«

»Soll das ein Baum sein?« Sie gab ihm den Block zurück. Und er hielt ihr die Kaffeetasse hin.

Wieder klingelte das Telefon.

»Soll ich deinen Mantel aufhängen?«

»Mir ist kalt.«

Sonja ruckte auf dem Drehstuhl hin und her. Schob ihre Mütze beiseite. Und griff zum Hörer.

Süden riss die beiden Zettel, die er beschrieben hatte, aus dem Block. Drehte sich zum Computer. Und tippte seine Aufzeichnungen ab.

»Vermisstenstelle, Sonja Feyerabend.«
Schon lange hatte sie es sich abgewöhnt, nur ihren Familiennamen zu sagen. Manche Anrufer hatten geglaubt, sie würde sich einen Scherz erlauben.
Eine Stunde später machten sich Sonja Feyerabend und Tabor Süden auf den Weg zu einem Lokal im Stadtteil Sendling. Die Kneipe hieß »Glücksstüberl«. Eine der beiden Wirtinnen war verschwunden. Sie war erwachsen, das »freie Bestimmungsrecht« erlaubte es ihr zu gehen, wohin sie wollte. Frühestens nach zwei bis drei Tagen hätte es für die Polizei Sinn, mit der Suche zu beginnen. Das erklärten die Kommissare der anderen Wirtin, der Freundin der Verschwundenen. Diese hieß Ariane Jennerfurt.
Und während der zwei bis drei Tage, in denen niemand nach ihr suchte, ging sie verloren, in einer Welt, von der sie geglaubt hatte, sie sei ihr für alle Zeit entkommen.

2

Im vierten Stock des Dezernats gegenüber dem Südeingang des Hauptbahnhofs stand ein Mann am Fenster. Und blickte hinunter auf das Chaos. Eine Straßenbahn blockierte die Kreuzung. Autofahrer hupten. Fußgänger trommelten wütend auf Kühlerhauben, weil sie zwischen den wartenden Fahrzeugen nicht durchkamen. Radfahrer klingelten sich die Daumen wund. Und die Stadtstreicher feuerten alle lautstark an.

Seit elf Jahren verfolgte Karl Funkel vom Fenster seines Büros aus dieses Schauspiel. Beim ersten Mal, so glaubte er, sah er noch alles auf einmal. Dann nicht mehr. Dann musste er länger hinsehen. Nicht dass er mit dem einen Auge, das ihm geblieben war, besser sehen konnte. Was ihn manchmal wunderte. Immerhin bildete er sich ein, heute geduldiger hinzusehen. Vielleicht auch intensiver.

Doch was sah er schon den ganzen Tag, wenn er nicht gerade eine Pause machte? Akten. Schriftstücke. Seine Kollegen. Gewohnte Bilder. Vertraute Gesichter.

Vor vier Jahren wurde der Kriminaloberrat von einem drogensüchtigen Dealer bei dessen Festnahme schwer verletzt, die Netzhaut seines linken Auges irreparabel zerstört. Seither trug Funkel eine schwarze Augenklappe. Und sonntags, wenn er in der Kirche saß, was er regelmäßig zu tun pflegte, empfand er einen stillen Schmerz darüber, dass er nur noch ein Auge hatte für das Licht der Welt. Aber er lebte in der Gegenwart. Der Minister hatte ihm ausdrücklich erlaubt, weiter im Dienst zu bleiben.

Und wenn Funkel nach einer Dienstbesprechung zu einem Kollegen sagte: Ich möchte Sie unter vier Augen sprechen, schmunzelten alle. Auch er.

»Fertig meditiert?«

Funkel drehte sich um. Tabor Süden stand in der Tür. Die Lederjacke über der Schulter, das weiße Hemd bis zum Hals zugeknöpft.

»Morgen«, sagte Funkel.

»Morgen.«

In zehn Minuten begann die erste Sitzung. An diesem Montag nur in kleinem Kreis.

»Ich hab deine Berichte gelesen«, sagte Funkel. Und zog sein rotes Sakko an, das über der Stuhllehne hing. »Die Sachen mit der Wirtin und diesem Maler sind eigenartig.«

»Ja.«

Funkel kratzte sich an der Oberkante seiner Augenklappe. Sah sich um. Lächelte flüchtig. Und ging zu einem Aktenschrank. Auf den stellte Veronika, seine Sekretärin, regelmäßig einen kleinen Topf mit Basilikum. Niemand verstand, wieso. Wenn die Blätter vertrocknet waren, warf Veronika den Topf weg. Und stellte einen neuen hin.

Aus dem niedrigen Schrank holte Funkel eine Pfeife, ein schwarzes Tabaksäckchen und Streichhölzer. Er hatte die kuriose Vorstellung, er würde weniger rauchen, wenn er die Utensilien außer Sichtweite versteckte. Und manchmal vergaß er tatsächlich, wo er sie hingelegt hatte. Dann fragte er seine Sekretärin. Die wusste sofort Bescheid.

»Wo ist Veronika?«, fragte Süden. Sie verließen das Büro. Und gingen in den zweiten Stock hinunter.

»Beim Arzt«, sagte Funkel.
»Ist sie krank?«
»Sie ist die einzige hypochondrische Frau, die ich kenne. Normalerweise sind doch nur Männer Hypochonder.«
»Ich nicht«, sagte Süden.
»Ich auch nicht.«
Funkel wollte noch etwas fragen. Dann ließ er es sein. Der Gedanke kam ihm lächerlich vor. Lächerlich für sein Alter.
»Wie geht's Sonja?«, fragte er. Die Frage quoll ihm aus dem Mund. Er konnte sie nicht zurückhalten.
»Gut«, sagte Süden, im Stillen amüsiert.
»Hallo«, sagte Sonja Feyerabend zu den beiden Männern.
Der Konferenzraum bestand aus zwei Zimmern mit einer Verbindungstür. Was bei Besprechungen von Sonderkommissionen mit vielen Personen zu großer Unübersichtlichkeit führte.
An diesem Montag genügte ein Tisch. Außer Funkel, Süden und Sonja Feyerabend nahmen an der Konferenz noch die junge Oberkommissarin Freya Epp sowie zwei Männer von höchst gegensätzlicher Erscheinung teil.
Der eine, Paul Weber, neunundfünfzig, war ein bulliger Mann mit buschigen Augenbrauen und einem breiten Gesicht. In seinem karierten Hemd, seiner speckigen Kniebundhose und mit seinen weiß-blauen tischtuchgroßen Taschentüchern sah er aus wie ein Bayer von der Postkarte. Dazu hatte er gelocktes Haar. Und seine Ohren liefen manchmal tomatenrot an. Der Hauptkommissar war übergewichtig. Auf seinem runden Bauch konnte er eine Kaf-

feetasse abstellen. Und wenn er aß, dann garantiert keine Salatblätter an Wachteleiern. Vor fünf Jahren war seine Frau Elfriede gestorben. Seither schämte er sich wie als Kind manchmal seiner Einsamkeit. Wie immer hatte er die Ärmel seines rot-weiß karierten Hemdes hochgekrempelt. Graue Haarbüschel prangten auf seinen Unterarmen. Und er notierte mit einem Bleistift Stichpunkte. Meist Zitate. Auch seine eigenen. Es war ein Spleen.

Der andere, ein Klappergestell, saß neben ihm. Ein dürrer, ausgemergelt wirkender Mann von dreiundvierzig Jahren: Hauptkommissar Martin Heuer. Er hatte nur noch wenig Haare, auf seinem Hinterkopf zu einer Art Nest geformt, und dicke Tränensäcke unter den blassen Augen. Im Kontrast zu seinen eingefallenen Wangen thronte eine fleischige Knollennase in seinem Gesicht, die unvermeidlich an einen Trinker erinnerte. Martin Heuer war Trinker. Er trank nie im Dienst. Und oft tagelang keinen Tropfen. Doch wenn er loszog, immer durch dieselben Lokale, und bei denselben Wirten und Prostituierten die Nächte verbrachte, dann war es, als würde er darauf hinarbeiten, sich zu zerstören. Über so etwas dachte er nicht nach. Er tat es einfach. Versank in Melancholie. Und vergaß, dass er noch ein anderes Leben hatte. Und Freunde. Wenn Sonja ihn fragte, wieso er wieder abgestürzt sei, sagte er: Ich weiß es nicht. Wenn Tabor Süden ihn so lange anschwieg, bis Heuer nicht anders konnte als etwas zu erzählen, sagte er: Ich war wieder bei Lilo, sie hat sich jetzt eine Dusche in ihr Schlafzimmer installieren lassen. Wenn er sich mit Sonja und Süden traf, wenn sie zu dritt unterwegs waren, zum Baden fuhren, ins Kino oder zum Essen gingen, lachte er viel. Trank wenig. Und vermittelte den Eindruck eines glücklichen Menschen. Vielleicht war er in diesen Momenten glücklich. Auch darüber dachte er nicht nach. Martin Heuer führte das Leben eines zuverlässigen Polizeibeamten. Und in unbegreiflichen Phasen wurde er zu einem Schatten, der über Wände huscht.

»Gut geschlafen?«, fragte Freya Epp.

Heuer sah sie an. Als wäre sie ein bebrillter Engel, der sanftmütig Alltag an alle verteilte. Durch die dicken Gläser ihrer grünen Brille wirkten Freyas braune Augen unwirklich groß.

»Jawohl«, sagte Heuer.

Auf dem Tisch standen Wasserflaschen, Gläser, Tassen und zwei Kannen mit Tee und Kaffee. Jeder hatte ein Getränk vor sich. Und blätterte in den kopierten Aufzeichnungen der Kollegen, die am Wochenende Bereitschaftsdienst gehabt hatten.

»Wart ihr in der Wohnung dieser ...« Funkel nahm eines der Blätter. »... Ariane Jennerfurt? Hier steht nichts von Hinweisen auf eine Gewalttat.« Er warf einen Blick auf seine Pfeife, die schräg vor ihm lag. Und die er nicht anzünden durfte.

»Nein«, sagte Süden, »wir waren im Haus und haben mit einer Nachbarin gesprochen. Die hat nichts gesehen. Sie behauptet allerdings, sie habe Ariane weggehen hören, Samstagmorgen.«

»Samstagmorgen«, wiederholte Weber. Und schrieb das

Wort auf seinen Block. Und kreiste es ein. »Ihre Freundin hat uns am selben Tag angerufen, nur weil Ariane nicht zur Arbeit erschienen ist. Habt ihr den Eindruck, die ist hysterisch?«
Auch wenn Paul Weber wie der Bilderbuchbayer aussah, sprach er kaum Dialekt. Fast redete er so wie der Leiter der Vermisstenstelle, Volker Thon, der in der Nähe von Hamburg geboren war. Thon nahm an der Sitzung nicht teil. Er baute einige seiner zweihundert Überstunden ab.
»Sie ist nicht hysterisch«, sagte Sonja Feyerabend, »sie ist besorgt.«
»Ich kenn die Kneipe gar nicht, wo genau ist die?« Heuer kratzte sich am Pullover, einem Rolli aus billigem synthetischem Material, von dem der Kommissar mehrere Exemplare besaß.
»Existiert erst seit knapp zwei Jahren«, sagte Sonja. »Die beiden Frauen betreiben sie gemeinsam, Ariane Jennerfurt und Iris Frost.«
»Was sagen die Gäste?« Funkels Verlangen nach Tabak wuchs.
»Das Übliche«, sagte Sonja. »Dass Ariane niemals einfach weggehen würde, dass sie ein nettes Mädchen ist, eine Spitzenwirtin ...«
»Das Lokal ist in der Alramstraße, Ecke Implerstraße«, sagte Süden.
»Kenn ich, die Gegend«, sagte Heuer.
»Diese Iris, die Wirtin, also die Freundin von der ... von der Ariane ...«
Alle schauten Freya Epp an. Wenn sie anfing zu spre-

chen, verging die Zeit nicht. Jeder schätzte ihre geschriebenen Berichte. Und die offene, freundliche Art, mit der es ihr gelang, rasch Kontakt zu verstockten Zeugen oder Verdächtigen zu bekommen. Nach nur drei Monaten in der Vermisstenstelle hatte sie sich zur besonderen Zufriedenheit von Funkel, der sie aus dem Kommissariat für Todesermittlungen geholt hatte, in das Team integriert. Und bereits in zwei Sonderkommissionen bewährt. Doch kaum fing sie an, vor ihren Kollegen frei zu sprechen, gerieten ihre Gedanken durcheinander. Sie wurde auf eine fast groteske Weise so nervös, dass ihr Gesicht rot anlief und sie nur mit Mühe ihre Sätze zu Ende brachte.
Schweigen und Nicken.
Das irritierte Freya noch mehr.
»Hat sie noch mal angerufen?«, fragte Sonja.
»Was?« Freyas Kulleraugen glänzten hinter den dicken Brillengläsern.
Unauffällig sah Funkel auf die Uhr. Dann fiel sein Blick auf Tabor Süden. Der saß mit verschränkten Armen und gebeugtem Oberkörper da. Bedrückte ihn etwas?
Süden bemerkte Funkels Blick. Und lächelte.
Dieses Lächeln kam Funkel irgendwie hämisch vor.
»Ja«, sagte Freya, »die hat ... also erst hab ich gar nicht verstanden, was die wollte, weil ... euer Bericht lag schon da, ich bin erst ... Meine Mutter hat heut früh wieder einen Terz ...«
»Hat sie was von Ariane gehört?«, fragte Sonja.
»Meine Mutter?«
Sonja stieß einen Seufzer aus. Die junge Kollegin erin-

nerte sie an die KiKos, die vor einigen Jahren durch die Dezernate geisterten. Weil gewisse Kriminaldirektoren und Minister die Idee hatten, die Polizei zu verjüngen. Also beförderten sie Zwanzigjährige in den gehobenen Dienst und übertrugen ihnen die Verantwortung für komplizierte Fälle. Die meisten dieser Kinderkommissare, wie die älteren Kollegen sie nannten, scheiterten. Am Job. An sich selbst. Einige quittierten bald den Polizeidienst. Andere ließen sich in die Verwaltung versetzen.

»Doch nicht deine Mutter«, sagte Sonja etwas zu laut.

»Entschuldige«, sagte Freya.

»Was hat Iris Frost zu dir gesagt?« Noch drei Minuten, dann war für Funkel die Höflichkeitsfrist abgelaufen. Was das Rauchen betraf. Sonja war es gewesen, die das Verbot bei Konferenzen durchgesetzt hatte. Und was Funkel völlig unverständlich fand, war, dass sogar Kollegen, die sonst eine nach der anderen pafften, dafür gestimmt hatten. Auch Volker Thon, der Zigarillos bevorzugte und sich bei seinen Gewohnheiten selten stören ließ, war einverstanden gewesen.

»Dass die ... dass sie, also die Ariane Jenner ... nein, die Iris, dass die die Mutter angerufen hat, die Mutter von der ... Ariane, und die, also die Mutter ... die wohnt in ... am ... in Dießen ... die weiß auch nichts, und das beunruhigt sie sehr, also diese Iris ... Entschuldigung, ich bin heut echt schlecht aufgestanden und dann noch ...«

»Du fährst noch mal zu ihr«, sagte Funkel zu Sonja. »Lass dir Fotos geben, schau dich in der Wohnung um, wir müssen jemanden finden, der sie zuletzt gesehen hat ...«

»Die Frau, die Freundin ...«, fing Freya an.
Funkel griff nach der Pfeife. Und dem Tabaksbeutel.
»Noch fünf Minuten, bitte«, sagte Sonja.
»Nein«, sagte Funkel.
Heuer spitzte die Lippen. Und kratzte sich am Pullover. Süden klappte den Mund auf und zu. Wie ein Fisch. Reglos hielt Funkel die Pfeife in der Hand, deren Stiel auf Sonja zeigte. Das Blatt in Freyas Hand knisterte.
»Welche Freundin?«, fragte Funkel. Und sah Sonja in die Augen. Was Freya vorübergehend erleichterte. Wenn sie nicht angestarrt wurde, fiel ihr das Sprechen leichter.
»Die von dem Maler in der Galerie, die hat auch angerufen vor einer Stunde, sie hat geweint, sie sagt, alles schaut so aus, als sei er überstürzt aufgebrochen, sonst ruft er sie immer an, wenn ...«

»... er dringend was erledigen muss oder ihm was dazwischenkommt oder er ganz plötzlich zu einem Künstler muss, um ihn zu trösten. Sie wissen ja, die Künstler ...« Tränen standen in Edith Leus Augen. Und sie schämte sich deswegen vor den beiden Polizisten.
Zwei Stunden nach dem Ende der Besprechung und nach einer Reihe von Telefonaten wegen anderer Vermisstenfälle waren Tabor Süden und Martin Heuer zu der Galerie in der Konradstraße aufgebrochen. Sonja und Paul Weber hatten sich mit Iris Frost im »Glücksstüberl« verabredet.
»Er zieht manchmal um die Häuser«, sagte Edith Leu, die Freundin des Malers und Kleingaleristen Andreas Binger, den sie seit zwei Tagen nirgends erreichen konnte. »Ich

weiß, dass er das jetzt nicht vorhatte, er ist in einer Arbeitsphase, er malt, er ist oben in seiner Wohnung und lässt sich von nichts und niemandem ablenken. Er hat den Anrufbeantworter an, ich sprech ihm drauf, und er ruft zurück, jeden Abend. Wir gehen auch schon mal zusammen was essen, dann geht er allein wieder zurück.«
»Am Freitag waren Sie zusammen essen«, sagte Heuer. Er trug seine braune Daunenjacke, die ihm so etwas wie eine Statur verlieh. Dazu eine Wollmütze. Aus der hingen Fäden heraus. Süden hielt seine Lederjacke in der Hand. Ihm war warm genug.
»Ja«, sagte Edith Leu. Sie betrachtete einen Stapel Post. Und spielte ständig mit ihren Fingern.
»Haben Sie Angst, ihm ist etwas zugestoßen?«, fragte Süden. Sein erster Eindruck war gewesen, dass sie ernsthaft beunruhigt war. Sie schien tatsächlich nur das zu wissen, was sie sagte.
»Nein«, sagte sie. Dann ballte sie die rechte Faust. Und blickte erschrocken zum Fenster. »Doch. Ich hab Angst. Ja.«
»Warum?«, fragte Heuer.
Die Frage verwirrte Edith Leu. Sie schwieg. Wieder spielte sie mit ihren Fingern. Steckte dann die Hände in die Taschen ihrer gelben Jacke. Und wich beim Reden den Blicken der Kommissare aus.
»Er verkehrt ... Er steht auf bestimmte Sachen, sexuell ... Er geht dann in so ... in diese Studios ...«
»SM-Studios«, sagte Heuer. Von seinen Touren kannte er genügend solcher Häuser. Das ein oder andere Mal hatte

Lilo ihn zusehen lassen, hinter der Wand. Doch diese Art Sex erregte ihn nicht. Meist fand er diese Spiele langweilig. Aber vielleicht war er auch immer nur zu betrunken. Zu verzurrt. Zu deprimiert.

»Ich hab da angerufen ...«

»Wo?«, fragte Süden. Er zog seinen kleinen Block aus der Hemdtasche. Und schrieb mit.

»Bei Coletta, das ist so eine Frau ... Die Telefonnummer hat mir Andreas mal gegeben, er geht immer nur zu ihr. Er ... er war nicht bei ihr, er war nicht dort. Ich mach mir Sorgen ...«

»Vielleicht geht er noch zu anderen Dominas«, sagte Heuer.

»Nein«, rief Edith Leu. Sie riss die Hände aus den Taschen. Drehte sich im Kreis. Und sah die beiden Männer an. Einen nach dem anderen.

»Was vermuten Sie? Sie nehmen mich nicht ernst. Was glauben Sie, wo er steckt? Sagen Sie's mir. Verarschen kann ich mich selber.«

»Niemand verarscht Sie«, sagte Süden. »Wir würden uns gern oben in der Wohnung umsehen.«

»Wie lange kennen Sie Herrn Binger schon?«, fragte Heuer.

»Acht Jahre, fast neun.«

»Hat er Feinde?«, fragte Süden.

Edith Leu schüttelte den Kopf.

»Wir brauchen ein Foto von ihm«, sagte Heuer.

»Oben steht ein Selbstporträt.«

»Ein Foto wär besser«, sagte Heuer. »Nichts gegen die Malkünste Ihres Freundes.«

Nach eineinhalb Stunden verabschiedeten sich die Kom-

missare von Edith Leu. Und machten sich auf den Weg zum Kurfürstenplatz. Sie wollten mit der Straßenbahn in die Innenstadt fahren.
Nicht nur Süden, auch Heuer benutzte selten den Dienstwagen. Sie hatten es nie eilig. Beide trugen keine Armbanduhr. Ein Handy besaßen sie ebenfalls nicht.
»Der kommt wieder«, sagte Heuer. Und kratzte sich an seiner Wollmütze.
Süden war derselben Meinung. In der Küche des Malers hatte er zwei Gläser bemerkt. An einem waren Spuren von Lippenstift. Und er war sich sicher, dass Edith Leu sie auch gesehen hatte. Sie hatte ihre Überraschung zu überspielen versucht, indem sie plötzlich Wein anbot und die Kommissare aufforderte, sich die Bilder anzusehen, während sie nach einem Foto suchte. Sie tranken nichts. Auf dem Foto war ein bärtiger Mann mit Glatze, der ausdruckslos in die Kamera blickte. Es war ein kleines zerknittertes Bild in Schwarzweiß.
»Wie alt ist das Foto?«, hatte Heuer gefragt.
»Zwei, drei Jahre. Ein Schnappschuss. Andreas mag nicht fotografiert werden.«
Bei der Beschreibung von ihm war die Frau in Verwirrung geraten. Das war normal. Selten war ein Angehöriger oder Freund in der Lage, die hervorstechendsten Eigenschaften einer ihm nahestehenden Person klar wiederzugeben. Die meisten verhedderten sich schon bei der Beschreibung der Haar- und Augenfarbe. Edith Leu hatte zunächst nicht einmal das genaue Alter von Andreas Binger gewusst. Er war fünfundfünfzig.

»Er ist bei der Frau«, sagte Heuer nun. Und angelte ein Päckchen Salem aus den Tiefen seiner Daunenjacke.

»Er ist mit ihr mitgegangen«, sagte Süden.

Heuer zündete sich eine Zigarette an. Er steckte das kleine Feuerzeug und die grüne Packung wieder ein. Eine Bahn der Linie 27 bog um die Ecke und hielt direkt vor ihnen.

»Trotzdem ist etwas anders«, sagte Süden. Und zog die Lederjacke an, die er die ganze Zeit in der Hand gehalten hatte.

Sie setzten sich hintereinander auf einen Einzelplatz.

»Was?«

»Er ist mit der Frau mitgegangen. Warum ist er noch nicht zurück?«

»Er verträgt was.«

»Vielleicht«, sagte Tabor Süden. Verschränkte die Arme vor der Brust. Und drückte die Schulter ans Fenster. Draußen begann es zu nieseln. Und das Licht wurde schmutzig.

»Vermisstenstelle, Epp.«

»Den Herrn Süden hätt ich gern gesprochen.«

»Der ist unterwegs, Sie können auch mit mir sprechen. Wie heißen Sie?«

»Koberl, Erika.«

»Grüß Gott, Frau Koberl.«

»Ich wollt mich beim Herrn Süden bedanken, dass er mich gefunden hat.«

»Wann hat er Sie gefunden?«

»Vorgestern, am Samstag ... Eigentlich hat er mich nicht persönlich gefunden ... Meine Schwester hat mich ... Aber der Herr Süden hat gewusst, wo ich bin. Dafür wollt ich mich bedanken.«

»Ich richt's ihm aus, Frau Koberl.«

»Das wär mir wichtig.«

3

»Ist der Geruch einer Stadt unveränderbar wie der eines Menschen? Hm?«
»Halten Sie endlich die Klappe.«
»Bleiben die Geräusche und das Treiben einer Stadt von der Kindheit bis ins Alter eines Bewohners dieselben?«
»Wenn Sie jetzt nicht still sind, ruf ich die Stewardess.«
»Frage: Gehört ein Mann, der in einer Stadt zur Welt gekommen ist, für immer zum Inventar? Kann man den Wind wiedererkennen und die Spiegelung des Himmels in einem Schaufenster, wenn man nach neun Jahren zurückkehrt?«
»Ist mir so was von wurscht.«
Dann sagte er nichts mehr. Bestellte noch ein Bier. Und gab sich seinen Gedanken hin. Die ihn bedrohten. Und ihm sein Schweigen unerträglich machten.
Sind wir in einer magischen Umarmung? Hm? Kommt die uns vertraut vor? Und raubt sie uns gleichzeitig die Luft? Am Ort der ersten Sanftmut. Der ersten Furcht. Des ersten Staunens. Des ersten Schmerzes. Des ersten Wortes. Des ersten Gesanges. Nein.

»Nein!«, schrie der Mann in sein Bierglas. Die Frau an der Kaffeemaschine des Flughafencafés drehte sich erschrocken zu ihm um. Und das ältere Ehepaar neben ihm bewarf ihn mit vor Verachtung triefenden Blicken.
Niklas Schilff war betrunken. Im Flugzeug, kurz nach dem Start vom Los Angeles International, hatte er das

erste Budweiser bestellt. Danach hatte er versucht, mit seinem Nebenmann ins Gespräch zu kommen. Sinnlos. Und sechzehn Stunden später taumelte er. Verwirrt vom Alkohol. Verstört von hundert Fragen. Doch das Bier und die zwei Bloody Marys waren nicht das wahre Problem. Sein wahres Problem war seine Anwesenheit. Sein bloßes Hiersein. Und die Gewissheit, er würde nicht mehr dahin zurückkehren können, woher er kam. Wo ich gelebt hab. Wo ich was wert war.

»Wo ich gelebt hab und wo ich was wert war«, sagte er laut zu dem älteren Ehepaar. Ohne es wahrzunehmen. Er nahm nur sich selber wahr und er hatte ...

»Vielleicht sollten Sie jetzt zahlen«, sagte die Bedienung.

... hier nichts verloren. Hier nicht. Nirgendwo in der Stadt. In der Stadt, in der er nun tatsächlich wieder war. An diesem elften November.

»Wie viel?«, fragte er das ältere Ehepaar.

»Achtzehn vierzig, die Butterbreze ist mit drin«, sagte die Bedienung.

»Ich hab keine Butterbreze gegessen«, sagte Niklas Schilff.

»Natürlich«, sagte die ältere Frau.

Schon als Kind hatte er die Butterbreze, die ihm seine Mutter in den Schulranzen packte, immer weggeworfen. Schulranzen.

»Schulranzen«, sagte er. Glitt vom Barhocker. Und sah sich um. Vielstimmige Sauberkeit. Verschwommen. Schulranzen.

»Achtzehn vierzig«, wiederholte die Bedienung.

»Schulranzen.« Seine Drehung vollzog sich so überra-

schend, dass die Bedienung wieder erschrak. Die ältere Frau hob den Kopf in Richtung ihres Mannes. Als erwarte sie von ihm augenblicklich ein polizeiliches Benehmen. Schweigend zog Niklas Schilff seinen Geldbeutel aus der Tasche und legte einen Hundertmarkschein auf den Tresen. Gibt es ein Gesetz in dieser Stadt, das Servicepersonal zwingt, Prüfungen in mürrischem Verhalten abzulegen?
»Sehr freundlich«, sagte Niklas Schilff. Ließ die Münzen liegen. Bückte sich nach seinem Koffer. Und verharrte gebückt. Von den Dingen, die ihm etwas bedeuteten, hatte er nur so viele mitnehmen wollen, wie in den Koffer passten. Beim Leerräumen seiner Wohnung stellte er dann fest, dass sein Koffer zu groß dafür war. Zwei dicke Mappen mit Zeitungsartikeln. Ein signiertes Foto von Robert De Niro. Eine Mundharmonika, auf der Jim Morrison gespielt hatte. Ein Lederarmband von einem der Hells Angels. Das rote indianische Messer seiner Ex-Freundin Alice, das sie ihm zum Geburtstag geschenkt hatte. Mehr nicht. Eine Handvoll armseliger Trophäen aus neun Jahren in einer glorreichen Stadt befanden sich zwischen den Klamotten in dem dunkelbraunen, abgeschabten Koffer. Eingewickelt in Deli-Tüten und geklaute Hotelhandtücher.
In seinem Kopf schoben sich Fragmente bizarrer Panoramen ineinander. Ergaben kein Bild. Keine Stadt. Einen ungeschnittenen Film. Ohne Ton. Mit rasenden Personen. Der Griff des Koffers kam ihm kalt vor. Strömte die Kälte aus seiner zitternden Hand? Ich bin nicht betrunken!
Mühevoll richtete er sich auf. Formte unhörbare Worte. Die ältere Frau und die Bedienung schüttelten einträchtig

den Kopf. Der ältere Mann verschränkte die Hände auf dem Rücken. Stellte sich kerzengerade hin. Ein Wachmann in Zivil, um seiner Frau zu gefallen.
In der linken den Koffer, hob Niklas Schilff die rechte Hand. Und winkte. Wedelte mit der Hand. Was ihn amüsierte. Die zwei kleinen Räder des Koffers quietschten. Er hörte das Geräusch. Es erinnerte ihn an etwas. An was? Auch das Klacken seiner Absätze auf dem glänzenden Boden erinnerte ihn an etwas. An ein anderes Klacken. Vor langer Zeit, wann? Wo war er jetzt? Wohin wollte er?
»Zur S-Bahn geht's da lang«, sagte ein Mann zu ihm. Hatte er ihn nach dem Weg gefragt? Zur S-Bahn. Und dann? Eine Freundin, eine Kollegin, hatte ihm das Hotel ihrer Eltern empfohlen. Nähe Hauptbahnhof. Er könne dort billig wohnen. Sie selbst reiste drei Monate um die Welt. Um Gespräche mit Kindern zu führen. Über ... über ...
Das Mädchen vor ihm auf der Rolltreppe aß ein Eis. Es trug einen Mantel und eine Mütze. Und schleckte ohne Pause an der weißen Kugel.
»Ist das ein Schnee-Eis?«, fragte Niklas Schilff.
Das Mädchen nickte. Ihr Gesicht war blass. Sie hatte traurige Augen. Niemand war bei ihr.
»Ich fahr in die Stadt«, sagte Niklas Schilff.
»Ich nicht«, sagte das Mädchen.
Sie standen auf dem Bahnsteig. Und der Zug fuhr ein. Das Mädchen traute sich nicht weiterzuessen.
»Bis später«, sagte Niklas Schilff.
»Bis später«, sagte das traurige Mädchen. Machte kehrt. Und fuhr auf der Rolltreppe wieder hinauf.

Schilff stieg ein. Setzte sich. Stellte den Koffer neben sich. Und behielt die Hand am Griff.

Auf den Lippen spürte er den Geschmack nach Salz und Fett. Er strich mit der Zunge darüber. Er hob die Lider. Und sah eine Frau, die sich ihm gegenüber hingesetzt hatte. Und er erschrak. Diese Frau war seine Mutter! Sie griff in die Plasiktüte auf ihren Knien. Und holte etwas heraus. Eine Butterbreze.

Plötzlich musste er würgen. Er drückte die Hand fest auf den Mund. Er bekam keine Luft. Er schloss die Augen. Kniff sie zu, so fest er konnte. Irgendwo ertönte eine Stimme. Um ihn tummelten sich Stimmen. Dröhnten in seinem Kopf. Am liebsten hätte er sich die Ohren zugehalten. Er hatte keine Hand frei. So umklammerte er den Griff des Koffers. Und hielt sich den Mund und gleichzeitig mit Daumen und Zeigefinger die Nase zu. Er schnaubte. Und stellte sich verzweifelt den Blick aus seinem Zimmer in der Ezra Street vor. Den Blick hinüber auf den grünen Friedhof. Wo Hunde herumtollten. Und bunt gekleidete Jogger mit Walkmen liefen. Das wusste er alles. Doch er sah es nicht. Nicht jetzt. Nicht hier. In diesem Zug. In diesem Abteil. Auf diesem Platz. Gegenüber der Frau.

So weit er zurückdenken konnte, sah er seine Mutter mit einem Buch in der Hand. Und sie las nicht nur Theaterstücke. Auch Romane. Und besonders gern Gedichte. Und er machte einen Deal mit ihr. Niklas war erst drei oder vier. Aber er meinte es ernst. Wenn er herumtobte, Spielzeug an die Wand warf, weil er testen wollte, ob es stabil genug war, oder die Badewanne volllaufen ließ, um das

Wasser mit Wasserfarben zu färben, und wenn daraufhin seine Mutter vergeblich versuchte, ihn zur Ruhe zu bringen, und er erst recht störrisch wurde, dann schlug er ihr ein Geschäft vor. Falls sie ihm eine Stunde lang Gedichte vorlas und währenddessen nicht ans Telefon ging, würde er alles aufräumen oder die Badewanne eigenhändig sauber machen.

Am Anfang hatte Hella Schilff nicht daran gedacht, mit ihrem Sohn zu verhandeln. Sie schaffte es auch so, sich durchzusetzen. Und er war nicht halb so gewitzt und ausdauernd, wie er vorgab. Eines Tages jedoch, es war Sommer, erinnerte sich Schilff plötzlich auf seinem Platz in der S-Bahn, zog sie die Stirn in Falten. Und sah grübelnd auf ihn hinunter. Er hockte auf dem Rand der Badewanne. Die war halb voll mit kuriosfarbenem Wasser, dessen Grundton sich ständig veränderte.

Wieso soll ich dir ein Gedicht vorlesen?, fragte Hella Schilff. Wie immer hatte sie ein Buch in der Hand und ihre roten Haare hochgesteckt. Und Niklas konnte die Sommersprossen an ihrem weißen Hals sehen. Und dieser Anblick kam für ihn gleich nach dem Blick ins Nachthemd, wenn sie sich morgens über ihn beugte, um seinem Vater über das Gesicht zu streichen.

Nicht ein Gedicht, sagte Niklas, viele Gedichte, eine Stunde lang.

Und dann räumst du auf und schrubbst die Wanne sauber?

Niklas nickte. Und schlug mit den Sandalen gegen die Wanne. Die kurzen schwarzen Haare standen ihm vom Kopf ab. Sein schmales, knochiges Gesicht war schweißüberströmt. Manchmal sorgte sich seine Mutter um seine Gesundheit. Sie fand ihn zu dürr. Zu blass. Zu still.

Aber vorher musst du mir eine Stunde vorlesen, sagte Niklas.

Nein.

Dann nicht. Selber schuld.

Eine Stunde ist zu lang, sagte Hella Schilff mit zusammengekniffenen Augen. Eine Viertelstunde, mehr Zeit hab ich nicht.

Eine halbe Stunde, rief Niklas. Und schlug mit den Sandalen fester gegen die Wanne. Du liest doch sowieso die ganze Zeit.

Ich lerne Text für ein neues Stück.

Spielst du wieder Theater?, fragte Niklas laut. Und seine großen Augen leuchteten schwarz.

Lenk nicht ab, sagte sie.

Eine halbe Stunde! Jetzt war er es, der die Stirn in Falten legte. Was er noch nie getan hatte.

Gut, sagte sie.

Er riss die Augen auf.

Die Frau saß da, eine Plastiktüte auf den Knien. Sie las in einer Zeitung. Und beachtete ihn nicht.

»Hallo«, sagte er, ohne es zu wollen.

Die Frau warf ihm einen Blick zu. Und las weiter.

Ein für ihn bis zu dieser Sekunde unvorstellbarer Satz schoss ihm durch den Kopf. Unfähig, es zu verhindern, dachte er: Ich bin zu Hause.

Danach sackte sein Kopf auf die Brust. Und er schlief ein.

Ein Hund weckte ihn. Ein pergamentfarbener Pitbull, der mit seinem Maulkorb gegen Schilffs Wade stieß. Schilff schreckte hoch. Der Hund knurrte. Sein Besitzer, ein Mann mit einem Wildlederhut auf dem Kopf, spitzte die Lippen.

»Brav, Sinto, ganz brav.«

In diesem Moment bemerkte Schilff, dass er aussteigen musste. Er griff nach dem Koffer. Hob die Beine, um über den Hund zu steigen. Und wurde von einem Fahrgast angerempelt, so dass er gegen die Haltestange fiel. Mit der Fußsohle streifte er den Rücken des Pitbulls. Der fing sofort zu bellen an.

»Brav, Sinto, ganz brav.«

Der Hut des Hundebesitzers erinnerte Schilff an einen Trapper. Er hatte ihn in San Diego getroffen. Ein verschlagener Kerl, der mit Marihuana handelte. Und gelegentlich Auftragsmorde verübte. Das hatte er in dem Interview behauptet.

Mit dem Koffer voran bahnte sich Schilff den Weg durch die Menge. Hunderte von Menschen drängten sich auf dem S-Bahnsteig des Hauptbahnhofs. Die meisten hatten volle Einkaufstaschen dabei. Und waren sich selber zuwider.

Er las in ihren Augen. Er las ihre Gesten. Sie keuchen durch ihren Scheißalltag. Der sich nie ändert. Und das wissen sie. Sie wissen es jeden Morgen, wenn sie aufwachen. Von schwachsinnigen Träumen gequält. Aus dem Schlaf gespuckt wie ein Stück faules Obst.

Der Anblick hastig essender Menschen widerte ihn an.

Wie sie in ihre Äpfel beißen! Wie sie ihre Bananen mampfen! Als würden sie geil davon! Wie sie ihre Semmeln kauen! Und die Backen blähen! Ich muss hier weg, ich muss hier raus!
»Excuse me«, sagte er aus Versehen. Jemand machte Platz. Und er eilte die Treppe hinauf. Berührte feuchte Ärmel. Rauhe Mäntel. Knisternde Jacken. Er entschuldigte sich nicht. Er hatte einen Druck im Kopf. Ein mäanderndes Brummen. Vor dem Geruch nasser Kleidung grauste ihm. Im Tiefparterre, wo sich Geschäfte, Fahrkartenschalter und sanitäre Anlagen befanden, sah er im Vorübergehen sein Gesicht im Spiegel eines Fotoautomaten. Ruckartig blieb er stehen.
Ich?
Gelbe Augäpfel. Rissige Wangen. Geplatzte Äderchen. Dünne grauschwarze Haare. Fäden über den Ohren. Äderchen und Fäderchen. Ausgelaugt. Dicke Lippen. Wie geschwollen. Bartstoppeln. Keine Kanten. Teigiger Teint. Durchschnitt. Neununddreißig Jahre alter gescheiterter Durchschnitt auf zwei Beinen.
»Hallo.«
Hallo, sah er den Mund im Spiegel sagen. Er streckte dem Spiegelbild die Zunge raus. Die weiß geteerte Zunge. Ich muss hier weg, ich muss hier raus.
Klingen die Stimmen in allen Bahnhofshallen der Welt gleich? Hm? Oder klingen sie bloß gleich in dieser Stadt? Schilff blickte zu den Gleisen. Einige Züge sehen neu aus. Andere kenn ich von früher. Die Uniformen der Angestellten haben sich geändert. Ihr Verhalten nicht.

»Sie können da raus oder da, das ist völlig gleich.«
»Ich muss in die Lämmerstraße.«
»Ich bin für Züge zuständig.«
Kinder rannten durch die Halle. Asiaten, Afrikaner, Türken, Einheimische. Polizisten patrouillierten mit Schäferhunden. Imbissverkäufer in weißen Kitteln bedienten mienenlos ihre Kunden. Schilff hatte Hunger. Und einen trockenen Mund. Und ein Kratzen im Hals.
An einem Stand kaufte er eine Dose Bier. Und trank sie sofort aus. »Noch eine bitte.«
Er trank die zweite Dose. Und ging weiter. Folgte zwei Mädchen, die sich untergehakt hatten und einander aufregende Dinge erzählten. Ununterbrochen stießen sie ein grelles »Echt?« aus. Sie waren etwa vierzehn Jahre alt. Und bewegten sich selbstbewusst. Und elegant.
Schilff lief hinter ihnen her. Als wiesen sie ihm den Weg aus dem Gewühl. Und dem Krach. Und dem Labyrinth der Gesichter, die wie ein Karussell um ihn herumsausten.
Dann waren die Mädchen verschwunden.
Er hatte nicht aufgepasst.
Vor ihm war eine Glaswand mit Türen. Dahinter ein Bistro. In der Mitte ein Tresen rund um die Küche. Tische. Wo waren die Mädchen?
Er schaute sich um. Vielleicht waren sie in den Durchgang neben dem Lebensmittelladen abgebogen. Oder sie hatten beschlossen, in die Buchhandlung auf der anderen Seite zu gehen. Fast hätte er nachgesehen.
Er warf die leere Bierdose in den Abfalleimer. Und stieß eine der Glastüren auf.

Abgestandene, ölige Luft. Und Zigarettenrauch. Er verzog das Gesicht. Aus den Lautsprechern erklangen die ersten Takte eines Liedes, das er kannte.
Und in derselben Sekunde bemerkte er am Tresen eine Frau. Sie trug eine schwarze Sonnenbrille. Saß da. Vor einem Glas Wein.
Niklas Schilff stellte den Koffer ab. Etwas an der Frau verbot ihm weiterzugehen. Leicht, als würde sie es gar nicht bemerken, öffnete sich ihr Mund. Dann schob sie das Glas beiseite. Und faltete die Hände auf dem Tresen.
Die Sängerin setzte ein. Es war unübersehbar, dass die Frau auf jedes Wort hörte. Dass sie den Song ebenso gut kannte wie er.
Doch anders als bei ihm schien das Lied bei ihr eine Art Lähmung auszulösen. Und ein Schaudern. Die Frau atmete mit weit offenem Mund. Als würde die Melodie ihr die Kehle zuschnüren.

A long long time ago I can still remember
how that music makes me smile.
And I knew if I had my chance
I could make those people dance ...

4

In the streets the children screamed,
the lovers cried and the poets dreamed ...

Er wollte aufhören, sie anzustarren. Er spürte die Blicke der anderen Gäste. Es waren nicht viele. Alle saßen allein an ihrem Tisch.

But not a word was spoken,
the church bells all were broken ...

Dann blieb die Bedienung demonstrativ vor ihm stehen.
»Darf ich vorbei, ja?«
Schilff reagierte nicht.
Sie zog die Augenbrauen hoch. Und sah ihm ins Gesicht.
»Wenn Sie betrunken sind, haben Sie hier nichts zu suchen.«
»Ich bin nicht betrunken«, sagte Schilff, ohne den Blick von der Frau am Tresen zu nehmen.
»Ist ja nicht zu fassen.« Die Bedienung, ein Tablett mit einem Kännchen Kaffee und einem Glas Mineralwasser in der Hand, machte einen Bogen um ihn. »Und sind S' so nett und räumen Ihren Koffer aus'm Weg, ja?«

And the three men I admire most,
the Father, Son and the Holy Ghost,
they caught the last train to the coast
the day the music died ...

Wieder begann der Refrain. Wieder sang Madonna die alten Verse. Und die Frau am Tresen, das hörte er auf die Entfernung, stieß bei jedem gesungenen Wort einen Seufzer aus. Seufzte im Rhythmus der Zeilen. Und ihre gefalteten Hände hüpften auf und ab. Wie ekstatisch. Die Finger ineinandergekrallt. Das Geräusch der auf der Marmorplatte aufschlagenden Handballen war beinah laut.

Jetzt wollte Niklas Schilff nicht länger warten.

Er machte einen Schritt auf sie zu. Ich will jetzt wissen, was mit der los ist. Und dann, neben ihr, hatte er auf einmal Lust, eine Geschichte über sie zu schreiben. Vielleicht für ein Stadtmagazin. Für eine überregionale Illustrierte.

Sekundenlang kehrte er in die scheinbare Geborgenheit jenes Mannes zurück, der er in Kalifornien gewesen war. Zu dem er sich dort entwickelt zu haben glaubte. Neun Jahre lang. Bis zu jenem Morgen, an dem er in seinem Computer die Mail eines deutschen Chefredakteurs vorfand, seines Freundes und Verbündeten.

»Ich will Sie nicht stören ...«

Seine Stimme war leise. Und er war sich nicht sicher, ob die Frau ihn gehört hatte. Unverändert atmete sie mit offenem Mund. Schilff fielen ihre weißen Fingerkuppen auf, die sich in die Haut gruben.

Zuerst schätzte er sie auf Anfang dreißig. Sie hatte kurz geschnittene schwarze Haare, die ausgefranst wirkten. Und ein weiches, kindhaftes Gesicht. Sie trug einen braunen, nicht gerade modisch geschnittenen Mantel über

einer grauen Hose. Die ihr zu eng war. Deutlich konnte er ihre breiten Schenkel und ihren Bauch sehen. Sie war dicker, als man auf den ersten Blick meinte. Und Schilff dachte, dein rundes Gesicht sieht aufgequollen aus, bist du krank?
Er hörte, wie das Lied endete. Und ein neues begann. Er roch das Fett aus der Küche. Und Alkohol.
Die Frau atmete ihm ins Gesicht. Ihr Mund war weit geöffnet. Sie hatte ungeschminkte Lippen. Und eine spitze Nase mit einem leichten Höcker. Hinter den dunklen Gläsern ihrer Sonnenbrille konnte Schilff ihre Augen nicht erkennen. Nur ein Glitzern unterhalb der Brille. Feuchte Flecken.
»Ich will Sie nicht stören ...«, wiederholte er.
Obwohl ihm die Bewegung sofort unangebracht erschien, wandte er sich um. Und warf einen Blick auf seinen Koffer, der der Bedienung den Weg versperrte.
»Excuse me.«
Er sah wieder die Frau an, die nichts erwiderte.
Nichts geschah. Er stand da, einen halben Meter von der Frau im braunen Mantel entfernt. Und sie starrte ihn an. Vermutete er. Sie starrten sich beide an. Umringt von Blicken. Dann hob sie die rechte Hand. Aus der Umklammerung befreit, kippte ihre linke Hand zur Seite. Kraftlos. Ungelenk. Die Frau nahm die Sonnenbrille ab.
Ihre Augen schwammen in Schmerz.

Am Stachus stiegen die beiden Kommissare aus. Und zwängten sich durch die Menge. Fußgänger eilten ins

Tiefgeschoss. Oder kamen die Treppe heraufgehetzt. Und fluchten einer im einsetzenden Regen abfahrenden Straßenbahn hinterher. Drängten sich unter das Vordach um die voll besetzten Bänke. Aßen. Oder rauchten hastig.

Tabor Süden blickte erst in die eine Richtung der Gleise, dann in die andere. Martin Heuer wartete ab. In diesen Minuten kam keine einzige Bahn. Auf der langgestreckten Station in der Mitte der Sonnenstraße warteten etwa hundert Fahrgäste. Und beschimpften in geübten Worten die Verkehrsbetriebe.

Tabor Süden hatte sich hingekniet. Zwischen die Gleise. Und er legte das Ohr auf eine Schiene.

»Spinnt der? Ja spinnt der denn?«

Die ersten Neugierigen kamen näher. Heuer stand wie unbeteiligt abseits. Und rauchte.

»Was machen Sie da? Gehen Sie da weg, Sie sind ja völlig krank.«

Süden hob die Hand. Schloss die Augen. Und rieb mit der Wange über das Metall.

»Was ist mit dem?«

»Der spinnt.«

»Was macht der da?«

»Hallo, Sie! Die Straßenbahn kommt gleich, weg da.«

Immer mehr Zuschauer reihten sich entlang des Gleises auf. Und reckten die Hälse.

Eine Frau mit einem grünen, federgeschmückten Hut drängte sich vor. »Sind S' doch vernünftig. Ham S' was getrunken? Kommen S', ich helf Ihnen.«

»Welche Tram kommt als nächste?«, fragte Süden. Er

schaute in perplexe Gesichter. Es fing stärker an zu regnen. Einige Leute spannten Schirme auf, die sich ineinander verhedderten.

»Welche Tram?«, fragte Süden. Und legte wieder das Ohr auf die Schiene.

»Entschuldigung.«

Heuer war näher gekommen.

»Sie, ham Sie ein Handy?«

»Nein«, sagte Heuer.

»Hat jemand ein Handy, die Polizei muss jetzt her.«

»Schon da«, sagte Heuer. Und zeigte seinen grünen Ausweis.

»Dann nehmen S' den Mann da weg, der blockiert ja alles. Sperren S' den ein.«

»Nein«, sagte Heuer, »das ist mein Kollege. Der trainiert für ›Wetten, dass‹.«

Jemand lachte.

Heuer trat seine Zigarette aus. Und vergrub die Hände in den Taschen seiner Daunenjacke. »Er wettet, dass er am Klang erkennen kann, welche Straßenbahn als nächste kommt.«

»So ein Schmarrn.«

»Warten Sie's ab.«

Und wirklich sahen jetzt alle in die Richtung, aus der die nächste Bahn kommen musste.

»Das schafft der nie.«

»Das ist doch Betrug.«

»Das glaub ich nicht, er schaut ja in die andere Richtung.«

Da sprang Süden auf. Trat von den Schienen. Und hielt

sich die Augen zu. Die schulterlangen Haare klebten ihm am Kopf. Wie er so dastand, breit und gekrümmt, in seiner an den Seiten geschnürten Lederhose und der braunen Lederjacke, hielten ihn manche für einen unberechenbaren Raufbold, der sich bloß wichtigmachte. Und es darauf anlegte, provoziert zu werden.

»Linie 18«, sagte Süden.

Alle wandten den Kopf. Keine Bahn in Sicht.

»Ham Sie eigentlich sonst nix zu tun, ha?«

»Doch«, sagte Heuer.

Aus der Bayerstraße war ein Klingeln zu hören. Süden schob die Leute auseinander. Sah zur Straßenbahn, die an der Ampel losfuhr, um in die Sonnenstraße einzubiegen. Und er lachte laut auf. Mit dem Kopf im Nacken lachte er in den alternden Himmel hinauf. Laut und unaufhörlich. Er stapfte mit den Füßen. Und schwenkte die Arme. Und es regnete in seinen Mund.

So abrupt er begonnen hatte, hörte er auf. Die Leute schüttelten den Kopf. Zeigten ihm einen Vogel. Und beeilten sich, die Tram zu erwischen. Linie 18.

»Was ist mit dem los?«

»Der spinnt.«

»Er übt für ›Wetten, dass‹.«

Durch das Untergeschoss gelangten die Kommissare zur Bayerstraße. Bis zum Dezernat waren es nur wenige Meter. Es war kurz nach sechzehn Uhr.

»Ich geh im Bahnhof was trinken«, sagte Süden.

»Ich hol Sonja.«

Süden überquerte die Straße, Heuer ging geradeaus wei-

ter. Zwischen den Taxis vor dem Westeingang des Hauptbahnhofs blieb Süden stehen und fuhr sich mit den Händen durch die nassen Haare.
Anstatt den Bericht über die Vernehmung von Edith Leu zu schreiben und seine Beobachtungen in der Wohnung des verschwundenen Malers zu ordnen, ging er wie so oft in das verräucherte Bahnhofsbistro. Setzte sich an die Theke. Und bestellte ein Bier.
Nachher würden Heuer und Sonja kommen. Und sie würden gemeinsam etwas trinken. Er saß gern an einem Ort, an dem Fremde verkehrten, mit zwei Freunden an seiner Seite. Seinen einzigen Freunden. In den vergangenen zwanzig Jahren war er zu viel allein gewesen, um Beziehungen aufzubauen, Bande zu knüpfen mit Menschen. Er nannte sich einen geselligen Einzelgänger. Und das stimmte nicht wirklich: Er war nicht gesellig. Er hatte gelernt teilzunehmen. Und Anwesenheit zu simulieren. Und das genügte ihm.
Und vor einem Jahr hatte er Sonja kennengelernt. Und es gab manchen Morgen, da wachte er neben ihr auf und hielt es für möglich, dass er sie liebte.
»Ihr Bier, Herr Kommissar.«
Er trank einen Schluck. An den Tischen saßen vereinzelt Gäste. Starrten vor sich hin. Blätterten in der Zeitung. Tranken Schnaps. Stützten den Kopf in die Hand. Versanken in tausendmal geübtem Schweigen.
Auf dem Barhocker, auf dem Süden saß, hatte vor zwei Tagen eine Frau geweint.

Die Tränen ließen ihre Wangen erglühen. Ihre Stirn. Ihre Lippen.
»Möchten Sie was trinken?«, fragte Niklas Schilff.
Noch immer flossen Tränen aus den Augen der Frau. Sie ließ es geschehen. Sie hatte nicht die Kraft, sich dagegen zu wehren. Die schwarze Brille flatterte in ihrer zitternden Hand. Noch immer atmete sie mit offenem Mund.
»Zwei Wodka«, sagte Schilff zu einem der Köche hinter der Theke, einem Asiaten.
»Ich heiß Niklas.«
Er erhielt keine Antwort.
Jetzt blinzelte die Frau. Mit großer Anstrengung schob sie den Unterkiefer nach oben. Und bevor die Lippen sich berührten, endete die Bewegung. Sie nahm einen Ausdruck kindlicher Verwunderung an. Sie ließ die Hand mit der Brille sinken.
Obwohl die Musik weiterspielte, hatte Schilff den Eindruck, sie seien beide umgeben von Stille.
Das Blau ihrer Augen verblüffte ihn. Vielleicht weil er geglaubt hatte, sie wären dunkel. Schwarz wie ihre Haare.
Er verzog den Mund zu einem kargen Lächeln. Täuschte er sich, oder reagierte sie mit einem scheuen Blick?
»Zwei Wodka, darf ich mal?« Die Bedienung drängte sich zwischen sie. Und stellte die Gläser auf die Theke. Wortlos verschwand sie wieder.
Schilff nahm ein Papiertaschentuch aus der Hosentasche. Verwundert schaute die Frau seine Hand an. Dann griff sie nach dem Taschentuch. Und bedeckte damit ihren Mund. Schilff strich ihr mit dem Finger über die feuchte

Wange. Sie wehrte sich nicht. Zerknüllte das Taschentuch.
Er hob sein Glas. »Trinken wir.«
Die Frau leckte sich die Lippen. Zog die Stirn in Falten. Und blinzelte mehrmals hintereinander.
»Ich bin schon betrunken«, sagte sie. Ihre Stimme war tief.
»Ich auch«, sagte Schilff.
»Dann los«, sagte sie. Und leerte ihr Glas in einem Zug.
»Noch zwei«, sagte Schilff zum Koch.
»Einen Moment«, sagte die Frau. Sie legte die Hände nebeneinander auf den Tresen. Und betrachtete sie. Schilff fand ihre Finger dünn und bleich. Doch die Frau schien zufrieden zu sein. Eine Weile saß sie so da. Dann streckte sie die Arme in seine Richtung. Ratlos wartete er ab.
»Wie finden Sie meine Hände?«, fragte sie.
»Ihre Wodkas.« Diesmal blieb die Bedienung hinter der Theke, als sie die Gläser hinstellte.
Schilff merkte, dass er schwankte. Wie im Flugzeug. Schon in Heathrow, wo er umgestiegen war, hatte er sich an jedem Geländer festhalten müssen. Und das hätte er jetzt gern wieder getan.
Hastig umklammerte er die Kante des Tresens. Beobachtet von den Köchen und der Bedienung, die solche Spiele wie das zwischen der besoffenen Frau und dem besoffenen Kerl nicht ausstehen konnten.
»Bitte?«, fragte Schilff. Sie streckte ihm immer noch die Hände hin. »Ja, Ihre Hände ...« Ein leichtes Stechen durchzog seine Brust. Dann stellte er fest, dass er die

ganze Zeit den Reißverschluss seiner Jeansjacke nicht aufgezogen hatte. Deshalb war ihm so heiß. Deshalb riss er jetzt den Mund auf. Ähnlich wie die Frau während des Liedes. Und atmete widerwillig die stinkende Luft ein.
»Sie sind ein Feigling«, sagte die Frau.
Schilff reichte ihr das Wodkaglas. Und weil sie keine Anstalten machte, es zu nehmen, stellte er es auf ihre flache linke Hand. Wie auf ein Tablett. Ihre Hand zitterte. Das Glas wackelte. Schilff erhob wieder sein Glas.
»Auf Ihre Gesundheit«, sagte er.
Der Satz traf sie wie eine Ohrfeige. Ihr Kopf zuckte. Schilff hatte keine Ahnung, was mit ihr passierte. Sie ließ die Arme fallen. Klirrend zerschellte das kleine Glas auf dem Boden. Alle Gäste blickten auf.
»Jetzt reicht's«, rief die Bedienung.
Wie auf Befehl rutschte die Frau vom Barhocker und schlang den Mantel enger um sich. Schilff hatte das Glas noch in der Hand. Er blickte in die Runde der Gäste, die endlich mit einem Ereignis belohnt wurden. Und er musste plötzlich an den Grund denken, weswegen er in diese Stadt gekommen war. Mit einer heftigen Bewegung trank er den Wodka aus. Und knallte das Glas auf die Theke.
»Zahlen!«
»Das Glas kostet zehn Mark«, sagte die Bedienung. Sie hielt eine rote Schaufel und einen kleinen Besen in der Hand.
Aus den Lautsprechern tönte ein Song von Cher. Über die hab ich eine smarte Story geschrieben, schoss ihm durch den Kopf.

Die Bedienung schob Schilff beiseite. Gebückt kehrte sie ein paar Scherben zusammen. Und kickte den Rest unter einen Barhocker.
»Das ist einfach widerlich«, sagte sie und wusch sich im Ausguss die Hände. Und ließ die Rechnung ausdrucken.
»Zusammen, oder?« Sie legte den Zettel auf den Tresen.
»Meinen Wein zahl ich selber«, sagte die Frau. »Was macht das, vier Schoppen?«
»Sie hatten fünf«, sagte die Bedienung.
Schilff gab ihr achtzig Mark. Mit zusammengepressten Lippen nahm sie das Geld. Steckte die Scheine gemächlich in ihre Geldtasche. Und holte, noch langsamer, acht Markstücke heraus, die sie demonstrativ auf dem Tresen nebeneinanderreihte.
Schilff schlug den Webpelzkragen seiner Jacke hoch. Und beachtete die Münzen nicht. Irritiert verstaute die Bedienung die Geldtasche neben der Kasse.
»Meinen Wein zahl ich selber«, wiederholte die Frau.
»Diesen nicht«, sagte Schilff.
»Doch«, sagte sie. Aber sie bewegte sich nicht. Die Arme baumelten an ihr herunter. Der Mantel, den sie gerade noch fest zugehalten hatte, öffnete sich. Und Schilff sah, dass sie einen blassblauen Pullover trug.
»Gefällt Ihnen mein Busen?«, fragte die Frau.
Überrascht schaute er sie an. In ihrem Gesicht war nichts als Traurigkeit.
»Bitte?«
Sie schwieg. Auch dieses Schweigen wirkte auf ihn, als würde alles an ihr trauern.

»Excuse me«, sagte er.
»Nehmen Sie Ihren Koffer da weg«, hörte er die Bedienung rufen. Übergangslos, wie am Flughafen, fuhr er herum. Und war in zwei Schritten bei seinem Koffer. Und hob ihn so heftig hoch, dass die Bedienung zurückwich.
»Verdammt«, sagte Niklas Schilff.
Kaum hatte er sich wieder der Frau im braunen Mantel zugewandt, kippte diese nach vorn. Als wolle sie etwas vom Boden aufheben. Und fiel der Länge nach hin. Im ersten Moment dachte Schilff, sie sei ausgerutscht. Womöglich in einem Rest des verschütteten Wodkas. Doch dann sah er, dass sie Stoffschuhe mit Gummisohlen trug. Wieder blickten sämtliche Gäste gleichzeitig auf. Niemand tat etwas. Und das war auch nicht notwendig. Bevor Schilff der Frau helfen konnte, schnellte sie in die Höhe. Stieß sich mit kurioser Gewandtheit vom Boden ab. Und hüpfte einmal kurz in die Höhe. Auf ihrem Pullover prangte ein dunkler Fleck. Und der Mantel hing ihr halb von der Schulter.
»Ihr Schweine«, sagte die Frau. Und meinte niemand Bestimmten. Jedenfalls schaute sie keinen der Gäste direkt an. Sie sagte es vor sich hin. In normalem Tonfall.
»Kommen Sie«, sagte Schilff. Er legte ihr die Hand auf die Schulter. Sie drehte sich weg.
Jetzt atmete sie wieder mit offenem Mund. Und gleich würde sie ihren Mantel verlieren. Schilff traute sich nicht, ihn zurechtzurücken. Was mach ich hier, ich muss hier raus.
»Wo ist meine Brille?«, fragte die Frau plötzlich. Schon

krümmte sie sich wieder. Schilff stellte schnell seinen Koffer ab. Und hielt die Frau mit beiden Händen fest.
»Vorsicht.«
Hinter sich hörte er ein Tocken. Er drehte den Kopf. Der asiatische Koch klopfte mit der Sonnenbrille auf den Tresen.
»Danke«, sagte Schilff. Und streckte den Arm aus. Und stützte mit dem anderen die Frau. Er gab ihr die Brille. Und sie setzte sie auf. Mit einem Schulterzucken korrigierte sie den Sitz ihres Mantels, schlang ihn wieder enger um sich. Und öffnete die Glastür, die zur Straße führte.
Schilff zog den Koffer hinter sich her. Erwischte die Tür, bevor sie zuschlug. Und zwängte sich seitwärts nach draußen. Die Frau stieg die Steinstufen zum Bürgersteig hinunter und bedeckte dabei mit beiden Händen ihren Kopf.
Es war kurz vor neunzehn Uhr und dunkel.
Aus Richtung des Taxistands kamen zwei uniformierte Polizisten. Sie bedachten die Frau mit einem gleichgültigen Blick und gingen die Treppe zum Bistro hinauf. Den Koffer neben sich, verharrte Niklas Schilff auf der obersten Stufe, in morastige Überlegungen vertieft.
»Entschuldigung«, sagte einer der Polizisten. Schilff versperrte ihm den Weg.
»Excuse me.« Er trat einen Schritt zur Seite. Die Polizisten gingen hinein. Und er stieg die Stufen hinunter.
Die Frau drehte sich im Kreis.
»Wissen Sie, wo die Rothmundstraße ist?«, fragte sie.
»Nein.«

»Da wohn ich.«
»Ich bring Sie hin.«
»Nein.«
»Wir fahren mit dem Taxi.«
»Nein.«
»Ich heiß Niklas. Niklas Schilff.«
Sie sah ihn an. Zum ersten Mal, seit sie auf der Straße standen. An diesem kalten Novemberabend.
»Jennerfurt.«
»Hallo, Frau Jennerfurt«, sagte er.
Sie hatte die Hände in die Manteltaschen gesteckt und die Schultern hochgezogen. Die Spitzen ihrer Schuhe berührten sich. Die Fersen hatte sie nach außen gedreht. Wie ein Schulmädchen, dachte Schilff.
»Früher waren wir oft in einer Kneipe, die ›Jennerwein‹ hieß«, sagte er. »Ich wollte da nie hin, meine Freunde haben mich mitgeschleppt. Sie waren aber gar nicht meine Freunde.«
»Ich möchte nicht, dass Sie mich in ein Gespräch verwickeln«, sagte sie.
Er war nicht beleidigt. Er hatte ihr nicht einmal richtig zugehört. Dass ihr Name ihn an dieses Lokal erinnert hatte, genügte, um ihn wieder diesen Ekel empfinden zu lassen, der in ihm gärte, seit er das Flugzeug verlassen hatte. Das ganze Trinken, die ganze Ablenkung mit der Frau, die wegen Madonna weinte, das ganze Getschilpe – alles umsonst. Die Täuschung gelang nicht.
Getschilpe. Woher hatte er dieses Wort? Das kenn ich doch gar nicht, gibt's das in Englisch?

»Oh Gott«, sagte die Frau.
Sie machte einen Schritt auf die Straße. Und übergab sich. Hustete. Spuckte aus. Hielt sich den Bauch. Stöhnte. Stand mit gespreizten Beinen am Randstein. Und die Lache vor ihr wurde größer.
Danach wischte sie sich mit dem Papiertaschentuch, das Schilff ihr gegeben und das sie eingesteckt hatte, den Mund ab. Und warf es in die schmierige Brühe. Ohne ein weiteres Wort wankte sie davon. Hinter einer Gruppe von Touristen, die gerade aus einem Bus stiegen, verschwand sie.
»Moment«, rief Schilff.
Dünner, frostiger Regen setzte ein.

5

Mit dem ermutigenden Satz »Schmeckt toll, ist heiß, kann man nicht viel mehr gut machen, Frau Kommissarin«, stellte der asiatische Koch Sonja die scharfe, süßsaure Suppe hin und reichte ihr einen Löffel, indem er ihn vorne mit Daumen und Zeigefinger festhielt. Sonja achtete nicht darauf. Sie brauchte etwas Heißes bei diesem Wetter, das sie verfluchte. Jedes Jahr von neuem.
Süden bestellte sein drittes Bier. Heuer trank schwarzen Kaffee.
»Wir haben die Meldung ins System gegeben«, sagte Sonja. »Weder das LKA noch das BKA können mit der Beschreibung was anfangen. Mit der öffentlichen Fahndung warten wir noch.«
Die Suppe schmeckte nach Glutamat und anderen künstlichen Stoffen. Aber sie war heiß. Und scharf.
»Ist dir in der Wohnung nichts aufgefallen?« Heuer zog die letzte Salem aus der Packung, die er zerknüllt in der Hand behielt.
»Ariane Jennerfurt ist nicht verreist, ihre Kleider hängen alle im offenen Schrank, das Geschirr ist nicht gespült, das Bett ist nur zugedeckt ...«
»Hast du ein Tagebuch gefunden?«, fragte Süden. Der Alkohol versetzte ihn in eine für ihn unerwartete Stimmung. Reinigte seinen Kopf.
Überhaupt war er schon den ganzen Tag eigenartig wach. Die Antworten, die jemand ihm gab, schien er schon im Voraus zu wissen. Und wegen der Aufklärung der aktu-

ellen Fälle sorgte er sich nicht. Er war fest davon überzeugt, die Spuren, die er und seine Kollegen verfolgten, würden unweigerlich zum Ziel führen.
Was redete er sich da ein? Was für Spuren? Was für ein Ziel? Welche Sicherheit?
»Ich hab nicht danach gesucht«, sagte Sonja, »ich hab meine Hände in den Taschen behalten. Falls die Kollegen noch mal in die Wohnung müssen.«
An den Tatorten, zu denen die Kommissare gerufen wurden, trugen sie Plastikhandschuhe. Oder sie ließen die Hände in den Taschen, um keine eigenen Spuren zu hinterlassen.
»Kein Hinweis auf ein Verbrechen«, sagte Sonja. Und wischte sich mit der Papierserviette den Mund ab.
»Wie bei uns«, sagte Heuer. Langsam bekam er Lust, auch etwas zu trinken. Wodka. Oder besser Whisky. »Allerdings sind wir ziemlich sicher, dass er sich nur mit einer Frau vergnügt.«
»Wieso nur?«, sagte Sonja.
»Täusch ich mich, oder hatte Charly heute Morgen einen eifersüchtigen Blick?« Heuer, der links neben ihr saß, schaute sie nicht an. Er betrachtete die Bedienung, wie sie ein Stück Kuchen verschlang.
»Du täuschst dich«, sagte Sonja.
»Hat sehr gut geschmeckt?«, fragte der Koch.
»Sehr gut.«
»Noch Hauptgericht, Frau Kommissarin?«
»Nein.«
Sie kam nur wegen Süden und Martin hierher. Aus Grün-

den, die sie nicht verstand, konnten die beiden an diesem Tresen Stunden verbringen. Eingeräuchert von Zigarettenqualm, im Fettgestank. Inmitten gelangweilter oder betrunkener Leute. In diesem Durchgangslokal, das wirkte, als würde der Wirt seine Gäste ständig auffordern zu gehen, anstatt zu verweilen. Wer war eigentlich der Wirt? Sonja kannte nur die Köche. Und die Bedienungen.

Sie holte ein Taschentuch aus ihrer Umhängetasche. Und die Kopie eines Fotos.

»Das ist die Frau.« Sie reichte Süden das Bild. Es war ein Porträt. Ariane lehnte an der Reling eines Schiffes und lächelte zaghaft. Ihre Haare wehten im Wind.

»Das ist auf dem Starnberger See aufgenommen«, sagte Sonja.

»Wissen wir inzwischen, wer sie zuletzt gesehen hat?«, fragte Heuer.

»Nein, möglicherweise ihre Freundin Iris. Was ich aber für unwahrscheinlich halte.«

»Warum?«, fragte Süden.

»Weil sie niemand ist, der sich zu Hause eingräbt. Wenn sie bis morgen nicht auftaucht oder sich bei Iris gemeldet hat, starten wir eine erste Rundumtour.«

Das bedeutete, sämtliche Nachbarn zu befragen, die Geschäftsleute in der näheren Umgebung. Bekannte, Familienmitglieder. Gäste aus dem »Glücksstüberl«. So lange, bis irgendjemand einen neuen Ansatz lieferte. Diese Recherche konnte Tage dauern. Zumal die meisten Befragten beim ersten Mal erfahrungsgemäß verwirrende und widersprüchliche Aussagen machten.

Sonja drehte sich um. Hinter ihr stand die Bedienung mit einem Tablett voller schmutzigem Geschirr.
»Was ist, Susi?«, fragte Sonja.
»Die Frau, die hab ich schon mal gesehen, die war hier.«
»Wann?«, sagten Sonja, Süden und Heuer gleichzeitig.
»Noch mal«, sagte Susi.
»Wann war die da?«, fragte Süden.
»Gestern«, sagte Susi. Reichte das Tablett einem der Köche hinter dem Tresen. Und nahm das Bild. »Nein, vorgestern, am Samstag, genau, am Samstag, sie hatte 'ne Sonnenbrille auf. Das war die, ganz sicher, da ist sie gesessen, da, wo du sitzt.« Sie meinte Tabor Süden. »Und dann hat ein Typ sie abgeschleppt.«
Sie wollte noch etwas sagen. Dann bemerkte sie die Blicke der drei Kommissare. Und begriff sofort, was sie von ihr erwarteten.
»Ich hab zu tun gehabt, ich hab mir den nicht gemerkt«, sagte sie.
»Hatte er eine Glatze und einen Vollbart?«, fragte Heuer. Es war ein Versuch ins Blaue.
Susi überlegte. »Tako, gib mir mal meine Zigaretten bitte. Danke.«
Einer der beiden Köche hielt ihr die Packung hin. Susi zog eine Zigarette heraus. Und Tako legte die Schachtel wieder unter den Tresen.
»Bitte Feuer, Herr Heuer.«
Er hielt ihr das brennende Feuerzeug hin.
»Nein«, sagte sie. Und blies den Rauch schräg aus dem Mund. »Er hatte keine Glatze und keinen Vollbart.«

Der Maler kam also nicht in Frage.
»Der war groß, breite Schultern, ziemlich groß sogar. Und er hatte einen Koffer, der stand dauernd im Weg hier.«
»Kannten sich die beiden?«, fragte Süden. Er hob das leere Glas. Und Tako zapfte ein frisches Bier.
»Keine Ahnung«, sagte Susi.
»Der Mann kam von einer Reise zurück«, sagte Sonja.
»Möglich.« Susi legte das Bild auf den Tresen. »Die Frau war extrem betrunken, sah nicht gut aus, die ist hingefallen, hier, direkt hier, zack, voll auf den Boden geknallt. Und dann ist sie raus, und der Typ hinterher.«
»Hast du hören können, was sie geredet haben?«, fragte Heuer.
»Ja, jedes Wort«, sagte Susi. Ein Gast hatte ihr gewunken. Sie legte die Zigarette in den Aschenbecher. Und klopfte Heuer auf die Schulter. »Wenn ich zuhören würd, was die Leute ständig quatschen, wär ich schon im Irrenhaus.«
Sie ging zu einem der Tische. An dem saß ein älterer Mann, der, so wie er sie seit zehn Minuten anstarrte, am liebsten Susis Beine bestellt hätte.
»So ein Zufall«, sagte Sonja.
Sie hatten genügend kriminalistische Erfahrung, um zu wissen, dass jeder Zufall einen Stein in dem Mosaik bedeutete, das sie aus Hunderten von Informationen zu einem Bild formten. Jeder Zufall hatte einen Sinn, ganz gleich, wie lange es dauerte, diesen zu entschlüsseln. Entscheidend war, wie ihr Chef sagte, der Intuition zu trauen.
»Wir brauchen eine Beschreibung des Mannes«, sagte Süden zur Bedienung.

»Kann ich nicht«, sagte Susi.
»Doch«, sagte er.
Eine Viertelstunde nach Dienstschluss, gegen ein Uhr nachts, saß Susi im Dezernat 11 vor einem Computer. Und korrigierte das Phantombild, das ein Kollege von Tabor Süden nach ihren Angaben anfertigte. Sonja und Martin Heuer waren nach Hause gefahren. Sie hatten es nicht geschafft, Süden davon zu überzeugen, Susi erst am nächsten Morgen ins Büro zu bestellen. Nachdem die beiden gegangen waren, trank er noch zwei Biere. Und legte sich anschließend im Dezernat auf die alte Couch bei den Kollegen von der Brandfahndung. Er wachte fünf Minuten vor Susis Anruf auf. Sie stand unten vor der verschlossenen Eingangstür. Er holte sie ab.
»So ungefähr«, sagte sie. Und gab Roland, dem Computerzeichner, den Ausdruck zurück.
»Mit diesem Mann hat Ariane Jennerfurt im Bistro gesprochen«, sagte Süden.
»Ich glaub schon.«
»Ich hab noch mehr Augen und Ohren und Nasen auf Lager«, sagte Roland. Und goss Tee aus einer Thermoskanne in seine Tasse.
»Passt schon«, sagte Susi.
Mit Niklas Schilff hatte das Bild nur eine vage Ähnlichkeit.

In der Nacht war sie aufgewacht. Im Zimmer war es kühl. Mr. Spock, der riesige Stoffelch, hockte wie immer auf dem runden Drehstuhl vor dem Klavier. Regen prasselte

auf den Asphalt. Das Rauschen, das Ariane Jennerfurt durch das gekippte Fenster hörte, bereitete ihr Freude. Eine Weile fühlte sie sich geborgen. Selbstvergessen saß sie aufrecht im Bett, die weiche Decke zwischen den Fingern. Schlafverschönt. Still.
Dann ging ein Ruck durch sie. Und ihr Bewusstsein katapultierte sie zurück in die unveränderbare Nacht.
Wie in Panik sprang sie aus dem Bett. Ließ sich auf den Stuhl am Schreibtisch fallen. Öffnete die blaue Kladde. Griff nach dem Kugelschreiber. Und begann hastig zu schreiben.
Es kümmerte sie nicht, dass sie nur einen Slip und ein T-Shirt trug und nah am Fenster saß, durch das kalte Luft hereinkam. Es kümmerte sie nicht, dass sie kaum etwas sah. Weil sie kein Licht anmachen wollte und nur das der Straßenlampe hereinschien. Es kümmerte sie nicht, ob es klug war, hier zu sitzen. Anstatt ihren Rausch auszuschlafen, um morgen fit zu sein fürs Lokal. Alles schien ihr sinnvoller, als einfach nur dazuliegen und unverständliche Träume zu haben. Höhnische Träume.
Was sie schrieb, war wenigstens wahr. Und wenn sie schrieb, war sie wach. Und anwesend. Und die Wörter halfen ihr auszuharren in der verfluchten Einsamkeit, die ihr niemand abnahm. Die sie sich von niemandem abnehmen lassen wollte. Weil das ihre Sache war.

Ich bin die, die verantwortlich ist. Und die selber schuld ist. So gern möchte ich mit Iris über alles sprechen, ihr sagen, wieso ich so bin, wie ich gerade bin, wie ich ge-

worden bin seit Mittwoch. Mittwoch vor einer Woche. Ich würde ihr sagen, wie das war, als das Telefon klingelte. Kurz nach acht in der Früh. Ich ging ran, weil ich dachte, du wärst es, Iris. Und im ersten Moment dachte ich auch, du bist es. Deswegen sagte ich: Hallo, Iris. Du warst es nicht. Sondern eine andere Frau. Sie war freundlich. Zuerst kapierte ich nicht, was sie mir erzählte. Ich habe zugehört und dann aufgelegt. Und dann war nichts. Ich saß nur da, das habe ich alles schon aufgeschrieben. Das habe ich schon hinter mir.
Wenn ich Iris die Wahrheit sagen würde, müsste ich sie trösten, und das kann ich nicht. Bin ja selber ungetröstet. Ach, ich weiß nicht, was nützt mir Trost? Ich bete ja auch nicht, habe ich nie getan, was soll das bringen? Man redet ins Leere, ich mag das nicht. Ich rede nicht gern ins Leere, ich kann das nicht leiden, wenn mir niemand antwortet. Von schweigsamen Männern habe ich nie viel gehalten, die nehmen sich bloß wichtig, die tun so, als würden sie zuhören. Mir ist es lieber, man redet, und das Reden ist gleich verteilt.
Wie bin ich bloß darauf gekommen, meine Mutter anzurufen? Das darf ich nicht tun. Ich darf das nicht tun. Auch wenn ich total am Eingehen bin. Das nicht! Das auf keinen Fall.
Hast du dir das eingeprägt, meine hübsche Hochwohlgeborene?
Jetzt, nach zwei Tassen Kaffee, bin ich nicht mehr so aufgedreht wie in der Nacht. Kaffee holt mich runter. Ich bleibe jetzt hier und gehe später ins Lokal. Ich werde hin-

gehen. Zwei Abende hintereinander kann ich Iris nicht allein schuften lassen, das geht nicht, das ist unfair. Sie denkt, ich habe meine Tage und Schmerzen. Ich habe meine beste Freundin angelogen. Und wenn sie erfährt, warum ich wirklich zu Hause geblieben bin, wird sie mich hassen. Und ich werde mich hassen, weil ich mich dumm verhalten habe, so unvorstellbar dumm. Verzeih mir, Iris, ich werde dir die Wahrheit sagen, wenn ich fähig bin, sie zu ertragen. Wann wird das sein?
Jedes Mal, wenn ich rausgehe und Leute mich anschauen, versuche ich rauszukriegen, ob sie mir ansehen, was mit mir los ist, und wie die Männer schauen. Ich will nicht, dass sie sich wegdrehen, ich will, dass sie mich schön finden, das will ich. Ich will nicht, dass sie mich ablehnen. Ich will, dass sie mich begehren, meinen Körper. Ich will nicht, dass sie mit mir schlafen, ich will nur, dass sie es gerne täten.
Den Spiegel im Flur habe ich abgehängt und verkehrt herum an die Wand gelehnt.
Ich fange an, mich vor mir zu ekeln.
Vielleicht sollte ich rausgehen und den Ekel einfach wegvögeln.
Und genau das mache ich jetzt auch, verflucht.

6

Im Hotel war kein Geräusch zu hören. Das kam ihm unheimlich vor. Und dass ihm etwas unheimlich vorkam, fand er doppelt unheimlich. Er bildete sich ein, jemand zu sein, der sich nicht fürchtete. Ich brauch was zu trinken.

Nachdem Niklas Schilff die Tür seines Zimmers geschlossen hatte, stand er eine Weile im Dunkeln.

Er dachte an die Wohnung der Frau, die er im Taxi nach Hause begleitet hatte. An den Geruch im Flur nach Jasmin. An die Silhouette der Frau vor dem weißen Licht der Lampe draußen. An die Gedanken, die er beim Verlassen der Wohnung gehabt hatte.

Eine schnelle verwirrende Vorstellung lang hatte er geglaubt, es sei besser zu bleiben. Und diese Begegnung kein Zufall. Sondern ein Zeichen.

»Unsinn«, sagte er jetzt laut. Der Klang seiner Stimme löste die Spannung in ihm. Und er klatschte in die Hände. Von einem Moment auf den andern schlug seine Stimmung um. Ohne dass er hätte sagen können, was Besonderes geschehen war in den zwei, drei Minuten. Stumm verharrte er an der Tür des Hotelzimmers.

Er knipste das Licht an.

Das Zimmer war winzig. Dunkelbrauner Teppichboden. Ausgebleichte rote Vorhänge. Graue Gardinen. Schmales Bett ohne Tagesdecke. Nachtkästchen. Der Fernseher war unterhalb der Decke ins Eck montiert. Wie in einem Krankenzimmer. Rechts eine Tür. Dahinter Dusche und

Toilette. Gelbes Licht. Auf einem rechteckigen Tischchen lag ein Fernsehmagazin.
Schilff musste an eine Absteige in Texas denken, in der er mit Willie Nelson verabredet gewesen war. Der dann nicht kam. Das verzeih ich dir nie.
Neben der Illustrierten lag die Fernbedienung. Er schaltete den Fernseher ein. Wie er es gewohnt war, zappte er durch alle Programme. Und wunderte sich darüber, dass es nur neun waren.
Er ging ins Bad. Und sein Blick fiel auf den Koffer.
Er bekam einen Schluckreiz, der ihn zwang, jeden Tropfen Spucke hinunterzuwürgen. Er wollte den Reißverschluss seiner Jacke öffnen. Aber der klemmte. Sofort hörte er auf, daran herumzunesteln.
Er riss die Zimmertür auf. Rannte zur Rezeption hinunter. Ließ sich von dem Inder, der Dienst hatte, ein Glas voll Eiswürfel geben. Und steckte sich noch auf dem Weg zurück ins Zimmer zwei Stück in den Mund.
Er kaute, lutschte, schluckte. Und atmete mit weit aufgerissenem Mund. Und er musste an die Frau denken, die am Tresen gekeucht hatte. Und er spürte die Kälte am Gaumen und im Magen. Und nahm einen dritten Eiswürfel in den Mund. Wasser lief ihm übers Kinn und den Hals hinunter.
Dann sah er die kleine Pfütze zwischen seinen Schuhen. Wie lange hatte er so dagestanden? Den Kopf gebeugt. Seine Jacke übersät von Rinnsalen. Das geschmolzene Eis musste ihm aus dem Mund getropft sein. War mir nicht aufgefallen.

An die vergangenen fünf Minuten konnte sich Niklas Schilff nicht mehr erinnern. War er die ganze Zeit einfach dagestanden? Sabbernd?
»Penner«, sagte er. Wischte sich mit der flachen Hand übers Gesicht. Und hörte das Kratzen der Bartstoppeln.
Wie spät war es? Er hob den Arm. Und schaute verwirrt sein Handgelenk an. Seine Uhr war verschwunden. Die hab ich doch vorhin gehabt. Ich hab doch im Taxi auf die Uhr gesehen. Das kann doch nicht sein.
Getrieben von einer Erregung, die ihn den Schluckreiz und die Trunkenheit vergessen ließ, fing er an zu suchen. Mehrmals schob er den Koffer hin und her. Er dachte, vielleicht hatte er sie draufgelegt, und sie war runtergefallen. Warum soll ich sie überhaupt abgemacht haben? Aber ich muss sie abgemacht haben.
Sinnlos hob er die Illustrierte hoch. Tastete das Bett ab. Beugte sich hinter die Kloschüssel. Durchsuchte die Taschen seiner Jacke und Hose. Immer wieder von vorn. Drehte sich im Kreis. Öffnete sogar die Zimmertür und sah im Flur nach. Er krallte die Finger um die abgeschabte Klinke.
Wie ein irrer Boxer trommelte Schilff gegen die geschlossene Tür. Trat mit den Füßen zu. Schlug seine Knöchel an das Holz. Bis sie bluteten. Und dieser Anblick machte ihn noch wütender.
Er schlug mit aller Kraft zu. Er spürte nichts. Der Schmerz erreichte ihn nicht. Er wunderte sich ein wenig darüber. Aber nicht lange. Er musste zuschlagen. Fester zuschla-

gen. Ich hau dich kaputt. I kill you I kill you I kill you I kill you.
»Aufhören«, rief jemand.
Er hörte nicht auf. Jetzt erst recht nicht. Ich schlag dich tot.
»Ich schlag dich tot«, schrie er die Tür an. Überall rote Spritzer. Rote Schlieren bis zum Teppich. Knöchel und Knorpel machten dumpfe Geräusche. Dieser Rhythmus ließ die Tür vibrieren.
»Aufhören.«
»Ja«, schrie Schilff. »Ich hör auf, hörst du das nicht? Ich hör auf. So. I kill you.« Er rülpste gegen die Tür.
Darin war er Meister. Sie schlossen früher Wetten darüber ab, wer es am besten konnte. Am lautesten. Am längsten. Wie oft hintereinander. Für den Kandidaten wurde auf der letzten Bank des Schulbusses ein Platz frei gemacht. Alle sahen zu. Manche Jungs holten tief Luft. Und pressten so stark, dass sie sich übergeben mussten. Das waren die Deppen. Wie der Carlsen Lucky. Oder Hendrix, der, weil er ein Mischling war und Haare hatte wie Jimmy Hendrix, glaubte, die Mädchen würden bei ihm Schlange stehen. Aber die Mädchen mochten ihn nicht. Er war ihnen zu schwarz. Und hatte diese feisten Lippen. Wenn er auf der Rückfahrt von der Schule kotzte, dann lachten alle. Keine Ahnung, wie er in Wirklichkeit hieß. Hendrix jedenfalls nicht. Und Gitarre spielen konnte er auch nicht. Die leeren Bierdosen hatte Niklas immer im Gepäcknetz verstaut. Manchmal rollten sie herunter. Quer durch den Bus. Und der Fahrer wurde wütend. Er hielt auf offener Strecke an. Und stellte die Jungen zur Rede. Er konnte

niemandem etwas beweisen. Was dazu führte, dass er alle acht Wochen einen oder zwei Schüler zur Strafe an die Luft setzte. Die mussten dann zu Fuß weiter. Nach Protesten von Eltern wurde dem Fahrer eine andere Linie zugeteilt. Und die Rülpswettbewerbe verliefen wieder in ordentlichen Bahnen. Nach maximal zwei Dosen war Niklas gerüstet. Er setzte sich auf den Platz in der Mitte der Rückbank. Konzentrierte sich. Machte, anders als seine Gegner, den Mund nicht auf. Sondern atmete bei geschlossenem Mund. Riss ihn nach genau zehn Sekunden ruckartig auf. Und gab einen tiefen männlichen Laut von sich. Unübertrefflich.

Schlagartig ließ er die Arme sinken. Schnappte nach Luft. Lehnte den Kopf an die Tür. Und ging in die Knie. Seine Stirn schabte über das Holz. Und seine Haare verwischten das Blutmuster.

Zusammengekauert blieb er liegen.

Jemand klopfte. Jemand sagte etwas, das Schilff nicht verstand. Er hielt sich die Ohren zu. Er schloss die Augen. Und riss sie sogleich wieder auf. Was er sah, war die Welt, in der er sich befand. Jetzt. Und diese Welt wollte er nicht. Er wollte sie nicht. Ich will nicht. Ich will nicht. Ich will nicht.

»Machen Sie sofort die Tür auf.«

Niklas Schilff gelang es, die Schultern zu heben. Und sich ein kleines Stück aufzurichten. Dann hielt er den Mund nah ans Schlüsselloch.

»Das wird nichts nützen«, flüsterte er.

Keiner der Bewohner des Hauses Rothmundstraße 6 hatte Ariane Jennerfurt weggehen sehen. Lotte Moll, ihre Nachbarin im zweiten Stock, wiederholte, sie habe Arianes Stimme gehört und Schritte im Treppenhaus. Ob sie allein war, konnte sie nicht sagen. Beim dritten Nachfragen war sie sich nicht mehr sicher, ob es tatsächlich Arianes Stimme war. Vielleicht war es auch die von Frau Glasner aus dem vierten Stock. Auf jeder Etage wohnten zwei Parteien. Jede der zweiflügeligen Eingangstüren hatte ein Fenster mit Verzierungen. Überall hingen Gardinen vor den Türfenstern.
Süden und Sonja Feyerabend klingelten an sämtlichen Türen. Wo sie niemanden antrafen, hinterließen sie den Bewohnern eine Nachricht mit der Aufforderung, sich im Dezernat zu melden.
»Ich glaub, dass die einen Herrenbesuch hatte«, sagte Frau Glasner, eine Frau Mitte sechzig. Sie putzte gerade Gemüse für die Mittagssuppe.
»Haben Sie jemanden gesehen?«, fragte Sonja. Sie trug ihren dunkelblauen knielangen Wollmantel und ihre lederne Schirmmütze, die ihrem Gesicht, wie Süden fand, einen Hauch von Verschmitztheit verlieh.
»Nein«, sagte Frau Glasner. Sie saß am Tisch. Ihre Besucher standen an der Tür. Es roch nach Gewürzen und Kölnisch Wasser.
»Haben Sie eine Stimme gehört?«, fragte Süden.
Die Frau betrachtete ihn. Sein Gesicht. Seine Haare. Und verzog den Mund. Dann schaute sie Sonja an.
»Sie haben ja beide dieselbe Augenfarbe.«

»Ja«, sagte Süden.
»Mein Mann hat blaue Augen wie Hans Albers.«
»Herzlichen Glückwunsch«, sagte Süden. Das war ihm so herausgerutscht. Obgleich er erst gegen zwei Uhr nachts ins Bett gekommen war, hatte er sich am Morgen munter gefühlt. Und er verspürte einen kindischen Unernst. Schon seit gestern. Als er sich wie ein Indianer auf die Schienen gelegt hatte. Weder er noch Martin Heuer hatten Sonja davon erzählt. Für derartige Kindereien hatte sie kein Verständnis.
»Hat Ihr Mann jemanden gesehen?«, fragte Sonja.
»Der war gar nicht da, der war in der Stadt.«
»Wie kommen Sie dann darauf, dass Frau Jennerfurt Herrenbesuch hatte?« Süden griff in die Innentasche seiner Lederjacke.
»Hätt sein können.« Frau Glasner steckte sich ein kleines Stück Lauch in den Mund. »Ist gut für die Dritten. Ich hab die Tür kurz aufgemacht, weil ich den Mülleimer rausgestellt hab, damit mein Mann ihn runterträgt, und da hab ich eine männliche Stimme gehört, und dann ging die Tür zu. Der Mann ist in die Wohnung gegangen.«
»Wann?«, fragte Sonja.
»Am Samstag, Samstagabend, vor acht, weil ...« Sie stopfte die Reste in eine Plastiktüte. »Kurz nach acht ist mein Mann gekommen, er geht am Samstagnachmittag immer auf eine Auktion. Er kauft da nichts. Er geht da gern hin, ich ja nicht.«
Süden hielt ihr ein DIN-A4-Blatt hin. »Könnte es dieser Mann gewesen sein?«

Frau Glasner wischte sich die Hände an einem Geschirrtuch ab. Nahm den Computerausdruck aber nicht in die Hand.
»Ich hab ihn nicht gesehen«, sagte sie.
»Und Ihr Mann?«
»Das hätt er mir gesagt.«
Süden steckte das Phantombild wieder ein.
»Kennen Sie die Frau Jennerfurt gut?«, fragte Sonja. Sie bekam langsam Hunger.
»Wir reden schon mal zusammen, sie wohnt so ungefähr seit drei Jahren hier, ich glaub, die ...« Wieder verzog sie den Mund. Sie knisterte ein wenig mit der Plastiktüte und fuhr dann mit dem Messer über das Brett. »Ich glaub halt, die war früher im Gewerbe, das wissen Sie ja ...«
»Nein«, sagte Sonja.
»Was für ein Gewerbe?«, fragte Süden ernst.
»Das sexuelle«, sagte Frau Glasner. »Mein Mann sagt, er hat sie mit ihrer Freundin im Sommer da drüber reden hören, die waren beide da, die Frau Jennerfurt und die Freundin, in dem Gewerbe ...«

Auf der Straße schüttelte Sonja den Kopf. »Wie kann ein Mann von vierundvierzig Jahren nur so kindisch sein?«
»Ich weiß, wie alt ich bin.«
Während sie zu Iris Frost fuhren, hingen beide ihren Gedanken nach. Und dachten dasselbe. Fast hätten sie eine Grunderfahrung aus jahrelanger Polizeiarbeit vergessen: Welchen Eindruck auch immer jemand hinterließ, wie offen und geradeheraus er im Gespräch auch wirken, wie

dringend und beunruhigend sein Anliegen auch sein mochte – immer war eine Lüge im Spiel. Es gab niemanden, der nicht log. Der nicht etwas verschwieg. Oder verschönte. Oder bloß veränderte. Und wer einmal log, der log immer wieder. Daran hatten sich die Kommissare gewöhnt. Und doch ertappten sie sich bisweilen dabei, wie sie leichtgläubig Aussagen vertrauten. Weil diese von Personen stammten, die aufrichtig und besorgt wirkten.

Vielleicht meinte Iris Frost, ihre Vergangenheit und die ihrer Freundin spielten keine Rolle mehr. Und vielleicht stimmte das aus ihrer Sicht. Doch so naiv konnte sie nicht sein, dass sie eine Verbindung zwischen Arianes früherem Leben und ihrem Verschwinden nicht für möglich hielt.

»Wir nehmen sie mit ins Dezernat«, sagte Sonja.

»Erst reden wir mit ihr«, sagte Süden.

Wie immer saß er auf dem Rücksitz, in die Ecke gezwängt, als erwarte er jeden Moment weitere Mitfahrer neben sich, und schaute aus dem Fenster.

»Volker ist sauer, weil du den Kollegen mitten in der Nacht eingespannt hast«, sagte Sonja.

Sie jagte den Dienstwagen, einen grauen Opel Vectra, die Lindwurmstraße hinunter. Eilig hatte sie es nicht. Sie war bloß ungeduldig.

»Roland hatte sowieso Bereitschaft.«

»Darum geht's nicht.«

Ob der Leiter der Vermisstenstelle sauer auf ihn war, interessierte Süden so viel wie ein Wetterumschwung in Kasachstan.

»Grüß Gott«, sagte Iris Frost an der Tür ihres Lokals. Sie hatte die Kommissare von der Parkbucht auf der anderen Straßenseite herüberkommen sehen.
»Stimmt das, dass Sie und Ariane Jennerfurt im Rotlicht gearbeitet haben?«, fragte Sonja.
Iris sagte nichts.
»Warum haben Sie uns das verschwiegen?«, fragte Süden.
»Bis heut Abend.« Ein Gast im grünen Anorak drängte sich an ihnen vorbei.
»Tschüss, Hermann.«
Hermann hustete. Wankte in die Alramstraße. Und stieg in sein Auto. Ohne nach rechts oder links zu sehen, fuhr er in die Implerstraße. Und raste davon.
Die Kommissare warteten auf eine Antwort von Iris Frost.
»Ja«, sagte sie nach einer Weile.
»Frau Frost ...«, begann Sonja.
»Das ist vorbei. Und ich weiß gar nicht, was Sie das angeht. Ariane ist verschwunden.«
Sie redeten eine halbe Stunde mit ihr. Danach machten sie sich auf den Rückweg. Die Wirtin nahmen sie nicht mit. Mit welchem Recht auch? Das Verschwinden eines Menschen war kein Verbrechen. Wenn Iris Sonja nicht freiwillig in Arianes Wohnung mitgenommen hätte, hätte sie das akzeptieren müssen. Kein Richter würde ihnen eine Durchsuchungserlaubnis ausstellen.
»Wir müssen mit diesem Zuhälter reden«, sagte Sonja.
»Enzo.« Süden hatte wieder das Phantombild in der Hand. Wer war dieser Mann? Wo steckte er? War er es, den Frau Glasner sprechen gehört hatte?

»Wenn dieser Mann von einer Reise zurückkam und Ariane betrunken war, dann sind die mit einem Taxi gefahren«, sagte Süden.
Kurz darauf zeigte Freya Epp das Bild sämtlichen Taxifahrern rund um den Hauptbahnhof.

Ein Blick in den Frühstücksraum des »Hotels Renata« genügte. Und er hatte keinen Hunger mehr. Vor dem gardinenverhangenen Fenster saßen drei Touristen und verschlangen dick belegte Semmelhälften. Am Tisch neben dem Gummibaum las ein Gast, der einen billigen Anzug anhatte, in der Zeitung. Rührei tropfte ihm vom Mund auf den Teller. Ein anderer Mann, der dick war und schwitzte, schlürfte seinen Kaffee und schaute dauernd auf die Uhr. An einem bescheidenen Büfett ordnete eine junge Frau Marmeladenschälchen und schnitt Scheiben von einem Laib Brot ab und legte sie in einen Korb.
»Setzen Sie sich doch«, sagte sie zu Niklas Schilff.
»Danke«, sagte er. Und verließ den hell erleuchteten, überhitzten Raum.
Vor dem Hotel empfing ihn ein grieseliger Sonntag. Eine verwaschene, verwackelte Aufnahme einer Stadt. Die ihm bis zum Erbrechen vertraut vorkam.
Am liebsten hätte er sich in seinem kleinen Zimmer im ersten Stock eingeschlossen. Und ferngesehen. Den ganzen Tag. Wieso hing der Kasten eigentlich wie ein Kruzifix im Herrgottswinkel?
Herrgottswinkel. Wo kam dieses Wort her? Wieso erinnerte er sich jetzt, in der schmalen Lämmerstraße, die

nass vom Regen war, an diesen Ausdruck? Den ich garantiert nie benutzt hab.
In dem tristen Neubau gegenüber war die Methadon-Ambulanz untergebracht. Es gibt also Junkies in dieser sauberen Stadt. Was mach ich jetzt?
Er war hier. Gerade noch war er in Los Angeles gewesen. In seinem Appartment in der Ezra Street. Nachbar des griechischen Kochs, der in seiner Heimat angeblich ein berühmter Musiker war, bevor er das Kokain entdeckte.
Ich muss was trinken. Bier. Das schadet nicht um zwanzig vor acht am Morgen.
Bevor er die Lämmerstraße verließ, um einen sinnlosen Blick auf die Speisekarte des Restaurants zu werfen, dessen Terrasse er von seinem Zimmer aus sehen konnte, erschauderte er. Nicht wegen der Kälte. Und der Feuchtigkeit. Sondern von der Wucht eines Gedankens.
»Ich bin kaputt«, sagte er zu dem dunkelhaarigen Mann mit dem verkniffenen Gesicht, der ihm das Bierglas hinstellte. Schilff hielt ihn für einen Kroaten oder Serben. Die Männer an den übrigen Tischen sprachen serbokroatisch. Wenn er sich nicht täuschte.
»Kaputt, gut«, sagte der Kellner. Und ein halbes Grinsen verschob seinen Mund.
Schilff betrachtete das Bier. Innerhalb von Sekunden verschwand der Schaum. Und zurück blieb eine fade Flüssigkeit. Fade. Fade. Auch dieses Wort hatte er seit Jahren nicht benutzt. Nicht dass er zwischendurch nicht regelmäßig in Deutschland gewesen wäre. Auf Einladung der Journalistenschule hatte er einen Vortrag in Hamburg ge-

halten, zweimal in Berlin aus dem Buch mit seinen gesammelten Interviews gelesen. Und oft seinen Freund besucht. Der hatte regelmäßig Reportagen von ihm für das Magazin eingekauft, dessen Chefredakteur er war. Bei diesen Gelegenheiten fuhr Schilff mit einem Leihwagen aufs Land. Um heimlich das Haus zu beobachten, in dem er mit seinen Eltern gelebt hatte. Dort wohnte jetzt ein Ehepaar, das die meiste Zeit des Jahres auf Gomera verbrachte. Er hatte nichts Bestimmtes vor. Er wollte nur das Haus aus der Ferne sehen. Hinterher betrank er sich jedes Mal. Und brüllte nachts auf den Straßen.

Fade. Fad. Ein Wort von früher. Mia is fad.

Seine Reportagen und Interviews verfasste er alle auf Deutsch. Er hatte Umgang mit seiner Muttersprache.

Schilff bewegte die Lippen. Von den Nachbartischen zog Rauch herüber. Und brannte ihm in den Augen. Ihm fiel der Name dieser Kneipe im Durchgang zwischen Hirten- und Arnulfstraße ein: »Smokey«. Vielleicht herrschte hier Rauchpflicht. Trotz der frühen Tageszeit saßen an fast allen Tischen Männer. Ausschließlich Männer. Sie redeten. Tranken Tee oder Kaffee. Rauchten. Und hatten anscheinend aufregende Themen zu diskutieren.

Niemand beachtete ihn. Gelegentlich blickte der Mann, der ihn bedient hatte und die meiste Zeit an der Theke mit zwei Freunden redete, zu ihm her. Das Bier im Glas wurde nicht weniger. Schilff hatte noch keinen Schluck getrunken. Ich bin kaputt.

Es war ein Gedanke. Er konnte ihn hören. Und doch kam es Schilff so vor, als hänge dieser Gedanke in einer Glas-

kuppel. Und würde wie ein Pendel hin und her schwingen. Mitten in seinem Kopf. Hörbar und sichtbar. Und sei dort fest verankert. Und könne nicht bis in sein Herz oder seinen Bauch vordringen.
So klar ihm in der Lämmerstraße sein Zustand auch erschienen war, seine Empfindungen erschütterten ihn noch nicht. Was ich denk, ist eines. Was ich fühl, was anderes.
Was fühlte er überhaupt? Ich hab einen Scheißhangover. Wieder erinnerte er sich an die Frau, die er gestern Abend nach Hause begleitet hatte. Und an das schäbige Treppenhaus mit den Holzstufen, auf denen er beinah gestolpert wäre.
In der schlecht beleuchteten Wohnung mit den kahlen Wänden war er erregt und zugleich abgestoßen gewesen. Ich bleib da und warte, was sie macht. Ich muss hier raus, ich brauch jetzt keine Frau. Schon gar keine betrunkene. Die Tatsache, dass er ihr nachgelaufen war und ein Taxi angehalten hatte, erschien ihm ebenso logisch wie abstrus. Vor ihrem Haus hatte er dann die Orientierung verloren und nicht mehr gewusst, aus welcher Richtung er gekommen war. Erst in dem Lokal gegenüber, wo er einen Wodka getrunken hatte, war es ihm gelungen, den Weg zu rekonstruieren.
»Schmeckt nicht?« Klang die Stimme des Kellners gehässig?
Schilff legte fünf Mark auf den Tisch. Und verließ das Lokal.
»Alles kaputt«, sagte er. Und blieb neben der »Kapitol-Bar« stehen.

»Darauf kannst du einen lassen, Alter«, sagte jemand neben ihm. Schilff drehte den Kopf.

Ein dürrer Kerl in einem abgewetzten Mantel fuchtelte wirr mit einer Bierdose. Seine Augen waren groß. Und rot. Sein verzerrtes Gesicht wirkte fettig. Schilff hätte sich nicht gewundert, wenn Fliegen darauf geklebt wären. Die ganze Erscheinung des Mannes war die eines Müllhaldenbewohners.

»Wer bist du denn?«, fragte Schilff. Und konnte nicht begreifen, wieso er sich auf ein Gespräch einließ.

»Wer bist du denn?«, lallte der andere. Und trank. Und machte einen Buckel. Hat der Angst, seinen Mantel zu bekleckern? Er umklammerte die Dose wie einen kostbaren Gegenstand. Dann richtete er sich auf. Und streckte den linken Arm aus.

»Heil Hitler.«

»Wichser«, sagte Schilff.

Der Betrunkene rührte sich nicht. Er sah Schilff an. Oder auch nicht. Dann machte er einen Schritt auf ihn zu.

»Du hast ja keine Ahnung, Alter.« Der Mann roch nach verfaultem Obst.

Schilff musste an den Farmers Market denken. An einen Stand, der einem Cousin seines griechischen Nachbarn gehörte. Gegen Abend stapelten sich dort Kisten voller ungenießbarer Orangen, Bananen, Melonen und anderer Früchte. Und wenn die Sonne direkt darauf schien, strömten sie einen mehligen, klebrigen Geruch aus.

»Nazi«, sagte Schilff. Und wandte sich um. Wo bin ich denn hier? Ich muss hier weg.

»Weißt'n du überhaupt, wo du hier bist?«, grunzte der Mann.
»Wo bin ich denn?« Schilff steckte die Hände in die Taschen seiner Jeans. Und zog die Schultern hoch.
»In der Hauptstadt der Bewegung bist du«, krächzte der Mann. »Und solche wie du wolln wir hier nicht haben, also verpiss dich, Alter, sonst lass ich dich abholen.«
Verblüfft starrte der Betrunkene den ein Meter neunzig großen Mann an, der auf ihn zukam. Und bevor er ein weiteres Mal zwinkerte, traf ihn die Faust. Zwischen Oberlippe und Nase. Und er plumpste auf den Asphalt.
Schilff sah auf ihn hinunter. Packte ihn mit beiden Händen am Kopf. Zog ihn hoch. Drehte ihn wie eine Puppe im Kreis. Und warf ihn auf die Straße. Der Betrunkene überschlug sich. Die Bierdose rollte an ihm vorbei. Und dann bewegte er sich nicht mehr. Ob er bewusstlos war oder blutete, konnte Schilff nicht sehen. Und er hatte keine Zeit zu verlieren.
Einer der Taxifahrer, die vor dem Nordeingang des Bahnhofs warteten, rief etwas zu ihm herüber. Schilff entging nicht, dass ein anderer Taxifahrer sein Handy herauszog. Er rannte los. Bis zur U-Bahn-Treppe waren es fünfzig Meter. Im Laufen hörte er schrille Pfiffe. Kein Passant kümmerte sich um das Geschehen. Erst als ein Autofahrer anhalten musste, weil mitten auf der Straße ein Mann lag, kamen Schaulustige näher.
Im Untergeschoss verlangsamte Schilff seinen Schritt. Er warf einen Blick zurück zur Treppe. Und ging gemächlich zum Bahnsteig hinunter.

Wenig Leute waren unterwegs. Auf der beleuchteten Tafel wurde die nächste Bahn angekündigt. Richtung Messestadt Ost. Verwirrt betrachtete Schilff den Fahrplan im Glaskasten. Er brauchte eine Weile, bis er die Route gefunden hatte. Unmittelbar danach kam die U-Bahn. Er stieg ein. Setzte sich auf die Bank am Ende des Waggons. Und sah sein Spiegelbild im Fenster.

Warum er den Mann verprügelt hatte, war für ihn unfassbar. Was hat der mir getan? Nazisprüche, sonst nichts. Dieses Land ist voller Nazisprüche. Das hatte er jede Woche in den deutschen Zeitungen gelesen, die er abonniert hatte. Diese Art Wirklichkeit kratzt mich nicht.

Er wandte den Blick von seinem Spiegelbild ab.

Warum saß er in dieser U-Bahn? Und stieg an der nächsten Station aus? Ein Rätsel. Was will ich da?

Er wusste, wohin er wollte. Wozu?

An der Haltestelle Sendlinger-Tor-Platz spuckte er auf den Boden.

»Pfui«, sagte eine Frau.

»Wrauu«, bellte Schilff. Und nahm auf der Treppe zwei Stufen auf einmal.

Draußen blieb er wie versteinert stehen.

Der Gedanke, der ihn in der Lämmerstraße überwältigt hatte, begann sein Herz zu besetzen.

7

Mitten im Satz stand sie auf. Ging zum Fenster. Schob die Gardine beiseite. Und blickte in den verwilderten Garten. Zwei schwarze Katzen spielten mit einer Plastikgießkanne. Sonja und Süden saßen am Wohnzimmertisch. Nebeneinander. Gegenüber der Couch, die übersät war von Kissen in Brauntönen.

Als sie vom Fenster zurückkam, wo sie stumm und abweisend verharrt hatte, schob sie die Kissen in die Ecke und ließ sich gegen die Lehne fallen.

Paula Jennerfurt war dreiundsechzig. Dürr und grauhaarig. Und die Anwesenheit der Polizisten nervte sie zunehmend. Auf keine einzige Frage antwortete sie direkt. Sie sagte etwas. Mit kalter, knurrender Stimme. Verstummte. Ließ Süden oder Sonja eine Frage stellen. Und machte unbeeindruckt weiter. Ab und zu erhob sie sich und ging zum Fenster.

»Sind Sie sicher, dass Sie in den vergangenen Monaten nicht mit Ihrer Tochter gesprochen haben?«, fragte Sonja. Weder ihr noch Tabor Süden hatte Paula etwas angeboten. Sie selbst trank Tee aus einem Glas.

»Die haben diese Hinterzimmer für Männer, wofür denn sonst?«, sagte Paula. Und sah zwischen Sonja und Süden hindurch. »Wer einmal so einen Weg eingeschlagen hat, der kommt da nicht mehr raus. Kann mir niemand erzählen, alles Gesülze. Jenny denkt, sie kann bluffen, kann sie nicht, ich bin schlauer, ich durchschau sie.«

»Sie sagen Jenny zu Ihrer Tochter?« Vornübergebeugt saß

Süden auf dem Stuhl, die Ellbogen auf die Schenkel gestützt, die Hände wie zum Gebet pyramidenartig aneinandergelegt.

»Das kümmert mich doch nicht, wie diese Männer sie nennen, das ist alles ekelhaft, und ich will damit nichts zu tun haben. Jenny. Wie denn sonst? Die Männer sagen Jenny zu ihr, und in der Zeitung stand auch Jenny. Sie hat gedacht, dann kommt ihr niemand drauf, ich schon. Ich hab immer gewusst, was sie treibt. Sie hat sich entschieden, eine Nutte zu sein. Ich leb hier, sie lebt in der Stadt, das ist weit weg, ich bin froh, wenn ich sie nicht sehen muss.«

»Seit zwei Jahren hat sie eine Kneipe, sie arbeitet nicht mehr im Milieu«, sagte Sonja.

»Wo denn sonst? Schauen Sie sich die Hinterzimmer an, gehen Sie mal hin, da hocken die Männer mit offenem Hosenstall, fragen Sie die doch, wo meine Tochter ist, die werden's wissen, die wissen das garantiert.«

»Da sind keine Hinterzimmer, Frau Jennerfurt«, sagte Süden.

»Mein Mann ist gestorben, das war der Anfang. Sie hat ihn vergöttert, so was passiert bei Töchtern, die drehen dann durch, die lieben ihren Vater wie einen Gott, da sind Sie als Mutter draußen, und das bleiben Sie auch. Auch wenn der Vater stirbt. Dann erst recht, die Tochter liebt ihn und keinen anderen. Aber das können Sie vergessen, wenn Sie denken, sie ist deswegen Nutte geworden, mit so was Psychologischem brauchen Sie mir nicht zu kommen, das interessiert mich nicht. Die ist Nutte geworden, weil sie damit einen Haufen Geld verdient und weil sie die Männer verachtet, das ist nämlich die Wahrheit, sonst nichts. Sie ist scharf aufs Geld und verachtet die Männer. Das passt.«

»Ihre Tochter hat Sie vor zwei Jahren das letzte Mal angerufen, was wollte sie von Ihnen?« Sonja hatte ihre Schirmmütze auf. Und fröstelte. Gern hätte sie ihren Mantel geholt. Der hing im Flur an der Garderobe.

»Wenn sie mir Geld angeboten hätte, hätt ich's ihr ins Gesicht geworfen. Ich brauch ihr dreckiges Geld nicht, ich hab mein Leben lang mein eigenes Geld verdient. Ich bin gelernte Krankenschwester, und ich hab in einer Apotheke gearbeitet, ich kenn mich mit Medikamenten aus, ich komm gut über die Runden. Ich brauch kein fremdes Geld. Ich weiß nicht, wo meine Tochter ist. Würden Sie mich bitte jetzt allein lassen, ich bin erkältet, ich muss mich ausruhen, morgen helf ich einer Freundin auf dem Töpfermarkt, die hat sich die Hand gebrochen.«

»Wir sind extra zu Ihnen rausgefahren, weil wir dachten, Sie können uns helfen«, sagte Sonja. »Sie haben uns gebeten zu kommen.«

»Da haben Sie was missverstanden.«

Wieder stand sie auf. Klopfte mit beiden Händen an ihre Hüfte. Und ging zum Fenster.

»Hat Ihre Tochter einen Freund?«, fragte Süden. Lautlos stand er ebenfalls auf.

»Sie hat einen Zuhälter, sie hat immer einen Zuhälter gehabt, das genügt ihr, mehr braucht sie nicht, nur einen, der sie ausnimmt, der ihre Dummheit so richtig zur Geltung bringt.«

»Ihre Tochter arbeitet nicht mehr im Milieu«, sagte Sonja erneut.
Paula Jennerfurt drehte sich um. Und erschrak. Unmittelbar vor ihr stand Tabor Süden, die Hände vor der Brust verschränkt.
»Drohen Sie mir bloß nicht.« Paula streckte die Hand aus. Und schob Süden zur Seite. Wie vorhin die Gardine.
»Wollte Ihre Tochter Ihnen damals sagen, dass sie jetzt ein Lokal eröffnet und nicht mehr anschaffen geht?« Auch Sonja stand auf.
»Jeder ist für sich allein verantwortlich«, sagte Paula. Fegte mit einem harten Blick über die Gesichter von Sonja und Süden. Und sackte auf die Couch. »Ich bin müde, ich hab Ihnen nichts zu sagen, war ein Missverständnis, kommt vor, ich hab mit meiner Tochter nichts zu tun. Sie hat immer schon lieber Tagebuch geschrieben statt mit mir geredet. Natürlich hat sie das erste Tagebuch von ihrem Vater geschenkt bekommen, von wem sonst? Ich hab nie drin gelesen, hat mich nicht interessiert, ich hab kapiert, dass sie nichts mehr mit mir zu tun haben will, kommt vor, ich kenn ein paar so Familien, da lassen die Kinder die Eltern links liegen, die können sich auf den Kopf stellen, ich hab Fälle gehabt im Altenheim, da haben die Kinder die Mutter verrecken lassen, und keine müde Mark, keinen Pfennig für die Beerdigung, das ist Alltag, ich weiß das.«
»Kennen Sie Iris Frost?«, fragte Süden.
»Auch so eine Nutte. Ich kenn sie nicht, Jenny hat von ihr erzählt, ich hab nicht hingehört, ich hab nie hingehört,

wenn sie mir was erzählt hat, ich hab mir gedacht, was sie kann, das kann ich auch. Ich hab nicht hingehört.«

»Sie haben Iris Frost nie kennengelernt?« Süden strich sich übers Gesicht. Die abgestandene Luft machte ihn träge.

»Doch, einmal, in der Stadt, zufällig. Jenny wollte mich unbedingt zum Essen einladen, an meinem Geburtstag. Glauben Sie, mir liegt was an meinem Geburtstag? Ich bin hingefahren, ich dachte, ich tu ihr einen Gefallen. Blöde Idee. Dann tauchte diese Nutte auf, rote Haare, was sonst, rauchte die ganze Zeit. Nach zwei Stunden hab ich gesagt, ich muss gehen, unangenehme Männer hockten da rum, Zuhälter. Einen hat Jenny begrüßt, natürlich. Sie wollte mir zeigen, wie sie so lebt. Ich war froh, dass ich wieder weg war.«

»Hat Ihre Tochter Ihnen Briefe geschrieben?«, fragte Sonja.

Süden wartete schon an der Tür.

»Ja«, sagte Paula.

»Dürfen wir die mal sehen?«

Paula trank einen Schluck Tee. »Nein.«

»Vielleicht finden wir einen Hinweis darauf, wo sie steckt«, sagte Süden.

»Glauben Sie, ich heb das Zeug auf? Ich heb nichts auf, wer soll das wegräumen, wenn ich sterb?«

»Sie haben nach dem Tod Ihres Mannes nicht mehr geheiratet?«, fragte Sonja.

»Sehen Sie hier irgendwo einen Mann?«, sagte Paula.

»Warum haben Sie nicht mehr geheiratet?«

Sie lehnte sich zurück. Und sah die beiden an. Doch Sü-

den kam es so vor, als würde ihr Blick dreißig Zentimeter vor seinem Gesicht enden.
Im Auto blieben sie noch eine Zeitlang still sitzen, bevor Sonja den Motor anließ.
Im Garten spielten die Katzen mit der Gießkanne Verstecken.

Als wäre sie zufällig an dem Haus vorbeigekommen, hatte sie innegehalten. Und die Tür mit der schmiedeeisernen Verzierung betrachtet. Und noch in dem Moment, als sie die Stimme in der Sprechanlage hörte und antwortete, glaubte sie, sie wäre nur einer Laune gefolgt, die sie von der Isar bis hierher geleitet hatte.
Sie stieß die schwere Tür auf. Und stieg die gewundene Treppe hinauf, die der in ihrem Haus glich. Allerdings gab es hier keine schiefen, abgetretenen Stufen. Und es roch auch nicht nach Moder. Das Geländer war das gleiche. Der Lauf aus glänzendem Holz fühlte sich warm an. Geschmeidig.
Dann ging im zweiten Stock eine Tür auf. Und ein Mann trat heraus.
Sofort wusste sie seinen Namen. Sie wusste ihn, weil sie in ihrem Adressbuch nachgeschlagen hatte. Vorher. Unterwegs. Sie hatte nicht nach diesem Namen gesucht. Nur so geblättert.
»So eine Überraschung«, sagte Andreas Binger.
Trotzdem war sie nicht zielstrebig in die Konradstraße gegangen. Vielmehr glaubte sie, die Adresse zeitweilig wieder vergessen zu haben. Und den Namen. Nur einer

von den vielen, die es früher gab. Und die keine Bedeutung mehr hatten.
»Wir haben uns lang nicht gesehen, Ariane.«
Unwillkürlich wunderte sie sich, woher er ihren Namen kannte. Ihren richtigen Namen. Hatte sie ihn in der Zwischenzeit getroffen? Im »Glücksstüberl« war er nie gewesen. Sicher nicht.
Auf der Leopoldstraße hatte sie überlegt, ein Stück Pizza zu kaufen. Aber vor dem Stand des Restaurants, das bis drei Uhr früh geöffnet hatte, warteten Jugendliche aus der Diskothek nebenan. Und so bog sie in die Franz-Joseph-Straße ein. Und vergaß ihren Hunger. Gehen war sowieso besser. Wenn sie stehen blieb, fing sie an nachzudenken. Oder in der Tasche nach dem Adressbuch zu tasten.
»Komm doch rein.«
Im Schaufenster eines Modegeschäfts hatte sie ein grünes Faltenkleid betrachtet. Und lange bestaunt. Dann bellte ein Hund. Und sie ging weiter. Dann war sie auf einmal in der Kurfürstenstraße. Wäre sie noch ein paar Meter weitergegangen, hätte sie am Elisabethmarkt in ein Taxi steigen und nach Hause fahren können.
»Du hast Glück, ich bin allein.«
»Das ist ein Glück«, sagte Ariane.
»Geht's dir nicht gut?«
»Mir geht's gut.«
»Dann trink einen Barbera mit mir.«
Sie tranken. Ariane saß da. Im Mantel. Und die Wohnung sah aus wie immer. Wie früher!

»Hast du Hunger?«, fragte der Mann.
Er trug ein grünes Hemd. Und Ariane musste an das Kleid im Schaufenster denken. Das unbezahlbare Kleid.
»Ich will dich nicht stören«, sagte sie.
Binger öffnete den Mund. Er sah sie an. Jede Stelle ihres Gesichts. Ihren Körper. Ihre Beine. Ihre Hände, die im Schoß lagen. Dann trank er einen Schluck. Stellte das kostbare Glas auf einen Hocker.
Sie saßen sich gegenüber. Ariane in einem antiken Sessel mit hoher Lehne, Binger auf einem Drehstuhl aus hellem Holz, dessen Gewinde leise quietschte. Wie mein Klavierstuhl, dachte sie.
An der Wand hinter ihm hing ein ungerahmtes abstraktes Gemälde. Ineinanderfließende rote Kreise, von schwarzen und blauen Schlieren durchsetzt. Ariane musste an Musik denken. Als würde das Bild Töne erzeugen. Und jemand hatte die Lautstärke auf null gedreht.
Binger wandte sich um.
»Ein Radknecht, eines seiner ersten«, sagte er. Und sah wieder Ariane an. »Werden langsam richtig teuer, in der Galerie hängen noch zwei, eins davon hat eine Bank optioniert. Da muss natürlich erst der Vorstand drüber abstimmen.«
Sein Lächeln erschreckte Ariane. Das war das Lächeln von Männern, die nicht mehr warten wollten. Die sich nur unterhielten, um im Stillen ihren Hass zu sammeln. Ihren Abscheu. Ihre Untertänigkeit. Binger war nur noch scheinbar in diesem Zimmer anwesend. In Wirklichkeit kroch er schon vor ihr über den Boden. Und bettelte um Bestrafung.

Er fasste nach ihrer Hand. Und zerrte sie aus der Wohnung. Im Treppenhaus ging das Licht aus. Sie stolperte. Griff nach dem Geländer. Wollte etwas sagen. Da spürte sie seine Hand an der Schulter. Und hörte sein Keuchen.

In einer Wohnung einen Stock höher machte er ein blaues Licht an. Dann sperrte er hinter ihr ab.

Bevor sie sich umsehen konnte, schob er sie in einen kleinen Raum. Ein Metallbett mit einer schwarzen Matratze. Ein Nachttopf. Der Boden mit einer schwarzen Plastikplane ausgelegt.

Am Bettgestell hingen Riemen. Und Handschellen.

Dann hörte sie ein Geräusch hinter sich. Erschrocken drehte sie sich um. Im trüben blauen Licht schimmerte Bingers nackter Hintern. Der Maler kniete auf dem Boden. Neben ihm lag ein dünner Stock.

»Bitte«, flüsterte Binger.

Sie wollte es nicht. Sie wollte das nicht. Was hatte sie gedacht, was er dachte, wenn sie auf einmal auftauchte? Mitten in der Nacht.

Sie wollte es trotzdem nicht.

»Verzeihung«, hörte sie die Stimme flüstern.

Ihr war kalt. Ihr war übel. Als wäre sie umgeben von Frostlicht und der nackte, hechelnde Mann ein Gewölle ihrer Vergangenheit.

»Nein«, sagte sie. Und hängte ihre Tasche über die Türklinke. Und schleuderte den Mantel weit von sich.

Dann nahm sie den Stock in die Hand.

Im »Blaubart« lief jene Art Musik, die Martin Heuer schon in den Siebzigern gehasst hatte.
»Noch was?«, fragte Lissi. Sie hatte Bardienst, weil alle Tische noch unbesetzt waren.
Neben Heuer lehnte ein Mann in einem weiten Anzug an der Theke. Und rauchte.
»Ein Pils«, sagte Heuer. Er war fest entschlossen gewesen, nichts zu trinken. Er hatte auch kein Verlangen danach. Er war mitten in der Arbeit. Er musste sich konzentrieren. Sein Befinden war ausgeglichen.
»Gib mir noch einen Averna dazu, mit Eis, ohne Zitrone.«
»Alkohol im Dienst?«, sagte der Mann neben ihm.
»Sag mir lieber was Vernünftiges über Ariane, Enzo.«
»Ariane.« Enzo steckte die Hand in die Hosentasche. »Sie war hier, wie gesagt, mies drauf, hat gesoffen. Sie war lang nicht mehr da, oder, Lissi?«
Lissi stellte die Getränke auf den Tresen.
»Zwölf fünfzig.«
Heuer gab ihr fünfzehn.
»Was war los mit ihr?« Nach dieser Frage trank er den Averna.
»Das hat sie nicht verraten«, sagte Enzo.
»Hatte sie Streit mit Iris Frost?« Nach dieser Frage trank Heuer das Pils in einem Zug aus.
»Mordsdurst«, sagte Lissi.
Heuer deutete auf die zwei leeren Gläser.
»Sie war mies drauf, ganz mies. Außerdem ist sie fett geworden.«
»Blödsinn«, sagte Lissi.

Jetzt sang Costa Cordalis. Heuer hielt sich die Ohren zu. Enzo und Lissi sahen ihn an.
»Alles unter Kontrolle?«, fragte Enzo.
Heuer hob das Bierglas, das Lissi ihm hingestellt hatte. Und schlürfte den Schaum.
»Und wie lang war sie hier?«
»Halbe Stunde. Oder, Lissi?«
Lissi nickte. Zupfte an ihrem roten Büstenhalter. Und rührte mit dem Strohhalm in einem Proseccoglas.
»Scheißtag«, sagte sie.
»Möge es nützen!«, sagte Heuer, prostete ihr und Enzo zu und trank.
Nach einigen Minuten, während Costa Cordalis zu Ende sang und von Udo Jürgens abgelöst wurde, wandte sich Enzo wieder an den Kommissar.
»Erst hab ich gedacht, sie will zurück, sie fängt wieder bei mir an, sie hatte so einen Blick. Ich hab gedacht, die will weg von ihrer spießigen Kneipe, die will wieder was erleben, die will wieder Geld verdienen und das machen, was sie spitzenmäßig kann. Sie sah so aus, oder, Lissi?«
Die junge Frau, die außer ihrem Büstenhalter, Hotpants und roten Stöckelschuhen nichts anhatte, dachte an ihren fünfjährigen Sohn.
Und dann kam endlich ein Kunde herein.

Er lag auf der Matratze. Und fragte sie, ob sie Lust habe, sich in der Galerie die beiden Radknechts anzusehen. Grandiose Arbeiten, sagte er. Grandios grandios.
Er stöhnte. Rieb sich den Hintern.

Eilig zog sie ihren Mantel an. Die Plastikplane unter ihren Stiefeln knisterte.
»Wie blau deine Augen sind«, sagte Andreas Binger. Sein Körper zitterte immer noch.
In der Schulter spürte sie ein Brennen. Sie hatte sich tief zu ihm hinunterbeugen müssen. Sie musste ausholen. Zuschlagen. Ausholen. Seinen Kopf festhalten. Zuschlagen. Immer auf dieselbe Stelle. Dasselbe alte Spiel.
Das Spiel, das sie anwiderte. Schon immer angewidert hatte. Und doch war sie eine der Besten gewesen. Nach ihr verlangten all die Männer, derentwegen diese Spiele erfunden worden waren.
»Bleib doch bis in der Früh«, sagte er heiser.
Ihr Nacken spannte. Und sie hatte Kopfschmerzen.
»Gut«, sagte er. Er spreizte die Beine. Sie sah nicht hin. Er war müde. Er schloss die Augen. Machte sie wieder auf.
»Ist noch was?«
»Was soll sein?«, sagte sie. Angewidert warf sie einen Blick auf den umgefallenen Nachttopf.
»Willst du etwa Geld?« Binger bewegte die Oberschenkel. Und es gefiel ihm, dass Ariane es nicht gelang wegzuschauen.
»Ja«, sagte sie.
»Ich hab gedacht, du bist keine Nutte mehr.«
»Das stimmt.«
»Was soll dann ...«
»Willst du handeln?«, fuhr sie ihn an. Sie rannte aus dem Zimmer. Sperrte die Wohnungstür auf. Knipste das Licht im Treppenhaus an. »Gib mir endlich mein Geld, Andre-

as.« Das, dachte sie, war laut genug. Dann bemerkte sie das unbeschriftete Klingelschild an der Tür.
Binger richtete sich auf. Sie kam zurück.
»In meiner Hose sind dreihundert Mark.«
Sie holte die Scheine heraus. Und steckte sie in die Manteltasche.
»Bitte«, sagte Binger.
Am liebsten hätte sie ihn angespuckt.
Dann knallte sie die Tür zu. Und lief nach unten.
Auf der letzten Stufe ging das Licht aus. Sie tastete nach dem Geländer. Der Lauf fühlte sich geschmeidig an. Sie drückte die Hand fest darauf.
Vorsichtig setzte sie einen Fuß vor den anderen.
Ihre Hand rutschte vom Geländer.
Dann war sie draußen.
Die Galerie war unbeleuchtet. Im Vorbeigehen warf sie einen schnellen Blick durchs Schaufenster. Sie musste an das Gemälde oben im Wohnzimmer denken. An die Musik der Farben.
Dann überlegte sie, wer in der Wohnung mit dem blauen Licht lebte. Eine Domina? Eine Hausfrau mit Neigungen? Eine von denen, die den anderen das Geschäft versauten? An so etwas wollte Ariane jetzt nicht denken. Das ging sie nichts mehr an. Und sie war sowieso nur ein Ersatz. Immer gewesen. Das übliche Spiel in wechselnder Besetzung.

Edith Leu hatte im Dezernat angerufen. Und weil Martin Heuer noch nicht zurück war und niemand wusste, wo er steckte, schickte Volker Thon seine junge Kollegin in die Konradstraße.

»Was haben Sie vier Tage in der Wohnung Ihrer Nachbarin gemacht?«, fragte Freya Epp. Das kleine Aufnahmegerät behielt sie in der Hand. So konnte sie fühlen, wenn das Band plötzlich stehenblieb.

»Ich hab mich inspirieren lassen«, sagte Andreas Binger. »Frau Talhoff ist den ganzen Monat verreist. Und ich wollt mal meine Ruhe.«

Seine Freundin stand in seiner Nähe. Und schwieg. Sie machte einen völlig konsternierten Eindruck.

»Kann ich ahnen, dass du gleich die Polizei holst?«

»Und Sie haben keine Idee, wo Ariane Jennerfurt hinwollte?«, fragte Freya.

»Irgendwas stimmte mit ihr nicht. Sie war gut. Aber nicht so wie früher. Das Geld hat sie genommen.«

»Was für Geld?«

»Ich hab ihr dreihundert Mark gegeben.«

Edith Leu machte einen Schritt auf ihn zu. Und schlug zu. Dann ging sie zum Ausguss und wusch sich die Hände.

»Muss ich jetzt was bezahlen für die Anzeige?«, fragte sie.

»Sich inspirieren zu lassen ist nicht strafbar«, sagte Freya Epp. Und schaltete den Kassettenrecorder aus.

8 »Unfall?«

Iris Frost stellte Schilff den Wodka Tonic hin. Und deutete auf seine Hände. Die vier Finger seiner rechten und linken Hand waren mit weißen Pflastern verklebt.

»Schlechte Technik«, sagte er.

»Kenn ich.«

Er trank einen Schluck. Es war sein vierter Wodka Tonic an diesem Tag. Die ersten drei hatte er im »Café Rothmund« getrunken. Gegenüber dem Haus, in dem Ariane Jennerfurt wohnte.

»Ich hab auf sie gewartet. Sie ist nicht aufgetaucht«, sagte er. Die Nachbarin, die im selben Stock wie Ariane wohnte, hatte ihm die Adresse des »Glücksstüberls« gegeben.

»Ich versteh das nicht«, sagte Iris und zapfte Bier.

»Hoffentlich ist sie nicht im Krankenhaus.«

»Dann hätt sie angerufen.« Iris stellte zwei Helle auf ein Tablett. Und trug sie an einen Tisch, an dem zwei ältere Männer Karten spielten.

Das »Glücksstüberl« war ein kleines Lokal mit drei Tischen und einem Tresen. Auf dem standen Plastikschälchen mit Knabbergebäck.

»Wo haben Sie sich kennengelernt?«, fragte Iris.

»Im Taxi.«

»Aha.« Sie spülte Gläser ab. Schilff blickte zur Tür.

Fünf Tage waren vergangen. Und die reale Welt auch ohne ihn zurechtgekommen.

»Niemand vermisst den Fälscher«, sagte er.

»Was?« Iris hatte nicht hingehört.
Beim Gedanken an seine Existenz duckte er sich. Er war eine überflüssige Kreatur. Vor allem in den Augen derer, die vor einigen Monaten begonnen hatten, ihn und seine Arbeit zu vernichten.
Und dann entdeckte er auf der Eckbank, über der wie in seinem Hotel ein Fernseher hing, eine zerkratzte schwarze Tafel. Darauf hatte jemand mit Kreide geschrieben: »Heit gibt's frische Weißwürscht mit Brezn.«
Er hätte sich am liebsten übergeben.
Iris zündete sich eine Zigarette an.
Die Tür fliegt auf. Ein maskierter Mann stürzt herein. Richtet seine Pistole auf die Gäste. Und drückt ab. Sechsmal hintereinander. Alle sind sofort tot. Und der Maskierte ist wieder weg.
»Noch einen«, sagte Schilff.
Seine Wünsche gingen schon lang nicht mehr in Erfüllung.

Schon früher hatte sie die bordeauxrote Ledercouch abweisend gefunden. Weshalb er extra für sie eine teure Wolldecke gekauft hatte. Mittlerweile hatte er die Decke verschwinden lassen. Wegen seiner Frau. Und seiner Sekretärin.
Sie vögelten ohne Decke. Ariane fröstelte.
»Ist was?«, sagte Hanno Rink.
»Nein«, sagte sie.
Er stand hinter ihr. Sie kniete mit dem Rücken zu ihm auf der Couch. Hielt sich an der Lehne fest. Und setzte seinen

Stößen so viel Kraft entgegen, wie sie konnte. Das hatte er gern.

Die Kanzlei des achtundvierzigjährigen Anwalts lag in einem Viertel, das geprägt war von Altbauwohnungen, gediegenen Fassaden und stilvollen Plätzen. Patentanwälte, Werbeagenturen, Verlage und Produktionsfirmen für Film und Fernsehen residierten hier.

Hanno Rink arbeitete mit zwei Kompagnons zusammen. Spezialisten für Medienrecht, die ihm viel Arbeit abnahmen. Damit er sich auf sein Spezialgebiet, das Steuerrecht, konzentrieren konnte.

Er drückte ihren Kopf tiefer.

»Ich will ohne Gummi«, sagte er heiser.

Sie mochte sein Parfüm. Auch die Art, wie er sie nahm, hatte sie oftmals mehr erregt als die der meisten anderen Männer.

»Nein«, sagte sie.

»Stell dich nicht an, Jenny.« Er schwitzte. Dann ließ er ihren Kopf los. Und stemmte die Hände in die Hüften. Gleichzeitig stieß er weiter zu.

»Du sollst ... du sollst nicht Jenny zu mir sagen ...«

»Komm jetzt, warte ...«

Er glitt aus ihr heraus. Und streifte das Kondom ab.

»Hör auf«, schrie sie. Und drehte sich zu ihm um. »Ich hab nein gesagt, verflucht.«

»Dann blas mir einen.«

»Nein.«

Sie kauerte vor ihm. Nass und fröstelnd. Und fühlte sich dreckig. Und verlogen.

»Soll ich den Gürtel holen?« Er hatte eine mächtige Erektion. »Komm«, sagte er, »komm, sonst hol ich den Gürtel, und dann jaulst du wieder, so wie früher, meine kleine ...«

»Früher ist vorbei«, brüllte sie. Sprang von der Couch. Griff nach ihren Sachen, die verstreut auf dem Parkettboden lagen. Rannte ins Bad. Und sperrte ab.

»Scheiße.« Rink ging in die Gästetoilette und stellte sich vors Waschbecken.

Als er ins Büro zurückkam, stand Ariane bekleidet am Fenster.

Sie sagten beide nichts.

Er zog sich an. Seine Flanellhose. Seinen Kaschmirpullover. Seine Slipper. Und er steckte sich eine Zigarette an.

»Ich will, dass du mich als Frau begehrst«, sagte Ariane.

Er rauchte. Leckte sich die Lippen. Stippte die Asche in den chinesischen Porzellanaschenbecher auf dem Schreibtisch. Sah auf die Uhr. Dann drückte er die Zigarette aus. Und ging zu Ariane. Für einen Moment fürchtete sie, er würde zuschlagen. Aber er stupste ihr lediglich mit dem Zeigefinger über die Nase.

»Was redest du da, Jenny? Ich bin verheiratet. Ich hab eine Frau. Ich will eine Nutte.«

Sie sah sein Lächeln. Und wusste, er meinte es ernst. Es war ein aufrichtiges Lächeln. Es war das Lächeln eines Freiers. Eines spendablen, gut riechenden, freundlichen Freiers.

»Entschuldige bitte«, sagte sie. Sie umklammerte ihre kleine schwarze Handtasche. Und blickte zur Tür. Zeit zu gehen. Schnell zu gehen.

»Trink noch was«, sagte Rink. »Geht's dir nicht gut?«
Sie schüttelte den Kopf. Erschöpft. Unsagbar erschöpft.
»Vergiss nicht, den Gummi wegzuschmeißen«, sagte sie.
Er lächelte wieder. »Schön, dass du wieder mal angerufen hast. Und clever, dass du es heute getan hast. Du hast also nichts vergessen. Einen Campari mit Gin?«
Wieder schüttelte sie den Kopf. Ihr war schlecht. Ihr war kalt. »Ich muss los.«
»Was ist passiert, Jenny?«
Er nahm ihr Gesicht in seine Hände. Warme, zarte Hände. Die sie kannte. An die sie sich vor einer Stunde sofort erinnert hatte. Warum war sie bloß hergekommen? Warum hatte sie ihn angerufen?
»Ich heiß nicht Jenny«, sagte sie.
»Denk ich mir doch.« Es klang beinah fröhlich.
»Auf Wiedersehen, Hanno.«
»Wie viel ...« Er lächelte. Strich ihr über den Kopf. Wartete. Die Hand auf ihr. Eine warme Hand. Eine ruhige Hand.
Sie wollte kein Geld. Deswegen war sie nicht hier. Warum war sie hier? War sie je wegen etwas anderem hier gewesen?
Sie brauchte kein Geld.
Falsch.
»So viel du willst ...«
Sie wollte dieses Geld jetzt nicht.
Dann war sie auf dem Weg in Richtung Isar.
Er hatte ihr zweihundert gegeben. Weniger als früher. So wenig war sie nie wert gewesen.
Sie überquerte die dreispurige Straße und den angren-

zenden Grünstreifen. Und schaute hinunter auf den grauen Fluss. Wenn Hochwasser wäre, würde sie warten, bis es zu ihr hochstieg und sie mitriss in den Fluten. Sie würde sich auf den Rücken drehen. Damit sie den Himmel sah, wenn sie ertrank.

Aufhören! Sie war doch weg vom Dreck. Weg vom Dreck. Ein sattes Rauschen drang zu ihr herauf. Und die nassen kahlen Bäume rochen nach Rinde.

»Jenny! Jenny!«, rief ein Mann.

Sie sah ein kleines Mädchen am Straßenrand. Sein Vater rief aufgeregt nach ihm, weil es nicht auf die heranpreschenden Autos achtete. Die Kleine in ihrem grünen Cape machte kehrt. Und rannte den Bürgersteig entlang. Und ihr Vater hinterher.

Wie Striemen auf der Haut war dieser Name das Zeichen einer Zeit, die es nie mehr geben durfte.

Und trotzdem hatte Ariane Jennerfurt ihren alten Kalender hervorgekramt. Und bestimmte Nummern gewählt. Und getan, was sie getan hatte, als sie noch Jenny hieß.

Sie klettert über das Geländer. Lässt ihre kleine schwarze Ledertasche ins Gras fallen. Streift den glänzenden Mantel ab. Und springt in die Tiefe. Und ist erlöst.

»Nein«, sagte sie laut. Und verscheuchte die Vorstellung. »Nein.«

Wenn sie ihre Kladde nicht mitnehmen konnte, schrieb sie auf einen kleinen karierten Block und übertrug die Sätze später. Manchmal schrieb sie nichts auf. Und dachte bloß alles. So wie jetzt. Am Fluss. An einem Nachmittag. Im gemeinen November.

Ein junges Paar ging vorüber.
»Hallo«, sagte die Frau.
»Hallo«, sagte Ariane. Und sah den beiden hinterher. Sie berührten einander an den Armen. Ariane streichelte sich die Schulter.

In dieser Nacht rauchte Niklas Schilff eine Packung Zigaretten. Und trank drei weitere Wodka Tonic, bevor er beschloss, auf Bier umzusteigen.
In diesem Moment hatte er die seltsame Vorstellung, dies sei sein erster freier Entschluss seit langer Zeit.
»Ein Bier bitte.«
Iris wischte mit einem Geschirrtuch über den Tresen.
»Sind Sie sicher?«, fragte sie.
Er nickte. Und hatte plötzlich einen heiteren Gesichtsausdruck.
Aus ihrer Erfahrung, die nicht nur aus der Gastronomie stammte, wusste Iris, dass Männer, deren Stimmung von einer Sekunde zur anderen umschlug, ein schwelendes Geheimnis hatten. Und so banal dieses Geheimnis auch sein mochte, für andere konnte es zu einer Bedrohung werden, wenn die falschen Worte fielen. »Geht aufs Haus.«
»Okay«, sagte Schilff. Im billigen Licht sahen seine Wangen steingrau aus. Die dünnen Haare klebten ihm am Kopf. Seine dunklen Augen wirkten wie eingegraben. Und die Haut schien an einigen Stellen aufzuplatzen.
»Zum Wohl.« Iris stellte ihm das Bierglas hin. »Ich hätt noch Gulaschsuppe im Topf, von gestern, hab ich selber gemacht, wollen Sie einen Teller?«

Schilff trank. Und antwortete nicht. Iris hielt es für besser, in der Nähe zu bleiben. Außer ihm waren jetzt, kurz nach halb eins, nur noch Rudi und Toni im Lokal. Die hockten in der Ecke unter dem Fernseher und redeten über ihre Arbeit. Sie fuhren Bier aus. Wenn ihre Gläser leer waren, brachte ihnen Iris unaufgefordert Nachschub.
»Was will'n der?«, raunte Toni ihr zu.
Sie zuckte mit den Achseln. Ging zurück zum Tresen. Und sah, dass Schilff sein Bier schon fast ausgetrunken hatte.
»Ich glaub, ich ruf noch mal bei ihr an.«
Schilff reagierte nicht. Sie ging in die kleine Küche. Nahm ihr Handy und wählte Arianes Nummer. Nichts. Dann rief sie im Dezernat 11 an.
Kaum stand sie wieder hinter der Theke, gab Schilff grunzende Laute von sich. Und schlug mit der flachen Hand auf den Tresen.
»Wenn ich schreib, dann implodiert die Wirklichkeit, verstehst du das?«, schrie er. Toni und Rudi hoben den Kopf. Im Gegensatz zu ihrer Wirtin waren sie zu bebiert, um ernsthaft zu erschrecken.
»Diese Leute haben überhaupt nicht kapiert, was ich sagen will.« Er brüllte Iris ins Gesicht.
Mit irgendetwas hatte sie gerechnet. Jetzt zitterten ihr die Hände. Diese Stimme ohrfeigte sie. Und mehr als das erschreckte sie die Verwandlung seines Gesichts. Aus der teigigen Masse trat ein zweites, härteres, kälteres Gesicht hervor. Mit Konturen wie dünne elektrische Drähte. Blaustichige Adern. Vibrierende Knochen. Und aus einer

schwarzen riesigen Öffnung fauchte eine Stimme, als wäre sie jahrelang ans Schweigen gekettet gewesen.
Nie zuvor hatte Iris Frost einen Menschen so schreien hören.
»Die halten mich für einen Lügner. Dieselben, die mich jahrelang für ein gerissenes Schwein gehalten haben, halten mich heute für einen Lügner. Aber ich bin kein Lügner. Ich bin kein Lügner.«
Der Barhocker kippte um. Iris knetete das Geschirrtuch in den Händen.
»Was ich geschrieben hab, ist nicht erfunden, das ist Kunst, was ich gemacht hab. Und niemand niemand niemand hat diese Kunst vor mir gewagt. Die waren alle zu klein dazu, die haben alle bloß in Schienen gedacht, da lang, da lang, da darf man, da darf man nicht. Aber man darf überallhin. Da gibt's keine Vorschriften, was jemand vorschreibt, ist von vornherein falsch. Von vornherein. Das ist Lüge, wenn jemand hergeht und sagt: Mach das so, setz dich da hin, sag das, sag das nicht, frag das, frag das nicht, sonst fliegst du aus dem Zimmer. Die andern haben sich aus dem Zimmer werfen lassen, die lassen sich jeden Tag aus einem Zimmer werfen. Erst gehen sie rein, nicken und machen Diener und legen ihre Zettel brav hin und stellen ihre Kameras auf und holen ihren Recorder raus, alles brav, alles nett. Und dann stellen sie eine Frage, und die Frage passt dem Vorschreiber nicht, und der tritt dann vor, mitten ins Bild und blafft ins Mikrofon, jetzt ist Schluss, das war nicht abgesprochen, raus hier. Und was passiert? Die packen ihr Zeug und hauen ab. Lassen sich das gefallen.

Draußen maulen sie natürlich, wenn der Agent nicht in der Nähe ist, maulen und jammern und greinen und ziehen wieder ab und fangen an, Lügen zu verbreiten. Die Lügen, die überall nachgebetet werden, die alle glauben. Frustmist. Kinderkacke.«

Auf dem Boden zersplitterte ein Glas. Schilff fegte einen Aschenbecher vom Tisch. Der landete wie gezielt auf dem einzigen Kissen, das auf der Bank lag.

Immer noch bewegte sich Iris nicht von der Stelle. Sie bemerkte nicht einmal Tonis Blicke. Er und sein Freund schauten starr über die Schulter. Anstatt sich umzudrehen. Wie festgeschraubt in Schilffs Geschrei.

Dabei brüllte Schilff die Luft an. Er sah niemanden an. Er ging hin und her. Schleifte mit den Schuhen über den Boden. Und ruckte mit der Schulter. Rempelte unsichtbare aufdringliche Nebenbuhler an.

»Ich hab nie gelogen. Ich nicht, ich hab nicht gelogen, ich war aufrichtig, ich hab die Wirklichkeitsvorstellungen meines Publikums bedient. Und zwar gut. Und zwar phantastisch. Ich hab die Wirklichkeit für sie inszeniert, für euch, für euch hier ...«

Er sah niemanden an.

»Und sie haben mir meine Geschichten aus der Hand gerissen, ich war der Einzige, der so schrieb, das traute sich sonst niemand, und die wussten das. Das wussten die von Anfang an. Wir hatten eine Verabredung, kein Papierkram, wir gaben uns die Hand, das musste genügen. Heut will der Mann nichts mehr davon wissen. Erst engagieren sie einen Künstler, und dann wollen sie ihm die Phantasie verbieten. Ist das nicht arm? Aber der Irrwitz ist, der Irrwitz ist ...«

Er holte aus. Und Iris dachte, er würde die Schälchen mit dem Knabbergebäck vom Tresen fegen. Doch er hielt in der Bewegung inne. Sein Arm hing schräg in der Luft, die Hand zur Faust geballt. Was Iris seltsam nachsichtig stimmte. Die Faust kam ihr jetzt weniger bedrohlich vor. Vielmehr rührend. Als stünde ein zorniges, vom eigenen Furor überfordertes Kind vor ihr, das auf einmal ratlos war.

Zum zweiten Mal ließ Schilff die flache Hand auf den Tresen knallen. Und schlug mehrmals darauf. Schrie weiter. Allmählich bekam seine Stimme Risse.

»Der Irrwitz ist, sie glauben, es gäb eine für alle gültige Wirklichkeit. Eine einzige. Für alle. Gibt's nicht. Gibt keine für mich und für dich und für sonst wen. Wir haben jeder unsere eigene, kapierst du das?«

Iris war nicht klar, wen er meinte. Er hatte sich weder an sie noch an Toni oder Rudi gewandt.

»Das ist die Wahrheit. Briefe haben sie mir geschrieben, Faxe, E-Mails, hab ich alle weggeworfen, seitenlange Hymnen. Wunderbar. Hab ich alles weggeworfen. Bullshit. Bullshit.«

Er hustete. Drehte sich um. Und sah Toni und Rudi an, die eine Weile brauchten, bis sie reagierten. Dann nickten sie gleichzeitig. Was immer sie damit ausdrücken wollten, Schilff schien ihrer Meinung zu sein. Er nickte ebenfalls. Und zeigte mit dem Finger auf die beiden.

»Was gegen die trockene Kehle?«, fragte Iris. Sie hatte

den Eindruck, alles zitterte. Und klirrte. »Hör mal ...« Ihr fiel sein Name nicht mehr ein.

Mit drei Schritten ging Schilff von einem Ende des Tresens zum anderen. Sein rechter Handrücken schleifte über das Holz. Eines der Pflaster an seinen Fingern löste sich. Und eine Blutspur entstand.

Das Gesicht Iris zugewandt, hämmerte er unaufhörlich mit beiden Handrücken auf die Theke. Auch die Pflaster an seiner linken Hand rissen ab. Die Wunden platzten auf. Und er hämmerte weiter. Weiter. Und hörte nicht auf zu sprechen.

Er schrie nicht mehr. Er krächzte.

»Ich hab nichts aufgehoben, bloß ein paar Artikel. Und die schmeiß ich auch noch weg. Und die Scheißmundharmonika.«

Mit blutverschmierten Handrücken trommelte er auf den Tresen.

»Nur das Messer heb ich auf. Hat mir Alice geschenkt, Alice McAllister. Klingt wie ein Künstlername, ist aber echt. Echt. Echter Name. Alice McAllister. Sie hatte indianische Freunde, bei denen kaufte sie ein. Das Messer brauch ich noch. Ich bin wieder hier.«

Lächelte er? Iris kniff die Augen zusammen.

»Willst du nicht endlich damit aufhören?«, sagte sie.

»Nein«, schrie er. Fast so laut wie zuvor. »Nein.«

»Entweder du hörst jetzt auf oder ...«

»Keine Polizei, bitte, bitte ...«, sagte er leise. Und dann grinste er. Und hob wieder die Arme. Und ließ die Hände mit voller Wucht auf den Tresen fallen.

Jetzt war es still.
Die beiden Spielautomaten neben dem Fenster blinkten. Draußen fuhr ein Auto vorbei. Rudi und Toni gaben keinen Laut von sich. Unverändert saßen sie da. Den einen Arm auf die Bank gestützt, die Körper halb gedreht.
Alles, was Iris hörte, war das Ticken ihrer Armbanduhr, die sie unter die Theke gelegt hatte.
Schilff rülpste mit geschlossenem Mund. Seine Hände bluteten. Er betrachtete sie wie die Gliedmaßen eines Fremden.
Der Fußboden war übersät mit Scherben und Bierdeckeln. Niemand bewegte sich. Als warteten alle vier auf ein Signal. Oder einen Fotografen. Oder als hätten sie ihren Text vergessen und hofften auf eine Souffleuse.
Draußen, auf der anderen Straßenseite, fuhr ein Auto aus der Parkbucht. Für einen Augenblick huschte das Gelb der Scheinwerfer über das Fenster.
»Und jetzt?«, sagte Iris.
Irgendwie erleichtert wuchteten die beiden Bierfahrer ihre Körper in Richtung Tisch. Und griffen zu den Gläsern.
»Ich wollt nie mehr in diese Stadt zurück«, sagte Schilff. Wieder ballte er die Fäuste. Hob aber die Hände nicht hoch.
»Zu spät«, sagte Iris.
»Jetzt hab ich deinen Namen vergessen.«
»Ich deinen auch.«
»Dann sind wir quitt.«
»Noch lang nicht«, sagte sie. »Erst bezahlst du den Unfug, den du angerichtet hast.«

Sie wollte endlich zusperren. Wenn Gäste solche Sachen erzählten, brach nachts ihre eigene Vergangenheit über sie herein. Und sie war dann zu müde, sie zu vertreiben. Dann hörte sie die alten Stimmen wieder. Sah die Männer wieder, mit denen sie heute nichts mehr zu tun hatte. Und sah Ariane, die untröstlich war.

Auf einmal hatte Iris große Angst um ihre Freundin.

Sie ging noch einmal in die Küche. Und nahm das Telefon. Ariane meldete sich nicht. Nicht zu Hause. Nicht auf ihrem Handy. Voll wütender Unruhe zündete sich Iris eine Zigarette an.

»Ich schließ jetzt«, sagte sie, als sie aus der Küche kam.

In der Tür stand Tabor Süden. Er hielt Schilff an der Schulter fest. Dem Reporter tropfte der Sabber aus dem Mund.

9

Bevor sie es richtig begriff, liefen ihr Tränen über die Wangen.

Sie stand mitten auf der Straße, direkt unter einer Straßenlampe.

Niemand ging vorüber. Kein Auto fuhr.

Bei fünf Männern war sie gewesen. Und keiner hatte sich gewundert. Alle bis auf einen hatten Kondome. Als hätten sie die Gummis für sie aufgespart.

Rasch ging sie weg. Vor dem geschlossenen Eisentor eines Kinderspielplatzes blieb sie stehen. Mit einem Taschentuch wischte sie sich das Gesicht ab. Dann tippte sie eine Nummer in ihr Handy. Und kappte die Verbindung sofort wieder.

Sie konnte Iris nicht anrufen.

Sie kramte ihren winzigen Notizblock aus der Tasche. Hauchte den Kugelschreiber an. Setzte sich auf eine niedrige Steinmauer auf der anderen Straßenseite. Und schrieb. In Ameisenschrift. Ameisenflink.

Ich bin die schmutzigste Frau in der ganzen Stadt. Ich stinke, denn das Wasser, mit dem ich mich gewaschen habe, hilft nicht mehr. Und wenn ich meine Beine ansehe, ekelt es mich. Und wenn ich an meinen Busen denke, sehe ich verfaultes Obst. Und meine Vagina ist voller widerlicher krabbelnder Käfer. Die saugen an mir und schlecken mit Zungen nach mir. Dass ich noch am Leben bin, ist ein Versehen, ich bin nicht gemeint.

Warum habe ich das getan? Warum bin ich erst zu dem einen Mann gegangen und dann zu den anderen, ich habe Tote zum Leben erweckt. Sie waren unter der Erde, weit da unten, und ich habe sie ausgegraben. Ich bin zu ihnen gegangen, nicht sie zu mir. Ich war es, ich habe sie gewollt. Ich wollte sie doch gar nicht, ich wollte sie nicht, bitte glaub mir, glaub mir, Iris.

Was mit mir los ist, das habe ich ihnen nicht gesagt, ich habe wenig gesprochen, wie früher. Und sie waren nicht überrascht, mich zu sehen, sie haben mich genommen. Wie sie das gewohnt sind seit jeher. Ich hätte mir gewünscht, dass sie mit mir schlafen. Dass sie meinen Körper bestaunen und dass ich zum Beispiel ihre Hände zum Jubilieren bringe, nicht nur ihr Geschlecht, das ist ja einfach, das ist keine Kunst.

So dreckig, wie ich jetzt bin, kann ich nicht zu Iris kommen. Ich habe alles zerstört. Und ich weiß nicht, wieso.

Vielleicht hätte ich den Mann, der mich nach Hause gebracht hat, bitten sollen zu bleiben. Vielleicht habe ich den schlimmsten Fehler gemacht, den es gibt. Aber ich kenne ihn nicht. Warum soll ein Fremder automatisch böser sein als einer, den ich schon kenne? Das ist keine Logik. Wenn er jetzt hier wäre, würde ich ihm alles erzählen. Weil die Nacht jetzt so ist, dass man solche Dinge erzählen kann. Die Dunkelheit ist ein Verzeihen.

Worüber ich mich wundere, ist, dass keiner kommt und mich umbringt. Dauernd werden Frauen in der Nacht ermordet. Und ausgerechnet heute Nacht, wenn die Richtige dasitzt, allein in einer schwarzen Straße zur richtigen

Zeit, kommt kein Mörder und erledigt sein Handwerk. Das ist alles sehr ungerecht. Ich würde mich nicht wehren. Vorhin habe ich mich auch nicht gewehrt. Und all die Male zuvor auch nicht. Ich halte still, das habe ich gelernt. Ich würde nett sagen: Bitte. Nettsein habe ich von der Pike auf gelernt.
Hoffentlich hört die Nacht nicht auf. Wenn der Tag mich so erschaut, dann schämt er sich, und die Menschen müssen leiden. Ich suche mir jetzt einen Keller. Vielleicht sterbe ich dort an der Angst. Das wäre praktisch. Dann wäre niemand dran schuld.

Weil noch Schlaf übrig war in dieser Nacht, vergaß Ariane Jennerfurt ihr Vorhaben wieder. Doch was sie träumte, wusste sie später nicht mehr.

Offenbar war Tabor Süden mit seinen Gedanken woanders. Vornübergebeugt betrachtete der Kommissar seine Hände. Drehte sie mehrmals. Bog die Finger nach oben. Hielt die Kuppen nah vor seine Augen. Richtete sich auf, ohne den Blick etwas anderem zuzuwenden. Und schloss für einige Momente die Augen.
Iris bemerkte Schilffs Blick und setzte sich an die andere Schmalseite des kleinen Tisches. Herausfordernd starrte sie ihm ins Gesicht. Doch das irritierte ihn nicht.
Während Iris und Schilff den schwarzen Kaffee tranken, grübelte der Kommissar über seinen Händen.
Schon beim Betreten von Arianes Wohnung war Schilff aufgefallen, dass Süden sich dauernd umsah. Als müsse

er an den Gegenständen vorübergehen, bevor er begriff, dass sie da waren. Dann erst wandte er sich um. Und schaute genauer hin.
»Wieso steht hier der Spiegel verkehrt herum an der Wand?«, hatte er gefragt. Und Iris wusste keine Antwort.
Aus den Berichten, die er über den Kommissar gelesen hatte, kannte Schilff einige Dinge aus dessen Leben. Zum Beispiel seine Technik, Leute zum Reden zu bringen. Worin genau diese Kunst bestand, konnte keiner der Reporter erklären. Aber alle Zeugen äußerten sich noch Monate später voller Verwunderung und Verblüffung darüber.
»Probleme?«, fragte Niklas Schilff.
Süden klopfte die Fingerspitzen aneinander, wobei seine Hände ein biegsames Viereck formten.
Iris trank. Und fragte sich, wieso sie sich auf das hier eingelassen hatte. Ariane durfte das nie erfahren.
Iris war ratlos. Und wütend. Auf sich. Auf ihre Freundin.
»Wir gehen jetzt«, sagte sie.
Und Kaffee hatte sie auch gekocht. Um zwei Uhr morgens. Auch wenn es nur löslicher Kaffee war.
Süden hatte so lange auf sie eingeredet, bis sie nachgab und ihnen erlaubte mitzukommen. Was sie inzwischen unerhört fand.
»Sie erzählt Ihnen alles, Sie wissen etwas.«
Iris zuckte zusammen.
»Was?«
Endlich hörte Süden mit dem Fingerspiel auf. Er legte die rechte Hand flach auf den Tisch und rieb sich mit der linken über die Lederhose.

»Sie hat doch schon gesagt, dass sie keine Ahnung hat«, sagte Schilff. In seinem Kopf zischelte es wie von unzähligen Lunten. Jedes Wort entzündete eine weitere. Er konnte es hören. Er blinzelte. Und straffte den Rücken. Und diese Bewegung löste ein Gefühl grotesker Eitelkeit aus. Er sah sich beobachtet von Fotografen, die hinter der Tür auf ihn lauerten. Auf seinen Auftritt. Auf ein Missgeschick. Oder eine bisher ungeknipste Geste. Mit dem Zeigefinger strich er sich die Haare hinter die Ohren. Und kam sich sofort weibisch vor. Das ärgerte ihn maßlos. Und er warf Iris einen verächtlichen Blick zu.
»Ist was?« Sie stellte die Tasse hin. Und war nahe daran, laut zu werden.
Um seine Finger hatte Schilff inzwischen braune Pflaster geklebt, auch auf die Handrücken. Interessierte ihn nicht, was die Leute dachten. Ich teil aus und steck ein, davon kriegt man Wunden.
Von Minute zu Minute verlor er mehr das Gleichgewicht. Und dabei hatte er sich beinah erholt gehabt. Beinah hätte er angefangen, sich in dem windigen Hotel in der Lämmerstraße aufgehoben zu fühlen. Niemand kümmerte sich um ihn. Niemand stellte Fragen. Niemand verbot ihm zu trinken.
»Ich bin nicht betrunken«, sagte er laut.
Iris holte Luft. »Jetzt hauen Sie endlich ab, die kommt schon wieder.« Sie stand auf. Spülte die Tasse ab und stellte sie in den Ausguss.
In einem Hängekorb lagen Plastiktüten mit Gewürzen. An der Wand neben dem schmalen Fenster hing das ge-

rahmte Bild einer Sonnenblume, fünf mal fünf Zentimeter groß. Die Neonröhre über der Spüle und die Deckenlampe mit dem blauen Plastikschirm brannten nicht. Von draußen fiel wenig Licht herein. Graues Licht, hatte Süden beim Hereinkommen gedacht.

»Ich glaube, Sie lügen«, sagte Süden. Er stand auf. Und riss mit der Schulter fast den Kalender ab, den Ariane an die Schrankwand gepinnt hatte.

Iris sagte nichts.

Süden las die Eintragungen auf dem Monatskalender. Ariane hatte einen roten Kugelschreiber benutzt.

Schilff kratzte sich am Kopf. Das Zischeln in seinem Kopf wurde immer stärker. Ich schreib ein Porträt über ihn, *Der Unberechenbare*, das kann ich jedem Magazin verkaufen.

»Jeder lügt«, sagte Süden. Bevor einer der beiden etwas erwidern konnte, hatte er die Küche verlassen. Schilff betrachtete ebenfalls den Kalender.

»Sie hatte einen Termin beim Zahnarzt«, sagte Schilff und klopfte mit dem Finger auf den achten November.

»Ach ja?«, sagte Iris. Sie beobachtete Schilff, wie er näher hinsah.

»Und am dreißigsten Oktober war sie beim Blutspenden.«

Es war ihre Idee gewesen. Und Ariane war sofort einverstanden. Hinterher hatten sie in einem Café über die alten Zeiten gesprochen, als sie gezwungen waren, sich regelmäßig testen zu lassen. Sie aßen noch ein zweites Stück Apfelkuchen und tranken Prosecco gegen den Dreck von damals.

Ein Klingeln schrillte durch die Wohnung. Jemand läutete Sturm.

Iris ging in den Flur. An der halb offenen Tür stand Tabor Süden. Und drückte auf die Klingel.
»Sind Sie nicht ganz dicht?«
Süden nahm den Daumen von dem abgeschabten Knopf.
»Was soll das?«, fragte Iris.
»Warum hat Ihre Freundin den Spiegel abgenommen und verkehrt herum an die Wand gestellt?«
Hinter Iris tauchte Schilff auf.
»Ich weiß es nicht, ich weiß nichts, deshalb hab ich Sie ja angerufen. Es ist halb drei«, sagte sie.
Sie wollte sagen: Bringen Sie mir meine Freundin wieder.
Sie wollte sagen: Ich hab solche Angst um sie.
Sie schwieg. Sie knöpfte ihren Mantel zu und steckte den Schlüssel ins Schloss. Und ein eigentümlicher Geruch stieg ihr in die Nase. Eine Mischung aus Aftershave, Leder und Schweiß, die sie zwei Sekunden zu lang in die grünen Augen des Polizisten blicken ließ.
Er ging zwei Schritte hinter ihr die Treppe hinunter.

In der Lindwurmstraße gab es ein Lokal, das bis sechs Uhr morgens geöffnet hatte. Hier saßen die beiden Männer. Und je länger ihre Unterhaltung dauerte, desto mehr wurde Süden klar, dass sie sich nichts zu sagen hatten. Der andere bildete sich nur ein, in ihm einen Verbündeten zu haben.
Aber draußen war der Regen. Und hier war es warm. Und die Geräusche und Stimmen der übrigen Gäste störten Süden nicht.

»Ich hab über Sie gelesen«, sagte Schilff. »Sie sind der umstrittenste Polizist Deutschlands.«
»Ganz falsch«, sagte Süden. Es gefiel ihm, dass die Worte so einfach aus seinem Mund kamen. »Ich bin unwichtig, die Zeitungen bauen sich ihre Geschichten zusammen, und die Leute sind dankbar. Was Sie über mich gelesen haben, ist alles falsch, ich bin der nicht, der da steht.«
»Der sind Sie, ich kenn mich aus.« Schilff schaute zum Tresen. Überlegte, ob er ein anderes Bier bestellen solle. Und verlor die Lust. Er trank weiter aus dem schmalen hohen Glas.
Sie saßen an einem Tisch am Fenster, gegen das der Regen schlug.
Iris war, nachdem sie das Haus verlassen hatte, zu ihrem gelben Fiat gelaufen und weggefahren.
»Wo haben Sie sich verletzt?«, fragte Süden. Fragen zu stellen, deren Beantwortung ihn nicht interessierte, erschien ihm jetzt wie ein erhabener Zeitvertreib.
»Ich hab getrommelt«, sagte Schilff. Und ließ sein Gegenüber nicht aus den Augen.
»Spielen Sie in einer Band?«
»Nein, Sie ja auch nicht. In der Zeitung stand, Sie trommeln und tanzen. Sieht man Ihnen nicht an.«
»Wie sieht ein Trommler und Tänzer aus?«
»Keine Ahnung. Ich bin kein richtiger Trommler, ich schlag bloß zu.«
»Warum?« Die Entspannung ließ schon nach, Süden wollte bald gehen.
»Notwehr.« Schilff machte eine Pause. Klopfte mit dem

Finger an das Glas. »Wenn jemand verschwindet, wie schwer ist es, ihn wiederzufinden?« Er winkte der Bedienung.

»Die meisten kommen freiwillig zurück«, sagte Süden.

»Und wenn nicht?«

»Dann suchen wir sie.«

»Und manche finden Sie als Leiche wieder.«

»Ja bitte?«, sagte die Bedienung.

»Einen doppelten Wodka und ein helles Bier«, sagte Schilff.

»Schmeckt Ihnen das Weißbier nicht?«

»Nein.«

»Wieso denn nicht?«

Schilff sah die junge Frau mit gespielter Überraschung an. »Wie soll ich das beschreiben? Es schmeckt mir nicht. Ich bezahl es, und fertig. Muss ich einen Antrag ausfüllen?« Seine Stimme war laut geworden. Einige Gäste sahen zu ihm her. Ohne ein weiteres Wort nahm die Bedienung das halb volle Glas und brachte es zum Tresen.

»Das eine ist wahr und das andere auch«, sagte Schilff. Und rieb die mit Pflaster verklebten Finger aneinander. »Wenn Sie jemanden suchen und Sie kriegen eine Beschreibung von den Verwandten, sieht dann so der Gesuchte aus? Ja?«

»Oft nicht«, sagte Süden. Ihm tat der Magen weh. Er hatte nichts gegessen.

»Natürlich oft nicht.« Schilff kratzte sich mit den Fingernägeln die Wangen. »Und trotzdem ist jede Beschreibung wahr, verstehen Sie mich? Was einer sagt, das stimmt, das ist seine Sicht, er hat keine andere, er hat nur diese eine, er formt die Wirklichkeit. Was glauben Sie, passiert, wenn Sie diesen Menschen sich selbst beschreiben lassen? Stellen Sie sich vor: Dieser Vermisste würde einem Fremden eine Beschreibung von sich geben und der Fremde ginge mit der Beschreibung zu den Angehörigen des Vermissten, ob die ihn darin wiedererkennen würden? Was meinen Sie? Ist es möglich, dass er sich so beschrieben hat, dass niemand ihn wiedererkennt?«

Das Wodkaglas klackte auf dem Marmortisch. Das Bier stellte die Bedienung auf einen Pappdeckel daneben. Den Gast beachtete sie nicht.

»Es ist möglich«, sagte Schilff, »und niemand darf behaupten, die eine Beschreibung ist wahrer als die andere. Oder die eine ist eine Lüge und die andere nicht. Es gibt keinen Unterschied. Es ist alles Konzept. Jede Wirklichkeit ist inszeniert.«

»Sie haben Interviews erfunden und Zitate gefälscht.« Süden hielt für ein paar Sekunden die Luft an. Die Schmerzen im Magen wurden nicht schwächer. »Ich habe auch über Sie gelesen, Sie sind ein größenwahnsinniger Journalist. Und jetzt haben Sie Probleme und wollen sich mit mir verbrüdern.«

»Sie sind ein Scheißmoralapostel«, brüllte Schilff. Und die Gespräche im Raum endeten abrupt. Nur die Kaffeemaschine brummte wie ein missglücktes Echo. »Sie sind ein blöder Beamter, der sich hinter Paragrafen und Aktenordnern versteckt. Sie glauben immer noch, dass es so was wie eine Wahrheit gibt, mein Gott, du Polizist. Das,

was du für die Wahrheit hältst, ist ein Witz. Da lacht sich jeder kaputt drüber. Die nimmt doch niemand ernst, deine Wahrheit. Ich hab auf der Grenze gelebt, ich hab riskiert, dass die Leute mich für einen Verrückten halten, weil ich ihnen eine einzige Wahrheit verweigere. Sie haben mir meine Geschichten aus der Hand gerissen!«
Er knallte den rechten Handrücken auf die Marmorplatte. Mehrere Male. Die Pflaster rissen ab.
»Fiction und Nonfiction, das ist fließend. Wieso kapierst du das nicht? Wieso kapierst du das nicht.«
Er hämmerte mit der Hand auf den Tisch. Der Barkeeper kam näher und gab seiner Kollegin ein Zeichen, ein Tuch zum Abwischen zu besorgen.
»Fiction und Nonfiction sind keine getrennten Kategorien. Fuck you.«
Er stieß einen Schrei aus. Zog die rechte Schulter hoch. Verdrehte die Hand. Und schien erst jetzt zu realisieren, was er getan hatte. Er starrte seine blutende, zitternde Hand an. Er versuchte, mit der Linken das rechte Handgelenk festzuhalten. Aber er schaffte es nicht. Beide Arme flackerten. Wie von Strom durchschossen.
Süden legte ein Fünfmarkstück hin. Und verließ das Lokal.
»Die Frau find ich ohne dich«, brüllte ihm der Reporter hinterher, bevor der Barkeeper ein Geschirrtuch um Schilffs zappelnde Hand wickelte und die Bedienung einen Eimer und einen nassen Schwamm brachte.
Dann bemerkte Schilff etwas Nasses an seinen Oberschenkeln. Und er wusste sofort, dass es nicht vom Regen kam.
»Shame«, sagte er leise.

10

»Die Polizei war da«, sagte Helga Grieg an der Rezeption. Sie betrieb das »Hotel Renata«.

»Wegen mir?«

Schilff roch den Kaffee aus der Küche. Und hatte sofort ein unbändiges Verlangen danach.

»Sie haben einen Kerl gesucht, der hier in der Nähe einen anderen zusammengeschlagen hat. Die Beschreibung hat ziemlich auf Sie gepasst. Haben Sie wen verprügelt?«

»Nein.«

Er erinnerte sich tatsächlich nicht daran.

»Ich hab gesagt, so einer wohnt hier nicht«, sagte Helga Grieg. Sie trug eine dicke graue Strickjacke, trotz der Wärme in dem kleinen Vorraum. Nebenan im Frühstückszimmer saßen zwei Gäste. Den einen hatte Schilff schon gesehen, er hatte wieder den billigen Anzug an und aß Rührei, das ihm von den Lippen tropfte.

»Kennen Sie den Herrn?«, fragte Helga Grieg.

»Nein.«

Er machte sich auf den Weg zur Treppe.

»Mir wär's lieber, Sie würden Ihren Schlüssel abgeben, wenn Sie das Haus verlassen«, sagte die Frau.

»Mir nicht.«

Er sah keinen Grund, sich zu entschuldigen.

Nachdem er die Tür seines Zimmers hinter sich geschlossen hatte, fiel ihm die Begegnung mit dem Betrunkenen ein. Wann genau war das? Gestern. Vorgestern. Vor fünf Tagen? Was hab ich die ganzen Tage gemacht? Kneipen ... Das Café ... Die Namen wusste er nicht mehr. Aber ich war doch dort.

Er stellte fest, dass er nichts ausgepackt hatte. Er setzte sich auf den Boden. Lehnte sich an die Tür. Zog die Beine an. Er gehörte nicht hierher. Alles Einbildung. Keine Minute lang hatte er sich in diesem Zimmer aufgehoben gefühlt.

»Ich zieh um«, sagte er wenig später zur Wirtin.

»Die Polizei kommt nicht mehr«, sagte Helga Grieg.

»Kennen Sie ein billiges Hotel?«

»Sie zahlen überall mehr.«

»Ich muss hier raus«, sagte Niklas Schilff.

»Sie sehen schrecklich aus.« Dann telefonierte sie.

»Ich hab einen Bekannten in der Landwehrstraße, der nimmt Sie«, sagte sie anschließend. »Fünfzig Mark, in Ordnung?«

Alles, was er wollte, war ein Zimmer, in das niemand ohne seine Erlaubnis eindrang.

»Was kriegen Sie von mir?«

»Meine Tochter hat gesagt, Sie sind in Not. Die vier Nächte gehen aufs Haus.«

Er gab ihr vierhundert Mark. Und verabschiedete sich.

Auf der Straße stellte er den Koffer hin. Und setzte sich drauf. Schlug die Hände vors Gesicht. Und schaute durch das Gitter seiner Finger.

Er war noch nicht weit genug mit der Ermordung seiner Vergangenheit.

»Ich traf sie zufällig im Tierpark des Griffith Park, purer Zufall. Sie ging mit einer Freundin spazieren. Sie trug eine dunkle Brille und einen Hut. Aber ich hab sie sofort erkannt. Ich war da oben, um Abstand zu kriegen von dem Müll, der um mich rum war zu der Zeit. Man hat einen irren Blick auf die Stadt. Und es ist fast ruhig, abgesehen von den kreischenden Kindern. Ich hab nicht gezögert. Erst ist sie erschrocken. Und ihre Freundin griff sofort in ihre Tasche. Ich schätze, sie hatte einen Revolver dabei oder ein Messer. Ich sagte, ich würde ihr ein paar Fragen stellen. Und wenn sie sie beantworten will, okay. Wenn nicht, auch okay. Dann würd ich mich verziehen. Sie ließ sich drauf ein und am Ende kaufte sie für mich und ihre Freundin eine Tüte Popcorn. Und wir redeten über die aktuellen Filme und über ›La Strada‹, der ihr absoluter Lieblingsfilm ist. Und das war's. Mit dem Magazin aus Deutschland, in dem die Geschichte drinstand, bin ich zu Silvio essen gegangen. Und er spendierte mir einen halben Liter Rotwein extra, weil ich der Autor war. Ich musste ihm das Interview übersetzen und vorlesen. Für Michelle würde er zwanzig Kilo abnehmen und Französisch lernen, sagte er. Ich fragte ihn, wieso er für sie Französisch lernen will. Er sagte, weil sie Französin ist, das hört man doch am Namen, ob ich das nicht gewusst hätte.«

Er sah den Mann, der neben ihm saß, lange an.

»Sie können mit mir reden, ich frag Sie nicht aus.«

Der Mann schüttelte den Kopf. Erhob sich. Und setzte sich auf die Plastikbank in einigen Metern Entfernung.

Auf dem U-Bahnsteig herrschte Gedränge. Die Züge waren voll besetzt. Manchmal sprang ein zusammengeklappter Regenschirm auseinander, und die Leute schimpften.

Seit er hier unten saß und auf nichts wartete, hatte er noch niemanden lachen sehen. Sogar die Kinder hatten Novembergesichter.
Außer ihm saß eine Türkin in einem grauen Mantel auf der Bank. Der Platz in der Mitte, auf dem der Mann gesessen hatte, blieb frei.
Eine U-Bahn fuhr ein. Die Leute schoben sich gegenseitig hin und her. Die Ansage des Fahrers war kaum zu verstehen. Die Bahn fuhr ab. Und ein dicker Mann in einem grünen Lodenmantel setzte sich neben Schilff. Die Türkin rückte von ihm weg, so weit das auf dem schmalen Sitz möglich war.
»Sauwetter«, sagte der Dicke.
»Wahrscheinlich schneit es bald«, sagte Schilff.
»Ich hab nix gegen Schnee, Weihnachten wär halt nett, wenn's da weiß wär. Aber bei uns schneit's im November, und das war's. Dann Ostern wieder.«
Der Dicke fummelte in der Manteltasche. Und holte eine Zigarette heraus.
»Haben Sie Feuer?«
»Nein«, sagte Schilff.
»Ich hab selber irgendwo eins.«
Der Mann schob seinen massigen Oberkörper nach vorn. Steckte die Hand in die Hosentasche. Spreizte die Beine. Und suchte in den Innentaschen seines Mantels. Die Türkin stand auf und ging weg. Sofort stellte der Dicke sein Bein weiter nach links. Fand sein Feuerzeug.
»Gestern ist ein Typ gekommen und hat mich verwarnt«, sagte er. Kein Rauch kam aus seinem Mund. Oder der

Nase. »Das Rauchen ist verboten. So ein Quatsch. Wir sind hier nicht in Amerika.«
»Waren Sie mal in Amerika?«, fragte Schilff. Die Wirkung des Alkohols ließ nach, und seine Stimmung verfinsterte sich.
»Wirklich nicht.«
»Mögen Sie das Land nicht?«
»Kann ich nicht sagen. Ich war nie da.«
Der Mann rauchte. Und machte einen zufriedenen Eindruck.
Sie schwiegen. Gerade noch hätte Schilff Geld bezahlt, um sich mit jemand unterhalten zu dürfen. Einfach nur sprechen. Die eigene Stimme hören. Ich muss meine Stimme hören, sonst glaub ich, ich bin taub.
Auf der Straße hatte er sich eingebildet, die Leute redeten absichtlich nicht mit ihm. Einige hatte er nach dem Weg gefragt. Aber sie zuckten nur mit den Achseln. Oder reagierten überhaupt nicht. Und jeder, den er hier auf der Bank angesprochen hatte, schaute ihn an wie einen Kinderschänder, der auf sein Opfer lauerte.
Aber jetzt war ihm das Sprechen vergangen. Auch das Zuhören. Vor allem das Zuhören. Überall Stimmen. Ich muss was trinken, nein, ich will nichts trinken, was will ich? Was mach ich hier? Ich wollt nicht hierher.
Er wollte nirgends hin. Nirgendwo. Wieso war er zur U-Bahn hinuntergegangen? Zwei Etagen tief. Wieso hatte er sich auf diese Bank gesetzt? Als warte er auf die Bahn, die ihn nach Hause brachte. Peinlicher Gedanke: nach Hause.

Sein Zuhause war in einem Koffer, der in einer Pension in der Landwehrstraße stand. Nicht einmal das. Mein Zuhause ist eine Zeit. Und die ist vorbei. Hatte das sein Freund, der Chefredakteur, nicht in seiner letzten E-Mail geschrieben? Die Zeit unserer Zusammenarbeit ist abgelaufen. Genau so hatte es Dr. Max Schilling formuliert. Und das war das Ende. Schneller als ein Wort. Ende.
Zu der Zeit, als Dr. Schilling das Nachwort für das Buch mit den gesammelten Interviews geschrieben hatte, war kein Ende in Sicht gewesen. Da bewohnten sie beide die Zukunft.
Die Zeit ist abgelaufen.
Ich weiß das. Das muss mir niemand sagen. Ich hab das kapiert.
»Kapiert?«, sagte er laut.
»Ich hab heut Geburtstag«, sagte der andere.
Schilff klopfte mit den Fäusten aneinander.
»Geburtstag«, wiederholte der Dicke.
»Schön«, sagte Schilff und schaute zum Gleis. Auf der beleuchteten Tafel war die nächste U-Bahn angekündigt.
»Ich feier nicht, das hat keinen Zweck, kostet bloß Geld, und ich hab keins. Ich fahr durch die Stadt, das ist mein Geburtstagsgeschenk, ich nehm mir Zeit, mal was anderes, ich fahr rum, hab nichts vor, die Zeit vergeht, und ich hab kein Problem damit. Später geh ich was essen und dann leg ich mich ins Bett und schlaf. Morgen muss ich früh raus, halb sieben.«
Er ließ die Kippe fallen.
»Hab mir freigenommen heut. Dafür muss ich morgen im

Büro einen ausgeben, da komm ich nicht drum rum, die finden das wichtig.«

Er wuchtete sich in die Höhe.

»Ich fahr jetzt nach Großhadern raus«, sagte er und klopfte seinen Mantel ab. »Ich hab da mal gelegen, jetzt schau ich mir die Klinik von außen an, das ist ein gutes Gefühl, draußen sein und nicht reinmüssen. Vielleicht geh ich sogar in die Kantine und ess einen Obstkuchen. Die haben eine gute Kantine da im Klinikum. Sind auch gute Ärzte. Aber ich bleib lieber draußen. Wiederschaun.«

Er hob die Hand. Und entfernte sich.

Schilff stand ebenfalls auf. Er fühlte sich nüchtern. Unappetitlich nüchtern.

Es gab auch keine Stimmen mehr.

Die Wunden an seinen Händen fingen wieder an zu bluten. Das Blut quoll durch die Pflaster.

Alles in Ordnung. Niemand nimmt Schaden an mir.

Er machte einen Schritt. Der fiel ihm so leicht, dass er sich darüber wunderte. Noch drei Schritte. Und er war an der Bahnsteigkante. Fühlte den Fahrtwind der herannahenden Bahn. Meerloser Wind, sinnlos. Wir passen zusammen.

Aus dem Tunnel tauchten Lichter auf. Der Fahrer in der Kabine war deutlich zu sehen. Die Bahn raste näher. Und Schilff sah in die Augen des jungen Mannes am Schaltpult. Nur Sekunden. Und die Zeit war aus.

Er drehte den Kopf weg.

Die Bahn hatte angehalten. Und er machte den ersten Schritt zurück. Jemand schimpfte. Boxte ihm in die Seite.

Schob ihn an den Rand. Verpasste ihm einen Stoß mit dem Knie.

Mit einem harten Klacken schlossen die Türen. In allen Gängen der Wagen drängten sich die Leute.

Da riss Schilff die Augen auf. Auf einem Platz am Fenster saß die Frau, die er gesucht hatte! Ariane. Er war sich ganz sicher. Die Bahn verschwand in der Röhre.

Ich hab uns beide gerettet. Dann fiel ihm der Traum ein, den er in dem Zimmer in der Lämmerstraße gehabt hatte. An einem Nachmittag. An irgendeinem Nachmittag in der zeitlosen Zeit, die ihn in dieser Stadt umgab.

In diesem Traum war Winter. Und die Erde bedeckt von rotem Schnee.

11

Am liebsten habe ich die Geschichte von der Libelle. Ich habe sie schon mindestens zehnmal gelesen, heute Morgen wieder. Eberhard war noch im Bad, Eberhard, der im schönen Stadtteil Gern wohnt. Ich weiß nicht, warum ich zu ihm gegangen bin. Ich bin sehr müde und ratlos. Seine Telefonnummer steht in meinem alten Adressbuch, wie all die anderen Nummern. Ich bin noch betrunken. Wir haben heute Nacht Champagner getrunken, zwei Flaschen, oder drei, Eberhard hat sie zum Geburtstag geschenkt bekommen, vor vier Tagen ist er neunundfünfzig geworden. Er fragte mich, ob ich ihn heiraten will. Ich habe nein gesagt. Er hat es nicht verdient, eine versaute Frau zu kriegen.

Vielleicht habe ich das Schlimmste hinter mir. Ich bin nicht gestorben. Beinahe hätte ich mir sogar das grüne Kleid in der Boutique in der Hohenzollernstraße gekauft. Aber dann war es mir zu teuer. Und ich hätte es die ganze Zeit mit mir herumtragen müssen, hätte es ja schlecht anziehen können. Ich will nicht auffallen, ich will, dass niemand mich sieht. Nur die Eichhörnchen hier im Park und die Krähen, meine Freunde. Der Regen hat sie alle vertrieben. Ich sitze im »Café Palmenhaus« und lasse mir nicht anmerken, dass ich vor Hunger schreien möchte.

In der Geschichte von der Libelle steht, ein Prophet habe behauptet, die Libelle sei ein besonders frommes Tier, deshalb lassen sie die Götter jede Nacht zur Jungfrau werden, was ihr nicht besonders gefällt. Niemand will sie haben. Und in der Paarungszeit ist sie so einsam, dass sie den Vollmond verschluckt.

Heute Nacht war kein Vollmond. Wir haben Champagner getrunken, und Eberhard hat meine Brüste gestreichelt. Er trug Gummihandschuhe, das hat er immer getan, er war zärtlich zu mir, fast liebevoll.

Wenn die Libelle auf der Messerschneide sitzt, heißt es in der Geschichte, dann ist der Mörder unterwegs. Also saß sie heute Nacht nicht auf dem Messer, die ganzen letzten Nächte nicht. Außerdem sammelt die Libelle Briefmarken und liebt Heinrich Heine, den ich aus der Schule kenne. Und dann steht da noch, dass die Libelle in ihrer Sturm-und-Drang-Periode ein unsichtbares Band spinnen wollte, das Menschen und Tiere verbindet.

Es gibt noch andere Geschichten in dem Büchlein, aber ich lese am liebsten die von der Libelle. Das Buch habe ich immer in der Tasche. Iris hat es mir zum Geburtstag geschenkt, da wurde ich fünfunddreißig. Fünfunddreißig schon. Aber mit zwanzig war ich auch nicht jünger, nur froher. Nein, froh bin ich nie gewesen, genauso wenig wie jung. So brauche ich keine Angst vor dem Alter zu haben, denn ich bin es gewohnt, alt zu sein. Darüber haben Iris und ich nie gesprochen, wozu auch, es gibt Wichtigeres. Zum Beispiel das »Glücksstüberl«, das uns beiden gehört, darauf bin ich stolz, auf unseren Mut, auf das Ziel, das wir erreicht haben.

Vorhin war Iris schon wieder auf der Mailbox. Ich kann nicht zurückrufen, ich kann nicht. Sie sagt, die Polizei

war da, was will die denn? Ich lebe, ich bin erwachsen, ich bin fünfunddreißig, ich gehöre mir.
Eberhard hat gesagt, ich kleide mich schlecht, ich würde aussehen wie eine Vierzigjährige, das macht mir nichts. Er weiß nicht, dass er fast recht hat. Wenn ich schon vierzig wäre, hätte ich wieder fünf Jahre mehr gelebt, das ist eine schöne Vorstellung. Fange ich wieder an, Vorstellungen zu haben? Nein, das macht der Regen, er verführt mich zum Träumen. Ich will das nicht, ich will jetzt hier sein, nicht wegtauchen. Heute Morgen sagte Eberhard, ich hätte im Schlaf gemurmelt und geschmunzelt. Das habe ich bestimmt nicht getan. In meinen Träumen gibt es nichts zu schmunzeln.
Er benutzte ein Kondom. Er ist Stammkunde in Bars und Absteigen, und seine Angst vor einer Ansteckung bringt ihn fast um. Deswegen trägt er immer seine Gummihandschuhe, weil er denkt, das Virus kriecht ihm sonst unter die Fingernägel und in seinen aufgekratzten Daumen. Trotzdem steckt er seine Finger so tief er kann in die Frauen. Lauter Widersprüche, ein widersprüchlicher Steuerberater, der in einem hübschen Haus in Gern lebt und jede zweite Frau heiraten möchte, in die er seine Finger bohrt. Ich wünsche ihm, dass eines Tages eine ja sagt, eine, die ihm die Angst wegnimmt und nur noch Freude bereitet, eine, die keine Kloake ist wie ich.
Es ist schon nach Mittag, und ich weiß nicht, wohin ich soll. Ich will begehrt werden, versteht ihr das nicht? Ich will begehrt werden als Frau. Und ich hasse euch und ich will, dass ihr so dreckig werdet wie ich. Macht, was ihr

euch vorstellt in eurer Phantasie, ich tu alles für euch. Das wisst ihr doch, ich bin bloß ein Schwamm, ich nehm jeden Schmutz.

»Kann ich Ihnen helfen?«, fragte die Frau neben ihr in der Straßenbahn.
»Nein«, sagte Ariane Jennerfurt, »meine Kontaktlinsen tun nur weh.«
Sie fuhr durch die Stadt. Bei jeder Haltestelle wischte sie mit dem Ärmel über die beschlagene Scheibe. Und schaute hinaus. Die Tram war überhitzt. Und es roch nach Feuchtigkeit und Kräutermedizin.
Durchnässt war sie in der Nähe des Nymphenburger Kanals eingestiegen. Und nach ein paar Metern empfand sie das Dasitzen und Gefahrenwerden wie ein Geschenk.
Und etwas, so schien ihr, begann sich zu verändern. Sie würde abwarten. Sie würde genau aufpassen. Sie wollte sich nicht ablenken lassen.
Am Hauptbahnhof zögerte sie. Gegenüber der Haltestelle war das Bistro, in dem sie getrunken und den Mann getroffen hatte.
Dahin wollte sie nicht. Sie blieb sitzen. Leute drängten sich im Gang. Und sie war froh, auf einem Einzelplatz zu sitzen. Durch die Scheibe, die schnell beschlug, sah sie die pompöse Fassade des Justizpalastes. Und Fußgänger unter riesigen Schirmen. Vor dem »Königshof« hielt die Straßenbahn. Und ohne vorher daran gedacht zu haben, sprang Ariane auf. Zwängte sich zwischen den stehenden Fahrgästen hindurch und stieg aus. Und lief los.

Unter dem Baldachin des Nobelhotels hielt sie inne. Ein Portier, der eine Livree und einen grauen Zylinder trug, stand hinter der gläsernen Schiebetür im Vorraum. Sie sah zu ihm. Er nickte freundlich.
Sie spürte ihre nassen Schuhe durch die Strümpfe. Dann sah sie den roten Teppich.
In dem Grau und der Monotonie dieses Tages kam ihr dieses Rot wie ein Signal vor, das sie antrieb. Noch einmal hob sie den Kopf in Richtung des Portiers. Und dieser machte einen Schritt nach vorn. Und die Schiebetür öffnete sich. Obwohl er nichts sagte, glaubte Ariane zu verstehen, dass er sie aufforderte einzutreten. Sie stand allein da. Niemand kam heraus. Kein Auto mit neuen Gästen hielt auf dem Vorplatz.
Sie konnte sich nicht entschließen. Was sollte sie im Hotel? Der Portier wollte nur freundlich sein. Er tat seinen Job. Eine Frau im Regen musste getröstet werden. Das gehörte sich so.
»Hallo«, sagte sie.
»Hallo«, sagte er und faltete die Hände, die er bisher hinter dem Rücken gehalten hatte, vor dem Bauch. Er trug weiße Handschuhe.
Ariane bückte sich. Dann zog sie ihren linken Schuh aus. Hielt ihn schräg. Um ein Rinnsal Wasser herauslaufen zu lassen, und schüttelte ihn. Dann zog sie den rechten Schuh aus. Drehte auch ihn um. Nahm daraufhin beide Schuhe in die Hand und wandte sich zum Gehen. Gern hätte sie dem Portier noch einen Gruß zugerufen. Dafür war jetzt keine Zeit. Sie musste die Straßenbahn erwi-

schen. Das hatte sie soeben beschlossen. Ihre Reise war noch nicht zu Ende.

In Strümpfen lief sie die Treppe zur Unterführung hinunter, die schwarze Tasche über der Schulter, die Schuhe in der Hand. Angestarrt und angegrinst.

Wenig später saß sie in einer alten scheppernden Straßenbahn mit bullernder Heizung, vor die sie ihre Schuhe stellte.

Dann wurde ihr bewusst, dass sie seit fünf Minuten nicht an ihr Leid gedacht hatte.

Ein ungeheuerlicher Moment war das.

Im Bad trank er Wasser aus dem Hahn. Den Mund wischte er sich nicht ab.

Nachdem er das Fenster geöffnet hatte, zog er sich aus. Er warf die Sachen, Jeansjacke, Jeans, Unterwäsche, auf einen Stuhl. Klappte den Koffer auf. Holte das rote Indianermesser heraus. Es steckte in einem Lederetui, das mit einem kleinen hellblauen Stein verziert war. Das Etui warf er ebenfalls auf den Stuhl. Dann hockte er sich auf den Boden und lehnte sich an die Wand.

Der Perlmuttgriff lag ruhig in seiner Hand. Das Messer war leicht, die Klinge blitzsauber, die Spitze geschliffen. Er hatte es noch nie benutzt.

Nichts hatte er geplant. Alles geschah wie unwiderruflich. Was er tat, musste er tun. Und er tat es aus freien Stücken. Er war ganz eins mit dem Schmerz, den er nicht einmal spürte.

Als ließe er die geschliffene Spitze des Messers über die

Haut eines anderen fahren. Als wäre das Blut nicht von ihm. Als wäre dies nicht sein Bauch. Sein Oberschenkel. Sein Geschlecht.
Mit der einen Hand griff er zu, mit der anderen schnitt er durch die schwarzen Haare ins weiche Fleisch, in das Alice ihre Fingernägel gegraben hatte. In einer lang zurückliegenden Leidenschaft.

Crickets are chirpin', the water is high,

sang er leise,

there's a soft cotton dress on the line hangin' dry ...

Er musste tiefer, noch tiefer schneiden.

Sie fuhr die Strecke bis zum Petuelring. Und wieder zurück bis zur Endstation im Osten der Stadt, in der Nähe eines Friedhofs und der Strafanstalt. Niemand sprach sie an. Und niemand stieg ein, der sie womöglich kannte. Das war ihre Sorge gewesen. Ein Bekannter kommt auf sie zu und reißt sie aus der Obhut der gleichgültigen Menschen.
Hose und Bluse klebten ihr am Körper. Der Mantel trocknete in der dampfigen Wärme der Tram. Die Schuhe, die sie wieder angezogen hatte, kamen ihr weich vor.
Nichts hatte sich verändert. Und alles war anders. Sie hätte nicht sagen können, was passiert war, seit sie den Steuerberater in Gern verlassen hatte. Und Stunde um

Stunde durch die Stadt fuhr. Hier war sie geboren. Hier war ihre Schule. Hier war ihr Vater beerdigt. Hier hatte sie ihren Beruf ausgeübt. Die Straßen. Die Häuser. Die versteckten Winkel. Die Lokale. Die Bars. Die Kaufhäuser. Alles vertraut. Einige Jahre war sie nur selten aus einer bestimmten Straße herausgekommen. Aus einem bestimmten Haus. Sogar aus einem bestimmten Zimmer. Und nun hatte sie ein neues Leben begonnen. Wieder in dieser Stadt. In einem anderen Viertel. Ohne die Hilfe geldgieriger Männer.
Und wenn sie damals mitgegangen wäre mit dem Kerl aus Hamburg? Der war in Ordnung gewesen. Sie hatte ihm vertraut. Er hätte sie ausbezahlt. Er hätte ihr eine Wohnung in Blankenese eingerichtet. Sie hatte ihm geglaubt. Auch wenn er aus derselben Branche war. Und dieselben Tricks beherrschte. Und vier Jahre im Knast gesessen hatte wegen versuchten Totschlags. Was, wenn sie mit ihm gegangen wäre?
Wäre sie dann nicht krank?
Das Wort ging ihr nicht aus dem Kopf: krank. Sie haben eine Krankheit, hatte die Ärztin gesagt. Und dann: Sie sind nicht allein. Sie können lange leben.
Sie können lange leben.
Sie können lange leben.
Wer garantierte das? Die Ärztin nicht. Die Medizin? Die Technik? Es gibt keinen Grund, an das Ende zu denken, sagte die Ärztin. Planen Sie Ihre Zukunft! Lassen Sie sich nicht gehen!
Doch genau das war das Wunderbare. Beinah hätte Aria-

ne diesen Satz laut ausgesprochen: Sie hatte sich gehenlassen. Und nun fühlte sie sich besser. Viel besser. Nichts anderes hatte sie getan. Sich gehenlassen. In den Betten von Männern. In schlecht riechende Laken gehüllt. Den Geschmack von fremdem Schweiß und rauher Haut im Mund. Geschlagen. Misshandelt. Auf eigenen Wunsch.
Es war ihre Entscheidung gewesen, das alte Adressbuch herauszukramen und darin nach Namen zu suchen. Und sich anschließend auf den Weg zu machen. Da war niemand, der ihr die Richtung wies.
Und eigenartig war auch, wie normal die Dinge abliefen. Auf dem kahlen Baum, unter dem sie stand und eine kleine Flasche Mineralwasser trank, schrie eine Krähe. Drüben am Kiosk redeten Männer laut miteinander. Es hatte aufgehört zu regnen. Ein eisiger Wind wehte. Und der Fahrer der Straßenbahn stand vor seiner Kabine und rauchte.
Was hatte Ariane erwartet? Dass der Himmel sich auftat und eine Stimme rief: Jetzt leben! Sie lebte doch, oder nicht? Hatte sie geglaubt, sie würde von einer kosmischen Euphorie gepackt? Jetzt erst recht! Jetzt jede Minute bewusst erleben! Jeden Atemzug zelebrieren!
Absurd und wirklich zugleich kam ihr dieser Zustand vor. Sie hielt die kleine Flasche in der Hand und wartete darauf, wieder einsteigen und losfahren zu können.
Sie merkte nicht, dass sie zitterte. Sie merkte nicht, dass zwei Männer sie anstarrten und eindeutige Bewegungen mit den Händen machten. Sie hörte die Krähe schreien.
Ariane blieb noch stehen. Der Fahrer trat seine Zigarette aus und drehte sich zur Tram um.

Sie war keine Nutte mehr. Sie war Teilhaberin eines gastronomischen Betriebs. Sie führte ein normales Leben.
Das war wirklich ein euphorischer Gedanke. Sie musste sich beeilen. Die Türen wurden schon geschlossen. Sie rannte zum zweiten Waggon. Und ließ sich auf einen Einzelplatz fallen. Die Tram ruckte an.
Unauffällig würde sie mit der Krankheit weiterleben. Die Kneipe betreiben. Medikamente nehmen. Kein Aufsehen. Kein Gejammer. Vielleicht würde sie im Gesundheitszentrum ein paar interessante Frauen kennenlernen. Neue Gäste fürs »Glücksstüberl«.
Mit dem Ärmel wischte sie über die Scheibe. Und blickte hinaus in die bewohnte Welt. An der nächsten Haltestelle wollte sie endgültig aussteigen. Und die U-Bahn nehmen. Sie hatte Lust, noch jemanden zu besuchen.
An die Frage, wer schuld an ihrer Krankheit war, erlaubte sie sich nicht zu denken. Sie hatte jetzt realere Sorgen.
Sie holte das Handy aus der Umhängetasche.
»Iris?«

12

Er ist der Einzige im Skilift. Und er hat keine Skier an den Schuhen. Auch trägt er keine Skischuhe. Sondern gewöhnliche Halbschuhe mit rauher Ledersohle. Er hat die Kleidung an, die er immer anhat. Schwarze Jeans. Jeansjacke mit Webpelzkragen. Pullover darunter. Es ist nicht kalt. Aber es schneit. Je höher der Lift fährt, desto stärker schneit es. Kleine wilde Flocken. Die aus Wolken fallen, die er nicht sieht. Er schaut nicht nach oben. Immer nur nach vorn. Der Hang steigt an. Der Lift fährt schneller. Er sitzt auf einem harten Plastiksessel. Und hält sich nicht fest. Seine Hände liegen im Schoß. Er hat keine Angst. Die schnelle Fahrt gefällt ihm. Er atmet die kalte Luft, die gerade so kalt ist, dass sie kühlt. Und nicht schmerzt.

Dann hört die Schneedecke unter ihm auf. Die Wiesen sind mattgrün. Die Bäume blassbraun. Die ganze Landschaft sieht aus, als bekomme sie zu wenig Licht. Jetzt muss er aussteigen. Er springt. Er wird gestoßen. Da ist niemand. Und doch spürt er einen Schlag im Rücken. Und fällt zu Boden. Nicht weit. Kein Absturz. Ein kurzer Fall. Er liegt auf dem Rücken. Über ihm der Himmel ist schwarz. Und gleichzeitig hell. Das muss so sein. Er bemerkt das paradoxe Licht. Und denkt, so ist das hier. So ist das immer hier. Auf dem Berg. Mit den Bäumen ringsum. Dem Gestrüpp. Den farblosen Farnen. Er steht auf. Und plötzlich ist alles voller Schnee. Bis zu den Waden steht er im Schnee. Und der Schnee ist rot wie Blut. Und

auch das kommt ihm normal vor. Hier ist der Schnee aus Blut, denkt er. Und dann macht er einen Schritt. Und stellt fest, dass er Widerstände überwinden muss. Wie in hart gefrorenem Schnee. Er bildet sich ein, ein Knirschen zu hören. Könnte auch ein Vogel sein. Kein Tier zu sehen. Keine Geräusche. Nur die, die er selber verursacht. Er stapft durch gefrorenen Blutschnee. Er hebt die Beine an. Und rudert mit den Armen. Und dann bemerkt er den Geruch.
Ein Geruch wie von Eisen. Wie in einer Autowerkstatt. Er muss an eine Garage in der Townsend Avenue denken. Nicht weit von seiner Wohnung entfernt. Der Besitzer, Ronny, bastelt dort jedes Wochenende an seinem Chrysler. Und wenn es regnet, lässt er das Tor herunter. Und es riecht nach Maschinenöl und Gummi und Metall. So wie jetzt. Wie frisch poliertes Metall. So riecht der Schnee, in den er immer tiefer sinkt. Der Schnee reicht ihm schon bis zum Bauch. Er kann kaum noch die Beine heben. Er versucht es. Dann hat er einen Einfall. Er greift in den Schnee. Und hält sich eine Handvoll vor die Nase. Ein angenehmer Geruch. Und weil er nicht widerstehen kann, reibt er sich den Schnee ins Gesicht. Über die Augen. Den Mund. Und leckt mit der Zunge darüber. Und merkt, dass er tiefer sinkt, ohne zu versinken. Als würde der Blutschnee mit ihm sinken. Und er sinkt immer schneller. Ihm wird schwindlig. Das macht nichts. Er reibt weiter über sein Gesicht. Und er denkt, ich muss ganz rot sein. Über und über voller Blut. Und die Leute werden meinen, ich hab jemanden umgebracht. Ich fall ja auf mit so einem

verschmierten Körper. Und plötzlich widert es ihn an aufzufallen. Er hat keine Lust, angeglotzt zu werden. Piss off! Kümmert euch um euch selber! Und er will harten Schnee nach ihnen werfen. Doch er greift ins Leere. Da ist nichts mehr. Er streckt die Arme aus. Er weiß nicht, wo er sich befindet. Nicht mehr auf dem Berg. Nicht im Skilift. In einer Ebene. In einer menschenleeren Stadt. Er geht eine Straße entlang. In den Häusern wohnt niemand. Er ist allein. Die Straße bröckelt an den Seiten ab. Vielleicht geht er auf einem Bahndamm, auf dem die Schienen fehlen.
Der Schrei einer Frau ertönt. Ein schriller Schrei. Er dreht sich um. Die Stadt liegt verlassen hinter ihm. Soll er zurückgehen? Und nach der Frau suchen? Er ist ratlos. Er bleibt stehen. Dann geht er los. Zurück in die Stadt. Und er geht auf ein bestimmtes Haus zu. Als wisse er genau, wo er hinmuss. Er läuft schnell, als habe er einen Auftrag und ist zu spät dran. Er öffnet die Haustür. Und nimmt die Treppe in den Keller. Geräusche sind zu hören. Ein Scharren. Ein Klopfen. Aus einer Tür am Ende des seltsam breiten Flurs fällt schäbiges Licht. Und dann stößt er die Tür auf. Da hängt ein Mann an einem Seil.
Starr hängt der Mann an einem blauen Seil. Sein Genick ist gebrochen. Das ist auf den ersten Blick zu erkennen. Seine Schuhe schleifen über den Steinboden. Das ist merkwürdig. Denn der Tote bewegt sich nicht. Und dennoch ist ein Schleifen zu hören. In der Ecke steht eine Frau mit einer Gardinenstange aus Messing. Mit der klopft sie gegen die Wand. Er wundert sich sehr. Seine

Mutter ist schon lange tot. Was macht sie hier? Sie sieht schön aus. Wunderschön. Wie auf den Fotos als Schauspielerin. Ihm kommt es so vor, als würde das schäbige Licht sie aussparen. Sie trägt ein Sommerkleid mit einem gelben Gürtel. Sehr lässig, denkt er. Und dreht sich um. Wo die Tür war, ist jetzt ein Fenster. Es ist offen. Er geht hin. Und sieht hinaus. Draußen ist Markt. Händler bieten Obst, Gemüse, Schuhe und Kleider an. Viele Frauen sieht er. Kaum Männer. Musik spielt. Trommeln. Eine Laute. Es macht ihm Freude zuzuhören. Gerade will er über die Fensterbrüstung klettern, da wacht er auf.
Daran erinnerte er sich auf der Plastikbank auf dem U-Bahnsteig. Und jetzt in der Badewanne, in der er lag. Ohne Wasser. Nackt. Mit dem Indianermesser in der Hand. In einer Lache aus Blut.

Sie merkten beide, dass auch Iris Frost auf eine Erklärung wartete. Doch Ariane Jennerfurt saß nur da. Und sagte immer wieder: »Entschuldigung, ich muss mich entschuldigen. Entschuldigung.«
Für Tabor Süden und Sonja Feyerabend war dies keine ungewöhnliche Situation. Die meisten Vermisstenfälle endeten auf diese Weise. Einer war gegangen und zurückgekommen. Anfangs gerieten die Angehörigen in Panik. Schalteten die Polizei ein. Versanken in Selbstvorwürfen. Telefonierten unaufhörlich und schämten sich und wussten nicht, wofür. Dann, nach Tagen, manchmal Wochen, klingelte es an der Tür. In diesem Moment, wenn die Tür aufging und das vertraute Gesicht erschien, waren die

Wartenden noch fassungsloser. Als würde der Vermisste durch seine unerwartete Rückkehr die Not der anderen noch verstärken. Sogar verhöhnen. Indem er sich entschuldigte und um Mitgefühl bat.

Ariane Jennerfurt bat um nichts. Nachdem Iris ihr erzählt hatte, dass die Polizei sie suchte, rief sie im Dezernat an. Um den Abschlussbericht schreiben zu können, fuhren Süden und Sonja zu ihr. Und das Erste, was sie zu ihnen sagte, war: »Entschuldigung.«

Sie erklärte nichts. Iris Frost sah sie starr vor Erwartung an. Ariane hob die Schulter.

»Warum haben Sie den Spiegel abgehängt?«, fragte Süden. Sie standen im Flur. Und verabschiedeten sich.

Eine winzige Bewegung ihrer Hände verriet Süden ihre Überraschung. Und sie brauchte zu lang für eine Antwort.

»Ich muss ihn putzen.«

Iris schloss die Tür. Und Ariane schlang die Arme um ihre Freundin.

»Sie hat uns alles verschwiegen«, sagte Sonja im Auto und ließ den Motor an.

Süden saß auf seinem Platz auf der Rückbank, in die Ecke gezwängt.

»Fall gelöst«, sagte er.

»Warum hast du sie nicht weiter befragt? Warum hast du so schnell aufgegeben?«

»Ein andermal.«

»Glaubst du, du wirst sie wiedersehen?«, fragte Sonja.

Süden strich ihr mit dem Zeigefinger über den Nacken.

Not a word of goodbye, not even a note,
she gone with the man in the long black coat ...

Den Minirecorder hatte Niklas Schilff aufs Fensterbrett gestellt. Und er hörte der rauhen Stimme zu. Und ritzte sich mit dem Messer in den Bauch.

Das machte er nicht zum ersten Mal. Diesmal jedoch wollte er nicht aufhören, wenn die Schmerzen unerträglich wurden. Der Polizist hatte recht. Er war ein Lügner. Ich bin ein Lügner und ich glaub meine Lügen nicht mehr. Ich kann nicht verstehen, wie es so weit gekommen ist.

Dann dachte er an den Traum. Den er nicht wie einen Alptraum empfand. Eher wie eine kuriose Geschichte, deren Personen er kannte und von denen er so weit entfernt war wie Amerika vom europäischen Kontinent.

Was für eine Lüge schon wieder.

Preacher was talkin', there's a sermon he gave,
he said every man's conscience is vile and depraved ...

Was du träumst, das bist du. Das ist so nah bei dir wie deine Eingeweide.

Die Schamhaare hatte er sich mit einer Nagelschere abgeschnitten. Nicht alle. Die meisten. Sein Rasierapparat war kaputt. Das machte ihn zornig. Das hatte ihn vorhin so zornig gemacht, dass er das Messer über die Knöchel seiner Hand gezogen hatte. Fabelhaft synchron platzten die alten Wunden auf, und das Blut floss über seine graue Haut in die Badewanne.

But people don't live or die, people just float.
She went with the man in the long black coat ...

Eines stand fest: Er würde nicht sterben. Nicht auf die rasche Art jedenfalls. Seine Absicht war nicht zu verbluten.

Ganz gleich, wie groß die Schmerzen sein würden, er wollte diese Badewanne lebendig verlassen. Das war ein klarer Gedanke. Er presste die Lippen aufeinander. Und ritzte. Und schnitt. Und atmete heftig.

Und dann schleuderte er das Messer von sich. Es klackte gegen die Fliesen und fiel vom Wannenrand auf den Boden.

Sein Herz raste. Er zog die Beine an. Und bildete sich ein, die Schmerzen ertragen zu können. Er schaffte es nicht, die Lippen noch fester aufeinanderzupressen. Er musste schreien. Und er schrie.

Seine Stimme hallte von den Wänden wider. Er spuckte aus. Tränen schossen ihm in die Augen. Mit unglaublicher Mühe tastete er nach dem Wasserhahn. Drehte ihn auf. Ein eiskalter Strahl prasselte auf sein Geschlecht. Vor Schreck zog Schilff die Hand weg. Und der harte Wasserstrahl hagelte in seine Wunden.

Nicht sterben. Er würde nicht sterben. Er blutete. Das war alles. Die Schmerzen würden vergehen. Und bevor die Wunden heilten, würde er sie erneut aufreißen. Das war alles. Er starb nicht. Nicht so. Der Polizist hatte recht. Ich bin verratzt, verratzt. Verratzt.

Und er dachte daran, wie er sich in der Kneipe in die Hose gepisst hatte. Und ihn überkam ein solcher Ekel, dass er sich übergeben musste. Auf seine Beine. Auf seine Hände. Und das schneekalte Wasser spülte das Blut und das Erbrochene in den Abfluss.

Mit der Ermordung seiner Vergangenheit war er einen entscheidenden Schritt vorangekommen.

13

Nachdem Iris das ganze Wochenende auf sie eingeredet hatte, ging Ariane Jennerfurt am Montagnachmittag zu dem Treffen der Frauen. In einem hellen Zimmer saßen sie im Kreis. Und hörten einander zu. Einige der acht Frauen, die zwischen zwanzig und sechzig Jahre alt waren, sahen sie misstrauisch an. Zwei Frauen saßen auf großen Gummibällen.

»Würde es Ihnen was ausmachen, sich vorzustellen?«, sagte Dr. Sibylle Forster, die Ärztin und Therapeutin, mit der Ariane schon gesprochen hatte. Aus einem Nebenraum hatte Dr. Forster einen Klappstuhl geholt und ihn neben sich gestellt. Ariane nahm auf ihm Platz. Sie hatte immer noch ihren Mantel an und wusste nicht, wohin mit ihrer Umhängetasche. Schließlich stellte sie sie zwischen ihre Füße. Spürte wieder die kritischen Blicke. Und legte die Tasche neben den Stuhl. Als würde das an der Situation etwas ändern.

»Sie brauchen nicht nervös zu sein.«

Die Ärztin trug eine helle Bluse und einen roten Wollschal. Ariane gefiel die entspannte Art, wie sie dasaß, in die Runde lächelte und jede Frau mit demselben Wohlwollen und derselben Aufmerksamkeit zu betrachten schien.

»Ich heiß Klara«, sagte eine der Frauen.

Ariane hatte nicht aufgepasst, welche es war.

Dr. Forster schlug die Beine übereinander und machte ein ernstes Gesicht.

»Das ist Ariane Jennerfurt.« Für einen Moment berührte sie Ariane an der Schulter. »Vielleicht wär es gut, eine von euch erzählt etwas, bevor wir unsere Neue zu Wort kommen lassen.«
Den Ausdruck mochte Ariane nicht: unsere Neue.
»Ihr könnt Jenny zu mir sagen.«
Wieso hatte sie das gesagt? War sie verrückt geworden? Sie wollte nicht, dass jemand Jenny zu ihr sagte. Nie mehr wollte sie das. Was war los mit ihr?
»Okay, Jenny«, sagte die Ärztin.
Sie machte eine Pause. Niemand sagte etwas. Ariane hätte gern gewusst, was sie verbrochen hatte. Was hatte sie hier verloren? Was sollte sie von den Weibern lernen? Lustig sein?
»Vielleicht erzählt jemand einen Witz«, sagte Dr. Forster. Ariane schaute ihr ins Gesicht. Trieben die Weiber ein gemeines Spiel mit ihr? Sie hatte Lust aufzustehen und zu gehen.
»Ich glaub, ich komm ein andermal wieder«, sagte sie. Das war eine Lüge. Sie wollte nicht unhöflich sein.
»Ich weiß einen«, sagte eine der Frauen.
»Dann los, Klara«, sagte die Ärztin.
Jetzt sah Ariane die junge Frau an. Sie war um die dreißig, hatte kurze blonde Haare und ein rundes, sehr blasses Gesicht. Sie trug kniehohe Lederstiefel. Sie war eine der beiden Frauen, die auf einem Gummiball saßen.
»Kommt ein Leprakranker zu einer Nutte«, sagte Klara und warf jeder in der Runde einen Blick zu. »Sie vögeln, und hinterher sagt die Nutte: Tut mir Leid, ich hab eine

schlechte Nachricht für dich, ich hab Aids.« Sie sah Ariane an. »Egal, sagt der Leprakranke, ich hab ihn sowieso stecken lassen.«

Eine der Frauen, eine der älteren, fing lauthals an zu lachen. Ein paar andere schmunzelten. Einige reagierten nicht.

»Hat mir mein Sohn erzählt«, sagte Klara. Und zu Ariane gewandt: »Der ist zehn.«

Auch Ariane hatte geschmunzelt. Und als die Ärztin sie wieder ansprach, merkte sie, dass sie sich die Hand vor den Mund hielt. Eine Geste, die ihr unbekannt war. Sie konnte sich nicht daran erinnern, jemals schamvoll oder erschrocken den Mund bedeckt zu haben. Wieso hatte sie das Gefühl, in einer Prüfung zu sein? Alle glotzten sie an. Und sie brachte keinen Ton heraus.

»In dieser Stadt und der näheren Umgebung leben ungefähr sechshundert Frauen, denen es so ergeht wie Ihnen.« Die Ärztin schaute Ariane an. Und Ariane war unfähig, sie zu unterbrechen. Aufzustehen. Zu verschwinden. »Viele von ihnen haben Angst, entlarvt zu werden oder noch schlimmer: später mal abhängig von jemand zu sein, dem sie nicht vertrauen. Aber viele sind auch stark und kämpfen gegen die Vorurteile und haben Erfolg damit. Und eine Menge dieser Frauen leben mit ihrer Krankheit seit mehr als zehn Jahren, manche seit fast zwanzig Jahren. Sie leben, und sie werden weiterleben.«

»Ich bin seit neunundachtzig infiziert«, sagte Klara. In Arianes Ohren klangen diese Worte nüchtern und ein-

fach. »Mein Sohn ist nicht infiziert, der Sirup hat gut gewirkt bei ihm. Natürlich hab ich ihn nicht gestillt, er ist auch so ganz proper geworden. Und jetzt fängt er schon an, schmutzige Witze zu erzählen.«
Einige der Frauen lachten leise.
»Du musst nicht glauben, dass wir hier so was wie ein feministischer Verein sind, letztendlich ist jeder für sich ... Stimmt doch, Elfie, auch wenn du meinst, wir sind eine Familie, sind wir nicht ...«
Die Angesprochene schaute zur Tür. Sie hatte offensichtlich kein Interesse daran, schon wieder diese Debatte zu führen. Für sie war es wohl eine Familie. Und das wollte sie sich nicht kaputtreden lassen von diesen jungen Gören. Elfie war zweiundsechzig. Wie lange sie schon infiziert war, wusste sie nicht. Den Befund kannte sie seit zwölf Jahren. Sie hatte keine Ahnung, was sie getan hätte, wenn sie nicht auf die Gruppe von Dr. Sibylle Forster gestoßen wäre. Vielleicht hätte sie sich umgebracht. Oder sie hätte sich um nichts mehr gekümmert. Hätte die Tabletten nicht genommen. Und gehofft, irgendein Hospiz würde sie aufnehmen.
»Ich helf dir, wenn du was brauchst«, sagte sie zu Ariane. Und die war zu überrascht, um etwas zu erwidern.
»Ja, Mama«, sagte Klara. Sie griff hinter sich. Ariane konnte nicht erkennen, was die Frau tat. Als sie sich wieder der Gruppe zuwandte, war Ariane verblüfft. Klara hatte sich eine Zigarette angezündet und hielt einen kleinen muschelförmigen Aschenbecher in der Hand.
»Das ist gegen die Abmachung«, sagte eine Frau Anfang

vierzig. Sie trug einen langen grünen, selbst gestrickten Pullover, der ihr bis zu den Knien reichte.

»Ich stör mich ja auch nicht dran, wenn du hier strickst, Sandra«, sagte Klara.

»Das ist ja wohl was anderes.«

»Für mich nicht.« Sie grinste Ariane an. »Ich sag dir was, dieses Virus, das hat was, ehrlich, das hat eine Qualität. Das lässt dich die Dinge mit neuen Augen sehen ...«

»Vor allem, wenn man neue Kontaktlinsen hat wie du«, sagte Elfie. Es klang wie eine ungelenke Retourkutsche.

»Ganz genau«, sagte Klara. Und inhalierte genussvoll den Rauch. »Ich sag dir was, Jenny, ich war letztes Jahr in der Toskana, mit meinem Mann und Andi, so heißt mein Sohn, wir waren in Volterra und der Gegend. Ich stand da so und schaute mir alles an, und ich schwör's, ich hätt heulen können, so schön war das. Und wenn ich das Virus nicht hätt, hätt ich das nicht erlebt, ehrlich, dann wär alles bloß ganz nett gewesen, ganz nett wie immer, das Übliche ... So ist alles anders, der ... der Augenblick dauert jetzt länger. Ich schwör's dir, Jenny, du wirst es sehen. Ja, es gibt auch viel Scheiße, du kannst mit niemand reden, ich jedenfalls nicht, wenn meine Familie das erfahren würde, die würden ausrasten, die wären völlig fertig, mein Bruder, dieser Lackaffe, und meine Mutter, die Hysterikerin. Das ist Scheiße. Und du musst diese Tabletten nehmen, und dann dreht dein Magen durch, und du kriegst Kopfschmerzen und Hautausschlag und all den Scheiß. Manchmal denk ich, ich erstick von den Scheißtabletten. Aber ohne geht's nicht, ohne ist noch mehr Scheiße ...«

Ariane fiel auf, dass nicht nur sie aufmerksam zuhörte. Auch die anderen Frauen, sogar Elfie, wirkten konzentriert, neugierig. Und bestimmt hatten sie Klaras Geschichte schon oft gehört.

»Ehrlich, ich hab inzwischen fünfzig Ordner zu Hause rumstehen, mit lauter medizinischem Zeug drin, ich kenn mich aus.« Sie rauchte. Wippte auf dem Ball. Drückte die Zigarette aus. Und behielt den Aschenbecher in der Hand. »Aber das hat auch keinen Sinn. Auf alle Fälle bin ich froh, dass ich keine Depressionen mehr hab, jedenfalls selten, ich hab auch keine Zeit dafür, ich muss mich um Andi kümmern, und mein Mann, der arbeitet bei einem Wachdienst, der verdient manchmal mehr, manchmal weniger, ich helf dann in einer Schreinerei aus, ich hab mal eine Lehre gemacht. Aber dann ...«

Mit dieser Erinnerung wollte sie jetzt nichts zu tun haben. Sie drehte sich ruckartig um. Und stellte den Aschenbecher auf den Tisch hinter sich.

»Am Anfang bin ich mir aussätzig vorgekommen«, fuhr sie fort. Und klopfte mit den Händen auf den Ball. »Aber dann hab ich Sibylle getroffen, und das war meine Rettung, hier ...« Sie schaute in die Runde.

Nach einem Schweigen wandte sich die Ärztin erneut an Ariane. »Haben Sie mit jemand über Ihre Krankheit gesprochen?«

Ariane nickte.

»Mit Ihren Eltern?«

Ariane schüttelte den Kopf.

Ihrer Mutter davon zu erzählen käme ihr vor, wie nackt

über den Marienplatz zu laufen. Paula Jennerfurt würde ihre Tochter verachten. Sie würde mit dem Finger auf sie zeigen. Und sagen, dass das nun die Strafe sei, die eine Nutte verdient habe. Was willst du, glaubst du, ich lass zu, dass die Leute über mich reden? Schlimm genug, dass du mich nie besuchen kommst und ich dauernd lügen muss, mein ganzes Leben. Ausgestiegen! Du kannst mich nicht austricksen, ich bin nicht verkalkt. Einmal Nutte, immer Nutte. Was passiert da im Hinterzimmer von eurer Kneipe, halten sich da junge Paare an der Hand? Und was, wenn du krank wirst? Soll ich dich pflegen, und alle kriegen mit, was das ist, was dir fehlt? Du hast dir dein Leben selber ausgesucht, also komm damit klar. Und wasch ja das Geschirr ab, das du benutzt hast. Ich will nicht, dass da was rumsteht, wo dein Speichel dran war. Ich kann dir gar nicht sagen, wie mich das anekelt. Was für ein Glück, dass dein Vater das nicht mehr erleben muss, der hätt sich totgegrämt.

Ariane kannte jedes Wort im Voraus. Doch dass ihr Vater sich totgegrämt hätte, das stimmte nicht. Er hätte versucht, sie zu verstehen. Er hätte sie nicht verstoßen. Er hätte ihr zugehört.

»Mit meiner besten Freundin«, sagte Ariane. Und alle neun Frauen sahen sie an.

Vom Friedhof, wo sie das Grab ihres Vaters besucht hatte, war sie mit der U-Bahn zurück in die Innenstadt gefahren.

Und nachdem die Polizisten gegangen waren, hatte sie in

der Küche angefangen zu erzählen. Doch da war etwas, das sie verschwieg. Das sie nicht aussprechen konnte. Das sie erst selber begreifen musste.

»Aber …«, sagte Iris.

Ariane machte eine Pause und goss sich ein Glas Orangensaft ein.

»Wer … wer war's? Mit wem hast du denn … du hast mir überhaupt nicht gesagt, dass du mit jemand geschlafen hast …« Iris kam sich unbeholfen bei diesen Fragen vor. Im Kühlschrank stand eine halb volle Flasche polnischer Wodka. Sie trank einen doppelten. »Wer, Ariane? Wer war es?«

Nicht so direkt, aber ebenso eindringlich hatte Dr. Forster ihr diese Frage gestellt. Und Ariane hatte keine Antwort gegeben.

Ihrer besten und einzigen Freundin hätte sie eine Antwort geben müssen. Sie traute sich nicht.

»Sag's mir.«

Iris stand vor ihr, das Wodkaglas in der Hand. Die Haare achtlos zusammengebunden. Nach Rauch und Parfüm riechend. Ariane schaute durch sie hindurch. Ursprünglich hatte sie alles sagen wollen. Alles aussprechen, was sie niederdrückte und in grässliche Zustände versetzte, seit sie an jenem Mittwoch den Anruf erhalten hatte. Von dieser Minute an schien etwas ihr Leben wie mit einer Häckselmaschine zu zerkleinern. Es zerbarst in winzige Teile, die nie wieder zusammenpassen, nie wieder einen Sinn ergeben, nie wieder ein Ganzes werden würden. Nämlich sie. Ariane Jennerfurt. Auch Jenny. War doch

egal jetzt, wie sie hieß. Jenny. Ariane. Sie empfand zu beiden Namen keine Zugehörigkeit.
Sie fing schon wieder an, sich zu verleugnen. Das durfte sie nicht. Sie musste klar im Kopf werden. Und sich die Wahrheit eingestehen.
»Kann nicht«, sagte sie und legte die Arme auf den Tisch. Sie rieb mit der Stirn über ihre Hände und dachte an einen Mann, den auch Iris kannte und von dem diese niemals glauben würde, dass er es war.
Aber er war es gewesen. Es gab keinen anderen. Niemand anders kam in Frage. Mit niemand außer ihm hatte sie geschlafen. Nur mit ihm. Warum hatte er ihr das angetan?
Er hatte Geburtstag gehabt. Und sie kannten sich schon so lange. Fünfzehn Jahre. Früher hatte er ihr ein paar Mal Geld geliehen. Das war nicht das Wichtige gewesen.

Das Wichtige war, dass er da war, wenn ich allein war, wenn ich gestorben wäre vor Schmerzen und Widerwillen. Da kümmerte er sich um mich und ging in die Apotheke und kaufte Verbandszeug und hörte mir zu. Und er hörte mir zu, auch wenn ich bloß schluchzte und kein vernünftiges Wort rausbrachte. Er blieb über Nacht, er blieb, wann immer ich es wollte. Und er tat nie etwas, das ich nicht wollte. Er pflegte mich und gab mir den Mut zurück. Bei ihm fühlte ich mich in Sicherheit, das war, bevor ich Iris kennenlernte und er aus meinem Leben verschwand, weil er nach Paris zog und dann nach New York und dann nach Berlin. Und seit drei Jahren wohnt er wieder hier. Und wir besuchen ihn alle paar Wochen. Er lebt allein.

Ich wollte ihm eine Freude machen. Und er war zärtlich zu mir, wie lange kein Mann mehr.
Ich glaube, dass es noch lange dauern wird, bis ich Iris die Wahrheit sagen kann. Das wird eine schwere Zeit, denn Iris wird nicht lockerlassen, sie will es wissen und sie hat ein Recht dazu. Vielleicht werde ich zuerst mit Dr. Forster darüber sprechen. Sie weiß, wir waren Blut spenden, weil Iris mal was Gutes tun wollte. Das ist ihr gelungen. Ich weiß jetzt, dass ich krank bin.
Die Infektion wird zu einer chronischen Erkrankung, sagt Dr. Forster. Ich weiß nicht. Auf alle Fälle trifft Dr. Forsters Lieblingssatz auf mich nicht zu: Das größte Infektionsrisiko ist der Glaube an einen treuen Partner.
Ich habe keinen Partner. Ich hatte einen Freund, und der hat mich belogen, an seinem Geburtstag, in seiner Wohnung. Er benutzte einen Gummi. Der ist weggerutscht. Und er hat weitergemacht. Er war nicht mein Partner, er war mein Freund. Und drei oder vier Tage später hatte ich einen Traum, der so fürchterlich war wie noch keiner. Und obwohl mein Freund nicht darin vorkam, wusste ich sofort, dass er mit dem Traum zu tun hatte.

»Diesen Traum hab ich schon zweimal in mein Tagebuch geschrieben, und ich hab noch immer Angst vor ihm«, sagte Ariane. Und die Frauen blieben stumm.
Eigentlich hatte Ariane nicht vorgehabt, darüber zu sprechen. Schon gar nicht vor fremden Menschen.
Vielleicht hatte sie deshalb den Namen Jenny gesagt. Damit sie ihr nicht zu nahe kamen.

Doch dann hatte sie den Eindruck, sie müsse Klara für deren Geschichte etwas schenken. Und so fing sie an.

»Ich lebte auf einem Gutshof, viele Stallungen und Gebäude, alles aus Holz, aus dunklem Holz, das schwarz aussah in der untergehenden Sonne. Ich glaube, es war Abend, und ich sah die Sonne eigentlich gar nicht, nur die Landschaft, die konnte ich durch das große offene Tor sehen. Ich stand in der Mitte des Hofes und da merkte ich, wie die Häuser, die Fassaden immer dunkler wurden, wie bei einer Sonnenfinsternis. Und plötzlich hörte ich ein Schnalzen, wie von einer Peitsche. Erschrocken hab ich mich umgedreht, und da kam ein Pferd auf mich zu, ein Fohlen. Es blutete. Und hinter dem Tier lief der Gutsherr und ließ die Peitsche knallen, er schlug wie wild auf das Fohlen ein, und das Fohlen jaulte, ich hab gedacht, so weint ein Pferd. Und als es in Todesangst an mir vorbeilief, hab ich Tränen in seinen Augen gesehen, ich hab noch nie ein Tier weinen sehen, es war ein furchtbarer Anblick. Und der Gutsherr schlug weiter zu, immer fester, und dann raschelte etwas, und ich sah einen Pfau, der ein Rad schlug, und der Gutsherr hieb mit seiner Peitsche das Rad entzwei. Da schrie der Pfau laut auf, ein hoher, grässlicher Ton, den ich nie vergessen werde. Und immer mehr Tiere liefen aus den Stallungen, und der Gutsherr schlug nach ihnen, und einige brachen blutüberströmt zusammen, sie starben vor meinen Füßen. Hühner, Katzen, ein Hund, und noch ein Pferd, vielleicht die Mutter des Fohlens, sie wollte ihr Junges schützen, der Gutsherr prügelte sie tot.

Ununterbrochen hab ich das Knallen der Peitsche gehört. Und auf einmal hab ich begriffen, wieso die Tiere alle ins Freie gelaufen kamen. Ein Feuer war ausgebrochen, es brannte lichterloh, überall. Die Flammen waren riesig, Balken krachten zusammen, Dächer knickten ein. Und der Gutsherr hob die Peitsche und schlug nach mir, und ich spürte den Riemen in meinem Gesicht. Ich hab gedacht, die Haut hängt mir in Fetzen herunter. Er schlug und schlug. Und es wurde immer heißer, immer unerträglicher, die Flammen kamen näher und näher, und die Tiere, für die ich verantwortlich war, das fiel mir in diesem Moment ein, konnten nicht mehr entkommen. Ich sah, wie ihr Fleisch brannte, wie sich die Flammen in die Haut fraßen, und ich hörte die Knochen entsetzlich knirschen. Und das Gesicht des Gutsherrn war eine Fratze, so ein Gesicht hab ich noch nie gesehen, so, denk ich, sieht der Tod aus, oder der Teufel. Und ich spürte seinen Atem, der so heiß war wie das Feuer. Jetzt sterb ich, hab ich gedacht, jetzt sterb ich, und dann bin ich aufgewacht.

Mein ganzer Körper war schweißnass, ich bin aus dem Bett gestürzt und hab überall Licht angemacht. Ich bin auf den Balkon rausgelaufen, es war kalt, und ich hatte nur ein T-Shirt an. Die Luft war so gut, ich atmete ganz tief ein, minutenlang, und später in der Wohnung schwitzte ich immer noch. Ich hab Wasser getrunken, zwei Liter hintereinander weg, ich hab gedacht, ich verbrenn von innen.

Dann bekam ich solche Angst, dass ich meine Freundin anrief. Aber ich hab die Verbindung unterbrochen, bevor sie drangehen konnte. Ich hätt nicht sprechen können. Das war der schlimmste Traum meines Lebens, und jetzt glaub ich, ich weiß, was er bedeutet. So ungefähr wenigstens, so ungefähr.«

Ariane war außer Atem. Die Frauen blickten zu Boden. Dr. Forster stand auf, stellte sich hinter Ariane, fing an, deren Nacken zu massieren.

»Du bist jung«, sagte Elfie, »dein Körper hat noch viele Reserven. Ich hatte immer ein labiles Immunsystem, früher schon, ich hab viel Angst gehabt vor den Menschen. Wenn ich im Supermarkt war, hab ich mich plötzlich vor allen Leuten gefürchtet. Das ist jetzt anders, jetzt hab ich einen besseren Bezug zur Wirklichkeit.«

»Na ja«, sagte Klara und grinste.

Die Ärztin hörte auf zu massieren.

»Danke für deinen Mut«, sagte sie.

»Ich erzähl euch noch eine kurze Geschichte«, sagte Ariane. Vielleicht waren es die Hände auf ihrer Schulter. Vielleicht war es die unerwartete Erleichterung, die sie empfand, nachdem sie zum ersten Mal laut ausgesprochen hatte, was ihr im Traum widerfahren war. Auf einmal wollte sie noch eine Weile bleiben.

»Sie ist von einem persischen Dichter«, sagte sie. Und streckte den Rücken, was sie lange nicht mehr getan hatte. »Und sie handelt von einer Libelle, die Briefmarken sammelt.«

Nachdem sie zu Ende erzählt hatte, bekam sie etwas, das sie noch nie bekommen hatte: Beifall.

14

Die nackte Frau erregte ihn nicht. Der Sekt schmeckte ihm nicht. Die Blicke der Bardamen kotzten ihn an. Die Musik verursachte ein Pochen in seinem Gesicht. Und doch hätte er nirgendwo anders sein wollen als in dieser Nachtbar. In einem Keller, nahe der Pension, in der er sein Zimmer hatte.

Wenn Niklas Schilff sich auch nur einen Moment auf sich selbst konzentrierte, spürte er an jeder Stelle seines Körpers Wunden. Er hatte Pflaster darübergeklebt, nachdem er sich mit einem harten Handtuch abgetrocknet hatte.

Aber er war nicht hier, um an sich zu denken. Er war hier, um zu trinken. Nackten Frauen zuzusehen. Und die Musik durch seinen Kopf scheppern zu lassen, bis seine Gedanken unbrauchbar geworden waren.

»Noch ein Glas.«

»Wollen Sie nicht gleich eine Flasche?«, fragte die Bedienung und streckte ihren Busen vor, als solle er an ihm riechen. Und er tat, als würde ihm der Anblick gefallen.

»Gut«, sagte er, »ich möcht trotzdem allein bleiben, wenn Ihnen das nichts ausmacht.« Die soll das Zeug bringen und sich verziehen. Muss ich mich rechtfertigen?

»Schade«, sagte sie. Im verwaschenen Licht der Bar sah ihr Gesicht belanglos aus, trotz des vielen Rouges und der Schminke auf ihrer Nase.

Später musste er dringend ein Bier trinken. Der Sekt verklebte ihm schon jetzt den Mund. Er mochte keinen Sekt. Nicht einmal Champagner. Er trank Bier. Und klare

Schnäpse. Und manchmal Rotwein. Schweren kalifornischen Rotwein, den Silvio im »Stinking Rose« in einer Karaffe auf den Tisch stellte. Wie viel er auch trank, Silvio berechnete jedes Mal nur fünf Dollar. Ein Spottpreis. Silvio hatte Schilffs Interview mit Michelle Pfeiffer gelesen. Die verehrte er mehr als seine Mutter.

»The ›Stinking Rose‹«, sagte Schilff laut.

»Was ist?« Die Bedienung stellte die Sektflasche in den Eiskübel.

»Bringen Sie mir ein Bier.«

»Wollen Sie nicht erst den Sekt trinken?«

»Was kostet die Flasche?«

»Zweiundsechzig Mark.«

»Das ist ein gerechter Preis«, sagte Schilff, gab der Frau einen Hundertmarkschein und lächelte. »Bringen Sie mir das Bier, der Rest ist für Sie.«

»Danke«, sagte die Bedienung.

Statt seiner Jeansjacke hatte Schilff einen Trenchcoat übergezogen, den er an der Garderobe nicht abgegeben hatte. Der Mantel hing über der Stuhllehne. Schilff wollte jederzeit aufstehen und weggehen können. Achtzig Dollar hatte er für den Trenchcoat bezahlt. Im Second's First in der Cincinnati Street. Barbara hieß die Besitzerin, eine deutschstämmige Mittfünfzigerin, verheiratet mit einem Schauspieler aus Detroit, der sich dann in einen Mann verliebte. Und an die Westküste zog. Sie war mit ihm gekommen. Sie dachten, sie schaffen es zu dritt. Dann merkte sie, dass sie nur ein Vehikel aus der Vergangenheit war.

»Vehikel aus der Vergangenheit«, sagte er laut.
»Ihr Bier.« Die Bedienung stellte ein Pils auf den runden Tisch.
Er trank es in zwei Zügen aus. Die Bedienung war an die Bar zurückgegangen und ließ sich von einer Kollegin Feuer geben. Auf der Bühne tanzte eine nackte Frau mit gespreizten Beinen. Die fünf Männer, die außer Schilff zusahen, schienen Freude an der Darbietung zu haben.
Wenn er betrunken war, würden sich neue Dinge ergeben, dachte er plötzlich. Er nahm die Sektflasche aus dem Kübel und stellte fest, dass die Bedienung ihm kein frisches Glas gebracht hatte. Er schaute zur Bar, von wo aus sie ihn beobachtete. Er hob den Ellbogen. Und das leere Glas fiel zu Boden. Das Klirren war kaum zu hören.
»Ein Versehen«, sagte er zur Bedienung. Der blieb nichts anderes übrig, als eine Schaufel und einen Besen zu holen und die Scherben zusammenzukehren. Schilff sah ihr dabei zu. Als sie vor ihm kniete, so heftig atmend, dass er glaubte, ihr Busen würde aus dem schwarzen BH rutschen, hatte er das Bedürfnis, ihren Kopf zu packen und gegen die Tischkante zu schlagen. Zweimal hintereinander. Und sie anschließend liegen zu lassen. Scheißnutte, bring mir ein frisches Glas. Und glotz nicht so arrogant.
Er trank aus der Flasche. Die Bedienung forderte ihn auf, das zu unterlassen. Er sah sie an. Noch ein Wort, und er würde ihr mit dem abgebrochenen Flaschenhals das überhebliche Geglotze aus der Fresse schneiden.

Der Nachmittag bei den Frauen war richtig, ich bin Iris dankbar, dass sie mich überredet hat hinzugehen. Wie es weitergeht, das weiß ich nicht. Ich bin ruhig, jedenfalls heute. Klara hat erzählt, sie kennt infizierte Frauen, die sitzen im Biergarten und fangen plötzlich an, über ihre Krankheit zu reden, mit fremden Männern. So etwas würde ich nie tun. Wozu soll das gut sein, einen Mann zu schocken? Der haut doch dann ab oder er sieht dich verächtlich an, das möchte ich nicht. Der denkt dann, so eine Nutte, die hat's mit vielen Männern gemacht, sonst hätte sie die Krankheit ja nicht. Gegen solche Dummheit kann man schwer gewinnen. Ich will es versuchen. Ich lass mich nicht unterkriegen, ich habe mich oft schlecht behandeln lassen, sehr mies, wie ein Tier, untergekriegt hat mich niemand, kein Mann, nicht einmal Enzo. Der hat sich das bloß eingebildet. Der denkt, wenn eine Frau eine Sklavin spielt, dann ist sie auch eine Sklavin, und jeder kriegt sie unter. Das ist Dummtum, so zu denken.
Iris und ich haben vereinbart, dass wir das nächste Mal gemeinsam zu den Frauen und der Ärztin gehen und uns informieren über die Medikamente und die Tests, die man machen muss.
Siehst du, du bist nicht alleine, meine hübsche Hochwohlgeborene. Du kannst dich auf jemand verlassen. Da ist jemand, der dich liebt.
Ich beschließe jetzt, vorerst keine Angst zu haben.
Wenn die Angst kommt, sage ich nein. Und wenn ich noch mal so einen fürchterlichen Traum habe, wache ich einfach auf. Das nehme ich mir fest vor. Und dann funk-

tioniert das auch. Ich war wieder bei den Männern, und das reicht jetzt für alle Zeit.
Iris hat mich ausgefragt, ich habe ihr nicht alles gesagt. Ich schäme mich für das, was ich in der vergangenen Woche getan habe. Ich will jetzt von vorn anfangen, ohne dass es auffällt. Ich mache meine Arbeit im »Glücksstüberl«, wie immer. Vielleicht gehe ich wieder ins Training. Das hat mir immer geholfen. Das Tanzen. Und die Gymnastik. Wir werden sehen.
Es klingelt an der Tür, das ist bestimmt die Nachbarin, die sich um mich sorgt. Morgen schlafe ich aus und abends gehe ich ins Lokal. Und arbeite und tu was für mein Geld. Ich fange ein neues Leben an. Schon wieder. So viele Leben. Das hätte ich nicht gedacht, dass ich so reich bin.

Nicht sein Blick erschreckte sie so sehr, dass sie sofort an den Traum vom brennenden Gutshof denken musste. Es waren auch nicht seine kalten Hände, mit denen er die ihren umklammerte und quetschte. Nicht die grunzenden Laute, die er von sich gab.
Es war die Art, wie er die Schultern hochzog. Seinen Trenchcoat ausschüttelte. Und heiser sagte: »Ich hab mir gleich gedacht, du bist eine Nutte.« Dann lehnte er sich an den Türrahmen und spuckte auf den Teppich.
Ich hab mir gleich gedacht, du bist eine Nutte.
Solche Sätze hatte Ariane Jennerfurt ständig gehört. Die Männer brauchen das, um sich besser zu fühlen. Hatte Iris immer gesagt. Aber Ariane war sich nicht sicher, ob Iris recht hatte. Ob sich ein Mann gut fühlte, hatte für sie

nichts mit seiner Arroganz und Verachtung Frauen gegenüber zu tun, sondern damit, was er von sich selber hielt. Das war ihre Einstellung dazu.
So viele Männer, die sie in ihrer Zeit im »Blaubart« und in den anderen Lokalen getroffen, mit denen sie geredet, die sie massiert, die sie hinterher erlebt hatte, machten solche Bemerkungen im Grunde über sich selbst. Und nicht über die Frau, der sie zufällig gerade Geld gaben. Den einen oder anderen hatte sie gefragt, was ihm Freude bereite. Und die meisten hatten geantwortet: Dass ich nächsten Monat wieder zu dir komm. Das war alles. Sie meinten es ernst. Was für ein erbärmliches Leben, hatte sie dann gedacht. Und natürlich waren diese Männer nicht so dumm, dass ihnen die Situation nicht bewusst gewesen wäre. Und so beschimpften sie die Huren. Sagten dreckige Sachen. Pinkelten auf der Straße gegen fremde Autos. Alles so einfach. So durchschaubar.
Und doch tauchte dann und wann einer auf, den Enzo besser sofort wieder vor die Tür gesetzt hätte. Mit dieser Sorte Männer gab es Probleme. Der Grad des Abscheus, den sie mit sich schleppten wie harten Kot, überstieg das übliche Maß um das Zehnfache. Und Ariane war später jedes Mal niedergeschmettert ob ihrer Naivität. Sie hatte die Gefahr einfach ignoriert. Diese Männer waren eine leibhaftige Bedrohung. Und Elsa hatte ihre und die Nachlässigkeit ihrer Kolleginnen und ihres Zuhälters mit dem Leben bezahlt. Ich hab bloß Glück gehabt, sonst nichts, hatte sich Ariane oft gesagt.
Und den Kerl, der jetzt, mitten in der Nacht, in ihrer

Wohnung stand, betrunken, stinkend, aggressiv, würde sie einfach bitten zu gehen. Und wenn er zuschlug, würde sie geschickt genug sein, seine Besoffenheit auszunutzen, auf die Straße zu laufen und die Polizei zu rufen. Oder die Pistole aus der Schublade zu holen. Und abzudrücken.

Von seinem kalten Griff taten ihr die Hände weh.

»Du musst gehen«, sagte sie.

Er stöhnte. Und sie fürchtete schon, er müsse sich übergeben. Aber er hob den Kopf und stützte die Hände auf den Oberschenkeln ab.

»Sorry«, sagte er heiser.

Sie zog den Gürtel ihres Morgenmantels enger. »Geh jetzt. Bitte geh jetzt.«

»Gleich«, sagte er. Schüttelte den Kopf. Stieß wieder einen grunzenden Laut aus. Und richtete sich auf.

Ariane warf einen Blick in die Küche.

»Ich ... ich bin froh, dass du ... dass du ...« Er war zu betrunken, um noch klare Sätze sagen zu können. Er hatte nicht nur eine Alkoholfahne. Er verbreitete einen Moder- und Rauchgestank.

Mit einer raschen Drehung war sie in der Küche. Täuschte einen Hustenanfall vor und riss die Schublade auf. Griff hinein. Und erwischte statt der Pistole ein Kartoffelmesser. Ihr blieb keine Zeit. Unauffällig ließ sie das kleine Messer in der Tasche ihres Morgenmantels verschwinden. Und drehte sich um. Der Kerl lehnte nicht mehr im Türrahmen. Vorsichtig setzte sie einen Fuß vor den andern. Sie war barfuß.

Vor der Küchentür hielt sie inne. In der Tasche umklammerte sie das Messer mit dem Holzgriff.
Nichts rührte sich. Wieso versteckte sie das Messer eigentlich? Das war ihre Wohnung! Er war der Eindringling. Er hatte sie festgehalten. Sie handelte in Notwehr.
Sie hielt das Messer vor sich. Einen Moment lang überlegte sie, zurückzugehen und die Pistole zu holen.
Mit dem Messer konnte sie genauso gut umgehen. Sie würde ihn nicht verfehlen. Bestimmt nicht. Sie würde ihm zwischen die Beine stechen. Und dann in den Hals. Und zwar innerhalb von Sekunden. So betrunken wie er war, würde er es nicht einmal mitkriegen.
Sie streckte den Kopf aus der Tür. Und hörte ein Schnaufen. Ein gleichmäßiges Röcheln.
Niklas Schilff lag auf dem Boden ihres Wohnzimmers zur Wand gedreht und schlief. Schnarchte leise mit verbogenen Händen vor dem Gesicht.
»Wach auf«, sagte Ariane. Doch sie wusste sofort, sie würde ihn nicht wach bekommen. Nicht in den nächsten vier bis fünf Stunden.
Sie überlegte, ob sie ihn vor die Wohnungstür schleifen sollte, damit er im Treppenhaus seinen Rausch ausschlief. Sie könnte die Tür verriegeln und hätte ihre Ruhe.
Das war ihr die Mühe nicht wert. Stattdessen legte sie sich ins Bett.
Immerhin hatte er sie neulich davor bewahrt, ihre Mutter anzurufen.
Durfte er deswegen sturzbetrunken in der Nacht hier auftauchen?

Sie horchte auf jedes Geräusch. Hörte das lauter werdende Schnarchen. Und bevor sie sich wieder darüber ärgerte, dass sie den Schlüssel zur Schlafzimmertür verloren hatte, schlief sie ein.
Durch den Geschmack von Blut im Mund wurde sie wach.

15

Sie hatte etwas getrunken. Rotwein? Jedenfalls etwas Rotes. Aber es schmeckte milchig. Es war keine Milch. Rote Milch? So ein Unsinn, dachte sie. Sie hatte das Glas nicht in der Hand. Nur dieser Geschmack war in ihrem Mund. Sie spürte den Schmerz. Diesen Schmerz, der ihren Darm sprengte. Das dachte sie sofort. Dass ihr Darm platzte.

Vielleicht war das schon geschehen. Und das Blut war bis in ihren Mund gedrungen. Oh Gott, dachte sie.

Sie wollte sich umdrehen. Schnell auf den Rücken drehen. Aber sie wurde festgehalten. Jemand hielt ihre Handgelenke fest. Presste sie gegen das Bettgestell. Sie ballte die Fäuste. Da wurden ihre Fäuste gegen das Metall gestoßen, die Knöchel. Wieder und wieder. Und jemand saß auf ihr. Und in ihr brannte es. Feuer in ihrem Bauch. Sie wollte schreien. Sie riss den Mund auf. Das war ein Traum. Das war ein Traum. Das war die Fortsetzung des brennenden Gutshofs. Das war der zweite Teil. Da liegen die toten Tiere. Ein Schaf. Ein Pferd. Nein, nein. Sie träumte nicht. Wieder wurden ihre Fäuste gegen das Bettgestell gestoßen. Und noch einmal. Und sie dachte nicht daran, sie zu öffnen. Sie dachte nicht daran. Sie dachte nur an das erbarmungslose Brennen.

Als habe er vollkommen die Kontrolle über seine Bewegungen verloren, stieß Schilff zu. Sein Bauch zuckte. Sein Körper bebte. Und die Wunden platzten auf. Speichel lief ihm aus dem Mund.

Und endlich wehrte sie sich. Versuchte sich zu befreien. Versuchte ihn abzuwerfen. Da hob er ihre Hände und schmetterte sie gegen das Metall. Und jetzt schrie sie. Endlich schrie sie. Er dachte schon, sie wäre stumm. Schrei, ja schrei doch! Und weil sie immer lauter schrie, ließ er ihre rechte Hand los. Hob ihren Kopf hoch. Und schlug ihre Stirn gegen das Gestell. Es krachte. Es klirrte. Und er stieß weiter zu. Er spürte nichts. Er schaute nach unten. Und das trieb ihn noch mehr an.
Ihr war schwindlig. Oh Gott, ich sterbe, dachte sie, ich sterbe.
Das Feuer wütete in ihr. Wie das Feuer auf dem Gutshof. Wieder schrie sie. Und diesmal packte er nicht ihren Kopf. Sondern sie spürte einen fürchterlichen Schlag auf den Hinterkopf. Er hatte mit seinem Kopf gegen ihren geschlagen.
Sie richtete sich ein wenig auf. Und dann tat er noch einmal dasselbe. Hämmerte mit seiner Stirn gegen ihren Schädel. Und sie dachte, ich platze jetzt, mein Kopf zerspringt.
Ich ersticke ... ich ersticke ...
Dann riss er ihre Arme nach hinten. Und kam. Sie konnte es sehen. Als wäre da eine Filmleinwand. Als wären auf dem Leintuch Bilder aus dem Inneren ihres Körpers zu sehen. Verzerrte Schemen. Mikroskopisch.
Er keuchte. Und stieß noch einmal zu. Und noch einmal. Und mit einem Ruck glitt er aus ihr heraus. Ließ ihre Hände los. Das bemerkte sie. Jetzt schnell was tun! Schnell was tun!

Er stieg über sie. Stand nackt neben dem Bett. Sie sah ihn. Sie dachte, hau jetzt ab, Jenny. Hau schnell ab.
Aber er hatte sie schon wieder gepackt. Seine Hände gruben sich in ihren Rücken. Er zerrte an ihr. So lange, bis sie aus dem Bett fiel.
Sie wimmerte. Er schleifte sie durch die Wohnung. Über den Teppich. Zerrte sie bis zur Wohnungstür. Und zurück. Ins Schlafzimmer. Sie konnte sich nirgends festhalten. Alles ging viel zu schnell. Sie spürte seine kalten spitzen Finger.
Und dann ließ er sie los.
Sie lag vor ihm. Flach auf dem Bauch. Sie hatte immer noch ihr T-Shirt an. In ihrem Kopf donnerte es. Ihre Hände zitterten. Als wäre dies nicht ihr Körper. Als gehörten diese Gliedmaßen zu jemand, der abgehauen war.
Es kam ihr so vor, als würden nicht Tränen ihren Blick trüben. Sondern Blutregen, der aus ihren Pupillen strömte.
Schon wollte sie ihre Wange an den weichen Teppich schmiegen, da kniete Schilff sich vor sie. Mit gespreizten Schenkeln. Und zum ersten Mal, seit sie wach geworden war, schaffte sie es, etwas zu sagen. Das Sinnloseste von der Welt. Und doch war es genau das, was sie sagen wollte.
»Du hast kein Kondom genommen.«
Schilff sah sie an. Sah auf sie hinunter. Dann nahm er ihren Kopf in beide Hände. Und zwickte sie in die Wangen.
»Ich brauch keinen Screwing Gum«, sagte er. Rutschte ein

Stück vor und legte ihren Kopf zwischen seine Beine, auf sein nasses Geschlecht.
Dieses Wort hatte sie noch nie gehört.
»Screwing Gum?«, sagte sie leise. Er schlug ihr mit der Hand auf den Hinterkopf. Fast zaghaft.
Dann schwieg sie. Und er auch.
Eine Minute. Zwei Minuten. Drei Minuten. Vier Minuten. Er rutschte von ihr weg. Hielt ihren Kopf weiter fest. Sie krümmte sich. Und wünschte, er würde sie verenden lassen. Wie ein Tier.
Aus Versehen stieß er vom Nachtkästchen eine Kladde zu Boden. Er hob sie auf. Und stellte fest, dass es ein Tagebuch war. Ohne zu begreifen, wieso, trug er das Heft mit dem festen Einband in die Küche, wo das weiße Licht über der Spüle noch brannte. Er setzte sich an den Tisch, nackt, und begann zu lesen.
Und was er las, katapultierte ihn aus der Nacht.

Er hatte den Eindruck, die Wörter waren eine Falle. Sie sollten ihn täuschen. Und seine Aufgabe war es, die Lüge zu durchschauen. Und zu begreifen, was Ariane wirklich damit meinte. Unter dem Datum des dreißigsten Oktober las er, wie sie und ihre Freundin Iris nach dem Blutspenden in einem Café saßen und die Vergangenheit auslachten. Unter dem zweiten November, einem Mittwoch, stand, eine Ärztin habe bei ihr angerufen und sie habe aufgelegt und nur dagesessen.
Immer wieder blätterte Niklas Schilff mehrere Seiten vor. Und wieder zurück. Er hörte das Rascheln der karierten

Blätter. Und schlug weitere Seiten um. Nur um das Rascheln zu hören, das anders klang als das Rascheln von Zeitungspapier. Wenn er Zeitung las, hörte sich das anders an. Das weiß ich doch. Merkwürdig. Und zwischen seinen Gedanken las er wieder ein paar Sätze. Und nach einiger Zeit stellte er fest, dass es immer dieselben Sätze waren. Immer derselbe Absatz. Dieselben Zeilen. Er fing an, den ersten Satz zu lesen. Und beim letzten Wort begann er von vorne.

Wie lang er schon zu sich selber sprach, konnte er hinterher nicht sagen. Plötzlich hörte er eine Stimme. Und begriff, dass es seine war. Er las laut vor. Und hatte er einen Abschnitt zu Ende gelesen, blätterte er um. Er mochte das Geräusch. Er bildete sich ein, das Papier zu riechen, wenn er die Seite umschlug. Und der Geruch kam ihm vertraut vor.

Er begriff. Und träumte zugleich. Er begriff, dass er eine infizierte Frau vergewaltigt hatte. Und sah sich zur selben Zeit in seinem Appartement in Los Angeles am Fenster sitzen. Samstags. Deutsche Zeitungen vor sich auf dem Tisch, in denen er blättert. An der Wand direkt neben ihm hängt ein signiertes Foto von Robert De Niro. Durch das offene Fenster dringt der Duft frisch gemähter Wiesen herein. Drüben, auf dem Evergreen Cemetry, laufen bunt gekleidete Jogger zwischen den Gräbern. Manchmal hört er Stimmen. Er ist am richtigen Ort. Es geht ihm gut. Er hat Aufträge. Und in einer Woche erscheint sein erstes Buch.

Ich hab eine infizierte Frau gefickt, dachte er. Und las:

»Über die Frage, wo ich mich angesteckt haben könnte, bin ich so sehr erschrocken, dass die Ärztin meine Hand nahm und mir den Rücken streichelte. Was hätte ich denn sagen sollen? Am liebsten hätte ich gesagt, ich habe mich nicht angesteckt, ich bin keine Nutte mehr. Ich bin weg vom Dreck. Ich bin jetzt Wirtin und ich schlafe nicht mit fremden Männern, schon gar nicht ohne Kondom, das habe ich nie getan. Das wäre wahr gewesen und doch auch eine Lüge. Alles, was ich gesagt habe, stimmte und war falsch. Nichts ist mehr eindeutig, und ich weiß gar nicht, ob es überhaupt eine Eindeutigkeit gibt. Vielleicht habe ich mich mein Leben lang getäuscht. Das macht mir Angst, ich rede mir Sachen ein, damit ich mich nicht vor die U-Bahn werfe. Das Erste, was die Ärztin zu mir sagte, nachdem sie mir das Ergebnis des Bluttests mitgeteilt hatte, war, dass die Medizin große Fortschritte gemacht hat und man trotz der Infizierung uralt werden kann. Uralt. Das habe ich ihr von Anfang an nicht geglaubt, aber ich war froh, dass sie sich solche Mühe gab. Bei Enzo haben wir oft wochenlang über nichts anderes geredet, wir sind regelmäßig zum Test gegangen, wir waren ein sauberes Team, bei uns war nie eine infiziert. Bei bestimmten Männern waren wir uns sicher, dass sie krank sind. Und wenn wir mitgespielt hätten, dann hätten sie es ohne Gummi mit uns gemacht. Sie wollten uns die Krankheit heimzahlen. Aber wir haben nie mitgespielt. Und jetzt habe ich solche Angst und weiß nicht, wohin mit meiner Angst. Warum werde ich bestraft? Warum darf ich nicht das Leben führen, das ich will?«

Schilff blätterte um. Und blätterte zurück. Und durch das offene Fenster weht Reggaemusik herein. Und ein Sonnenstrahl fällt auf die bauchige blaue Tasse, aus der er Kaffee mit viel Zucker trinkt. Die lustigen Sachen stehen auf den Vermischtenseiten. Und er liest etwas über seine Heimatstadt und ist erleichtert, nicht dort zu sein. Trotzdem liest er die Geschichte von dem Ehemann, der seine Frau tot in der Wohnung fand, anscheinend von einem Einbrecher erschlagen. Bald darauf überführt die Polizei den Ehemann. Sein Plan hat nicht funktioniert. Er plante seine Zukunft mit einer Geliebten in Afrika. Schilff verachtet den Mann für seine Tat. Der hätt einfach gehen sollen und fertig. Ein wichtigtuerischer Mord.
Für einen Moment vergaß er, wo er war. Er schaute auf. Etwas irritierte ihn. Die Musik war nicht mehr zu hören, der Friedhof nicht mehr zu sehen. Nur eine Mauer. Eine hohe Mauer. Auf die fiel gelbes Licht. Hinter ihm knackte etwas. Er drehte den Kopf. Da tauchte ein Holzstuhl auf. Ruckte vorwärts. Schrammte am Türrahmen entlang. Und an die Sitzfläche klammerten sich zwei Hände.
Wie nach einem Stück Treibholz griff Ariane immer wieder nach dem Stuhl. Rutschte ab. Schlug mit dem Gesicht auf dem Boden auf. Streckte die Arme. Ihre Finger glitten über das Holz. Der Stuhl hatte kleine Rädchen und drehte sich. Und wenn sie ihn zu fassen kriegte, bewegte er sich nach rechts. Oder links. Und sie versuchte ihn festzuhalten.
So gelangte sie über den Flur in die Küche. Sie hatte ihr T-Shirt an und jetzt gelbschwarze Leggings. Die ver-

rutschten dauernd. Und hastig zog sie sie mit einer Hand hoch.

Die Beine hinter sich herschleifend, robbte sie auf dem Bauch. Jeder Zentimeter Weg dauerte ewig.

Erschöpft ließ sie den Stuhl los. Der prallte gegen die Spüle.

Ariane lag flach auf dem Steinboden, den Kopf zur Seite gedreht, das Gesicht von Schlieren und Flecken entstellt.

Schilff musste würgen. Er sprang auf und übergab sich in den Ausguss. Er hörte ein Patschen. Und als er sich gebückt umsah, schlug Ariane mit der flachen Hand auf den Boden. Als wolle sie ihn auffordern, sofort mit der Kotzerei aufzuhören. Sie schaute aus halb geschlossenen Augen zu ihm hoch.

Er drehte den Wasserhahn auf, spülte den Mund aus und wischte ihn mit einem Geschirrtuch ab. Seine Beine zitterten.

Aus ihrem geschlossenen Mund kam ein Wimmern. Mit unendlicher Anstrengung kletterte sie auf den hölzernen Drehstuhl. Wie ein Kind, das zum ersten Mal den sicheren Boden verlässt, zog sie sich empor. Schlang erst das eine Bein um den Sitz, dann das andere. Stieß mit dem Kopf gegen die geschwungene Lehne.

Kohlen glühten in ihrem Bauch. Und dann sah sie, in einer jämmerlichen Verrenkung, dass sie ihre Leggings anhatte. Dieser Anblick war eine unglaubliche Erleichterung. Sie konnte sich nicht erinnern, wie sie es geschafft hatte, die Hose anzuziehen. Aber sie hatte es geschafft. Im Schlafzimmer.

Bevor sie das erste Wort herausbrachte, überlegte sie. Sie wollte fragen, wie sie hierhergelangt war. Und wieso dieser Mann noch immer da war. Und wieso sie vergessen hatte, ihn zu erstechen. Das Messer hatte sie doch schon in der Hand gehabt!

Er hatte die Beine übereinandergeschlagen. So wie sie. Im Gegensatz zu ihr war er nackt. Und er war muskulös. Und bleich. Und überall Wunden. Pflaster hingen von der Haut. Und überall wuchsen ihm Haare. Sogar aus den Ohren. Jetzt erreichte sie mit ihren Blicken sein Gesicht. Im weißen Licht fand sie es aufgedunsen. Leichenfarben. Sie wollte etwas zu ihm sagen.

»Scheißnutte«, sagte er.

Damit hatte sie nicht gerechnet.

Sein Mund hatte sich überhaupt nicht bewegt. Seine feisten Lippen.

»Was?«, sagte sie. Sie wollte bloß testen, ob sie noch fähig war zu sprechen.

Er schaute sie an.

Sie neigte sich ein wenig vor. Und wäre beinah abgerutscht. Der Stuhl bewegte sich. Sie klammerte sich an den Sitz, mit beiden Händen. Das Holz war an der Unterseite rauh. Sie schabte mit den Fingern drüber. Dann hörte sie damit auf.

»Ich bring dich um«, sagte er. Er hätte auch sagen können: Das Wetter ist heut schlecht. So reglos blieb sein Gesicht. So gleichgültig wirkten seine Augen.

Ariane wimmerte. Es gelang ihr nicht, diese Töne zu unterdrücken. Sie stiegen in ihr hoch wie Luftblasen. Sie

musste sie von sich geben. Sonst würde sie ersticken. Oder für alle Zeit verstummen.
»Du Scheißnutte hast mich angesteckt. Ich bring dich um«, sagte er.
Sie wollte etwas erwidern. Sie öffnete den Mund. Und ihre Stimme versagte.
Und dann tat er etwas, das für sie so fürchterlich war wie das, was er im Schlafzimmer getan hatte. Und wieder konnte sie sich nicht wehren. Wieder war sie gelähmt von der Wucht seiner Gewalt.
Wenn sie auch nur einen Arm ausgestreckt hätte, um ihn zu stören, hätte sie das Gleichgewicht verloren und wäre auf den Boden gestürzt. So blieb ihr nichts als zuzusehen. Und zu heulen. Bei jedem Geräusch noch mehr zu heulen.
Er hatte sich ihre Tagebuchkladde auf die Knie gelegt. Und riss jetzt eine Seite nach der anderen heraus. Zerfetzte sie. Bis nur noch winzige Teile übrig waren, die er ihr ins Gesicht schleuderte.
Mit der Linken hielt er das Heft, mit der Rechten die Blätter fest. Und rupfte sie aus.
Ariane konnte nicht wegsehen. Das Reißen drang in ihre Ohren. Das Zerfetztwerden. Alle ihre Gedanken. Alle ihre Sätze. Ihre Zuflucht. Ihr Gegenüber. Ihre Zuhörer. Jede Seite der DIN A4 großen Kladde war eine Zuhörerin für sie gewesen. Seit ihrem zwölften Lebensjahr.
An ihrem zwölften Geburtstag hatte ihr Vater ihr das erste Heft geschenkt, Blumen vorne drauf. Sie hatte es noch. Das würde dieser Mann nicht finden. Und ihr Vater schenkte ihr einen Bleistift dazu. An dem baumelte an

einem roten Faden ein Radiergummi in der Form eines Elefanten. Und der erste Satz, den sie auf die erste Seite ganz oben hinschrieb, lautete: »Heute hat mir Papa ein Tagebuch geschenkt, und an jedem Weihnachten werde ich ihm daraus vorlesen.«
Sie hatte ihm nie daraus vorgelesen. Kein Weihnachten war wieder wie jenes, an dem sie das bunte Heft geschenkt bekam. Im April darauf starb ihr Vater. Und seit diesem Tag hatte nie wieder jemand »meine hübsche Hochwohlgeborene« zu ihr gesagt, wie er es immer getan hatte, wenn er ihr abends vorlas und ihr anschließend einen Kuss auf die Stirn gab. An jenem Freitag war sie von der Schule nach Hause gekommen, und Frau Kunert, ihre Nachbarin, hatte gesagt, Mama ist nicht da, du musst mit mir mitfahren. Dann sind wir in dem alten Opel ins Krankenhaus Rechts der Isar gefahren. Und meine Mama weinte auf dem Flur. Da hab ich sofort gewusst, dass mein Papa nicht mehr lebt. Frau Kunert hatte mir nicht gesagt, dass er ins Krankenhaus eingeliefert worden war. Er war nie krank. In der Küche, hat Mama später erzählt, ist er zusammengebrochen. Und nicht mehr aufgestanden. Der Arzt im Krankenhaus sagte: Herzinfarkt. Mein Papa hatte nie ein kaputtes Herz. Niemand hat mir erklären können, wieso ein starker großer Mann auf einmal umfällt und tot ist. Er war fünfundvierzig Jahre alt. Im Krankenhaus hab ich sofort gewusst, was war. Das war eine Eingebung. So klar wie auf dem Friedhof der blaue Himmel. Ich hab nach oben gesehen. Weil ich nicht zuschauen wollte, wie der Sarg in die Erde gelassen wurde. Am Himmel war keine Wolke. Nur die ungerührte Sonne.

So nannte sie sich selbst: »meine hübsche Hochwohlgeborene«. Vom Tag seiner Beerdigung an. Am vierundzwanzigsten Dezember, ihrem Geburtstag, schrieb sie ihm einen zehn Seiten langen Brief. Den las sie ihm beim nächsten Besuch am Grab vor. In dem Schrank im Schlafzimmer lagen die alten Hefte. Ungefähr hundert Stück. Bekäme der Mann die in die Hände, würde sie ihn erschießen.

Lautes Klirren und Scheppern zerriss das Schweigen. Sie zuckte zusammen. Glitt mit den Händen am Stuhl ab und konnte sich gerade noch festhalten, ehe sie mit dem Körper vornüberkippte.

Niklas Schilff hatte den Einband aufs Küchenbord gefeuert und Gläser und Tassen zertrümmert. Eine der Keramikscherben traf Ariane im Nacken. In einem Reflex schlug sie mit der Hand nach ihr wie nach einer Fliege.

»Du hast mich angesteckt«, schrie Schilff. Und stand auf.

Sie wollte auch aufstehen. Und fürchtete eine falsche Bewegung zu machen. Anstatt sich einen Ruck zu geben, duckte sie sich. Und hakte ihre Füße am Stuhlbein fest. Kreuzte sie und drückte sie fest gegen das Holz, als habe sie auf diese Weise einen besseren Halt. Als sei so ihr Widerstand stärker. An diese absurden Gedanken erinnerte sie sich schon nach fünf Sekunden nicht mehr.

Gerade noch stand Schilff vor ihr. Stinkend. Da hob er das rechte Bein. Winkelte es an. Und trat zu. Trat gegen den Stuhl. Zwischen ihre Beine gegen den Sitz. Und der Stuhl sauste wie von einer Schnur gezogen nach hinten. Erwischte mit der Lehne den Türrahmen. Und kippte um. Und schleuderte Ariane mit dem Kopf voran gegen die Wand.

Schilff beugte sich über sie.
Sie war ohnmächtig. In ihren kurz geschnittenen Haaren bemerkte er ein blutiges Rinnsal. Sie atmete noch. Das sah er, ohne sich bücken zu müssen.
»Du bist tot«, sagte er.
Dann ging er ins Schlafzimmer. Zog sich an. Die Kleider hatte er auf dem Boden verstreut. Wann, wie, wusste er nicht mehr. Was er getan hatte, das wusste er noch. Er drehte sich um. Machte einen Schritt in Richtung Flur. Und spuckte aus. Der Speichel landete auf Arianes T-Shirt, das hochgerutscht war.
Nachdem er die Schuhe angezogen hatte, ging er in die Küche. Er fand ein Paar rosafarbene Gummihandschuhe. Nahm den Plastikkübel, der unter der Spüle stand, füllte ihn mit Wasser und fing an, mit einem Schwamm das Blut vom Boden zu wischen.
Dann ließ er frisches Wasser in den Kübel laufen. Und beobachtete Ariane, die reglos dalag.
»Du bist tot«, sagte er. Stieg über sie, um wieder ins Schlafzimmer zu gehen, wo er das Bettgestell säuberte.
Nach einer halben Stunde hatte er alles gründlich abgewischt. Und die Scherben zusammengekehrt. Und das Papier.
Auf einem Regal entdeckte er eine Rolle grauer Müllsäcke. Er riss einen davon ab und verstaute den Kübel mit den Scherben und dem Papier, die Gummihandschuhe und das blutverschmierte Bettzeug darin. Im Flur lagen schwarze Lederhandschuhe, die ihm zu klein waren. Er zwängte seine Finger hinein.

»Du bist tot«, sagte er zum dritten Mal.
Ariane war aus der Bewusstlosigkeit erwacht und hatte die Augen geöffnet.
»Drei Monate«, sagte er. Im Schreibtisch fand er eine Rolle Paketschnur und das braune Klebeband, über das er sich besonders freute. Er fesselte Arianes Beine und Hände. Die Schnüre verknotete er so fest, dass sie sich nicht bewegen konnte. Anschließend schleifte er sie zum Fenster und befestigte das Ende der Schnur an der Heizung.
»Willst du noch was sagen?«
Langsam und zitternd bewegte sie die Lippen.
»Hab's mir überlegt«, sagte Schilff. Mit dem kleinen Messer, das er neben Arianes Bett gefunden hatte, schnitt er einen Streifen Klebeband ab. Und verschloss damit Arianes Mund.
Sie starrte ihn an. Blinzelnd. Er wischte den Griff des Messers an seinem Hemd ab. Grinste. Warf das Messer in eine halb herausgezogene Schublade. Und kniete sich neben Arianes Kopf.
»Ich hol ein Auto, dann gehen wir hier weg«, sagte er. Sie hörte ihn sprechen. Sie wollte ihm sagen, dass sie Angst habe zu ersticken. Dann hoffte sie, wieder ohnmächtig zu werden. Sie drückte die Augen fest zu, damit das Blinzeln aufhörte.
»Morgen mach ich einen Test. Der wird negativ sein. Und in drei Monaten mach ich noch einen Test. Und wenn du mich angesteckt hast, bring ich dich um. Und dann mich.«
Sie wollte sagen: Wieso denn?

Sie wollte sagen: Man muss nicht sterben, wenn man das Virus hat.
Sie wollte sagen: Sie sind selber schuld.
Sie wollte sagen: Auch ich bin selber schuld.
Sie wollte sagen: Was hab ich Ihnen angetan?
Er packte ihren Kopf. Derselbe Griff wie vorhin. Und zog ihn zu sich hoch. Und sie dachte, jetzt zerbricht mein Schädel. Und er ließ sie wieder los.
Sie war viel zu überrascht, um zu reagieren. Sie schlug mit dem Hinterkopf auf dem Steinboden auf. Der Aufprall entfachte einen Knochenbrand in ihr. Sie glaubte in jeder Nische ihres Körpers zu lodern. Tränen strömten unter ihren zuckenden Lidern hervor.
Leise schloss Niklas Schilff die Wohnungstür.
Im Dunkeln stieg er, den Müllsack über der Schulter, die Treppe hinunter, den Schlüssel in der Faust versteckt.
Die Welt und er, dachte er, waren nicht mehr dieselben. Womöglich gehörten sie nicht einmal mehr zusammen. Ich verkehrt und die Welt verkehrt. Erklärungen waren sinnlos. Jetzt klaue ich ein Auto. Vorhin habe ich eine Frau geschändet. Nachher werde ich sie entführen und vermutlich töten. So wie mich. Alles ist unwirklich. Alles ist unvermeidlich. Alles ist wahr.

16

In dieser Nacht, die fast ein Morgen war, kehrte Niklas Schilff als Kind in das Bett seiner Eltern zurück, wo er vor Glück kaum zu atmen wagte. Zuerst war er erschrocken gewesen. Weil er erwachsen war und das Ende kannte. Doch dann, während er nach einem Auto, das er knacken konnte, Ausschau hielt, passierte die Verwandlung wie von selbst. Du schon wieder!, sagte sein Vater, und Niklas wusste, dass er es nicht so meinte. Von seiner Mutter erwartete er kein Wort. Nur ihren Duft. Und er wurde nicht enttäuscht.

Den Müllsack hatte er ein paar Häuser weiter in einen Container geworfen. Dann sah er sich um. Als fühle er sich verfolgt. Was nicht stimmte. Er fühlte sich nicht verfolgt. Er wollte nur nicht gestört werden. Auf dieser Reise, die wie eine Explosion begonnen hatte.

Wie selbstverständlich blieb er vor einem schmutzigen blauen Passat stehen. Er zog das kleine Klappmesser, das er immer bei sich trug, aus der Tasche. Und brauchte keine Minute, um das Türschloss zu öffnen. Roddy, den sie den Click-Crack von Down Town L.A. nannten, hatte ihm einige Tricks gezeigt. Schilff hatte sie gelegentlich ausprobiert, ohne je ein Auto zu stehlen. Die Zündung kurzzuschließen hatte ihm Roddy ebenfalls beigebracht. Die Reportage, die in einem Schweizer Magazin erschienen war, schickte die eidgenössische Polizei an ihre amerikanischen Kollegen. Schilff wurde mehrere Stunden vernommen. Er blieb standhaft. Von mir erfahren die Cops nichts, aus mir kriegen sie Roddys richtigen Namen nicht raus. Informantenschutz!

Er parkte den Wagen vor dem Haus in der Rothmundstraße 6. Ließ den Motor laufen. Öffnete die Haustür mit dem Schlüssel, den er aus der Wohnung mitgenommen hatte, und rannte in den zweiten Stock hinauf.

Er hatte keinen Plan gehabt. Jetzt hatte er einen. Er hatte kein Ziel gehabt. Jetzt hatte er eins. Wie es dazu gekommen war, konnte er nicht erklären.

Er stürmte die Treppe hinauf. Und achtete darauf, so wenig Geräusche wie möglich zu machen. Bruchstückhaft dachte er an alles gleichzeitig. An das, was er gerade tat, was er getan hatte, was er noch tun würde.

Und in einem Anflug gewaltiger Euphorie sperrte er die Wohnungstür auf.

Ariane Jennerfurt kauerte auf dem Boden, an den Heizkörper gefesselt. Bei seinem Anblick war sie fast erleichtert.

Er band sie los und löste die Fesseln. Hob sie hoch. Schob sie in den Flur. Das Klebeband riss er nicht ab.

Sie hätte nicht geschrien.

Dann stand er plötzlich nicht mehr neben ihr. Überrascht drehte sie den Kopf. Ein fürchterlicher Pfeil raste durch ihren Rücken. Wieder stiegen ihr Tränen in die Augen. Das wollte sie nicht, sie wollte klarsehen. Sie wollte erkennen, was geschah. Ihre Arme wurden hochgerissen.

Er streifte ihr einen Pullover über. Der Pullover war weich. Jetzt umklammerte er ihre Schenkel. Zog das eine, dann das andere Bein nach oben. Und sie brauchte zehn Sekunden, bis sie begriff, dass er ihr eine Hose anzog.

Über die Leggings. Er zerrte am Bund. Und knöpfte die Hose zu. Sein Daumen bohrte sich in ihren Bauch. Auf diesen Schmerz kam es nicht mehr an.
Schuhe vor ihrem Gesicht. Durch den Tränenschleier sah sie ein verschwommenes Braun. Sie musste sich bücken. Unmöglich. Hatte er ihren Rücken angezündet?
Sie kippte. Er fing sie auf. Dann sagte er etwas. Sie verstand nicht. Er legte ihren Arm um seine Schulter und griff nach ihrem nackten Fuß. Seltsamerweise spürte sie nichts. Sie band sich den rechten Schuh zu. Dann sackte ihr Bein nach unten. Daraufhin streifte er ihr den anderen Schuh über den linken Fuß. Zubinden musste sie selber. Ohne zu sehen, was sie tat, schaffte sie es.
Wieder sagte er etwas. Wieder hörte sie zu spät hin. Sie waren schon an der Wohnungstür. Da wandte er sich noch einmal um. Blickte zur offenen Schlafzimmertür. Ariane glaubte, er sauge den Jasminduft ein. So wie sie. Dann riss er die Tür auf und schob Ariane hinaus. Sie wunderte sich, wie behutsam er die Tür schloss.
»Schsch«, zischte er, »schsch.«
Seine Arme umklammerten ihren Bauch. Unten drückte er sie gegen die Wand und öffnete die Haustür. Warf einen Blick auf die Straße. Packte Ariane im Nacken und dirigierte sie zum Auto. Sie ging gebückt, mit schlurfenden Schritten. Das schien ihn nicht zu stören.
Lächelte er? Du bist dumm, dachte sie. Für einen Moment vergaß sie, dass ihr Mund zugeklebt war. Sie wollte schon Luft holen, um zu fragen: Wo fahren wir hin? Da hörte sie das Schlagen der Beifahrertür. Und das Geräusch des

Motors. Und das verwirrte sie alles. Und sie fuhr sich mit der Hand über den Mund, der nicht mehr da war.
»Kannst das Ding abreißen«, sagte Niklas Schilff.
Das Auto war alt. Aber es machte ihm keine Mühe. Als hätte er diese Stadt nie verlassen, fand er die richtigen Straßen und gelangte zur Autobahn. Und gleichzeitig kroch er unters Federbett und stippte seine Nasenspitze gegen den Oberarm seiner Mutter und kostete von ihrem Geruch.
»Danke«, sagte Ariane.
Er fuhr geradeaus, vorbei an Wohnblocks und der langen Mauer eines Friedhofs. Er achtete nicht auf die Schilder. Er wusste, er würde den Weg finden. Er folgte einem leisen Schnarchen, von dem sein Vater sagte, es sei das Stöhnen eines schlafenden Engels. Und wenn Niklas fragte: Wieso stöhnen Engel im Schlaf?, antwortete sein Vater: Weil sie wie wir über Träume keine Macht haben und deshalb manchmal Teufeln begegnen, die sie quälen. So wollte Niklas seiner Mutter nah sein, wenn sie erwachte. Um sie sofort zu trösten.
»Wo fahren wir hin?«, fragte Ariane. Sie leckte sich die Lippen und hielt sich die Hand vor den Mund, als würde sie sich dessen schämen.
»Was?«
Schwarze Wälder, schwarze Wiesen säumten die Autobahn. In der Ferne, wusste er, waren die Berge. Und hinter den Bergen lag das Meer, das er ein einziges Mal gesehen hatte. Sachte, ganz sachte lugte er hinter dem Rücken seines Vaters hervor. Sein Vater trug einen langen Mantel. Und Niklas hatte die Augen zu. Um den Moment hinaus-

zuzögern. Das wünschte er sich. Auch wenn er bis dahin noch nie über das Vergehen der Zeit nachgedacht hatte. Doch nun wollte er warten. Und sein Vater sagte: Was siehst du?, und er: Nichts. Und sein Vater: Dann mach die Augen auf. Und er machte sie auf. Und sah seine Mutter, wie sie die Arme in den Himmel streckte. Und wie die Sonne ihr rotes Haar beschien. Und ihr Gesicht war hell wie der Tag. Und dann sah er das Blau hinter ihr. Das unglaublich glitzernde Blau. Il mare, sagte sein Vater. Und Niklas rannte los. An seinem Vater, an seiner Mutter vorbei. Da war ein neuer großer Geruch, den es da, wo er wohnte, nicht gab. Und er hörte die Wellen. Und die Möwen. Und das Hupen von Autos. Und Kindergeschrei. Und er rannte durch den Sand, in Sandalen und Socken. Und kurz bevor der Strand aufhörte, bremste er ab und keuchte mit offenem Mund gegen das Meer.

»Warum halten wir?«, fragte Ariane.

Er war auf einen Parkplatz abgebogen. Er hatte sogar geblinkt, fiel ihm ein. Bei laufendem Motor saßen sie im Wagen. Und sahen sich in die Augen.

»Ich werd dich umbringen«, sagte er.

»Nein«, sagte sie.

»Nicht jetzt, später.«

»Nein«, sagte sie. Dann umarmte sie ihn. Drückte ihn an sich. Ließ ihn nicht mehr los. Er konnte nicht anders, als ihre Haut zu riechen. Schweiß. Parfüm. Blut vielleicht.

Er stieß sie weg.

»Ich bring dich um und mich auch«, sagte er.

»Wo fahren wir hin?«, fragte sie wieder.

Er legte den Gang ein und fuhr los.
Bis sie ankamen, sprach er kein Wort mehr mit ihr. Seine Mutter wachte auf. Und er rückte drei Millimeter weg, damit sie ihn nicht gleich bemerkte.

Kurz vor der Ausfahrt erschrak er. Was, wenn die beiden nicht verreist waren? Wenn sie krank waren? Oder pleite? Und sich Gomera nicht mehr leisten konnten? Darüber hatte er nicht einen Moment lang nachgedacht. Schon zweimal hatte er im November vor dem Haus gestanden, und niemand war da gewesen. Das Ehepaar verschwand jedes Jahr für fünf oder sechs Monate. Regelmäßig. Ich fahr da hin. Und niemand hindert mich.
Ich will die Tür aufmachen. Und in diese Wohnung treten. Das will ich! Und das tu ich!
Auf einmal war Ariane eingeschlafen. Sie hatte sich in ihren Mantel gehüllt, den Kopf abgewandt. Das fand er mutig von ihr. Dann fand er es frech. Und er war kurz davor, sie aufzuwecken und ihr zu verbieten, die Augen zu schließen.
Im Licht der Scheinwerfer tauchte das blaue Schild neben der Autobahn auf. Unwillkürlich bremste er ab.
Sekundenlang war er irritiert.
Krampfhaft hielt er das Lenkrad fest. Schaltete in den dritten Gang. Er fuhr immer noch hundertzwanzig. Der Motor heulte auf. Er wollte zurückschalten. Kuppelte falsch. Das kreischende Geräusch des Getriebes machte ihn so wütend, dass er noch mehr Gas gab und im dritten Gang weiterraste. So lange, bis es nur noch hundert Meter bis zur Ausfahrt waren.

Er hatte keinen Schlüssel. Ich brauch keinen Schlüssel. Früher hatte er auch keinen gebraucht. Früher hatte er ein Fenster offen gelassen. Heute würde er ein Fenster einschlagen. Hört niemand dort am Waldrand. Weit weg vom Kurbetrieb. Scheißkleinstadt. Mama wär verratzt gewesen, wenn sie sich nicht ein Zimmer in der Stadt genommen hätte. Verratzt, verratzt. Verrecktverratzt.
Er riss das Lenkrad herum. Und bremste. Arianes Oberkörper kippte nach vorn. Sie schlug mit der Schulter gegen das Armaturenbrett. Und sackte zurück. Ihre Lider öffneten sich. Aber sie schlief weiter. Oder war sie bewusstlos?
Schilff patschte ihr auf den Hinterkopf.
»Hm?«, machte sie abwesend. Er ließ sie in Ruhe.
Auf der Landstraße bog er nach links ab. Intuitiv. Wie aus Gewohnheit. Grauschwarzes Wolkengetüm in der Ferne. Er war zufrieden.
Mit einer hastigen Bewegung schaltete er vor dem gelben Ortsschild wieder in den dritten Gang und stützte den Ellbogen am Seitenfenster ab. Keiner weiß, dass ich hier bin. Ich fahr zu dem Haus. Ich werd die Wohnung sehen. Dann sperr ich die Nutte ein. Und fahr in die Stadt zurück. Und geh zum Test.
An seinem Plan würde er nichts ändern. Drei Monate lang. Mich erwischen sie nicht. Mir können sie nichts beweisen. Ich bin nicht wichtig. Mich gibt's nicht mehr.
Am liebsten hätte er die zu engen schwarzen Lederhandschuhe ausgezogen. Hätte das Radio angestellt und mit den bloßen Händen aufs Lenkrad getrommelt. Vielleicht

gesummt. Oder gesungen. Schade, dass ich Jimmys Mundharmonika nicht hier hab. It's a holy instrument, sagte der Typ, von dem ich sie gekauft habe. Der brauchte Kohle für seinen Stoff. Irgendein Gitarrist aus San Francisco. Das war das Einzige in seinem Leben, was noch einen Wert hatte, die zerkratzte Mundharmonika.

»Er war happy über den Verkauf, jetzt konnte er sich endlich den goldenen Schuss setzen und Jimmy besuchen«, sagte Schilff.

Aus dem Mantel, den Ariane über den Kopf gezogen hatte, kam ein Brummen.

Für Schilff war alles Wirklichkeit. Keine Unterschiede mehr. Er fuhr ein Auto. Er kannte die Richtung. Er verpasste keine Abzweigung. Er fühlte das Haar seiner Mutter, die sich zu ihm umdrehte. Und er dachte: So also riecht Rot. Und er schnupperte. Und von irgendwoher zog Odelgeruch ins Innere des Wagens. Und seine Mutter sagte leise: Morgen, Süßer! Und sie streckte den Arm aus, um seinem Vater übers Gesicht zu streichen. Das konnte Niklas nicht sehen, weil er von ihm abgewandt auf der Seite lag. Doch er wusste es von anderen Malen, wenn er zur Decke hinaufblickte und die Hand an seinen Augen vorüberzog. Wie ein weißer Komet.

Als tauche er in ein neues, versöhnliches Universum, hatte er ein gieriges Verlangen nach totaler Anwesenheit.

So erreichte er die Kleinstadt, die er seit seinem dritten Lebensjahr kannte.

Die Mauern der ehemaligen Kaserne am Ortsanfang, heute ein Wohnblock für Postangestellte, hatten denselben gelblichen Anstrich wie immer. Dahinter das verfallene Bauernhaus mit dem schiefen Balkon. Gegenüber die Aral-Tankstelle mit den drei Zapfsäulen. Und wenige Meter entfernt das Bahnhofsgebäude aus unverputztem Stein mit dem angrenzenden Lagerhaus, auf dessen Rampe die Zeitungslieferanten jeden Morgen ihre Stapel für die örtlichen Austräger deponierten. Bestimmt taten sie das noch heute. Kurz nach seinem fünfzehnten Geburtstag hatte er im frühen Morgenlicht dort gehockt, nachdem er die ganze Nacht nicht geschlafen und seinem Vater beim Weinen zugesehen hatte. Schon wach?, sagt sein Vater. Und seine Mutter sagt: Und du? So reden sie fast immer. Und Niklas weiß, jetzt landen Mamas Lippen gleich auf meiner Stirn, und ich kann oben in ihr Nachthemd schauen.

Auf einer Grünfläche, an deren Rand zwei Bänke standen, ragte ein Maibaum in den Himmel. Zu dessen Aufstellung hatte ihn sein Vater nur mitgenommen, um sich über die Prozedur lustig zu machen. Mit Hilfe langer Stangen hievten die Männer den Stamm in die Höhe. Schrien und stöhnten. Angefeuert von ihren Frauen, Freundinnen und Verehrerinnen. Erigiertes Brauchtum, sagte sein Vater. Und Niklas fragte, was bedeutet erigiert? Und sein Vater sagte: Zeig ich dir später. Und was er versprach, das hielt er.

»Er hat mich nie angelogen«, sagte Schilff.

Ariane bewegte sich nicht. Auf der Hauptstraße fuhr er durch die Stadt. Bog am Kaufhaus ab. Sah die Bäckerei, in der er jeden Samstag Brezen und Laugensemmeln gekauft hatte. Und nebenan die Metzgerei, in der er als Kind ein Wiener Würstchen oder eine Scheibe Wurst geschenkt bekam.

»Ein Radl, Radl«, sagte er laut.

Im ehemaligen Feuerwehrhaus war jetzt die Polizei untergebracht. Er ließ das Eckhaus links liegen. Und nahm die schmale Straße, die direkt auf einen Wald zuführte.

Und am Rand des Waldes stand das Haus.

Er ließ den Motor laufen. Und stieg aus.

Dreihundert Meter entfernt verschloss sein Vater die Badezimmertür hinter sich und seinem neunjährigen Sohn. Und zeigte ihm eine Erektion. Niklas erschrak fürchterlich. Und traute sich nicht hinzusehen. Eine Sekunde genügt manchmal, um etwas zu erkennen, sagte sein Vater. Und dann erzählte er etwas über Männer und Frauen, wovon Schilff kein Wort behalten hatte. Dann sperrte sein Vater die Badezimmertür wieder auf, und sie gingen in den Garten, wo seine Mutter am Holztisch saß, bekleidet mit einem grüngelben Bikini. Sie las in einem Buch. Niklas hatte ein unbekanntes Gefühl. Und als sein Vater sie ins Haar küsste und ihre Schultern streichelte und ihn anlächelte, verzog er sich in sein Zimmer und dachte über die beiden Affen nach, die die Amerikaner in einem Raumschiff ins All geschossen hatten.

Jahre später, an jenem Morgen auf der Rampe des Lagerhauses, war er sich wie ein Affe im Weltall vorgekommen. Ein Niemand im Nichts.

Jetzt war er hier. Jetzt war er zurückgekehrt. Er war auf der Erde. Da ist das Haus. Siehst du es?

»Schau hin«, schrie er den Mantel an.
Ariane zuckte zusammen. Der Mantel glitt ihr von der Schulter. Sie riss die Augen auf. Und starrte in ein rissiges Gesicht.
»Was wollen Sie von mir?«, sagte sie stockend.
»Steig aus«, sagte er. Und zerrte sie aus dem Auto.
Sie wankte. Sie hatte geträumt. Jemand hatte nach ihr gerufen. Sie hatte Iris gesehen. Sie wollten zusammen etwas unternehmen. Sie hatte einen Hund gestreichelt und seine Zähne auf ihrer Hand gespürt.
»Wo haben Sie mich hingebracht?« Sie faltete die Hände und betrachtete sie. Sie fühlten sich pelzig an, jeder Finger taub und steif. Außerdem fror sie. Aber das war nicht schlimm.
Schlimm war, dass sie sich nicht von Iris verabschiedet hatte. Sie war weg und hatte ihre einzige Freundin nicht mehr umarmt.

Die Räume wirkten auf sie wie Orte in einem Traum.
Seidenvorhänge hingen an den Fenstern. Weiße Wände ohne Bilder. Mit weißen Laken bedeckte Möbel. Ein langer Tisch aus dunklem Holz, an dem mindestens fünfzehn Personen Platz hatten. Teppiche, auf denen man keinen Schritt hörte. Gedämpftes Licht aus Salzkristalllampen.
Sie bewegte sich von einem Zimmer in das andere, als würde sie durch die Wände hindurch die Räume wechseln und nicht durch die Tür.
Dann ging der Mann, dessen Name ihr nicht mehr einfiel, vor ihr eine Treppe hinauf. Ariane ließ ihre Hand über

das hölzerne Geländer gleiten. Und dachte vage an den Maler, der ein Versteck im eigenen Haus hatte.
»Hier bleibst du.«
Woher kam die Stimme? Sie hob den Kopf. Wo war sie? Der Mann stand nicht vor ihr. Sie drehte sich um. Hinter ihr war er auch nicht. Sie erschrak. Und stieß mit dem Kopf gegen die schräge Wand.
»Hier bist du sicher.«
Und wenn es tatsächlich ein Traum war?
Und sie stieß einen Schrei aus, der sie so erschreckte, dass sie augenblicklich wieder verstummte. Ihr Herz schlug schnell. Und sie fror. Fror.
Sie befand sich in einem weißen Badezimmer mit schrägen Wänden. Kein Fenster. Das Regal über dem Waschbecken war leer. Der Deckel der Toilette war heruntergeklappt.
»Ich muss dich knebeln.«
Endlich fiel ihr sein Name wieder ein.
»Bitte nicht, Herr Schilff«, sagte sie. Und hörte sich sprechen. Und wunderte sich über ihre Stimme.
»Aber du wirst hier rumschreien«, sagte er.
Er stand nicht vor ihr. Und nicht hinter und nicht neben ihr. Sie wollte noch mal seinen Namen sagen. Aus irgendeinem Grund traute sie sich nicht.
Da spürte sie etwas an der rechten Hand, mit der sie den Mantel zusammenhielt. Sie tastete mit den Fingern. Und wusste sofort, was es war. Das Büchlein mit den Tiergeschichten in der Innentasche. Also träumte sie nicht. Dies war etwas, das es nur in der Wirklichkeit gab. Erleichtert atmete sie auf. Und dann sah sie ihn.

Er kauerte in der Ecke unterhalb der schrägen Wand, mit gekrümmtem Oberkörper, die Beine angewinkelt, die Hände auf den Boden gestützt. Hinter der Badewanne. Ariane musste an einen Jungen denken, der sich versteckte. Oder der für etwas bestraft worden war und sich nicht rühren durfte. Den Kopf im Nacken blickte er starr zur Tür.

Je länger Ariane ihn anschaute, desto mehr empfand sie eine eigentümliche Sanftmut, die von ihm ausging. Als würde dieser Raum den ein Meter neunzig großen Mann nicht niederdrücken, sondern seine Gewalt zähmen.

Schilff sprang waagrecht auf Ariane zu. Packte sie wieder im Nacken. Drückte sie zu Boden. Und kniete sich neben sie.

»Hier sperr ich dich ein«, sagte er. Unter seiner Pranke war sie unfähig, den Kopf zu bewegen.

»Ich ...«

»Morgen Nacht bringe ich was zu essen und zu trinken mit. Ich muss vorsichtig sein.«

»Warum?«, flüsterte sie. Und die Schmerzen kehrten zurück. Überall. In den Beinen. Am Rücken. In den Gedärmen.

»Uns braucht niemand mehr«, sagte er. Und ließ sie los.

»Das stimmt nicht«, sagte sie heiser. Er lachte. Obwohl er seine Hand weggenommen hatte, spürte sie weiter den Druck seiner Umklammerung. Sie legte den Kopf schief.

Er war aufgestanden. Lachte mit geschlossenem Mund. Die Lippen aufeinandergepresst, gab er abgehackte Laute von sich. Sein Kopf zuckte. Die dünnen Haare hingen ihm über die Augen.

17

Ich bin sicher, hatte die Bedienung Susi mehrmals am Telefon gesagt. Und sie waren sofort aufgebrochen. Es war siebzehn Minuten nach zwanzig Uhr. Weder Tabor Süden noch Sonja Feyerabend waren in der Sitzung auf neue Ideen gekommen, wie sie eine Spur zu Ariane Jennerfurt finden könnten.

»Da ist er«, sagte Susi und deutete auf den Mann, der in der Mitte des Tresens saß und den Kopf in beide Hände stützte.

»Grüß Gott, Herr Schilff«, sagte Süden. Er setzte sich auf den Barhocker neben ihn. Sonja blieb stehen. Es wäre ihr lieber gewesen, woanders hinzugehen. In der schlechten Luft und dem Gestank wurde ihr übel. Außerdem hatte sie Hunger. Aber nicht auf chinesische Chemie.

»Wir haben Sie gesucht«, sagte Süden.

»Ich bin hier«, sagte Schilff. Er hatte wieder seine Jeansjacke mit dem Webpelzkragen an. Beim Trinken wippte er mit dem rechten Bein.

»Haben Sie Ariane Jennerfurt gesehen?« Süden gab dem asiatischen Koch ein Zeichen.

»Kommissar! Bier? Und Frau Kommissar tolle Suppe?« Der Koch lächelte. Sonja lächelte. Süden nickte.

»Ein großes Wasser«, sagte sie.

»Sehr gesund«, sagte der Koch.

»Wir waren in Ihrer Pension«, sagte Süden. »Niemand wusste, wo Sie sind. Wo waren Sie?«

»Unterwegs.« Schilff machte nicht nur den Eindruck eines

Mannes, der zu viel getrunken hatte. Er wirkte, als habe er in den vergangenen Tagen nichts anderes getan als getrunken. Und darüber vergessen zu schlafen.
Süden schwieg. Der Koch stellte ihm das Bier hin und gab Sonja das Wasser. Dann wartete er einen Moment, ob Schilff noch etwas bestellen wollte, und widmete sich, nachdem dieser ihn nicht einmal zu bemerken schien, wieder seinen Pfannen.
»Wann waren Sie zuletzt in der Wohnung von Frau Jennerfurt?«, fragte Sonja. Sie holte ein Päckchen Papiertaschentücher aus ihrem Mantel. Zog ein Tuch heraus und ließ die Packung so fallen, dass sie in Schilffs Schoß landete.
»Entschuldigung.«
Wortlos hielt er ihr die Packung hin. Sie schneuzte sich zuerst, worüber sich Süden vier Sekunden lang wunderte. Dann nahm sie das Päckchen und steckte es zurück in die Manteltasche.
»Wann waren Sie zuletzt in der Wohnung?«, wiederholte Süden die Frage seiner Kollegin.
»Lang her«, sagte Schilff.
»Sie haben sie im Taxi nach Hause gebracht.«
»Exactly.« Er trank sein Bier aus und stellte das Glas an den Rand des Tresens.
»Ich hab was vergessen«, sagte Sonja. Warf den beiden Männern einen flüchtigen Blick zu und verließ das Bistro.
»Bleiben Sie in der Stadt?«, fragte Süden.
Bis Sonja aus dem Labor zurückkam, würde es mindes-

tens eine Stunde dauern. Um diese Zeit arbeitete niemand mehr, und Sonja musste einen Kollegen extra hinbestellen.

»Ich hab nichts vor, ich steh vor der Wand, und ich hab beschlossen, mich anzulehnen, ist das okay? Ich lehn mich an und schau mir die Gegend an, die anderen drei Wände.«

»Zwei«, sagte Süden.

»Was?«

»Zwei Wände. Auf der anderen Seite ist die Tür.«

»Die Tür ist zu, da ist auch eine Wand.«

»Es ist immer eine Tür da«, sagte Süden.

»Ist das so in Ihrem Leben?«

»Das ist in jedem Leben so.«

Süden zog den Reißverschluss seiner Lederjacke hoch und trank.

»Ist Ihnen kalt?«, fragte Schilff.

»Nein.«

Der Reporter wippte mit dem rechten Bein. Er klopfte mit dem leeren Glas auf den Tresen, und Susi nahm es ihm aus der Hand.

»Noch eins?«

»Was denn sonst?«, sagte er laut.

»Sie kriegen keins mehr, Sie zahlen jetzt.«

»Er kriegt noch eins«, sagte Süden.

»Von Ihnen lass ich mich nicht einladen, Sie Moralapostel«, sagte Schilff und drehte sich auf dem Hocker um. Einige Gäste sahen zu ihm her.

Ohne eine Miene zu verziehen, blickte er in die Runde.

Alle Tische waren besetzt. Einige Gäste hatten Reisetaschen und Koffer neben sich stehen.
Mit der flachen Hand wischte sich Schilff übers rechte Ohr und zeigte mit dem Finger auf einen Mann, der direkt vor ihm allein an einem Tisch saß und Zeitung las. Im Gegensatz zu den meisten anderen Gästen war der Mann nicht auf Schilff aufmerksam geworden.
»Das ist das Letzte, mehr kriegt er nicht«, sagte Susi und machte den vierten Strich auf dem Bierdeckel. »Entweder die Leute besaufen sich bei mir oder ... Ich kann das nicht leiden, Fremdbesoffene zu bedienen.«
»Na und?«, sagte Süden.
»Das verstehst du nicht«, sagte Susi.
Süden wartete darauf, dass Schilff sein Spiel beendete. Inzwischen deutete der Reporter mit zwei Fingern auf den Zeitungsleser. Der blätterte jetzt um und schien von den Berichten völlig gefesselt zu sein. Er war Ende zwanzig und hatte halblanges dünnes Haar. Auf seinem entblößten linken Unterarm war eine Tätowierung zu sehen. Warum Schilff auf ihn zeigte, wusste nicht einmal er selbst.
»Ihr Getränk ist da«, sagte Süden. Er hörte ein verdrucks-tes Lachen und wollte sich gerade versichern, ob Schilff dieses Geräusch machte, da sprang der Tätowierte von seinem Stuhl auf, war mit einem Satz bei Schilff und schleuderte ihn zu Boden. Bevor der Tätowierte zutreten konnte, glitt Süden vom Barhocker und verpasste dem jungen Mann zwei Ohrfeigen. Als dieser ausholte und zurückschlagen wollte, hob Süden einfach die Hand. »Ich bin Polizist.«

Der junge Mann erstarrte.
»Hilf ihm aufstehen und hau ab.«
»Scheiß auf den«, sagte der junge Mann.
»Bitte?«, sagte Süden.
Schilff hatte Schürfwunden im Gesicht und an den Händen und hielt sich den Bauch. Die Pflaster waren aufgerissen. Und er fürchtete, wenn er sich erhob, würde seine Hose blutgetränkt sein. In seiner Trunkenheit hatte er sich instinktiv abgerollt und es sogar geschafft, nicht gegen die Wand zu knallen, sondern sich mit den Füßen rechtzeitig abzustützen.
Dem jungen Mann nützte Südens Angebot nichts mehr. Aus der Inspektion der Bahnpolizei, deren Räume an das Lokal grenzten, kamen zwei uniformierte Polizisten und nahmen ihn mit. Er wehrte sich nicht. Bestimmt rechnete er damit, dass der Kerl keine Anzeige erstatten würde. Die Bullen würden ihn volllabern von wegen Knast und Bewährung und den ganzen Quark und ihn dann laufen lassen.
»Was wollten Sie von dem?«, fragte Süden nach einer Weile. Er stand am Tresen, als wäre nichts geschehen. Die Gäste redeten über ihn. Susi ließ sich auf den Schrecken erst einmal eine Zigarette von ihrem Kollegen geben.
»Ich kenn den nicht«, sagte Schilff. Auf Susis Frage, ob er sich das Gesicht waschen wolle, hatte er nein gesagt. Aber sie stellte ein frisches Bier vor ihn hin, auf Kosten des Hauses. Auch wenn sie ahnte, dass sie es später aus eigener Tasche würde bezahlen müssen.
»Beim nächsten Mal bring ich ihn um«, sagte Schilff.

Süden strich sich die Haare aus dem Gesicht. Auf den Innenflächen seiner Hände verspürte er ein leichtes Brennen. Es war lange her, dass er jemand geschlagen hatte. Beruflich musste er das nie tun, und privat? Manchmal, im Winter, wenn es ausnahmsweise schneite und zufällig eine Wiese in der Nähe war, wälzte er sich mit seinem Freund Martin Heuer auf dem Boden. Und sie kämpften miteinander. Wie Kinder. Bis einer aufgab. Meistens Martin. Verglichen mit Süden war er ein leeres Hemd, ganz gleich, wie dick seine Daunenjacke sein mochte. Süden konnte ihn umherschleudern wie eine Puppe.

Wo war Martin überhaupt? Gegen halb vier hatte er das Dezernat verlassen. Seitdem hatte er sich nicht mehr gemeldet. Heute war Freitag. Und freitags trafen sie sich regelmäßig auf ein Bier, und wenn sie nichts anderes verabredeten, dann hier in diesem Bistro.

Doch Süden kam nicht dazu, sich Sorgen zu machen.

»Haben Sie schon mal jemand umgebracht?«, fragte Schilff. Er hatte sich wieder hingesetzt und hielt das Bierglas mit beiden Händen fest. Langsam kehrte seine Wut zurück. Diese Wut, die ihn Dinge tun ließ, die er nie für möglich gehalten hätte, die ihn in einen Mann verwandelte, der nicht nur auf das reagierte, was andere vormachten. Sondern der selbst die Handlung bestimmte. Jetzt wäre *er* ein Objekt für Beobachter. Für Reporter. Für Leser und Zuschauer. Für die Öffentlichkeit. Jetzt wären die Augen auf *ihn* gerichtet. Er wäre der Angeschaute. Und nicht länger der Schauende. Der Glotzende. Der Hinterhergierende. Wenn er es zuließe. Was ich nicht tu. Was ich nicht vorhab. Nach meinem Tod bin ich bereit für die Öffentlichkeit. Jetzt noch nicht. Für niemand. Fast niemand.

»Nein«, sagte Tabor Süden.

»Was?« Dann fiel Schilff die Frage wieder ein. »In Amerika erschießen die Polizisten dauernd Leute, natürlich in Notwehr.«

»So wie hier.«

»Ja«, sagte Schilff. Jetzt hatte er zwei leere Biergläser vor sich stehen.

Sie schwiegen lange.

»Aber Sie haben die Macht. Sie können jederzeit schießen, Sie brauchen auf keine Not zu warten. Sie drücken ab, und das Gesetz gibt Ihnen hinterher recht.«

»Auch das ist möglich.«

Diese Bemerkung erfreute Schilff. Er klopfte die Fäuste aneinander.

»Warum, glauben Sie, erschießt ein Polizist einen Menschen? Weil er weiß, er wird nicht erwischt? Weil er es geübt hat? Weil er mit einer Waffe umgehen kann? Weil er mal ausprobieren will, wie das so ist? Hm?«

»Vielleicht hat er Angst um sein Leben«, sagte Süden.

»Dann wäre es ja Notwehr. Das schließen wir aus.«

»Notwehr ist ein juristischer Begriff. Angst nicht.«

Klirrend schlug Schilff das eine Glas gegen das andere.

Wieder vergingen Minuten in Schweigen.

»Waren Sie noch einmal in der Wohnung von Ariane Jennerfurt?«, fragte Süden.

»Nein.«

»Sie lügen.«
Von ihm unbemerkt, war Sonja Feyerabend hinter Schilff aufgetaucht. Sie trug ihre Ledermütze und ihren Wollmantel. Und sie war außer Atem.
»Wenn Sie bitte mit uns ins Dezernat kommen«, sagte sie.
»Will ich nicht.«
»Wir haben Spuren von Ihnen in Arianes Wohnung entdeckt.«
»Ich war dort, Frau Polizistin.« Ihre Hektik nervte ihn. Und ihre Ledermütze. Und ihre Nase.
»Ja«, sagte Sonja, »Sie waren im Flur, da haben Sie sich von Frau Jennerfurt verabschiedet.«
»Exactly.«
»Wo waren Sie nicht in der Wohnung? Waren Sie auf der Toilette?«
»Was hätt ich dort sollen?«
»Kommen Sie«, sagte Süden und legte das Geld für sein Bier auf den Tresen.
»Nein«, sagte Schilff.
»Wir haben die Fingerspuren, die von Ihnen hier drauf sind ...«, Sonja Feyerabend zog das Päckchen mit den Papiertaschentüchern aus der Tasche, »... mit Spuren aus der Wohnung verglichen. Es sind dieselben.«
»Ich hab eben was berührt«, sagte Schilff.
»Wir haben Abdrücke von Ihnen in der Küche und im Schlafzimmer gefunden«, sagte Sonja.
»Sie waren betrunken«, sagte Süden. »Wer weiß, in welchem Zimmer Sie aus Versehen gewesen sind.«
Schilff überlegte. Dann presste er die Hand auf den Bauch.

Niemand durfte merken, dass er blutete. Er musste ruhig sitzen. Ich darf nicht zappeln, ich darf nicht auffallen.
»Okay«, sagte er.

Vom Labor der Kriminaltechnik aus hatte Sonja Feyerabend ihre Kollegen Weber und Epp angerufen und sie beauftragt, in die Rothmundstraße zu fahren und Nachbarn zu befragen. Danach hatte sie auf dem Weg zum Bahnhof überlegt, was sie unternehmen sollten, falls Niklas Schilff sich weigerte, sie zu begleiten. Gegen ihn lag nicht der geringste Beweis vor.
Sie hatten beide, Süden und sie, einen Verdacht. Mehr eine Vermutung, von der sie auch ihrem Vorgesetzten Volker Thon berichtet hatten. Doch wie er waren sie der Meinung, dass sie ohne konkrete Zeugenaussagen ins Leere argumentierten.
Und die Nachbarn hatten nichts gesehen.
»Ich hab mit der Frau oben, also der aus dem gleichen Stock, die ... du weißt schon ...«, sagte Freya Epp und blätterte in ihrem Zettelchaos. »Die Frau Moll, genau, so heißt die, glaub ich, ja ... die sagt, sie hat den Mann nicht gesehen ...«
»Die Frau Glasner im vierten Stock auch nicht«, sagte Paul Weber. »Sie hat eine Männerstimme gehört, irgendwann, anscheinend hört die öfter Männerstimmen ...«
»Und die übrigen Hausbewohner?«, fragte Sonja.
Sie befanden sich in ihrem Büro.
Zwei Zimmer weiter wartete Schilff auf seine Vernehmung, Tabor Süden saß bei ihm.

»Nichts«, sagte Weber. »Sie waren alle zu Hause, niemand hat Niklas Schilff gesehen.«
»Und in dem Haus gegenüber?«
»Wir haben mehrere Leute befragt«, sagte Freya, »im ersten Stock ... also in dem Haus drüben, im ersten Stock: keine Beobachtung, im zweiten: keine Beobachtung. Der war nicht da ...«
»Aber es gibt Spuren von ihm.«
Zunächst befragten sie Schilff nur zu zweit. Nach einer Stunde kamen Weber und Freya Epp hinzu und wechselten sich mit Süden und Sonja ab. Die riefen währenddessen in den Bars an, in denen Schilff nach eigener Aussage in der Nacht zum Mittwoch gewesen war. Offensichtlich hatte er nicht gelogen. Für die Zeit zwischen etwa ein Uhr nachts und elf Uhr vormittags am Donnerstag hatte er allerdings keine Zeugen. Er sagte, er sei gegen drei Uhr nachts in die »Pension Odetta« zurückgekommen und habe seinen Rausch ausgeschlafen. Einen Nachtportier gab es nicht. Der Wirt oder dessen Bruder kamen immer erst gegen sechs Uhr morgens, um das Frühstück vorzubereiten. Wo er sich bis drei Uhr herumgetrieben hatte, konnte Schilff nicht sagen. Er sei durch die Nacht gelaufen, irgendwo. Er kenne sich, sagte er, in dieser Stadt nicht mehr aus.
»Er war in der Küche und im Schlafzimmer«, sagte Sonja zu Süden. Sie hatten Pause und tranken Kaffee.
»Wir müssen das verschwundene Bettzeug finden«, sagte Süden. Vergeblich hatten seine Kollegen die Wohnung und den Wäscheraum im Keller abgesucht und die Mülleimer im Hinterhof kontrolliert.

»Ein Zeuge wär besser«, sagte Sonja.
»Wir werden ihn beschatten.«
»Mit welchem Recht?«
»Mit keinem«, sagte Süden.
Eineinhalb Stunden später entließen sie Schilff.

Er ging in Richtung Schillerstraße, von wo aus er fünf Minuten bis zur »Pension Odetta« brauchte.
In seinem Zimmer war es eiskalt. Er hatte vergessen, das Fenster zu schließen. Wie spät war es? Die verdammte Uhr war weg. Die hab ich verloren, ich hab die verloren, ich hab die Uhr verloren, die ich für ein Scheißgeld in L.A. gekauft hab.
Vorhin an der frischen Luft war ihm schwindlig geworden. Er war nah an der Hauswand geblieben, damit er bloß die Hand auszustrecken brauchte und ...
Bevor er irgendwo hinfassen konnte, lag er schon auf dem Bett. Er hatte die Balance verloren. Und nicht einmal gemerkt, dass sich das Zimmer um ihn drehte. Er musste würgen. Nur mit Mühe gelang es ihm, sich aufzurichten. Er hatte das Gefühl, immer tiefer in das weiche Bett zu sinken. Er wollte da raus. Seine Hände krallten sich in das Laken. Auf dem Flur waren Schritte zu hören. Nebenan wohnte doch niemand. Oder war jemand eingezogen in seiner Abwesenheit?
Endlich gelang es ihm, den Mantel abzustreifen. Der rutschte auf den Boden. Schilff lauschte dem Geräusch, als würde es ihn an etwas erinnern.
Die Erinnerungen mussten vernichtet werden. Und das

lag alles an ihm. An mir. Ich bin der Handelnde. Was ich will, das geschieht. Geschieht! Geschieht jetzt!
Mit einem Ruck schwang er die Beine aus dem Bett. Er wartete. Dann stellte er sich aufrecht hin. Blutete sein Bauch noch? Vorsichtig zog er den Pullover und das Unterhemd hoch. Er konnte nichts sehen. Es war zu dunkel. Er hatte kein Licht gemacht. Und er brauchte keins.
Er zog die Gardine beiseite. Und öffnete das Fenster. Musste grinsen. Kommt durch das offene Fenster mehr Licht rein als durch das geschlossene? An der Durchfahrt zum Hinterhof brannte eine Lampe, deren Licht keinen Meter weit fiel. Trotzdem betrachtete Schilff intensiv seinen Bauch. Zwei Pflaster hingen herunter. Er drückte sie wieder fest. Spuren getrockneten Blutes konnte er mit dem Finger fühlen.
Er hob den Kopf. War da jemand in der Einfahrt? Er horchte. Vorne auf der Straße fuhren Autos vorüber. Aus einer Kneipe klang Musik. Er kniff die Augen zusammen. An der Mauer gegenüber seinem Zimmer, das im Erdgeschoss lag, standen Mülltonnen. Da steht doch jemand! Hey! Hey!
Noch einmal blickte er angestrengt ins fahle Licht. Dann schloss er das Fenster. Sie hatten keine Ahnung. Er hatte sie ausgetrickst. Er war hier. Und sie waren draußen. Und am Montag früh um acht würde er von dem Arzt, bei dem er gestern den Test gemacht hatte, das negative Ergebnis erfahren. Und dann begann der Countdown.
»Warum wollen Sie sich testen lassen?«, hatte der Arzt gefragt.

»Ich hab eine neue Freundin.«

»Haben Sie in letzter Zeit weite Reisen unternommen? Nach Afrika? Nach Asien?«

»Nein.«

»Haben Sie schon einmal einen Test gemacht?«

»Ja.«

Er hatte alle Fragen beantwortet. Die Prozedur dauerte keine zehn Minuten. Natürlich war der Test überflüssig. Er hatte nichts zu befürchten. Wo sollte er sich infiziert haben?

Ich bin sauber.

Warum hatte er den Test dann gemacht?

Wegen ihr.

So schnell bilden sich keine Antikörper. Das weiß jeder Arsch, du Arsch.

In drei Monaten war der entscheidende Termin. Jetzt ging es nur um ein Spiel. Einen Probelauf. Eine Trockenübung.

Er hatte unbändigen Durst. Im Bad drehte er den Wasserhahn auf und sah ein Gesicht über den Spiegel huschen. Er drehte sich um und spuckte in die Dunkelheit.

18

Jemand zu observieren verunsicherte ihn. Er hatte immer das Gefühl, selbst beobachtet zu werden. Und im Auto zu sitzen beengte ihn. Er würde es vorziehen, die ganze Zeit die Straße auf und ab zu laufen, vielleicht sogar mit falschem Bart und Brille.

Anders als vom Auto aus, dem anthrazitfarbenen Dienstwagen, konnte er die Pension nicht im Auge behalten. Dennoch sah er alle paar Minuten in den Rückspiegel, um sich zu vergewissern, dass niemand auf ihn aufmerksam geworden war.

Früher hatte Tabor Süden gelegentlich an Observationen teilgenommen. Doch die Technik des Schüttelns, wenn sich die Kollegen bei der Verfolgung ständig abwechselten, hatte er nie richtig beherrscht. Manche nahmen besonders engen Kontakt zum Objekt auf, andere hielten größeren Abstand. Und er konnte sich nie entscheiden. Im Gegensatz zu seinem Freund Martin Heuer. Dessen Strategie war es, so nah wie möglich aufzufahren. Und für den Vordermann unsichtbar zu bleiben. Meist war es Süden gewesen, der zuerst ausgewechselt wurde, weil die Gefahr bestand, dass das Objekt ihn bemerkte.

In einem parkenden Auto hatte er erst ein einziges Mal eine Observation durchgeführt. Das war bei der Jagd auf einen Dealer gewesen, der unter Mordverdacht stand. Allerdings saß der Kerl im Rollstuhl, und es war keine große Kunst, ihm auf den Fersen zu bleiben. Süden hätte ihn trotzdem beinah verloren. Er war eingeschlafen und erst im letzten Moment durch ein zufälliges Autohupen aufgewacht.

Das würde ihm nicht mehr passieren. Er hatte die Absicht, die kommenden Nächte in diesem Auto zu verbringen, egal, ob Thon dies guthieß oder nicht.

Natürlich hieß er es nicht gut. Und das war logisch. Welchen Grund hätte sein Vorgesetzter, die Beschattung eines Mannes anzuordnen, der nicht unter Verdacht stand? Noch wusste Thon nichts davon. Zudem hatte ihm Süden kein Wort von Schilffs nächtlicher Vernehmung erzählt. Was am Montag einen jener dezernatsbekannten Belehrungsmonologe zur Folge haben würde, die der Leiter der Vermisstenstelle besonders gern an Süden richtete. Alleingänge verurteilte Thon. Und Süden konnte sich seine Arbeit ohne Alleingänge nicht vorstellen.

Er sah hinüber zu dem fünfstöckigen Betonkasten mit den gelben Balkonverschalungen. In keinem Fenster brannte Licht. Sämtliche Zimmer der »Pension Odetta« gingen auf den Hinterhof hinaus, der an zwei Seiten von einer Mauer umschlossen wurde. Wie Süden sich überzeugt hatte, gab es keine anderen Möglichkeiten, als durch den Hinterausgang und die Toreinfahrt oder durch die Haustür an der Vorderseite das Gebäude zu verlassen.

Falls Schilff etwas mit dem Verschwinden Ariane Jennerfurts zu tun, falls er sie eigenhändig aus ihrer Wohnung verschleppt hatte, musste es einen Grund geben, den niemand außer den beiden kannte. Und das bedeutete, er würde die Frau nicht irgendwo zurücklassen. Er brauchte

sie für etwas. Er war abhängig von ihr. Er konnte unmöglich allein untertauchen.
Vielleicht waren das Hirngespinste. Aber Süden hatte Schilffs Verhalten beobachtet. Seine Hände. Seine Art aufzutreten. Zu sprechen. Und er hatte ihm in die Augen gesehen. In diesen umschatteten, von dichten Brauen überwölbten Augen war ein unruhiges Funkeln, das Schilff nicht unter Kontrolle brachte. Es verriet seine Unsicherheit. Sein Taktieren. Genauso wie das Spiel seiner Finger. Er wollte den Anschein erwecken, seine Gesten seien bloß lässiges Gefuchtel. Und er protzte mit seinem Scheitern. Darin war er eindrucksvoll. Aber er würde es nicht schaffen, Südens Blick zu täuschen.
Wen der Kommissar ansah, den nahm er nicht nur als Person aus Fleisch und Blut wahr, als ein Gegenüber mit mehr oder weniger gewöhnlichen oder skurrilen Angewohnheiten. Süden hatte die Fähigkeit, einen Menschen wie eine Landschaft zu sehen, die sich ständig veränderte und deren Geheimnis unergründlich blieb.
Von seinem Vater hatte er gelernt zu schauen und zu schweigen. Alles andere sei Theorie. Branko Süden war der Auffassung gewesen, dass sich jeder Mensch früher oder später von selbst offenbart, wenn man nur geduldig genug ist und dem Licht vertraut, das er ausstrahlt oder verdunkeln möchte.
Am Anfang seiner Laufbahn hatte Süden versucht, mit Kollegen darüber zu sprechen. Sie hielten ihn für einen romantischen oder schlimmstenfalls esoterischen Spinner angesichts der technischen Möglichkeiten, mit denen

Täter heutzutage überführt werden konnten. Jahre später, als er als Fahnder in der Vermisstenstelle beachtliche Erfolge vorzuweisen hatte, nannten ihn einige Journalisten den Seher. Kollegen hatten sich an die alten Gespräche erinnert und sie kolportiert. Das ärgerte ihn nicht. Er blieb bei seinem Programm, auch wenn er es um einen Punkt erweitert hatte: In manchen Situationen fing er an, von sich zu erzählen, Dinge, die scheinbar nichts mit der aktuellen Vernehmung zu tun hatten. Um sein Gegenüber zu verwirren und zu ungewollten Aussagen zu verleiten. Und um sich selbst zu entspannen.

Dabei langweilte Tabor Süden nichts mehr als seine eigene Biographie. Es war schon vorgekommen, dass er seinen Geburtstag vergessen hatte und erstaunt darüber war, morgens auf seinem Schreibtisch eine Torte vorzufinden.

Manchmal wunderte er sich, geboren zu sein. Dann fielen ihm die Worte seines Vaters wieder ein. Und er dachte, vielleicht sollte ich nur schauen und schweigen, um auf diese Weise etwas über mich und den Grund meines Seins in der Welt herauszufinden. Und für die Stunde seines Todes hoffte er auf eine funktionierende Stimme. Er wollte dann singen wie die Kasachen, die sich von den Menschen wegdrehen, wenn sie sterben.

Vielleicht war es das, weshalb er hier war: seine Melodie zu finden.

Nein. Er war hier, um Niklas Schilff zu beschatten. Falsch. Er war hier, weil er seiner Intuition folgte. Und weil er sich etwas darauf einbildete. Und weil er nicht schlafen konnte.

Er ließ das Fenster heruntergleiten und atmete die kalte Luft ein. Dann griff er nach hinten und nahm eine grüne Kladde vom Rücksitz.
In einer Schublade im Schlafzimmerschrank hatte er Arianes Tagebücher entdeckt.

»Jetzt lebe ich wie in einer anderen Welt, als habe jemand beschlossen, dass es einen Ausweg für mich geben soll. Für Iris ist alles nur konsequent und eine Sache der Arbeit und des Geldes natürlich, für mich ist es zudem ein Wunder. Ich bin glücklich, deshalb schreibe ich solche Sachen, das ist lange her, seit ich zum letzten Mal glücklich war, und wenn ich genau nachdenke, weiß ich nicht, ob ich jemals vorher glücklich war.
Manchmal hat ein Kunde zu mir gesagt, er sei jetzt glücklich, dann habe ich gelächelt, das war im Preis mit drin. Enzo hatte uns verboten zu lächeln, er sagte, wir sollen freundlich sein, das reicht. Und er hatte recht. Man darf sein Lächeln nicht verkaufen. Habe ich nicht getan, ich habe es verschenkt, und auch nur kurz. Diese Männer kommen zu uns, sie trösten sich bei uns, sie kriegen eine andere Welt von uns.
Von mir nicht mehr. Ich bin jetzt Wirtin von Beruf, wir haben eine Zulassung, Iris und ich, ich betreibe ein ordentliches Gewerbe. Das war großzügig von Paulus, dass er sich bei der Brauerei für Iris eingesetzt und gute Konditionen ausgehandelt hat. Ohne ihn hätten wir das ›Glücksstüberl‹ nicht bekommen, zwei Ex-Huren sind keine Geschäftspartner in der wirklichen Welt, daran än-

dert sich auch im einundzwanzigsten Jahrhundert nichts. Und Paulus wusste, was wir vorher gemacht haben, er war einer von Iris' besten Kunden, sie mag ihn, er gehört zu den Anträgeverteilern. Mindestens fünfmal hat er Iris gefragt, ob sie ihn nicht heiraten und aussteigen und ein neues Leben mit ihm anfangen will. Sie hat immer abgelehnt, weil sie mit ihrem Leben gut zurechtkam. Und dann bot er ihr plötzlich das Lokal an, und er sagte, er wolle keine Gegenleistungen dafür. Iris fragte mich, was ich dazu sage, und ich habe sie zuerst nicht verstanden. Ich weiß nicht, ob ich mir in den vergangenen Jahren ernsthaft Gedanken darüber gemacht hatte aufzuhören und auszusteigen. Wohin steigen? Man kann nicht einfach aus seinem Leben aussteigen wie durch ein Fenster, und dann liegt da eine neue Straße, und man braucht bloß loszugehen. Wohin denn?

Enzo hat gleich was gemerkt und er fand unsere Überlegungen komisch. Er hat uns nie ausgenutzt oder dumme Sachen von uns verlangt, er war fast so etwas wie ein Freund. Aber ernst genommen hat er uns nicht. Nur unsere Arbeit. Er hat geahnt, dass wir manchmal miteinander über Dinge sprechen, von denen er nichts versteht, zum Beispiel über die Sehnsucht oder über unsere Väter, er dachte dann, wir wollten die alte Zeit zurückhaben. Das wollten wir nicht. Wenn wir von früher gesprochen haben, dann um die Zeit totzuschlagen und nicht, weil wir uns was wünschten.

Und jetzt bin ich Wirtin und muss mich um Vorräte kümmern, um den Druck in den Kohlensäureflaschen, um die

Bestimmungen des Gesundheitsamtes, jedenfalls um andere als früher, um die täglichen Einkäufe, um die Sperrstunde.
Seit einem Monat haben wir geöffnet, und ich kann sagen, ich bin ein zufriedener Mensch. Davor war ich nicht unzufrieden, ich habe mir nur keine Gedanken gemacht, ich habe funktioniert, jetzt lebe ich. Ich arbeite achtzehn Stunden am Tag, rumsitzen gibt's nicht mehr. Doch als wir heute Nacht das Lokal verlassen haben und Iris absperrte und ich Luis zuwinkte, der in seinem Taxi schon auf uns wartete, bin ich getaumelt aus lauter Übermut. Iris dachte schon, ich hätte heimlich getrunken. Seit dem Tag unserer Eröffnung am ersten Februar habe ich keinen Tropfen getrunken. Heute Morgen fing es auf einmal an zu schneien, und am Nachmittag schneite es immer noch ohne Unterlass. Und da kam Iris auf die Idee, dass wir dringend eine Schneeschaufel brauchen. Daran hatten wir nicht gedacht. Also fuhr ich zu einem Geschäft und kaufte eine Schaufel. Und dann habe ich den ganzen Schnee vor unserer Tür weggeschippt, und es schneite immer weiter, und ich hatte so ein Vergnügen.
Das war dann auch das erste Mal seit langer Zeit, dass ich wieder an meinen Vater denken musste, und diese Erinnerung war leicht, und ich hatte keine Angst, in ihr zu ertrinken.
Vom Umsatz her war der Tag eine Zwei: vierzehn Gäste über den Tag verteilt, auch wenn einige ganz ordentlich tranken, Iris hat nur einen einzigen Teller ihrer selbst gemachten Gulaschsuppe verkauft, und die Würste, die wir

eingekauft haben, gingen auch nicht weg. Iris sagt, irgendwann brauchen wir eine Zehn, sonst kriegen wir Ärger mit der Brauerei. Notfalls muss Paulus für uns in die Bresche springen.
Ich bin mir sicher, er will Iris immer noch heiraten, hoffentlich bleibt sie standhaft. Garantiert würde er sie dann bitten, den Kneipenjob hinzuschmeißen, und ich würde allein dastehen.
Ich will nicht allein dastehen. Es gefällt mir, mit jemand zusammen eine Verantwortung zu haben, am Morgen zu wissen, man hat mit dem anderen was Wichtiges zu tun und ohne den klappt nichts.
Heiraten möchte ich trotzdem nicht.«

Wenn ich einen Mann hätte, wäre ich jetzt nicht hier, sagte sie im Stillen zu sich, als würde sie schreiben. An Händen und Füßen war sie gefesselt.
Sie lag in der Badewanne, auf Decken gebettet, zugedeckt mit ihrem Mantel. Schilff hatte Ariane mit Paketschnur gefesselt. Das Seil an ihren Beinen war gerade so lang, dass sie mühsam aufstehen, aufs Klo gehen und sich trotz der Fesseln notdürftig waschen konnte. Aus dem Schlafzimmer nebenan hatte er Handtücher geholt. Die Tür, die keinen Riegel, sondern einen Schlüssel hatte, war von außen abgesperrt. Außerdem hatte er einen Sessel davorgestellt.
Sie hatte es beinah bequem. Aber sie fror. Fror.
Und sie hatte fast keine Angst. Sie lag da und erwartete nichts. Dass sie mit sich selber sprach im Stillen, war ihr

nicht bewusst. Der Schock hatte sie in einen schwarzen Zustand versetzt.
Wenn ich einen Mann hätte, wäre alles anders, sagte sie zu sich. Und für Sekunden glaubte sie eine Stimme zu hören.
Nach drei Stunden, während sie stumm dalag, schreckte sie hoch. Bäumte sich auf. Und in ihrem Körper breitete sich ein dumpfer, qualvoller Lautklumpen aus, ein Schrei, der ihr in der Kehle stecken blieb. Ariane prustete so heftig, dass dicker Schleim aus ihrer Nase spritzte und sich ihre Augen mit Wasser füllten, als würden die Stirnhöhlen überfluten.
Dann musste sie husten. Ihre Brust vibrierte. Ihr Bauch blähte sich. Je länger und heftiger sie hustete, desto tiefer drangen die Schnüre in ihre Haut. Und ihr Bewusstsein kehrte zurück.
Und als sie begriff, was mit ihr geschehen war, lehnte sie sich an den Wannenrand und wurde innerhalb von einer Minute ruhig.
Ich hab ja gar nichts anderes verdient, sagte sie im Stillen zu sich, als würde sie schreiben. So musste es kommen. So ist es gerecht. Ich habe alles so gewollt.

»Er hat in der Tengstraße gewohnt und die letzten Jahre in der Ezra Street in Los Angeles, er ist in München geboren, und seine Eltern sind anscheinend tot.« Sonja Feyerabend trank Tee mit Milch und wartete darauf, dass Tabor Süden den Mund aufbrachte.
Er sah aus dem Fenster. Trank Kaffee. Und strich sich in regelmäßigen Abständen die Haare aus dem Gesicht.

Sie saßen in einem Café schräg gegenüber der »Pension Odetta«. Vor einer Stunde hatte Sonja an die Scheibe des Dienstwagens geklopft und im ersten Moment geglaubt, Süden würde schlafen.

»Ich hab zwei Schilffs angerufen, die sind mit unserem nicht verwandt«, sagte sie.

»Das ist interessant«, sagte Süden. Das war das Erste, was er herausbrachte, seit Sonja begonnen hatte, von ihren Recherchen zu berichten.

Beim Aufstehen heute Morgen hatte sie gespürt, dass dies ein Anti-Süden-Tag werden würde. Sie dachte an ihn. Und die Gedanken kamen nicht bei ihm an. Oder wie auch immer sie dieses Gefühl beschreiben sollte.

»Ich bin extra hergekommen.«

Süden schaute aus dem Fenster, vor dem eine graue Gardine hing, und folgte mit seinen Blicken gelegentlich einem Passanten, als komme dieser ihm bekannt vor.

»Dann ...«, sagte Sonja und winkte dem Kellner, einem jungen Türken, den sie auf höchstens siebzehn schätzte, »... habe ich mit Dr. Max Schilling telefoniert, das ist der ehemalige Chefredakteur des Magazins, für das Schilff jahrelang Reportagen aus Amerika geschrieben hat. Die beiden waren Freunde. Einen Kaffee bitte.«

Der junge Türke nickte und nahm das halb volle Teeglas mit.

»Schilling zieht gerade nach Berlin um. Angeblich wusste er längst, dass die Storys erfunden waren, deswegen ist er dann auch so schnell entlassen worden. Aber das war nicht das, was ich wissen wollte. Ich dachte, er könnte mir etwas über Niklas Schilff erzählen, was für ein Typ das ist, wer seine Freunde sind, wen er in der Stadt noch kennt. Nichts. Schilling behauptet, er habe nie einen Freund von Schilff kennengelernt. Seiner Meinung nach hat der keine Freunde. Wenn Schilff hier war, was in letzter Zeit immer seltener der Fall gewesen sei, dann wohnte er bei ihm in Haidhausen. Schilling sagt, nachdem die ersten Berichte erschienen waren, die Schilffs Sachen entlarvten, brach der Reporter den direkten Kontakt ab. Sie kommunizierten nur noch per E-Mail. Danke.«

Den Kaffee brachte der Kellner auf einem silbernen Tablett, mit einem Glas Wasser dazu.

»Er hat also niemand in der Stadt, das ist interessant«, sagte Süden.

Sonja trank den lauwarmen Kaffee. Sie schwiegen.

Aus einem Kassettenrecorder tönte arabische Musik.

»Die Papierfetzen, die wir in der Wohnung gefunden haben, sind identisch mit dem Papier aus den Tagebuchkladden«, sagte Sonja. »Verwertbar sind die Spuren nicht. Am Montag geben wir die Fahndung offiziell raus. Hoffen wir, Ariane taucht übers Wochenende auf.«

»Ich hoffe das nicht«, sagte Süden.

»Bitte?«

»Es gibt keinen Grund für Hoffnung.« Er stemmte die Hände in die Hüften und sah auf seinen Bauch hinunter. »Iris Frost verschweigt uns etwas.«

Darauf brauchte sie nicht zu antworten. Sie hatten die Wirtin mehrmals befragt. Iris Frost war es gewesen, die im Dezernat angerufen und Ariane zum zweiten Mal als vermisst gemeldet hatte. Mit deren Verschwinden hatte Iris nichts zu tun, nicht das Geringste. Worauf wollte Süden hinaus?

»Hat Martin dich angerufen?« Sie wollte sich und ihn auf andere Gedanken bringen.

»Nein«, sagte er.

Darüber waren beide gleichermaßen beunruhigt.

19

Bei geschlossenem Fenster saß er am Tisch, die Hände im Schoß, gekrümmt. Blick auf die schäbige Tapete. Drei Stunden lang. Einmal stand er auf. Ging auf die Toilette. Und warf beim Zurückkommen einen schnellen Blick in den Hinterhof. Nachdem er sich wieder hingesetzt hatte, machte er eine Schnute.

Davon wirst du nicht schöner, hatte Hella Schilff gesagt und die Stirn in Falten gezogen.

Doch, hatte Niklas gesagt und war ihr ins Wohnzimmer hinterhergelaufen. Hella wusste, dass sie keine Chance hatte. Langsam, als könne sie sich nicht für eines entscheiden, nahm sie ein Buch aus dem Regal. Und als sie sich umdrehte, hockte Niklas schon vor dem Sofa auf dem Teppich und wartete darauf, dass sie anfing.

Was sie ihm vorgelesen hatte, wusste er nicht mehr. Er hörte nur noch ihre Stimme, diesen Singsang, der ihm so gefiel. Und lange glaubte er, sie würde nur für ihn so lesen und später, weil sie ihm eine Freude bereiten wolle, auch auf der Bühne so sprechen. Sie erklärte ihm, ihr Tonfall komme daher, dass sie in der Schweiz geboren sei und nie gelernt habe, perfekt hochdeutsch zu sprechen.

Jedes Mal wenn sie zu Ende gelesen hatte, erhob sich Niklas und klatschte in die Hände. Dann räumte er seine Sachen auf. Oder putzte die Badewanne.

Wie oft hatte er Unsinn getrieben, nur um mit seiner Mutter verhandeln zu können. Er glaubte sich daran zu erinnern, dass sie ihm einmal nur fünf Minuten lang vor-

las. Weil er Kellner gespielt und mehrere Teller zerdeppert und sich mit den Scherben die Hände aufgeritzt hatte, bis er blutete. Was sie zunächst nicht bemerkte. Er gab keinen Laut von sich. Saß auf dem Küchenboden. Betrachtete staunend die rote Flüssigkeit, die über seine Finger rann. Seine Mutter kam herein, und er reagierte trotzig wie noch nie. Entweder sie las ihm eine Stunde lang Gedichte vor, oder er würde immer weiter ritzen. Und wenn ihm das Rot nicht mehr gefalle, würde er Blau dazumischen. Oder Gelb. Das sehe bestimmt schön aus.
An diesem Nachmittag erhielt er von seiner Mutter die ersten und einzigen Ohrfeigen, drei hintereinander. Er heulte. Seine Mutter zerrte ihn ins Bad. Wusch seine Hände, was ihm unglaublich weh tat. Sie trocknete seine Wunden und klebte Pflaster darauf. Willst du was sagen?, schrie sie. Er weinte ununterbrochen. Es war drei oder vier Uhr, und er musste ins Bett. Du rührst dich keinen Millimeter weg, verstanden? Durch das Fenster schien die Sonne herein. Er hörte die Glocken der Kühe und roch den Duft der Bettwäsche. Und nebenan telefonierte seine Mutter. Was sie sagte, konnte er nicht verstehen. Aber er wusste, sie sprach mit seinem Vater. Niklas wartete, bis sie fertig war, dann presste er die Lippen aufeinander. Atmete tief ein. Und stieg aus dem Bett. Lange verharrte er vor der geschlossenen Tür. Streckte dann zaghaft den Arm aus. Traute sich nicht. Dann drückte er mit beiden Händen die Klinke.
In der Küche kehrte seine Mutter die Scherben zusammen. Sie kniete mit dem Rücken zu ihm. Und das fand er

unsagbar gemein. Er hatte keine Worte dafür. Gemein war der einzige Ausdruck, der ihm durch den Kopf schoss. In ihrem weißen langen Kleid mit dem gelben Gürtel und den hochgesteckten Haaren, mit bloßen Füßen in ihren Straßenschuhen, die sie wegen der Scherben angezogen hatte. Er wollte nicht, dass sie vor ihm knien musste. Das hatte sie nicht verdient. Sie war eine Schauspielerin und die schönste von allen.

Entschuldigung, sagte er leise. Und weil sie nicht gleich reagierte, sagte er es noch einmal. Lauter. Entschuldigung, Mama.

Sie drehte den Kopf. Er presste die Lippen so fest aufeinander, dass es schmerzte. Aber weinen wollte er nicht. Sie sah ihn an, die Stirn in Falten. Und eine Ewigkeit passierte nichts. In dieser Ewigkeit, dachte Schiff in seinem Zimmer, Blick auf die Wand, hörte die Welt auf. Und fing von neuem an.

Gut, sagte seine Mutter, ich nehme deine Entschuldigung an. Und jetzt geh wieder ins Bett.

Lieber wäre er nach draußen auf die Wiese gelaufen und hätte den Kühen alles erzählt. Aber das konnte er morgen auch noch tun. Es gab ja jetzt wieder ein Morgen.

Wach wurde er von einer Berührung auf der Stirn. Seine Mutter saß neben ihm auf der Bettkante. Er war eingeschlafen und hatte es nicht gemerkt.

Sie strich ihm über den Kopf. Und da sah er das Buch in ihrer Hand. Fünf Minuten, sagte sie, weil du dich entschuldigt hast.

Weil ich mich entschuldigt hab. Warum hab ich mich

entschuldigt, warum? Ich hätt noch tiefer schneiden sollen. Noch tiefer. Und dann hätt ich das Blut aufgeleckt. Und sie hätte nichts machen können. Ihr weißes Kleid wär auf einmal rot gewesen. Ich hätt meine Hände in die Pfützen getunkt. Und sie beschmiert. Das weiße lange Kleid. Warum hab ich mich entschuldigt? Wer hat sich bei mir entschuldigt? Sie nicht! Sie nicht! Ich stand an ihrem Bett in der Klinik. Und sie hat sich nicht entschuldigt. Sie hat mich nicht mal angesehen. Sie lag bloß da. Und die Geräte summten. Und die Sonne schien. Da war kein Vorhang vor dem Fenster. Eine Vase mit gelben Blumen stand da. Und die Sonne schien rein. Und ich stand neben ihrem Bett. Und ich wollt ihr sagen, dass ich jetzt weiß, wie das ist, wenn man mit jemand schläft. Mit einem Mädchen. Du kennst sie. Miriam Vogler. Sie ist ein Jahr jünger als ich. Wir waren im Heuschober. Sie hat sich zuerst ausgezogen. Das interessiert dich gar nicht. Du liegst bloß da mit deinen roten Haaren, die ich sehen kann, auch wenn der Verband drüber ist. Ich seh die Haare. Ich wollte dir alles beim Abendessen erzählen. Das wollte ich. Und du bist nicht nach Hause gekommen. Das ist doch alles Mist jetzt. Es hat überhaupt nicht geregnet. Die Sonne scheint! Schon seit zwei Wochen. Wieso kannst du nicht Auto fahren? Wieso bist du zu dämlich, eine gerade Strecke zu fahren? Eine Strecke, die du auswendig kennst. Die kennt jeder auswendig. Da fahr ich betrunken und ohne Führerschein besser. Papa hat einen Schock. Das ist praktisch. Ich hab keinen. Ich bin hier. Was scheißegal ist. Weil du kriegst nichts mit. Der Ober-

arzt sagt, man kann nichts sagen. Man kann noch nichts sagen, hat er gesagt. Das sind doch alles Lügner. Die verarschen uns. Und die wissen, wir müssen uns verarschen lassen. Wir bezahlen die sogar dafür.
Er sprang auf. Und trat gegen die Tür. Und ein zweites Mal.
»Aufhören«, rief jemand vom Flur.
Schilff trat ein drittes Mal dagegen. Und ein viertes Mal. Und ein fünftes Mal.

Er hatte versprochen zu kommen. Und er war nicht gekommen. Schon in Ordnung. Sie musste nicht einmal auf die Toilette. Und Durst hatte sie auch nicht. Hunger hatte sie auch keinen.
Samstag. Samstags machte das »Glücksstüberl« erst um siebzehn Uhr auf, nicht wie sonst um elf. Das war Iris' Idee gewesen, gute Idee, so haben wir wenigstens einen halben Tag frei. Vom nächsten Mai an wollte Iris einen Tag in der Woche zusperren. Am Dienstag eventuell. Montags kommen die Trinker vom Wochenende. Und die Arbeitslosen brauchen gerade am Montag ein Ziel, das ihnen vertraut ist, sagt Iris. So redet sie. Sie spricht dann wie eine Menschenkennerin. Und das ist sie auch. Sie kannte die Männer am besten. Ich bin leichtgläubig. Leicht gläubig. Mir kann man was vormachen, ihr nicht. Seit ich sie kenne, ist sie die Vernünftigere von uns beiden. Ich hatte vor allem Glück. Sie hat Verstand.
Es war dunkel im Badezimmer. Unter der Tür drang kein Licht herein. Kein schwacher Schein. Wie gestern Es reg-

net, dachte sie. Oder es schneit. Im Finstern zu sprechen, beunruhigte sie. Sie bildete sich dann ein, da war noch jemand außer ihr. Im Finstern war Ariane lieber allein.
Allein kommst du nicht durchs Leben, das wird nichts, sagte Iris oft. Vielleicht stimmte das. Und im Grunde war sie nicht allein, nie. Erst war ständig ihre verbiesterte Mutter in der Nähe gewesen. Später waren es die anderen Frauen. Und Enzo. Und die Kunden. Eigentlich war sie nur allein, wenn sie schlief. Und sie schlief wenig. Sie musste Geld verdienen. Sie musste anschaffen gehen. Und sie war freiwillig gegangen. Das war alles ihr Wunsch gewesen.
Das hatte sie auch zu Udo gesagt, den sie auf seinem Handy erreichte. Natürlich war er sofort einverstanden gewesen. Sie waren alle verfügbar. Als hätten sie darauf gewartet, dass sie sich endlich wieder meldete und die alten Spiele wieder begannen. Jeder auf seine Art. Jeder nach seinen Regeln.
»Wenn's besser gelaufen wär, hätt ich Pianistin werden können«, sagte sie zu Udo, nachdem sie ihn mit der Hand befriedigt hatte. Was er am liebsten mochte. Mit ihr schlafen wollte er nie. Er lud sie in eine Pension ein. Zog sich aus. Legte sich aufs Bett. Saugte an ihrem Busen. Und sie fing an zu rubbeln. Und er schnaufte und stöhnte und rekelte sich genüsslich.
»Du kannst Klavier spielen?«, fragte er.
»Jetzt nicht mehr«, sagte sie, »früher ...«
»Es ist also schlecht gelaufen«, sagte Udo Kusters.
»Was?«

»Du hast gesagt: Wenn's besser gelaufen wär ...«
»Das mein ich nicht so. Aber ich hätt Pianistin werden können, ich hab Talent. Aber Disziplin hab ich nicht.«
Sie sah Udo vor sich. Wie er sich ausstreckte und die Hände auf dem Bauch faltete, sein Geschlecht in einem enormen blonden Gestrüpp.
»Oder Sängerin«, sagte sie. »Ich kann ganz gut singen, ich hab mal einen Playback-Wettbewerb gewonnen, als junges Mädchen. Ich kann richtig singen, nicht dass du denkst, ich bluff nur ...«
»Du bluffst nicht, das weiß ich«, murmelte er.
»Ich kann ›Mr. Tambourine Man‹ singen. Zwei Strophen. Die, die die ... die Band damals gesungen hat ...«
»Die Byrds.«
»Was? Ja. Soll ich dir noch einen blasen oder sollen wir gehen?«
Sie mochte es nicht, belehrt zu werden.
Niemals wär ich Pianistin geworden. Oder Sängerin. Oder Erfinderin. Das hatte ihr Udo einmal vorgeschlagen. Er arbeitete auf dem Patentamt, zuständig für Gebrauchsgegenstände. Automatische Dosenöffner, magnetische Spazierstöcke für Blinde, Rasierapparate mit integriertem Aftershave. Solche Sachen. Er hatte ihr vorgeschlagen, sich etwas auszudenken aus dem Bereich, den sie kannte. Also aus dem Milieu. Und sie hatte tatsächlich nachgedacht. Allerdings traute sie sich nicht, Iris um Rat zu fragen. Der wäre garantiert was eingefallen.
So eine Verschwendung. Wenn sie allein war, wollte sie die Zeit nicht mit lächerlichen Gedanken verschwenden.

Sie wollte still dasitzen. Und ein Buch lesen. Und über die Menschen in dem Buch nachdenken. Und überlegen, ob sie etwas lernen konnte von ihnen. Manchmal hatte sie am Ende eines Buches das Gefühl, ihr Leben jetzt besser führen zu können. Es fiel ihr leichter, wieder zur Arbeit zu gehen. Den Männern ins Gesicht zu sehen. Die Nächte durchzustehen. Die Schläge zu ertragen. Die verächtlichen Blicke.
Jetzt, hier in dem kleinen Badezimmer mit den schiefen Wänden, dachte sie plötzlich an die Bücher, die sie gelesen hatte. An kein bestimmtes. An die Bücher im Allgemeinen, die sie gekauft oder von Iris geschenkt bekommen hatte. Außer Iris schenkte ihr niemand Bücher. Von den Büchern, dachte sie und kam sich für einen Moment vor wie Udo, reglos daliegend, die Hände gefaltet auf dem Bauch, in einem fremden Haus, von den Büchern hab ich gelernt, allein zu sein. Auch wenn ich's nicht will. Auch wenn ich lieber woanders wär, unter Leuten, bei Iris.
Dann fiel ihr das Büchlein mit den Tiergeschichten in der Innentasche ihres Mantels ein. Und die Gewissheit, es bei sich zu haben, weckte in ihr den Wunsch, sich eine eigene Geschichte auszudenken und damit ihren Vater zu überraschen. Im Traum.

Über die Herkunft der Waffe in Ariane Jennerfurts Wohnung, eine gewöhnliche russische Pistole, Kaliber 5.45 mit Bleikernmunition, erfuhr Sonja Feyerabend von ihren Kollegen nichts Neues. Sie gingen davon aus, dass die Pistole jemand aus dem Milieu gehört hatte, der sie unauffällig loswerden wollte. Registriert war sie natürlich nicht. Auch das Ergebnis der Spurensicherung brachte keine Erkenntnisse darüber, was wirklich vorgefallen war. Bis auf weiteres blieb die Wohnung versiegelt.

Auf Wunsch von Süden fuhr Sonja ein weiteres Mal ins »Glücksstüberl«, um mit Iris Frost zu sprechen. Die Antworten hätte sie sich inzwischen selbst geben können.

Danach klingelte sie bei Martin Heuer Sturm. Er öffnete nicht. Zum zehnten Mal rief sie bei ihm an und hinterließ eine Nachricht auf dem Anrufbeantworter. Sie ging nicht davon aus, dass er volltrunken in der Wohnung lag. Oder tot. Sie ging davon aus, dass er auf Tour war. Dass irgendetwas geschehen war, das ihn aus der Balance geworfen und in jenen Teufelskreis katapultiert hatte, aus dem er erst nach Tagen wieder herausfand.

»Er war hier«, sagte die sechsundfünfzigjährige Lilo. Gemeinsam mit drei Freundinnen bot sie in der Nähe der Siemens-Siedlung erotische Dienstleistungen an. »Er hat eine Flasche Wodka mitgebracht und versucht, mit mir zu schlafen. Irgendwann hat's geklappt.«

Bei Lilo war der Hauptkommissar mehr als ein Kunde. Er kam nicht als Fremder und ging als Freund, wie der Slogan eines Bordells lautete. Heuer kam als Freund und ging als Fremder. Jedenfalls hatte Lilo diesen Eindruck, wenn er wieder einmal vor Alkohol und Schwermut kaum noch seinen Namen wusste.

»Wo könnte er sein?«, fragte Sonja.

In der Wohnung, in der jede der vier Frauen in einem

eigenen Zimmer arbeitete, hing ein süßer Geruch. Im Flur brannten rote Wachslichter. Wie auf dem Friedhof, dachte Sonja.
»Er hat nichts gesagt. Ich wollt, dass er seinen Rausch ausschläft, er bleibt ja öfter mal hier. Er wollte raus. Er hat gesagt, er kriegt Klaustrophobie in meinem dunklen Zimmer. Mal was Neues. Klaustrophobie. Er hat sich geduscht und ist weg.«
Lilo hatte eine Dusche in ihrem Zimmer. Für extrem transpirierende Gäste. Zu denen sie Heuer nicht zählte.
»Was ist passiert?«
»Der übliche Rappel«, sagte Lilo. »Sie arbeiten mit ihm, Sie müssen doch über ihn Bescheid wissen.«
»Vielleicht ist er in der ›Goldenen Taube‹.«
»Vielleicht.«
Sonja fuhr hin. In dem Lokal im äußersten Norden der Stadt waren alle Nischen besetzt. Heuer war nicht da.
»Ich hab ihn schon lang nicht mehr gesehen«, sagte Betty, die Wirtin. Sie war die einzige Barfrau, von der Sonja wusste, dass sie HIV-positiv war und dies offen zugab. Ihrem Geschäft schien die Ehrlichkeit nicht zu schaden.
»Erinner ihn mal dran, dass ich noch zweihundert Mark von ihm krieg.«
Sonja holte ihren Geldbeutel aus der Tasche.
»Das sind Spielschulden, die muss er selber löhnen«, sagte Betty.
»Was hat er denn gespielt?«
»Siebzehnundvier, was anderes kann er ja nicht. Was trinken?«

Sonja trank eine Virgin Mary. Und einen Espresso. Und ging. Vom Parkplatz aus rief sie in vier weiteren Bars an. In einer hatte Martin ein paar Wodka getrunken. In den anderen konnte sich niemand an ihn erinnern.

»Wir müssen ihn finden«, sagte sie zu Tabor Süden. Sie erreichte ihn über das Autotelefon.

»Ich hab eine Idee«, sagte er. Sie verabredeten sich in einer Kneipe in der Schillerstraße.

Gleich beim Eintreten sah Süden seinen Freund in der hintersten Ecke sitzen.

»Ich wollt ihn grade rausschmeißen«, sagte Enzo.

»Wieso denn?«

»Er ist zu.«

Süden sah sich um. Im »Blaubart« saßen zwei Männer an der Theke, jeder mit einer jungen Frau im Arm. An der Bar arbeitete Lissi.

»Die sind doch auch betrunken«, sagte Süden.

»Die machen Umsatz, verstehst?«

»Bring mir ein Bier und ihm einen doppelten Espresso.«

»Und einen Orgasmus dazu«, krächzte Heuer. Die Tränensäcke unter seinen Augen schienen zu platzen wie die Adern auf seiner blauroten Knollennase. Er schwitzte. Und seinem alten Rollkragenpullover entströmte ein herber Geruch.

»Den Orgasmus kannst du wieder mitnehmen«, sagte Süden zu Lissi.

»Bestellt ist bestellt«, sagte sie.

»Ich bezahl ihn, trink ihn selber.«

»So was trink ich nicht.«

Eine halbe Stunde später kam Sonja Feyerabend. Kaum hatte sie sich neben Süden gesetzt, tauchte Enzo auf.
»Hört mal, wenn ihr einen Stammtisch gründen wollt, dann bitt schön nicht bei mir, so viel Polizei auf einem Fleck mögen meine Kunden nicht.«
»Red noch lauter, damit deine zwei Kunden alles auch gut verstehen können«, sagte Sonja. »Ich nehm ein Pils.«
Sie wandte sich an Heuer. Der atmete schwer. Und hatte Mühe, die Augen offen zu halten.
»Was ist passiert?«, fragte sie und legte die Hand auf seine glühende Wange.
Er schaute sie an. Und erkannte sie.

20

»Ich wollte sehen, wie es hier ist«, sagte er. Und zog den Kragen seines Pullovers einige Zentimeter vom Hals. Umständlich blies er in die Öffnung. Kühler wurde es ihm dadurch nicht. »Ich war hier wegen der Befragung, wir redeten, ich hab was getrunken, ich wollt nicht trinken, das wisst ihr, ich hab nichts getrunken die letzte Zeit, ich hab mich zusammengerissen, das habt ihr gesehen ...«
»Ja«, sagte Tabor Süden.
»Aber heute hatte ich Lust drauf, ich hab es nicht geschafft, bloß hier am Tresen zu stehen, ich hab das nicht geschafft ...«
»Du musst dich nicht entschuldigen«, sagte Sonja Feyerabend.
»Doch«, sagte Martin Heuer in den Kragen seines Pullovers hinein. »Ich wollt nicht trinken und ich wollt nicht weitertrinken.« Er holte Luft. Ließ den Rollkragen los. Und rührte in der leeren Espressotasse.
Einer der beiden Männer am Tresen war gegangen. Die Frau, die bei ihm war, unterhielt sich mit Lissi. Ihre Kollegin saß mit ihrem Kunden nun in einer der Nischen, und er durfte sie berühren.
»Ich hab nichts rausgefunden«, sagte Heuer. »Die reden alle über die Frau, als wär sie eine Nutte, die können sich alle nicht vorstellen, dass man sich ändert, dass man sein Leben rumreißen kann. Entschuldigt.«
Mit beiden Augen blinzelte er Sonja zu. Es war mehr ein Reflex als ein Zeichen von Zuneigung.

»Lass uns gehen«, sagte sie.
»Nein«, sagte Heuer, und sein Arm schoss in die Höhe. »Lissi, ein Bier noch, kein Schnaps, nur ein Bier.«
»Schrei hier nicht so rum«, sagte Lissi.
»Lass uns gehen, Martin«, sagte Sonja noch einmal.
»Nein.«
»Warum nicht? Du bist betrunken, du kannst nicht mehr aufrecht sitzen, wir brauchen dich am Montag wieder, du musst dich morgen den ganzen Tag ausruhen ...«
»Ja, Mama ...«, sagte er und wandte den Kopf ab.
Lissi brachte das Bier. »Für euch auch noch was?«
»Nein«, sagte Sonja.
»Ein Bier«, sagte Süden.
Sonja sah ihn wütend an. Das kümmerte ihn nicht.
»Ich fahr dann.« Sie stand auf.
»Bleib bitte hier«, sagte Süden.
Sonja schwieg.
»Eine halbe Stunde«, sagte Süden.
»Was ist eigentlich mit deiner Observation?«, sagte sie abfällig. Und setzte sich wieder.
Was sie ärgerte, war, dass sie selbst ein Pils getrunken hatte. Und gern ein zweites bestellt hätte. Und das mitten am Tag. Sie schaute auf die Uhr. Viertel nach vier. Bald würde es dunkel sein, und der Tag war vorbei. Sie hatte ein paar Recherchen erledigt, nur, weil Süden sie darum gebeten hatte. Und weil der Fall sie ebenfalls sehr beschäftigte. Sie hatte sich vorgenommen, einkaufen und anschließend zur Gymnastik zu gehen, bei der sie seit Wochen nicht mehr gewesen war. Und dann hatte sie ge-

plant zu kochen und gemeinsam mit Süden bei sich zu Hause zu essen. Das war ihr Konzept für diesen dienstfreien Samstag gewesen. Und morgen, hatte sie überlegt, könnten sie mit Martin ins Kino gehen, was sie lange nicht mehr getan hatten.

Stattdessen saß sie am helllichten Tag in einer billigen Nachtbar, und nichts deutete darauf hin, dass irgendetwas von dem passierte, was sie geplant hatte.

»Danke«, sagte Süden zu Lissi. Er trank einen Schluck und umklammerte sein frisches Bier mit beiden Händen. Lissi traute sich nicht, die Kommissarin zu zwingen, etwas zu bestellen. So redete sie mit ihrer Kollegin weiter über ihren Sohn.

»Ich bin dreiundvierzig«, sagte Heuer abrupt und sah Sonja ins Gesicht. »Ich bin dreiundvierzig und weiß immer noch nicht, ob das richtig ist, was ich mach. Ob das stimmt. Ob ich das wirklich bin.«

»Du wolltest immer zur Polizei«, sagte Süden. »Ohne dich wär ich nicht hier.«

»Aber du bist ein guter Polizist geworden.« Heuer setzte das Glas an die Lippen und trank so gierig, als wäre er am Verdursten.

»Was soll das sein, ein guter Polizist?«, fragte Süden. »Du bist genauso Polizist wie ich, manchmal gut, manchmal schlecht.«

»Aber du bist ganz in deiner Arbeit und ich nicht. Ich fall immer wieder raus, siehst du doch, da bin ich, bin ich ein Polizist? Ich bin ein blöder Trinker, ich stürz dauernd ab. Wenn ich den Job nicht hätte, würde ich nur noch abstürzen, jeden Tag, das weiß ich, das steht fest. Mein Glück ist, dass ich ins Büro gehen kann, und das ist der Trick, ich tu so, als würd ich funktionieren. Ich funktionier aber nicht, nur vorübergehend. Sehr vorübergehend.«

Sein Glas war schon wieder leer.

»Und das kommt daher, weil ich nicht stimm, ich stimm nicht, das ist alles nicht eins, du verstehst doch solche Sachen, Tabor, wenn man eins ist und wenn man nicht eins ist.«

Er hob das Glas. Lissi war bereits auf dem Weg mit Nachschub.

»Wenn ich eins wär, würd ich nicht saufen, dann würd ich meine Arbeit machen und dann hätt ich frei, und ob ich im Dienst bin oder im Kino, ich wär immer derselbe. Weil ich hundertprozentig ich wär. Aber wenn ich meine Arbeit mache, fühl ich, da stimmt was nicht, ich hab solche Mühe, das durchzustehen, ich denk immer, irgendwas ist da faul. Gut, ich mach meine Vernehmungen, ich kenn mich aus mit der Technik, ich blick durch im Apparat, ich weiß über die Abläufe Bescheid, ich bin über zwanzig Jahre in dem Job, über zwanzig Jahre, Tabor.«

Er betrachtete sein Glas, als enthalte es eine große Erklärung.

»Und es gibt fast keinen Tag, an dem ich mich nicht frage, ob das richtig ist, dass ich diesen Job mach, ob da nicht eine ganz andere Aufgabe auf mich wartet, woanders, ob ich nicht auch was anderes könnte. Oder?«

Schweiß stand ihm auf der Stirn. Sonja fiel es schwer,

sich näher zu ihm hinzubeugen. Bei solchen Gerüchen wurde ihr schwindlig.

»Du bist unzufrieden, weil wir in diesem Fall nicht weiterkommen«, sagte sie und gab sich Mühe, unauffällig durch den Mund zu atmen. Was ihr peinlich war. Andererseits konnte sie nicht begreifen, wieso er immer wieder diese stinkenden ausgewaschenen Rollis anziehen musste.

»Trink«, sagte Süden und stieß mit seinem Glas gegen das seines Freundes.

Heuer hielt das Glas fest. Und trank nicht. »Da stimmt was nicht«, sagte er. »Andere Leute machen auch ihre Arbeit, fahren in Urlaub, reden über ihre Arbeit, schimpfen drüber, gehen mit den Kollegen zum Kegeln oder zum Skifahren, haben eine Familie, stehen morgens auf, machen am Wochenende einen drauf, alles in der Ordnung, das ist eine Ordnung, Tabor, das sind die Schienen, und darauf fahren die, und zwar sicher, egal, wie oft sie sich ärgern und ihren Chef verfluchen. Aber das ist ihr Leben, und das haben die im Griff, die steuern das. Ich nicht. Ich steuer mein Leben nicht, ich fang jeden Montag von vorn an, und manchmal jeden Tag. Und das zermürbt mich, das macht mich fertig. Wenn ich drei oder vier Bier getrunken hab, dann ist es gut, dann denk ich an die Fälle, die ich bearbeitet hab und die wir zu Ende gebracht haben, erfolgreich. Ich denk an die Leute, die wir vernommen haben, an die Lügengeschichten, an die Wohnzimmer, in denen wir immer sitzen und dünnen Kaffee trinken müssen. An die geheimen Dinge, die uns die Leute

anvertrauen, das ist alles gut dann. Und ich nehm mir vor, beim nächsten Mal noch besser aufzupassen oder nachsichtiger zu sein oder rabiater, je nachdem, ich spiel so rum, ich denk mir Sachen aus. Dann trink ich noch ein Bier. Dann ist Schweigen. Da denk ich gar nichts. Da sitz ich bloß da und schau rum. Und dann, nach dem sechsten oder siebten Bier geht's abwärts, dann bin ich klar und frag mich, was das alles soll, was ich jeden Tag da treibe, und dann möcht ich das nicht mehr. Ich möcht's nicht mehr, weil ich die Kraft nicht hab. Ich sehn mich nach einem einfachen Job, bei dem ich nicht so wichtig bin, bei dem mein Name keine Rolle spielt, ich tu etwas, weil ich es kann, und wenn's Probleme gibt, seh ich zu, wie ich sie beseitigen kann. Ich geh um fünf nach Hause und mach den Fernseher an oder geh ins Kino oder in die Kneipe, les die Zeitungen, trink was. Vielleicht hab ich eine Frau, die da ist und nicht viel fragt, eine, die auch arbeitet und ihr Leben hat, wir sind zusammen, wir kriegen das hin, wir nehmen uns beide nicht so wichtig. Das ist meine Vorstellung, ich möcht was ändern. Ich möchte, dass was Neues anfängt. Nächstes Jahr werd ich vierundvierzig und dann mach ich seit vierundzwanzig Jahren dasselbe. Das ist doch niederschmetternd, das ist doch absolut niederschmetternd.«
Er kratzte sich im Gesicht. Und trank. Aus den Lautsprechern erklang ein Lied von Bata Illic.
»Und die siebziger Jahre hören auch nie auf«, sagte er.
»Wir hatten auch gute Songs«, sagte Süden.
»Können wir gehen?«, sagte Sonja.

Heuer griff nach ihrer Hand. Im ersten Moment erschrak sie. Seine Hände waren schneekalt.
»Weißt du nicht, was ich meine?«, fragte er und zog die Schultern hoch.
»Ich weiß genau, was du meinst«, sagte sie. »Wir müssen gehen, das ist der falsche Ort für solche Gedanken.«
»Wo ist der richtige Ort?«, fragte er.
»Draußen«, sagte Süden.
»Nein«, sagte Heuer, »draußen nicht und hier auch nicht, da hast du recht, Sonja. Der richtige Ort, der bin ich selber, das hab ich schon verstanden. Aber es hilft mir nichts.« Er schwieg. Dann stand er auf.
»Endlich«, sagte Lissi leise zu ihrer Kollegin.
»Tut mir leid«, sagte Heuer und sah seine Freunde an. »Tut mir alles leid.«
»Komm«, sagte Sonja. Nahm seine Hand und führte ihn aus dem Lokal. Süden bezahlte und folgte ihnen.
Es war dunkel geworden. Sie standen auf dem Bürgersteig. Sonja hakte sich bei Heuer unter.
Tabor Süden hatte vergessen, wo er den Dienstwagen geparkt hatte.

»Können Sie mir einen Wagen leihen?«
»Einen Wagen? Was für einen Wagen? Einen Leiterwagen?«
»Ein Scheißauto.«
»Ne.«
»Sorry«, sagte Niklas Schilff, »ist ein mieser Tag. Können Sie mir bitte ein Auto leihen, ich möcht gelegentlich aus der Stadt raus. Unbemerkt.«

»Sucht Sie die Polizei?«, fragte Ingo Bellnik, der Pächter der »Pension Odetta«.
»Nein, ich will nur nicht, dass mich jemand findet.«
Da seine alte Freundin Helga Grieg den Kerl empfohlen hatte, wollte sich Bellnik nicht den Kopf über ihn zerbrechen. »Mein Bruder hat einen Wagen, einen Audi, ist sein Zweitwagen. Kostet was.«
»Wie viel?«
»Ich muss ihn fragen.«
»Okay. Dann brauch ich noch ein paar kalte Biere.«
Im Zimmer stellte Schilff die sechs Flaschen auf den Tisch, direkt vor die Wand. Öffnete die erste. Trank. Und rülpste.
Ich hab mit dir geredet, die ganze Zeit. Ich wollt dich fragen, ob du die Scheißblumen an dem Scheißbaum nicht wegräumen kannst. Im Schulbus glotzten alle da hin, und das fand ich zum Kotzen. Hinterher fragten sie mich jedes Mal, wie es meiner Mutter geht, und ich sagte: Schlecht, scheißschlecht, und irgendeine Keule war immer in der Nähe, die mir dann den Kopf tätscheln wollte. Aber das hab ich ihr einprägsam verboten. Ich wollt ihr nicht weh tun, wer nicht hören will, muss fühlen.
Schilff drehte die Flaschen um. Der Anblick der Etiketten widerte ihn an. Mittlerweile hatte er die dritte Halbe fast geleert. Und die Wand vor ihm bewegte sich, je länger er hinsah. Die gelbe Tapete wurde körnig wie Sand. Und er sah Fußspuren. Schmale Abdrücke. Wie von den Füßen einer Frau. Und er hörte ein Rauschen. Wellen. Wellen, die bis in dieses Zimmer schwappten.

Und er streckte die rechte Hand aus. Über seine Fingerkuppe strich der Wind. Das spürte er. Keine Täuschung. Das war die Wirklichkeit. Gleich würde sich eine Möwe auf seiner Hand niederlassen. Unerschrockener weißer Vogel. Und Niklas wagte nicht den Kopf zu bewegen. Seine Mutter musste unbedingt das Schauspiel sehen. Mama, sagte er leise. So leise, dass der Wind das Stimmchen schon gefressen hatte, bevor es die Möwe erreichte. Mama. Aber sie reagierte nicht. Das Wasser kitzelte ihn an den Zehen. Und die Möwe auf seiner Hand schaute in die Ferne. Und sein Arm fing an zu zittern. Lange würde er ihn nicht ausgestreckt halten können. Mama. Mama. Wo war sie denn? Jetzt bewegte er doch den Kopf. Er hielt es nicht mehr aus. Da flog die Möwe davon. Und schrie in den Himmel. Und Niklas lief ihr hinterher durch den heißen Sand, am Ufer entlang, das von immer mehr Wasser überspült wurde. Und dann wusste er nicht mehr, welche der Möwen über ihm die seine war. Und er blieb stehen. Und drehte sich um. Seine Eltern waren verschwunden. Panik erfasste ihn. Irrwitzige Panik. Leute lagen auf Matten im Sand. Er lief zu einer Frau und fragte sie: Haben Sie meine Mama gesehen? Und die Frau sagte etwas, das er nicht verstand. Und er rannte weiter. Und fragte einen jungen Mann, der eine schwarze Sonnenbrille trug: Haben Sie meine Mama gesehen? Und der junge Mann sagte: Nein. Und Niklas rannte weiter. Der Sand spritzte hoch auf. Und sooft er sich auch im Kreis drehte, nirgendwo tauchte seine Mutter auf. Oder sein Vater. Er lief eine Anhöhe hinauf. Von hier waren sie gekommen. Ganz bestimmt. Und links in der Entfernung stand ein Wohnwagen mit einer Theke, da konnte man Eis und Würstel kaufen. Niklas hatte Leute essen sehen. Rechts von ihm waren Büsche und Gestrüpp. Und er hörte eine Stimme. Und ohne zu überlegen, rannte er hin. Nie zuvor hatte er seine Mutter nackt gesehen. Oft trug sie kurze Röcke oder hatte, nachdem sie gebadet hatte, nur ein Handtuch umgeschlungen. Sie kniete im Sand. Auf seinem Vater. Der lag da, die Hände an ihrem Busen. Auch er war nackt. Die roten Haare seiner Mutter fielen über ihre weiße Haut mit den vielen dunklen Punkten, die Niklas bemerkte, auch von so weit weg. Und der Wind blies ihm gemein in die Augen.

Er war stehen geblieben. Die Arme baumelten an ihm herunter. Und wieder, wie vorher, streckte er den Arm aus. Wunderschön, sagte er leise. Und wieder fegte der Wind seine Stimme fort. Und seine Mutter hörte ihn nicht. Jetzt drehte sein Vater langsam den Kopf. Und für einige Sekunden, die ihm bis heute ein Rätsel geblieben waren, fürchtete er um das Leben seiner Mutter. Doch der Blick seines Vaters war wie immer, nicht einmal besonders überrascht. Er lächelte. Und nahm die Hände nicht weg. Niklas blinzelte. Jetzt legte Mama ihre Hände auf die seines Vaters. Und plötzlich verspürte Niklas einen Schmerz, der seinen ganzen Körper erfüllte. Einen Schmerz, von dem er augenblicklich dachte, er würde nie wieder weggehen.

Einunddreißig Jahre später wusste er, dass er damit recht gehabt hatte.

Für die restlichen drei Biere drehte Schilff der Wand den Rücken zu. Das Bett im Blick. Ein trauriges Bett. So traurig wie jenes, in dem er seine Mutter zum zweiten Mal nackt gesehen hatte.

Die Geschichte vom Elch geht so, hör zu: Der Elch kann stundenlang allein spazieren gehen, und wenn er einem Fahrradfahrer begegnet, haut er ihn um. Er meint das nicht böse, er kann nur nicht anders. Überhaupt halten ihn manche von seinen Nachbarn, Schlangen, Eulen, vor allem Krähen, für selbstgefällig, unberechenbar und gefährlich. Die Meinung anderer stört den Elch nicht. Nicht einmal die Meinung seiner Frauen nimmt er ernst. Er hört ihnen aber zu und nickt oft. Wenn er jung ist, versucht der Elch, einer Elchin treu zu bleiben, das fällt ihm eher schwer. In reiferen Jahren schart er mehrere Weibchen um sich, die alle eifersüchtig aufeinander sind. Aber der Elch kann nicht anders. Gelegentlich rennt er einem Bären davon, nur um zu beweisen, dass er schneller ist. Nachts unterhält sich der Elch mit dem Mond, sie sprechen dieselbe Sprache. Es kommt vor, dass der Mond im riesigen Geweih des Elches ausruht und sich ein paar hundert Kilometer tragen lässt. Dem Elch ist das im Grunde nicht recht, aber er ist zu höflich, um dem Mond etwas zu verbieten. Im Sommer schlägt der Elch Purzelbäume, das haben viele seiner Nachbarn nicht gern, einige von ihnen überleben den Sommer deswegen nicht. Um seine Kinder kümmert er sich wenig, dafür, sagt er, hat er seine Weibchen. Für ein schnelles Bier ist der Elch immer

zu haben, und wenn er gerade keine Lust hat weiterzugehen, verbringt er Tage am Tresen und unterhält sich mit der Wirtin. Der Elch kann sehr charmant sein. Wenn er flirtet, vibriert sein Geweih, das sieht erotisch aus. Was der Elch überhaupt nicht mag, sind betrunkene Angeber und gescheiterte Maler, die dann eine Galerie eröffnen. Wenn er so einen trifft, haut er ihn um, ob mit oder ohne Fahrrad. Der Elch kann eben nicht anders.
Gefällt dir meine Geschichte?
Ja, meine hübsche Hochwohlgeborene.

21

Den ganzen Sonntag saß Süden im Auto und wartete. Wäre Martin Heuer in einer Stimmung wie gestern gewesen, hätte er gesagt, dass ein vierundvierzigjähriger Hauptkommissar, der an einem Sonntag, an dem er keinen Dienst hat, auf eigene Faust und allein einen Verdächtigen beschattet, der offiziell nicht unter Verdacht steht, ein Problem mit seinem Beruf und ein noch größeres Problem mit sich selbst hat.

Trotzdem hatte Heuer angeboten, Süden abzulösen.

Vielleicht hatten sie beide ein Problem.

Wir haben ein Problem mit Ariane Jennerfurt und Niklas Schilff, dachte Süden. Wir haben den Fall einer Frau, die zweimal hintereinander spurlos verschwindet. Und es gibt Kollegen im Dezernat, die sagen, dass sie sich bloß herumtreibt und ihr altes Leben wieder aufgenommen hat. Beim Gedanken an das, was sie nach dem ersten Auftauchen von Ariane herausgefunden haben, kann ich ihre Meinung nicht verurteilen. Und doch gibt es ungeklärte Spuren, Widersprüche in den Aussagen von Schilff. Zuerst behauptet er, er sei nur im Flur gewesen, dann gibt er zu, dass er doch in der Küche und im Schlafzimmer war, er sei betrunken gewesen, könne sich nicht mehr genau erinnern. Interessanterweise haben wir im Flur keine Spuren von ihm gefunden. Dann das verschwundene Bettzeug. Die Scherbenreste. Blutpartikel. Und niemand hat was gehört, kein Getrampel, keinen Streit. Und niemand hat etwas gesehen. Und ich sitz hier und starr ein Haus an. Martin könnte das

viel besser als ich, aber ich hab ihm gesagt, es reicht, wenn einer spinnt. Ich spinn nicht, ich bin hier richtig, ich erkenne nur noch nichts, ich muss noch intensiver hinschauen.
Gegen dreiundzwanzig Uhr stützte er den Arm am Seitenfenster ab, legte den Kopf in die Hand und schloss die Augen.
Als er sie wieder öffnete, waren zwanzig Minuten vergangen. Er riss die Tür auf und sprang aus dem Auto. Die Kälte machte ihn wach. Er war nicht müde gewesen. Er hatte keine Erklärung dafür, warum er die Augen geschlossen hatte. Sie waren ihm zugefallen.
Was er tat, war absolut widersinnig.
»Ich muss Herrn Schilff sprechen, ich bin ein Kollege, es ist sehr dringend.«
»Der ist nicht da.«
»Sind Sie sicher?«
»Er ist vor einer Viertelstunde weg«, sagte Ingo Bellnik.
»Wann kommt er wieder?«
Bellnik zuckte mit den Achseln.
Mit diesem Achselzucken, das er kopierte, lief Tabor Süden anschließend die Landwehrstraße auf und ab, von der Sonnenstraße bis zur Paulskirche und auf der anderen Seite wieder zurück. Eine Stunde lang. Bis er genug davon hatte, sich selbst zu verspotten. Dann kehrte er nach Hause zurück.

Das Büchlein in der Innentasche ihres Mantels war ein Geheimnis. Mit großer Wachsamkeit wollte sie darauf achten, dass er es nicht entdeckte.

»Was ist los?«, fragte er.

»Nichts. Schmeckt gut.«

Von der Autobahntankstelle hatte er ihr drei belegte Baguettes, eine Tafel Schokolade, Erdnüsse und Mineralwasser mitgebracht. Bevor sie sich an den langen Tisch im Parterre setzen durfte, musste sie sich duschen. Schilff wartete vor der geschlossenen Tür.

»Machst du Unsinn?«, fragte er, als sie herauskam, den Mantel eng um den Körper geschlungen.

»Nein«, sagte sie.

Daraufhin hatte er sie nicht wieder gefesselt. Sollte sie versuchen wegzulaufen, würde er sie bewusstlos prügeln.

»Hast du Angst?«, fragte er.

»Ja.«

»Du Kuh«, sagte er laut. Er sah sie nicht an.

»Warum reden Sie so mit mir?« Ariane aß das zweite Baguette, das ebenso wenig nach etwas schmeckte wie das erste.

»Wir duzen uns«, sagte er. Für sich hatte er einen Sechserpack Bier gekauft. Er war bei der dritten Dose.

»Sie können mich duzen, das macht mir nichts.«

Er stand auf und ging zum Fenster. Vom Garten war in der Dunkelheit wenig zu erkennen. Alles wie früher. Zwischen den beiden Apfelbäumen hing eine ausgebleichte Hängematte. Hinten am Zaun blühen Sträucher. Und wenn wir Glück haben, können wir die Tomaten bald essen. In einem Beet wachsen Ringelblumen, und die Stengel des Schnittlauchs sind dick wie Kinderfinger. Du hast wieder Schnittlauch abgerupft und gegessen, sagt seine Mutter. Nein, sagt Niklas. Zeig deine Zähne! Nein. Zeig deine Zähne. Ich hab dir schon hundertmal gesagt, du sollst alles vorher waschen, bevor du es in den Mund steckst. Ja, Mama. Außerdem hab ich dir verboten zu lügen.

»Warum haben Sie das getan?«

Einmal hatte er seine Eltern belauscht. Sein Vater lachte. Sein Sohn hatte wieder gegrast. Das war sein Ausdruck: gegrast. Von da an graste Niklas, wann immer es ihm einfiel. Und er log seine Mutter nicht mehr an. Stattdessen zeigte er ihr sofort die Zähne mit dem grünen Beweis.

»Warum haben Sie mich vergewaltigt?«

Er stellte die leere Dose aufs Fensterbrett. Seine Jeansjacke fühlte sich feucht an. Das Zimmer war erfüllt von trockener kalter Luft. Er hatte die Laken von den Möbeln gerissen und sie auf dem Boden verteilt. Er wollte, dass es aussah, als lebten hier Menschen. Jetzt. Er und sie. Ich und die Nutte.

»Sie müssen mir antworten«, sagte Ariane. Wenn sie die Hände vor der Brust verschränkte, konnte sie das Buch fühlen.

»Wer hat dich angesteckt?«, sagte Schilff. In seinem Kopf pochte es. Ein schwindelerregendes Vibrieren breitete sich aus. Und von einer Minute zur anderen war er wieder erfüllt von Wut und Abscheu.

»Wer hat dich gefickt?«, brüllte er aus vollem Hals.

Die Plastikflasche mit Mineralwasser an den Lippen, hielt Ariane inne. Schilff kam auf sie zu, packte ihren Kopf, und seine Finger bohrten sich in ihre Kopfhaut. Sie ließ die Flasche fallen und griff nach seinen Händen.

»Loslassen! Lassen Sie mich los!«
Er bog ihren Kopf nach hinten. »Wenn du noch mal Sie zu mir sagst, prügel ich dich bewusstlos.«
Sie schrie. Der Stuhl kippte um. Schilff zerrte sie durch den Raum. Mit dem Rücken zu ihm, musste sie mittrippeln. Im Kreis. Am Fenster entlang. An der Terrassentür vorbei.
Und dann ließ er sie los. Und sie fiel hin.
Sie hörte das Knacken beim Öffnen der Bierdose. Dann dachte sie an das Buch. Und ihre Hand glitt über die Innentasche, in der sich ihr Geheimnis verbarg.
»Setz dich und rede«, rief er.
Sie hatte schon befürchtet, er hätte etwas bemerkt. Aber er war mit der Bierdose beschäftigt, und sie sah, wie er sich eigenartig den Kopf rieb. So wie sie. Sie taumelte zum Tisch, froh über jeden Meter, den sie sich von ihm entfernte.
»Seit wann?«, fragte er. Bier tropfte von seinen Lippen.
»Seit dem einundzwanzigsten Juni«, sagte sie.
»Aha«.
»Das ist sicher«, sagte sie. Als wäre das eine Erleichterung.
Schilff schnippte mit dem Finger gegen die Blechdose. Er setzte sich aufs Fensterbrett und lehnte sich an die Scheibe. Immer wieder rieb er mit den Knöcheln der Faust über seine Schläfen.
»Ich wollte ihm eine Freude machen«, sagte sie.
Schilff formte die Lippen zu einem Kuss und presste die Dose darauf.

»Er hatte Geburtstag, den zweiundfünfzigsten, und wir waren auch zweiundfünfzig Leute, mit ihm. Ben. Er heißt Ben. Und wir haben Champagner getrunken, guten Champagner, nicht so ein billiges Zeug wie im … Guten Champagner …«

»Ich hab's kapiert.« Er rollte die Dose über die geschürzten Lippen.

»Ich wollte mit Iris hingehen, die ist krank geworden. Ich musste Ben Bescheid sagen, damit er jemand anderen einladen konnte und die Zahl sich nicht veränderte. Die Feier war in dem Lokal, das im selben Haus ist wie seine Wohnung. Ich bin dann zu ihm raufgegangen, er wollte mir seine neue Couch zeigen, die er sich selber zum Geburtstag geschenkt hatte. Er hat mich gefragt, ob er mit mir schlafen darf. Ich hab ja gesagt. Ich hab Ben immer vertraut, er war immer da, wenn ich ihn gebraucht hab. Er hat eine schwarze, weiche Schafwolldecke auf dem Boden ausgebreitet und dann hat er mich ausgezogen, und ich hab mich seiner Sanftmut hingegeben.«

»Du willst sagen, du hast dich seinem Virus hingegeben«, sagte Schilff und küsste die Dose.

»Niemand kann mich so anfassen wie Ben, von seinen Händen hab ich schon geträumt. Wir haben beide geschwitzt hinterher. Und ich hab zu ihm gesagt, das war ein Geschenk von mir.«

»Und in Wirklichkeit war er es, der dir ein Scheißgeschenk gemacht hat.«

»Ja.«

Sie hörten eine Krähe schreien. Ariane senkte den Kopf

so tief, dass ihre Stirn die Tischkante berührte. Schilff trank die Dose leer.
Jetzt war es vollkommen still.
Schilff legte den Kopf in den Nacken. Und sah nichts. Das gleiche Nichts wie in jener Nacht, als er mit seinem Vater hier saß. Und es war genauso still. Und er war sich sicher, auch damals hatte eine Krähe geschrien. Und dann machten sie im selben Moment dieselbe Geste. Sie legten den Kopf in den Nacken und sahen zur Decke hinauf.
Ariane saß vornübergebeugt da, die Arme auf dem Tisch, und ihre Worte landeten ungehört unter dem Tisch: »Ich bin froh, dass er wieder da ist. Ich hab ihn so oft vermisst.«
»Ich muss zurück«, sagte Schilff und zerquetschte die Dose.

»Ich hab Angst.«
»Anders geht's nicht«, sagte er.
»Sie können nicht anders. Wie der Elch.«
Sie lag in der Badewanne. Er fesselte ihre Beine und Hände.
»Was für ein Elch?«
»Ich hab Angst hier allein.«
»Du kannst aufstehen und in den Spiegel schauen.«
Stöhnend richtete sie den Oberkörper auf. »Können Sie nicht hierbleiben?«
»Du sollst mich nicht siezen.«
»Sie können doch auf der Couch schlafen.«
»Bin ich eine Scheißkatze?« Er prüfte noch einmal die Knoten. »Wirst du hier rumbrüllen?«

»Nein.«
»Ich bin mir nicht sicher.«
»Ich schrei nicht«, sagte sie. »Bitte nicht knebeln.«
Er betrachtete sie.
»Ich hab Angst«, sagte Ariane leise.
Er nickte. Ging nach draußen. Verriegelte die Tür. Schob den Sessel davor.
Sie zählte bis zweihundertfünfzig. Dann schrie sie. So laut sie konnte. Zerrte an den Schnüren. Holte Luft. Schrie. Holte Luft. Schrie lauter. Holte schneller Luft. Verschluckte sich. Schrie weiter. Spuckte aus. Riss mit aller Macht an den Fesseln. Brüllte gegen die schrägen Wände. Keuchte. Spucke lief ihr aus dem Mund. Ihre Stimme überschlug sich.
Und mit einem letzten, lauten Schrei sackte sie in die Wanne. Und hatte keine Kraft mehr.
Schwarze Stille. Als läge das Zimmer am Ende des Weltalls.

Das Auto stellte er vor einem Hotel in der Goethestraße ab. Ging hinein und fragte den Mann an der Rezeption nach Knut Bellnik.
»Wohnt hier nicht.«
»Ich bring ihm sein Auto.«
Der Mann im weißen Hemd mit den rot unterlaufenen Augen und den kurzen abstehenden Haaren erinnerte ihn an seinen Vater, wenn dieser nachts nach Hause kam. Todmüde und nach Bier und Schweiß und Holz roch.
Der Mann telefonierte.
»Erster Stock, Zimmer hunderteins«, sagte er anschließend.

Ein dicker Mann Ende fünfzig öffnete oben die Tür.
»Danke«, sagte Schilff und gab ihm den Schlüssel und fünfzig Mark. »Der Tank ist voll.«
»Das hoff ich.«
Im Zimmer waren noch andere Männer, die Schilff nicht sehen, nur hören konnte. Sie sprachen über Fußball. Anscheinend spielten sie Karten. Jemand ließ den Stapel in den Händen schnalzen.
Vor dem Hotel wollte Schilff auf die Uhr sehen. Er hatte vergessen, dass er seine Uhr verloren hatte. Wo? In Arianes Wohnung? Dann hätten die Bullen sie gefunden. Wo dann? Er musste sich endlich eine neue kaufen.
Er ging bis zur Bayerstraße. Und schaute hinüber zum Bahnhof. Die große Uhr über dem Eingang zeigte zwei Uhr zehn. Vor dem Postamt bemerkte er ein paar taumelnde Gestalten. Er spuckte aus.
Die Bar neben der »Pension Odetta« hatte noch geöffnet. Einen kurzen Moment überlegte er, ob er noch ein Bier trinken sollte. Er hatte nicht die geringste Lust darauf. Dann dachte er an die Bedienung, die ihn das letzte Mal mit ihrer Arroganz genervt hatte. Und er zog die Glastür auf und stieg mit lauten Schritten die beleuchtete Treppe hinunter.

»Ich möchte dich was fragen.«
»Was?«
Sie lagen nebeneinander auf der schwarzen, warmen Wolldecke, Ariane auf dem Rücken, Ben auf dem Bauch.
»Warst du glücklich ... unterwegs?«, sagte sie.

»Manchmal«, sagte er.
Sie schwiegen.
»Und du?«, fragte er.
Ariane schwieg.
»Gehst du wieder weg?« Sie drehte sich auf die Seite und sah ihn an. Er rieb mit dem Kinn über die Wolldecke.
»Meinen ersten Freund hab ich zu einem Gummi gezwungen«, sagte Ariane. »Er ist bestimmt heute noch sauer deswegen.«
»Wie hieß dein erster Freund?«
»Gabriel.«
»Du hast gleich mit einem Erzengel angefangen?«
»Ja«, sagte sie und wischte sich über den Bauch. »Du bist nicht richtig in mir gekommen.«
»Ich bin richtig gekommen, meine Schöne.«
»Aber nicht in mir«, sagte sie. Und rieb ihren nassen Bauch.
»Auch«, sagte er und fuhr mit dem Finger über den leichten Höcker ihrer Nase.
Ariane küsste seinen Finger und legte die Hand auf seinen Hintern. »Du hast immer noch eine tolle Figur.«
»Du auch.«
»Lüg mich nicht an. Ich hab zugenommen.«
»Du darfst das, du bist jetzt Wirtin«, sagte er.

Weckt mich denn niemand?

22

Auf Bitten von Iris Frost gab es in der Anzeige keinen Hinweis auf Arianes Vergangenheit als Prostituierte. Die Kommissare im Dezernat 11 hatten lange darüber diskutiert und waren zu dem Ergebnis gekommen, dass es klüger sei, einige Informationen zurückzuhalten. Und abzuwarten, wer sich auf die Nachricht vom Verschwinden der Frau hin meldete. In den Zeitungen erschienen ein- bis zweispaltige Artikel mit einem Foto von Ariane. Nüchterne Berichte. Nicht aufsehenerregend. Im Laufe dieses Jahres waren bereits rund eintausendfünfhundert Menschen als vermisst gemeldet und etwa ein Dutzend von ihnen mit Hilfe der Medien gesucht worden. Noch bevor Volker Thon seinen Montagsmonolog über Teamarbeit und effektives Handeln begann, hatte seine Mitarbeiterin Freya Epp elf Anrufer am Apparat, die Ariane in den letzten Tagen gesehen haben wollten. Bei acht von ihnen stellte sich nach der Befragung durch die Kommissare Weber und Heuer heraus, dass sie sich geirrt hatten. Die übrigen drei, deren Aussagen Süden für verwertbar hielt, nachdem er Freyas Notizen gelesen hatte, waren in die Bayerstraße bestellt worden und sollten im Abstand von jeweils einer Stunde eintreffen.

»... Und es ist nicht in meinem Sinn, Kollegen aus anderen Abteilungen mitten in der Nacht für unsere Abteilung einzuspannen oder ohne Rücksprache Vernehmungen von Personen durchzuführen ...«

An dieser Stelle mussten Sonja Feyerabend und Tabor

Süden den Raum verlassen. Der erste Zeuge wartete nebenan. Thon nestelte an seinem Halstuch, blickte beleidigt zur Tür und redete dann weiter zu seinen restlichen sieben Zuhörern.

Der Mann, der vor Sonja und Süden saß, war bemüht, entspannt zu wirken. Dass er ständig die Daumen bewegte und sich die Lippen leckte, merkte er offensichtlich nicht.

»Ich hab lang überlegt«, sagte er mehrmals. »Ich bin erschrocken, als ich das Bild gesehen hab, ich hab mir sofort Sorgen gemacht ...«

»Warum, Herr Henning?«, fragte Sonja.

»Sie war merkwürdig, sie hat ... sie hat irgendwas vor mir verborgen. Nicht dass mich ihr Leben was angeht. Außerdem war sie es, die mich angerufen hat, ich hab sie nicht angerufen, ich hab sie fast vergessen gehabt.«

»Sie kannten sie als Prostituierte«, sagte Süden.

Eberhard Henning sah vor sich hin. Dann fiel sein Blick auf seine Hände, und er hörte mit dem Daumenschlagen auf.

»Ja«, sagte er. Welchen Grund hatte er, das zu leugnen? »Ja, ja, Jenny ... sie ist mir empfohlen worden damals, ich weiß nicht mehr von wem, williges Mädchen ...«

Diese Bemerkung war ihm etwas unangenehm.

»Können Sie das erklären?«, fragte Sonja.

»Sie hat alles gemacht ... alles, was man sich nur so wünschte.«

»Auch jetzt?«, fragte Süden.

»Nein, wir haben ... wir haben normal miteinander geschlafen, normal ... Natürlich mit Kondom. Ich nehm im-

mer ein Kondom, so einer bin ich nicht. Wir haben was getrunken, ich bin kürzlich neunundfünfzig geworden ...«
»Glückwunsch«, sagte Süden heiter. Als wäre er überglücklich, bis dahin noch fünfzehn Jahre Zeit zu haben.
»Ja, danke ... Sie war merkwürdig. Schon dass sie überhaupt aufgetaucht ist nach so langer Zeit. Sie hat angerufen ... sie wollte unbedingt mit mir schlafen. Dann ... dann schien es ihr nicht so viel Spaß zu machen ... sie hat sich nicht gewehrt, ich hab ... sie war entspannt ... fast wie früher ... Sie blieb über Nacht ... Ich ... ich muss Ihnen was gestehen ...«
Er machte eine Pause. Süden und Sonja schwiegen. Und Henning fing wieder an, mit den Daumen zu spielen.
»Ich hab sie gefragt, ob sie mich heiraten will. Ganz ernst. Ich wollt sie heiraten. Ich hab so über mein Leben nachgedacht, nächstes Jahr werd ich sechzig. Ich bin Steuerberater, ich verdien ganz gut ... Ich hab sie gefragt. Sie hat natürlich nein gesagt.«
»Warum natürlich?«, fragte Sonja.
»Würden Sie einen Mann heiraten, der nie was anderes von Ihnen wollte als Sex?«
»Warum haben Sie sie dann gefragt?«
»Es war ... Sie wirkte so bedrückt, so allein ... Und ich dachte ... Unsinn, natürlich, Gott sei Dank hat sie nein gesagt ...«
»Ariane hat keine Andeutungen gemacht, was sie bedrückt«, sagte Süden.
»Ariane? Ja, sie heißt Ariane. Ich hab immer Jenny zu ihr gesagt, sie nannte sich so ... Ich weiß nicht, nein ... Sie

wirkte jedenfalls unzufrieden, ich weiß nicht, warum sie auf einmal wieder anrief, ich hab sie gefragt, sie gab mir keine Antwort ...«

»Haben Sie sie bezahlt?«, fragte Sonja.

»Ja.«

Süden ging mit seiner leeren Tasse zur Kaffeemaschine. »Hat sie gesagt, wo sie nach Ihnen hinwollte?«

»Nein. Sie nahm das Geld und verschwand. Ehrlich gesagt, war ich froh, dass sie weg war. Ich hab das nicht so gern ... wenn die Frauen zu mir kommen, ich geh lieber zu denen ...«

Bevor der nächste Zeuge eintraf, der vierunddreißigjährige Verkäufer Ralf Schmidt, ging Süden zu Martin Heuer.

»Geht's dir besser?«

»Kann ich dir nicht sagen«, sagte Heuer, »ich denk nicht drüber nach.«

»Das ist in Ordnung.«

»Wie geht's Veronika?«

Über sie hatte Süden am Morgen mit Karl Funkel gesprochen. »Ihr fehlt nichts, wie immer, sie hat sich wieder nur was eingeredet.«

»Die Glückliche«, sagte Heuer und warf eine Vitamintablette in ein Wasserglas. »Ariane Jennerfurt ist wohl kaum mit einem Taxi von ihrer Wohnung weggefahren, wir haben alle Unternehmen befragt. Vielleicht hat ein früherer Freier sie besucht, und sie ist mit zu ihm gefahren.«

»Sie hat nie Freier zu Hause empfangen, sagt ihre Freundin.«
»Aber du traust Iris Frost nicht.«
»Nein«, sagte Süden. »Sie verschweigt etwas, genau wie Ariane etwas verschwiegen hat.«

»Was geht mich das an, ob die mir was verschweigt.« Ralf Schmidt hatte sich nicht hingesetzt. Er war aufgebracht, weil er herbestellt worden war.
»Sie hat angerufen, und ich hab sofort gewusst, dass sie ficken will, was sonst? Sie war da, wir haben gefickt, sie ist gegangen, das hab ich alles schon am Telefon gesagt. Außerdem hab ich mich freiwillig gemeldet und jetzt muss ich wieder los, mein Chef ist sowieso schon sauer, weil ich letzte Woche zwei Tage weg war, ich hab keine Zeit.«
»Sie hatten doch den Eindruck, dass mit Frau Jennerfurt was nicht stimmt«, sagte Sonja. Er war einer dieser Männer, die sie auf dem Mond angesiedelt hätte, wenn es nach ihr gegangen wäre.
»Frau Jennerfurt? Ich weiß nicht, wie die heißt. Jenny heißt die, jeder hat Jenny zu ihr gesagt, im ›Blaubart‹ und wo die überall war. Jennerfurt. Was war die Frage? Ob was nicht stimmt mit der. Das können Sie singen. Taucht die mitten in der Nacht bei mir auf und will ficken. Gott sei Dank war ich allein, meine Freundin ist grad auf einer Messe in Hannover, so ein Dusel. Die versteht da wenig Spaß, meine Alte, wenn's um andere Frauen geht. Ich hab zu ihr gesagt, sie soll reinkommen, wenn sie schon mal da ist, ich hab gleich gesehen, was mit der los ist ..«

»Was war mit ihr los?«, fragte Süden. Er hatte sich hingesetzt. Sonja stand am Fenster. Er brauchte nicht zu ihr hinzusehen, um zu spüren, wie zuwider ihr dieser Mann war.
»Die war mies drauf, ganz mies, total blass und irgendwie ... aufgedunsen, und sie roch nach Puff, ich muss das so sagen, keine Ahnung, was das für ein Parfüm ist, sie kam rein, und ich hab ihr ein Bier angeboten, sie wollte keins. Ich hab sie gefragt, was sie will, und sie sagt: ›Lieb mich!‹ Ich hab erst verstanden: Fick mich. Das hätt ich dann schon drastisch gefunden ...«
»Warum?«, fragte Sonja.
Schmidt nahm eine Hand aus der Hosentasche und schaute die Kommissarin an. Nach einigen Augenblicken steckte er die Hand wieder in die Tasche.
»Lieb mich«, sagte er. Und drehte sich zu Süden um. »Sie hat gesagt: ›Lieb mich!‹, und das hab ich dann getan. Hab meine Gummis geholt, weil ohne Gummis mach ich's nicht, so einer bin ich nicht, und dann hab ich sie geliebt. Und sie hat sich lieben lassen.«
»Und dann haben Sie sie bezahlt«, sagte Süden.
»Ich hab sie bezahlt. Ich hab sie nicht bestellt. Das möcht ich mal festhalten. Sie hat das Geld genommen, sie hat drauf gewartet, dass ich ihr welches geb, wieso nicht? Sie ist eine Nutte, sie lebt davon, ist okay.«
»Wie lange war sie bei Ihnen?«, fragte Süden.
»Drei Stunden, ungefähr, wir haben's ... wir haben ein paar Sachen gemacht, wie früher ... War schon gut, hat schon gepasst, die Jenny ... nichts verlernt ... In der Ba-

dewanne und so Sachen ... Spritzig ... Ich muss jetzt los ...«
»Wo wollte sie anschließend hin?«
»Gern.«
»Was?«
»Sie hat was von Gern gesagt, dem Stadtteil.«
»Was hat sie gesagt, Herr Schmidt?«, fragte Sonja.
Schmidt schaute auf die Uhr. »Sie hat irgendwas gesagt, dass sie nach Gern fährt, ich hab nicht zugehört, sie war draußen, ich war drin, es war kalt, ich hab nichts angehabt, jetzt muss ich los, mehr war nicht.«
»Danke für Ihre Hilfe«, sagte Süden.
Nachdem Schmidt gegangen war, küsste Süden seine Freundin. Das Telefon klingelte. Er küsste sie weiter. Das Telefon klingelte. Er küsste sie länger.
Hinterher musste Sonja die Befragung des dritten Zeugen, des achtundvierzigjährigen Anwalts Hanno Rink, allein durchführen.

Dr. Sibylle Forster hatte im Dezernat 11 angerufen, nachdem sie das Foto in der Zeitung gesehen hatte. Und weil Montag war und das regelmäßige Treffen der infizierten Frauen stattfand, hatte sie den Kommissar ins Therapiezentrum bestellt.
»Ich glaub nicht, dass die wirklich abgehauen ist«, sagte Klara und drehte die Zigarette, die sie noch nicht angezündet hatte, in der Hand. »So was macht die Jenny nicht, die ist stark, die rennt nicht weg ...«
»Woher wissen Sie, dass sie Jenny heißt?«, fragte Süden.

»Sie wollte, dass wir sie so nennen«, sagte Dr. Forster.
»Sie hat uns von ihrem grausamen Traum erzählt«, sagte Elfie. Wie die meisten der anderen Frauen musterte sie Süden ununterbrochen. Zum einen, weil sie noch nie einen Kriminalbeamten aus nächster Nähe gesehen hatte, zum anderen, weil er so aussah, wie er aussah.
»Hey«, sagte Klara, die Elfies Blicke bemerkte.
»Ich habe Sie angerufen, ohne zu wissen, ob wir Ihnen helfen können«, sagte Dr. Forster. »Jenny war hier, einmal, wir wissen noch wenig von ihr.«
»Ich wusste nicht einmal, dass sie infiziert ist«, sagte Süden. Er saß auf demselben Klappstuhl, auf dem auch Ariane gesessen hatte.
»Ich habe sie gefragt, wo sie sich angesteckt hat, sie wollte es mir nicht sagen.« Dr. Forster blickte in die Runde. Eine der Frauen strickte. Die Nadeln klapperten leise. Süden hörte hin wie auf ein sphärisches Geräusch.
Seltsam. Er war umgeben von kranken Frauen. Vor ein paar Jahren hätte er sagen müssen: von todkranken Frauen. Und doch vermittelten sie ihm nicht diesen Eindruck. Wenn er sie betrachtete, und das tat er jetzt – einige wichen seinem Blick aus oder weiteten die Pupillen, wie Elfie –, dann sah er etwas, das sein Freund Martin als seinen großen Mangel empfand: das Einssein mit sich selbst. Vermutlich verfluchten die Frauen immer mal wieder ihren Zustand, und doch, dachte Süden, waren sie schon eine Tür weiter. Der Raum der unerträglichen Verzweiflung lag hinter ihnen. Nun kam es darauf an, die Tagesnot zu bewältigen. Die Augenblicksangst. Den Ta-

blettenüberdruss. Aber zu allem Übrigen sagten sie ja. Oder wenigstens: Ich versuch's.

»Entschuldigung«, sagte er. Jemand hatte etwas gesagt.

»Ich mein nur, ich könnt mir vorstellen, sie ist auf Aufriss.« Klara zündete sich die Zigarette an, und die Frau mit den Nadeln hörte auf zu stricken.

»Das ist gegen die Abmachung.«

»Das sagst du jedes Mal, Sandra, und du hast jedes Mal recht.« Klara nahm einen tiefen Zug. »Ich hab das auch gemacht, na ja, ein- oder zweimal. Schau nicht so streng, Elfie, ich wollt niemand anstecken, ich wollt mich nicht rächen, ich bin keine Idiotin. Ich wollt mich einfach begehrt fühlen, das gestörte Gefühl wegvögeln, man will begehrt sein, oder nicht?« Sie sah Süden an.

»Ja«, sagte er.

»Ja«, sagte Klara, »die Männer kapieren das nicht, deswegen kann man mit ihnen auch nicht drüber reden. Ich hab Glück, ich hab einen Mann, der nicht bescheuert ist, und einen Sohn, der auch eine Menge mitkriegt, ich hab's gut, andere nicht.«

»Ich könnt das nicht aushalten, wenn ein Mann mich ablehnt, weil er erfährt, dass ich infiziert bin«, sagte Elfie.

»Du willst doch überhaupt keine Männer«, sagte Klara und nickte Süden zu.

»Ich will keine Männer, weil ich allein besser zurechtkomm.«

»Ich auch«, sagte Sandra.

»Das ist so ätzend langweilig ohne Männer«, sagte eine andere Frau.

»Ganz genau«, erwiderte Klara. »Noch mal zu Jenny, ich wette, die ist unterwegs, die braucht diesen Kick, die ist so …«

»Du kennst sie genauso wenig wie wir alle«, sagte Dr. Forster.

»Ich kenn sie, ich hab ihr zugehört, die kommt wieder, Herr Süden, in ein paar Tagen ist die wieder da.«

»Sie war schon einmal ein paar Tage weg«, sagte er.

»Dann hat sie eben noch mal Hunger gekriegt.«

»Kann auch sein, dass der Schock sie erst jetzt erwischt hat«, sagte Sandra. Sie unterbrach ihr Stricken und rollte mit dem Ball, auf dem sie saß, ein wenig hin und her. »Ich war völlig durcheinander, als ich erfahren hab, dass ich infiziert bin. Ich war total weg, tagelang, ich hab gedacht, ich leb in der falschen Welt, das bin gar nicht ich, ich hab gedacht, ich spring aus dem Fenster. Ich bin mir so aussätzig vorgekommen, ich hab gedacht, ich vergifte die Erde …«

»Das wissen wir schon«, sagte Klara.

»Ich sag's ja nur, weil es Jenny vielleicht so geht und dass sie deswegen weg ist.«

»Sie kann doch mit uns reden«, sagte Elfie. »Wir helfen ihr.«

»Mir hast du noch nie geholfen«, sagte Klara.

»Du brauchst niemand, du hast deine Familie.«

»Warum, glaubst du denn, bin ich hier? Weil ich so gern deinen Monologen zuhör oder mir von Sandra zeigen lassen will, wie man einen Pullover strickt?«

»Das wird ein Pullunder«, sagte Sandra.

»Ein rosafarbener Pullunder?«, fragte Klara. »Für wen ist der? Kriegst du ein Baby?«
»Du dumme Nuss. Ich verschenk den, ich verschenk alle Sachen, die ich stricke, das macht mir Freude.«
»Aber wer zieht einen rosafarbenen Pullunder an, Mann.« Klara drückte die Zigarette aus und klopfte sich auf die Oberschenkel.
»Wissen Sie, ob Jenny außer mit Ihnen noch mit jemand anderem über ihre Infizierung gesprochen hat?«, fragte Süden.
»Mit ihrer besten Freundin«, sagte Dr. Forster.
»Die kommt wieder, die Jenny«, sagte Klara.
Süden verabschiedete sich. Die Therapeutin begleitete ihn auf den Flur hinaus.
»Der gefällt mir«, sagte Elfie.
»Das war ja peinlich, wie du den angegiert hast« sagte Klara.
»Von dir lass ich mir gar nichts sagen, du spielst dich dauernd bloß auf.«
»Meine Helferzellen sind wieder auf zweihundertachtzig gesunken«, sagte Klara.
Mit einem Satz war Elfie bei ihr, schlug ihr mitten ins Gesicht und schrie: »Hör sofort auf zu rauchen und fang wieder mit den Tabletten an.«

Sie weigerte sich zu antworten. Aber er versperrte ihr den Weg. Und die Küche war zu eng. Sie konnte sich nicht an ihm vorbeiwinden.
»Das hat mit ihrem Verschwinden nichts zu tun«, sagte

Iris Frost und blies Süden den Rauch ihrer Zigarette ins Gesicht.
»Sie haben uns nicht die Wahrheit gesagt.«
»Geht Sie doch gar nichts an.«
»Wer weiß von ihrer Infizierung, wer außer Ihnen und der Gruppe?«
»Niemand.«
»Und wer hat sie infiziert?«
»Das weiß ich nicht.«
Bevor sie einen neuen Zug machen konnte, hielt Süden sie an der Schulter fest und drückte sie auf einen Stuhl.
»Sie lügen mich nicht mehr an, Frau Frost. Ich werd Sie mitnehmen, und Ihre Kneipe wird zugesperrt.« Er ging zum Ausguss. Trank Leitungswasser. Fast immer, wenn er eine Polizeiautorität mimte, musste er hinterher etwas tun, das vollkommen unnütz war. Und aus einem verkalkten Hahn Wasser zu schlürfen zählte zum Unnützesten, was er sich vorstellen konnte.
Sollte er je den Dienst quittieren, dann wegen solcher Momente.
»Sie hatte schon Mühe, es überhaupt mir zu erzählen«, sagte Iris. Sie bückte sich, um die Zigarette aufzuheben, die sie vor Schreck fallen gelassen hatte. »Ich hab nicht gedacht, dass das was mit ihrem Verschwinden zu tun haben könnte, und das glaub ich immer noch.«
»Das ist falsch«, sagte Süden.
»Sie sind bloß sauer, weil Sie keinen Erfolg bei der Suche haben«, sagte sie.
»Wir haben gerade erst angefangen«, sagte er.

Sie rauchte zu Ende. Stocherte mit dem Finger im Chaos ihrer zusammengebundenen Haare und erhob sich.

»Sie hat es mir nicht gesagt. Ich hab sie zehnmal gefragt, sie wollte es nicht sagen. Sie hat gesagt, sie kann darüber nicht sprechen. Das ist die Wahrheit.«

»Haben Sie einen Verdacht?«

»Nein.«

»Wann waren Sie vor dem letzten Mal Blut spenden?«

»Überhaupt nicht, es war das erste Mal, dass wir Blut spenden waren. Früher wurden wir untersucht, das war was anderes.«

»Und wann das letzte Mal?«

»Weiß ich nicht. Vor drei Jahren?«

Sie machte die Tür auf. Gleichzeitig hoben am Tresen zwei Männer ihre leeren Gläser hoch.

Süden dachte an den Spiegel, den Ariane in ihrer Wohnung verkehrt herum an die Wand gelehnt hatte.

»Sie wissen, welche Männer sie in der letzten Zeit getroffen hat«, sagte er. Und trat einen Schritt zur Seite, damit sie das Bier auf die Theke stellen konnte.

Die beiden Männer beugten sich vor.

»Mich«, sagte der eine.

»Mich auch«, sagte der andere.

»Und mich auch«, sagte Süden.

Die beiden sahen ihn an. Iris schob ihn zurück in die Küche. Die Tür blieb offen.

»Ich kenne alle«, sagte sie mit gedämpfter Stimme, »und ich weiß, sie hat mit keinem von denen geschlafen.«

»Ist sie drogensüchtig?«

»Nein.«
»Dann hat sie sich bei jemand angesteckt.«
Iris hielt Ausschau nach Zigaretten. Entdeckte eine angebrochene Packung auf dem Regal bei den Gewürzen. Steckte sich eine Zigarette in den Mund. Süden nahm das Feuerzeug vom Tisch.
»Danke«, sagte sie und blies den Rauch an ihm vorbei. »Wir haben die letzten zwei Jahre jeden Tag hier gearbeitet, und wenn sie spätnachts einen Mann getroffen hätt und mit ihm in die Kiste gegangen wär, hätt sie mir bestimmt davon erzählt.«
»Es muss einen gegeben haben.«
»Ich kenne ihn nicht.«
»Das wäre dann ein Widerspruch«, sagte Süden.
Darauf schwieg sie. Sie hatte die ganze Nacht nichts anderes getan als sich den Kopf darüber zerbrochen, wer dieser Mann sein könnte.
»Ich weiß es nicht«, sagte sie, »ich weiß es nicht.« Sie blinzelte. Und Süden ging aus der Küche. Iris tupfte sich die Augen ab. Drückte die halbgerauchte Zigarette aus. Und weinte.
Süden setzte sich an den Ecktisch unter dem Fernseher, wo gewöhnlich die Bierfahrer Toni und Rudi saßen, und schloss die Augen. Er musste jetzt sehr lange schweigend ins Dunkel sehen.

23

Zehn vor acht stand er in der Einfahrt, den Zettel mit der Untersuchungsnummer in der rechten Faust zerknüllt.

Er war zu Fuß gekommen. In der Nacht hatte er drei Stunden geschlafen. Um zwanzig nach sechs wachte er auf. Er duschte mit eiskaltem Wasser. Zog sich an. Und verließ die Pension. Bevor er die Bahnhofshalle betrat, wo er einen Kaffee trinken wollte, begriff er, dass er nicht hier war, um Kaffee zu trinken. Er war hier, weil ihn eine Unruhe aus dem Zimmer getrieben hatte, in keine bestimmte Richtung, nur raus. Durch den dunklen Morgen. Der Bahnhof war ein willkürliches Ziel. Es hätte jeder andere Ort sein können, an dem sich Menschen aufhielten.

Das war ein irrer Gedanke. Ich will niemand sehen! Ich will doch jetzt mit niemand reden. Und es wär gesünder für jeden, mich nicht anzusprechen.

Niklas Schilff war unfähig, auf die letzte Stufe der Treppe vor dem Südeingang zu steigen. Leute liefen an ihm vorbei. Aus der Halle tönte die Stimme der Ansagerin. Die Verkaufsstände hatten geöffnet. Er sah einen Mann, der von einem Pappteller eine Bratwurst aß, und einen anderen, der ein Bier trank und vor sich hin redete. Am gläsernen Kiosk prangten die bunten Zeitschriften, Hunderte von Blättern. Schilff starrte minutenlang hin. Als würde er etwas Ungewöhnliches sehen. Das farbenstrahlende Gesicht der realen Welt. Und er wäre nicht real. Er wäre nur auf der Durchreise von einem Hirngespinst zum nächsten. Niemand würde ihn wahrnehmen. Nicht einmal er sich selbst.

Es war unmöglich, dass er positiv war! Ich hab niemand gefickt, den ich nicht kenn. Schwachsinn. Wieso bin ich letzte Woche zu diesem Test gegangen? Der Arzt hat mich gefragt, ob ich Bedenken hab. Und ich sagte: Keine. Und er sagte: Gut. Er sagte: Gut.

Je länger Schilff auf der Treppe stand, desto unruhiger wurde er. Und er hatte geglaubt, er wolle nur einen Kaffee trinken und dann gemächlich zur Lindwurmstraße schlendern.

Schlendern! Bin ich ein Schlenderer? Strolling down the road strolling through the night strolling in the city.

»Ich schlender doch nicht«, sagte er laut.

»Sehr richtig«, sagte jemand neben ihm.

Schilff wandte den Kopf. Der Mann neben ihm trug einen schmutzigen Mantel. Sein Gesicht war von Alkohol und Wunden entstellt.

»Dich kenn ich«, krächzte der Mann. »Dich kenn ich, du Sau.«

Schilff erkannte ihn nicht. Ich muss hier weg, ich kotz gleich.

»Du bist der Schläger!«, stieß der Stadtstreicher hervor und riss seine roten Augen weit auf. »Ich hab dich angezeigt, du Sau.«

Schilff war schon an der Ampel. Musste stehen bleiben. Drehte sich noch einmal um.

»Hitler kommt wieder, und du kommst ins Gas«, brüllte der Mann. Eine Minute später hatte Schilff ihn vergessen.

Ob die Haustür offen war, hatte er noch nicht ausprobiert. Er ging in der Einfahrt auf und ab. Er fragte sich, warum er hier war. Wieso er diesen Test gemacht hatte. Diesen ersten Test. Diesen sinnlosen Test. Ich hab kein Virus. Von wem denn, von Alice? Wie lang war das her, seit er das letzte Mal mit ihr geschlafen hatte? Fünf Monate? Die ist intelligent, die kennt sich aus, die fickt nicht mit jedem. Sie hat mit mir gefickt. Oder nicht? Wir sind getrennt. Wir haben uns getroffen. Wir haben geredet. Wir haben Wein getrunken. Am Schluss hat Silvio uns Grappa ausgegeben. Und dann sind wir zu ihr. Und haben gefickt. Sie wollte es. Das war gut. Ich hab mir keine Sorgen gemacht, worüber denn? Sie hat nicht verlangt, dass ich einen Screwing Gum nehmen soll. Sie hat mich genommen. Es war ihre Entscheidung. Ganz klar ihre Entscheidung. Ich hatte nichts dagegen. Ich hab da nichts dagegen, wenn eine Frau Lust hat. Aber ich mach nicht mit fremden Frauen rum, die ich nicht kenn.
Er dachte an Alice. Und an andere Frauen, die er in den vergangenen Jahren getroffen hatte. Mit einigen von ihnen war er im Bett gewesen. Meistens ohne mit ihnen zu schlafen. Oder doch? Nein. Das gibt's nicht. Clara, Francis, Cybill, Esther ... Waren nur noch Schemen. Huschten durch seine Erinnerung. Er verband nichts mit ihnen. Nicht einmal Gleichgültigkeit.
Aber hier, in dieser Einfahrt, am Montagmorgen kurz vor acht, vor der Tür des Gebäudes, in dem sich die Beratungsstelle befand, wusste er, diese Frauen waren in seinem Zimmer gewesen, nackt. Einige. Und er hatte einen

Orgasmus mit ihnen gehabt. Natürlich. Und etwas war passiert. Etwas war passiert. Außerdem war es unvorstellbar, dass sie nicht über die Krankheit gesprochen hatten. Jeder sprach darüber. Die Talkshows waren voll davon. Sogar die Amerikaner hatten mittlerweile begriffen, dass nicht nur Homosexuelle und Junkies betroffen waren.

War eine der Frauen drogensüchtig gewesen? Er hatte nicht danach gefragt. Oder doch? Er wusste es nicht. Wie spät? Er hatte keine Uhr. Wo hab ich die verdammte Uhr verloren? Er musste sich dringend eine neue kaufen. Das hatte er wieder vergessen.

Es war unmöglich, dass er infiziert war.

Wäre Alice fähig gewesen, ihn absichtlich zu infizieren? Er hatte sie verlassen. Er hatte sie angerufen und gesagt, es geht so nicht weiter, hab zu viel zu tun, kann mich nicht auf dich konzentrieren. Muss mich trennen.

Daraufhin kam sie zu ihm. Sie redeten. Alice weinte. Er tröstete sie. Sie landeten im Bett. Hinterher sagte er, es ist Schluss. Sie tobte. Beschimpfte ihn, er würde sie ausnutzen. Und missbrauchen. *Misused. Accused. Confused. For the strung-out ones an' worse. An' for every hung-up person in the whole wide universe*. Er sei es gewesen, der mit ihr ins Bett wollte. Nicht sie. Er habe sie überredet. Und sie habe gedacht, es sei ein Akt der Versöhnung. Und des Neuanfangs. Scheiß drauf. Ich wollt mich mit der nicht versöhnen. Ich war heiß. Und sie war heiß. Und ich hatte noch nicht mal alle Knöpfe an ihrer Bluse auf, da hat sie mir schon die Hose runtergezogen. Wenn ich gesagt hätt, ich will nicht, hätt sie gesagt, ich find sie nicht attraktiv. Das hat sie schon mal gesagt. Das war ihr Tick. Wenn ich sie nicht gefickt hab, hat sie geglaubt, sie ist hässlich. Ich hätt viel früher Schluss machen sollen. Aber sie war nett. Und sie war immer da. Sie war ein Freund. Ich konnte mich auf sie verlassen.

Er brauchte niemand. Er hatte zu tun. Er traf Leute. Die verschafften ihm Kontakte. Und manchmal kam Elvira aus Deutschland zu Besuch. Wenn sie in den Staaten Urlaub machte oder einen Auftrag von ihrem Frauenmagazin hatte. Dann schliefen sie zusammen, mit oder ohne Screwing Gums. Er konnte sich nicht erinnern. Dann verschwand sie wieder. Und das reichte ihm an Sex. Mit Frauen wusste Schilff am meisten in seiner Vorstellung etwas anzufangen.

Sag mir, was du willst, sagte Alice immer. Und dieses Angebot fand er in zweifacher Hinsicht lächerlich. Sie hätte sowieso nur das zugelassen, was ihr gefiel. Egal, was er wollte. Außerdem hätte er niemals aussprechen können, was er sich wünschte. Falls es überhaupt Wünsche waren und nicht bloß Phantasien, die keine Realität brauchten, um zu funktionieren.

Und alles, was normal war, hatte er von ihr bekommen.

»Oralsex, Vaginalsex, Analsex«, sagte er laut. Eine Frau, die an der Einfahrt vorüberging, sah zu ihm her. Und ging weiter.

Er drückte gegen die Glastür. Sie war offen. Noch immer hatte er die rechte Hand zur Faust geballt und darin den grauen Zettel mit der Untersuchungsnummer.

Die Räume der Beratungsstelle lagen im vierten Stock. Nach den ersten Stufen blieb er stehen. Und hustete. Ein grandioser Gedanke schoss ihm durch den Kopf. Angenommen, er war infiziert, dann hatte er mit einer ebenfalls infizierten Frau geschlafen. Und sie hatten sich gegenseitig ein zweites Mal infiziert. Dann bräuchte er nicht länger zu warten. Dann wäre alles eindeutig. Und unmissverständlich. Und unwiderruflich. Dann wäre der nächste Schritt, in ein Kaufhaus zu gehen und ein Seil zu kaufen. Kein Warten mehr. Nur noch handeln. Bevor es Abend wurde, waren die Dinge erledigt. Irgendjemand würde irgendwann die Leichen entdecken. Ein paar Haie würden darüber schreiben. Vermutlich hatte die Frau Familie. Dann käme sie ins Familiengrab. Und ihn würde man, wenn noch Platz war und die Überreste ausreichend verfault waren, auf dem Friedhof zu seinen Eltern betten. Eigentlich die beste Lösung.

»Guten Morgen«, sagte er zu der Frau im weißen Kittel.

An den Wänden hingen Aufklärungsplakate. Darunter standen Stühle. Für diejenigen, die warten mussten. Zwei Ärzte führten die Tests und die Beratungen durch.

»Sie können mit mir kommen«, sagte die Frau im weißen Kittel. »Dr. Silk hat heut frei.«

Sie forderte ihn auf, sich zu setzen. Er setzte sich. Das Zimmer sah genauso aus wie das von Dr. Silk, der ihm Blut abgenommen hatte. Ein Schreibtisch. Ein Schrank. Ein Waschbecken. Eine Liege. Zwei Stühle. Stapel von Prospekten. Ein Fenster mit einer hellen Gardine.

»Ihre Nummer?«

Schilff hob die Hand. Verwundert sah er auf seine Faust. An den Fingerkuppen spürte er Schweiß. Das ärgerte ihn. Zwischen der Sekunde, in der er den Schweiß bemerkte, und der nächsten, in der er die Faust mit dem zerknüllten Zettel öffnete, entstand ein Riss.
Und dieser Riss war wie das Fenster hinter der Frau im weißen Kittel.
Und er sah überdeutlich, was er in kurzer Zeit tun würde. Unabhängig davon, welches Ergebnis er erfuhr. Nie hatte er etwas klarer vor sich gesehen. Noch nie war er sich so sicher gewesen. Die Entscheidung war gefallen. Er faltete den Zettel auseinander. Und seine Hände trockneten.
»Eins-zwei-neun-acht-vier«, sagte er.
»Und Ihr Codewort?«
»Süden.«
Die Frage von Dr. Silk hatte ihn überrascht. Er hatte eine Weile überlegt und dann an den Kommissar denken müssen. Und die Idee komisch gefunden. So komisch, dass der Arzt ihn gefragt hatte, worüber er sich amüsiere. Und Schilff hatte gesagt, über nichts.
»Alles in Ordnung«, sagte die Ärztin, die ihren Namen genannt hatte. Aber er hatte nicht zugehört.
Im Treppenhaus fühlte er sich nicht im Geringsten erleichtert. Fast enttäuscht. Was ihm absurd erschien. Und auch wieder nicht. Jetzt begann das Warten. Zwölf Wochen. In dieser Zeit musste er so tun, als wäre irgendetwas anderes wichtig.
»Alles in Ordnung«, sagte er laut auf der Straße.
Dann schlug er mit dem Kopf gegen eine Tür. Er hatte

nicht damit gerechnet, dass sie verschlossen sein könnte. Im Laden war es dunkel. Montag war Ruhetag, las er auf dem Schild. Scheißdeutschland. In Amerika gibt's Friseure, die haben bis Mitternacht auf. Jeden Tag.
Schilff beschloss, einem alten Freund einen Besuch abzustatten. Einem verlogenen, feigen Freund.

In der Mitte des Zimmers stand ein käfigförmiger Bastkorb. Sonst war die Wohnung leer. Gegen die geputzten Fensterscheiben fiel Regen. Alle Türen standen offen. Sogar in verlassenem Zustand sah die große saubere Wohnung einladend aus.
Die beiden Männer standen sich gegenüber, Max Schilling neben dem Bastkorb, im weißen Hemd und blauen Jackett. Niklas Schilff an der Tür, mit nassen Haaren, die Hände hinter dem Rücken verschränkt. Schilling hatte Schritte auf der Treppe gehört. Er war in den Hausflur gegangen und, als er den Reporter heraufkommen sah, in die Wohnung zurückgekehrt.
»Was soll das?«, fragte er seinen Besucher.
»Was?«
»Dieser Auftritt.«
»Ich bin wieder in der Stadt.«
»Das weiß ich, die Polizei hat mich nach dir gefragt.«
»Tabor Süden?«
»Wer?«
»Ziehst du um?«
»Wir haben uns nichts mehr zu sagen.« Schilling nahm die Hand aus der Hosentasche und griff nach dem Korb.

»Ich bin wegen dir wieder hier«, sagte Schilff. Wischte sich über das nasse Gesicht und schüttelte den Kopf wie ein Hund. »Ich hab drüben alles aufgegeben. Hier hab ich nichts. Ich hab keine Ahnung, was ich hier soll. Du hast mich fertiggemacht, und ich möchte wissen, wieso. Ich will, dass du mir das ins Gesicht sagst und dir deine E-Mails in den Arsch schiebst. Okay?«
»Du hast jeden Kontakt zur Realität verloren, Niki. Du hast uns jahrelang belogen und jetzt gibst du mir die Schuld? Ohne mich wärst du ein Zeilenschinder in der Provinz geblieben, ich hab dich zum ›Magazin‹ gebracht, durch mich bist du überhaupt in die Branche reingekommen. Und jetzt verzieh dich, ich hab's eilig.«
»Du hast immer gewusst, wie ich schreibe«, sagte Schilff. Er knöpfte sich den Trenchcoat auf. »Ich hab Unterhaltung gemacht, ich hab die Sachen so geschrieben, dass sie gut klingen, dass sie die Leute ansprechen, die jungen Leute, die Leser in den Magazinen, in deinem Magazin ...«
»Du hast Lügen verbreitet und sonst nichts.«
»Glaubst du, Sharon Stone sagt die Wahrheit, wenn ich mit der rede? Glaubst du das im Ernst?«
»Du hast ja nicht mit ihr geredet. Du hast uns ein Interview mit ihr geschickt, das hast du dir ausgedacht in deinem kranken Kopf.«
»Was ich mir ausdenke, ist besser als das, was diese Leute sagen. Deine Leser würden dir weglaufen, wenn du den Scheiß drucken würdest, den diese Leute dir erzählen.«
»Welche Leute, Niki, welche Leute meinst du? Die Schauspieler, die Dealer, die Bettler, die Hell's Angels, die Ver-

rückten da unten in San Diego, diese Typen, von denen kein Mensch weiß, ob sie überhaupt existieren? Wir haben dir Hunderte von Geschichten abgekauft, Tausende hast du in Deutschland verkauft, und alles bloß Lüge und Wichserei ...«

»Du hast Preise gekriegt für meine Storys, und es hat sich nie jemand beschwert. Und kaum kommt einer daher und sagt, da stimmt was nicht, da knickst du ein und bist feige. Feige, Max, höchst feige, Herr Doktor Schilling.«

»Ich hab das Magazin zu dem gemacht, was es heute ist, und du hättest es fast geschafft, alles kaputt zu machen. Und die einzige Chance, das zu verhindern, war, dass ich gehe, dass ich die Redaktionsleitung niederlege und mir einen neuen Job suche. Und das hab ich dir zu verdanken, du Wichser.«

»Die Wirklichkeit ist kubistisch, hast du vergessen, was dieser polnische Schriftsteller gesagt hat? Die Wirklichkeit ist kubistisch. Es gibt nicht nur eine Perspektive, es gibt viele, und die des Autors ist die entscheidende, denn er trifft die Auswahl. Was Realität ist und was nicht, das entscheiden wir, du als Redakteur, ich als Autor, wir machen gemeinsam Wirklichkeit. Und ich hab dir dieses Ziel geliefert. Ich war neun Jahre in Amerika, neun Scheißjahre, ich hab Tag und Nacht nichts anderes getan als dir Wirklichkeit besorgt. Ich hab sie dir zurechtgeschnitten, damit sie in dein Magazin passt. Du hast Auflage mit mir gemacht, hohe Auflage. Du hast Preise gekriegt. Ich bin kein Synchronsprecher. Ich hab eine eigene Stimme, ich spiel meine eigene Rolle, nicht die eines anderen, ich bin es, der agiert. Das bin ich. Das ist mein Körper. Das ist mein Geist. Meine Stimme.«

»Du bist verrückt, Niki, du bist krank, du musst zu einem Psychiater.« Schilling stellte den Korb wieder hin. Er hatte kein Bedürfnis weiterzureden. Doch aus einem ihm unbegreiflichen Grund schaffte er es nicht, den Eindringling aus der Wohnung zu jagen.

»Ich weiß, dass ich nur ein Journalist bin«, sagte Schilff laut. »In deinem Nachwort hast du mich einen Erzähler genannt. Wer ist also der Lügner von uns beiden? Eigentlich hätte der Deutsche Presserat dich rügen sollen, nicht mich. Du hast die Öffentlichkeit belogen, du weißt, was ich bin. Trotzdem hast du mich einen Erzähler genannt, sogar einen, der es versteht, mit der Sprache zu jonglieren ...«

»Werd erwachsen, Niki. Du drehst durch, du bringst alles durcheinander. Du schickst uns jahrelang erfundene Interviews und Reportagen, und jetzt wirfst du mir vor, dass ich dich nicht rechtzeitig durchschaut hab? Dass ich ein Nachwort für ein Buch geschrieben hab, das aus lauter Fiktionen besteht? Woher hätt ich das wissen sollen? Wie hätt ich das rauskriegen sollen? Hätt ich jeden Artikel von dir gegenrecherchieren sollen?«

»Du hast gewusst, dass ich ein Erzähler bin, du hast es selbst geschrieben. Du hast gewusst, dass ich ein Künstler bin. Dass alles, was ich schreibe, subjektiv ist. Du selber hast mir den Auftrag erteilt, so zu schreiben, am Anfang, hast du das vergessen? Das Subjektive ist die einzige Sichtweise, die interessant ist, das waren deine Worte.

Wann war das, Max? Vor zehn Jahren? Vor zwölf Jahren?«
Schilling sah sein Gegenüber ausdruckslos an. Dann blickte er unwillkürlich zum Fenster. Der Regen hatte aufgehört. Auf jeden Fall fiel er nicht mehr gegen die geputzten Scheiben.
»Was willst du von mir?«, sagte Schilling und bückte sich erneut nach dem Korb.
»Ich will, dass du dich dafür entschuldigst, dass du mein Leben zerstört hast«, sagte Schilff.
Schilling warf einen letzten Blick in das angrenzende leere Zimmer. Dann ging er, den Korb in der Hand, zur Wohnungstür. Er zog den Schlüssel aus der Jacketttasche und steckte ihn ins Schloss.
Schilff stand direkt neben ihm.
»Du bist eine tragische Witzfigur«, sagte Schilling.
Der Schlag traf ihn am Kinn. Und er hatte keine Zeit, den Arm hochzureißen. Er taumelte. Hielt den Korb fest. Der schrammte an der Wand entlang. Ruderte mit dem anderen Arm und schlug mit der Schulter auf. Der Korb kullerte unters Fenster.
»Schau dich mal an«, sagte Schilff laut. Und verschwand.
Die Hände flach auf den Boden gestützt, stemmte sich Schilling in die Höhe. Das Parkett roch nach frischem Bohnerwachs.

24

Am nächsten Morgen, nach einer unauffälligen Nacht, verließ Niklas Schilff als erster Kunde den Friseursalon und machte sich sofort auf den Weg zurück in die Pension, um den ganzen Tag in seinem Zimmer zu verbringen. Zuvor kaufte er sich in einem Kaufhaus eine Brille mit Fensterglas.

»Wo wollen Sie hin?«, fragte Ingo Bellnik an der Rezeption. Er las in einer Zeitung.

Schilff blieb stehen.

Bellnik schaute ihn an. »Aha.«

Schilff hatte eine Glatze und er hatte sich die Brauen stutzen lassen. Er war glatt rasiert, wodurch seine rissige Haut noch grauer wirkte. Und er trug eine Brille mit schwarzem Rand.

Nachdem er ihn betrachtet hatte, schob Bellnik einen Zettel über die Theke. »Sie sollen die Polizei anrufen. Gibt's Ärger wegen dem Auto?«

»Nein. Falls Sie niemandem gesagt haben, dass ich damit fahre.«

Von einer Telefonzelle aus rief Schilff im Dezernat an. Es passte ihm gut ins Konzept, sich mit diesem Kommissar zu treffen. So verging die Zeit. So konnte er dabei zusehen, wie jemand sich an ihm abarbeitete. Und scheiterte.

»Guten Morgen.« Sie trafen sich in dem türkischen Café, in dem Süden mit Sonja gewesen war.

Schilff bestellte Kaffee und Weinbrand, der Kommissar Kaffee und eine belegte Semmel, die nach fetter Luft

schmeckte. Hungrig aß er sie auf. Und bestellte eine zweite.
»Wie läuft die Suche?«, fragte Schilff.
»Haben Sie gewusst, dass Ariane Jennerfurt krank ist?«
»Nein.«
»Sie ist HIV-infiziert.«
»Das ist hart.«
»Sie wissen das.«
Schilff trank. Sah aus dem Fenster. Vor der Pension unterhielten sich eine junge Frau und ein älterer Mann. Sie nahm seine Hand. Er wehrte ab. Und schaute sich um. Dann lächelte sie. Und sie gingen in die Pension.
»Lassen Sie mich eigentlich beobachten?«, fragte er.
»Warum sollten wir das tun?«, sagte Süden. Heute Morgen hatte er eine halbe Stunde lang mit Thon gestritten. Sein Chef drängte darauf, bei zwei anderen Vermisstenfällen neue Spuren zu verfolgen und die Angehörigen ein weiteres Mal zu vernehmen. Und im Fall Jennerfurt eventuell die Befragungen im Milieu fortzusetzen. Bisher hatte keiner der Anrufer die Suche auch nur ein Stück vorangebracht. Das wundert mich nicht, hatte Süden gesagt, es gibt nur einen, der etwas weiß. Thon hatte sich sein Zigarillo angezündet und einen Rest Asche vom Tisch geblasen. Von Südens Vermutungen wollte er nichts mehr hören. Die Spurensicherung in der Wohnung war abgeschlossen, verwertbares Material gab es nicht. Und die Hinweise auf den Reporter waren dürftig. Von seiner peinlichen Vorstellung als Beschatterdarsteller hatte Süden ihm nichts erzählt.

»Modern, Ihr Haarschnitt«, sagte Süden.
»Sehen Sie da oben irgendwo Haare?«
»Hat Frau Jennerwein Ihnen von ihrer Krankheit erzählt?«
Schilff schüttelte den Kopf. Und zum ersten Mal war sich Süden vollkommen sicher, dass seine Ahnung ihn nicht trog.
»Waren Sie lang in Amerika?«, fragte er.
Das gefiel Schilff. Darauf hatte er insgeheim gehofft: Über Dinge sprechen zu können, die vorbei sind. Dahinreden, bis es Mittag wurde. Und Abend. Und Nacht. Und wieder Morgen. Von jetzt an zählte nicht mehr, was war. Nur noch, was kommen würde. Und diese Erkenntnis veranlasste ihn aufzustehen.
Der türkische Wirt und der Junge, der bediente, unterbrachen ihr Gespräch. In dieser Minute war Schilff davon überzeugt, seine Vergangenheit ermordet zu haben. Da waren noch Spuren, das musste er zugeben. Und vermutlich würden diese Spuren unauslöschlich bleiben. Bis zu jenem Tag im Februar, an dem die endgültige Entscheidung fiel. Wenn zu seiner Erlösung nur noch eine Handbewegung nötig sein würde.
Er strich sich über den kahlen Schädel. Und setzte sich wieder.
Süden schwieg.
Schilff sah aus dem Fenster. Autos stauten sich in der Einbahnstraße. Männer riefen. Frauen mit tief in die Stirn gezogenen Kopftüchern eilten vorüber. Alles hatte eine Ordnung. Und ich brauch bloß zuzuschauen.

»Neun Jahre«, sagte er, »neun Jahre. Ich hab ein I-Visum, ich zahl Steuern. Ich war da zu Hause.«
»Und jetzt sind Sie wieder hier«, sagte Süden.
»Ja, ich bin hier und ich bleib hier.«
»Und die Zeitungen, für die Sie in Amerika gearbeitet haben?«
»Ich hab nicht für amerikanische Zeitungen gearbeitet. Mit diesem Visum dürfen Sie nur für ausländische Medien schreiben, kapiert? Ich hab ein paar Magazine groß gemacht, die sich heute für mich schämen. Die schämen sich. Ich war bei Max Schilling. Sie kennen den, er hat mir gesagt, die Polizei ist bei ihm gewesen. Er ist ein Moralapostel. So wie Sie. Er zieht jetzt um, keine Ahnung, wohin ...«
»Nach Berlin«, sagte Süden.
»Ich war in Berlin, ein paar Mal. Ich hab dort mein Buch vorgestellt. Ich hab ein Buch veröffentlicht, Interviews, Reportagen, Max hat ein Nachwort geschrieben. Er nannte mich einen Erzähler, jetzt nennt er mich einen Lügner. Lesen Sie Zeitungen? Magazine? Schauen Sie fern? Was ist der Unterschied zwischen einem, der eine Talkshow am Nachmittag moderiert, und dem Chefredakteur eines Nachrichtenmagazins? Da ist kein Unterschied. Das ist alles Entertainment. Sie handeln mit Geschichten, die jemand erzählt. Die bereiten Sie auf, Sie bringen sie in eine Form und fertig. Wenn Sie den Fernseher anschalten, sehen Sie dann die Wirklichkeit? Ja, Sie sehen die Wirklichkeit. Die, die Sie sehen, sehen Sie, kapieren Sie das? Wir sitzen hier und schauen zum Fenster raus, das ist

wirklich. Aber glauben Sie, der Wirt, der dauernd herglotzt, sieht, dass wir hier sitzen und zum Fenster raussehen? Der sieht zwei Typen, die irgendwelche Geschäfte treiben. Sogar wenn er wüsste, dass Sie ein Bulle sind, würde er denken, Sie machen hier was Illegales, was, das Ihre Kollegen nicht wissen dürfen. Er hat eine eigene Geschichte, und die stimmt ...«

»Die stimmt auch«, sagte Süden.

»Was?«

»Meine Kollegen dürfen nicht wissen, dass ich hier bin.«

Schilff kratzte sich am Kopf. Ist das meiner? Rauh und gleichzeitig glatt. Dann begriff er, dass es die Haut seiner Hand war, die trocken und aufgeschürft war. Erkennen Sie sich noch, hatte der Friseur gefragt. Am liebsten hätte Schilff erwidert: Besser denn je.

Dann schwiegen sie. Schauten aus dem Fenster. Tranken Kaffee. Und bestellten neuen. Zurückgelehnt, die Arme verschränkt, saß Schilff da. Beseelt von der Überzeugung, nichts mehr zu sagen. Keine Silbe. *Not a word of goodbye.* Er summte die Melodie. Und hörte den Sänger. *Not even a note, she went with the man in the long black coat.*

»Mein Vater«, sagte Süden zum Fenster hinaus, »ging an einem Sonntag weg, und ich dachte den ganzen Tag, ich schlaf noch und bin in einem Traum. Damals war ich sechzehn, ich war kein Träumer. An diesem Sonntag bin ich aus der Wirklichkeit gefallen. So was passiert. Wenn jemand stirbt zum Beispiel. Der Tod ist eine andere Wirklichkeit, wir sind unfähig sie zu begreifen, wir können sie nur akzeptieren, das ist unsere große Übung, sonst nichts.

Nach dem Tod meiner Mutter habe ich tagelang in einer anderen Welt gelebt. Vielleicht war es ihre Welt, die meiner toten Mutter, und ich begleitete sie ein Stück. Mein Vater organisierte die Beerdigung. Ich spazierte in dieser anderen Welt herum, auf der Suche nach meiner Mutter. Nicht dass ich sie großartig liebte, sie war meine Mutter, sie sorgte sich um mich. Sie war oft krank. So kam ich als Kind nach Amerika. Mein Vater kannte einen Schamanen, den wollte er besuchen, damit er meine Mutter heilt. Ich war acht, wir waren drei Wochen bei diesen Indianern, und jeder Tag war ein Schrecken für mich. Der Schamane trug eine Maske und er tanzte und rauchte Pfeife und schrie. Meine Mutter lag auf einem Strohbett. Tierknochen waren um sie herum ausgebreitet. Der Schamane schlug eine Trommel und breitete die Arme über meiner Mutter aus, die nur dalag. Sie war nicht bewusstlos, sie sah und hörte alles. Ich wollte sie da wegholen, mein Vater sagte, jetzt wird sie gesund. Und das wurde sie auch.«

Süden machte den obersten Knopf seines Hemdes zu. »Sie wurde gesund, wir kehrten nach Hause zurück, und sie lebte noch fünf Jahre. Dann starb sie an einer Gehirnblutung. Vielleicht spazierte ich deswegen durch diese andere Welt, weil ich sie finden wollte, um mich von ihr zu verabschieden. Drei Jahre später haute mein Vater ab. Er hinterließ mir einen Brief und Geld und übergab mich an eine Tante und einen Onkel, die sich um mich kümmern sollten. Das haben sie getan. Wenn ich sie besuche, sagen sie Junge zu mir. Von meinem Vater sprechen sie nicht, und ich auch nicht. Natürlich habe ich ihn gesucht, suchen lassen, es war mehr ein Spiel. Wer verschwinden will, hinterlässt keine Spuren. Ich hab ihn gesucht und dann hab ich's aufgegeben. Ich arbeite auf der Vermisstenstelle der Kripo und kann meinen eigenen Vater nicht finden.«

Er schwieg. Sah aus dem Fenster.

»Meine Mutter lag im Koma«, sagte Schilff. Er musste ein Bier trinken. Ihm war warm. Die Luft hier war grausam. »Sie lag vier Monate im Koma, dann ist sie gestorben. Friedlich eingeschlafen, sagte der Arzt, als ob der was davon verstehen würde. Sie ist wegen einer Gardinenstange gestorben. Die hatte sie im Auto, sie hat mit ihr herumgefuchtelt. Vielleicht wollte sie sie auf den Rücksitz legen oder auf den Vordersitz, ich saß nicht neben ihr. Sie hat das Lenkrad verrissen und ist mit dem Auto gegen einen Baum gerast. Schöner Ahorn. In einer Allee. Der Baum sah hinterher übel aus. Die Feuerwehr hat sie aus dem Wrack geschnitten. Sie war auf dem Heimweg. Ich hab auf sie gewartet. So was passiert.«

Er schwieg.

Dann sagte er: »Wir sind total beschädigt.« Und schwieg wieder.

»Wir sind Wunden, die aus dem Fenster sehen«, sagte Tabor Süden.

Schilff grinste. Nickte. Winkte dem Jungen.

»Wo ist Ariane?«

»Ich weiß es nicht. Ein Bier.«

»Sie auch was?«, fragte der Junge.

»Nein«, sagte Süden.
Schilff holte Luft. Sah dem Kommissar in die Augen. Und rülpste. Dann nickte er wieder. Und trommelte mit beiden Händen auf seinen kahlen Schädel.

Wenn er nicht wiederkommt, so wie du, werde ich sterben, so wie damals. Das habe ich alles aufgeschrieben, ich dachte, wenn ich schreibe, dass ich sterbe, wirst du wieder lebendig. Wie dumm ich war als kleines Mädchen. Deine hübsche Hochwohlgeborene war schon zwölf, und ich wollte noch kleiner sein. Ich hab schon gewusst, dass es den Tod gibt, hatte schon Gedichte darüber gelesen in der Schule, ich hab gewusst, dass man stirbt, ich hab nicht gewusst, dass du sterben kannst.
Besser wäre, ich könnte jetzt alles aufschreiben, wie immer. Meine Hände sind gefesselt, siehst du, und es ist dunkel, ich kann gar nichts sehen. Schlafen will ich nicht, denn in meinen Träumen tauchst du nie auf. Das wollte ich dir schon lange sagen. Wieso nicht? Wieso kommst du mich in meinen Träumen nicht besuchen? Dann könnte ich dir alles erzählen und müsste es nicht aufschreiben, das wäre doch praktisch.
Entschuldige, ich hab vergessen, ich bin schon fast sechsunddreißig und rede wie ein kleines Mädchen. So eine Wirrnis. Mir ist kalt. Manchmal schlaf ich ein, dann wach ich auf und denk, ich bin zu Hause und muss gleich aufstehen und mich mit Iris treffen. Aber ich bin hier, in diesem Badezimmer. Um zu sterben.
Hast du gehört? Ich komm bald. Ich hab geschrien, nie-

mand hat mich gehört. Ich bin wirklich zwölf Jahre alt, ich denke, wenn ich schreie in der Nacht, hört mich jemand und nimmt mich mit. Gut, dass Iris das nicht hört, die würde denken, ich bin enthirnt.

Warum hörst du mich nicht? Lauter kann ich nicht schreien, soll ich's noch einmal tun? Später. Ich muss erst Stimme sammeln. Ich lieg einfach da und warte. Bist du mir böse? Verurteilst du mich, weil ich eine Nutte geworden bin? Das habe ich dich nie gefragt. Was denkst du über mich? Ob ich eine Nutte geworden wäre, wenn du nicht gestorben wärst? Das kann man nicht wissen. Das ist auch nicht wichtig, wichtig ist, verurteilst du mich, bist du enttäuscht von mir, kennst du mich noch?

Tausend Männer haben mich schon gefragt, warum ich eine Nutte geworden bin. Anstatt froh zu sein, dass ich eine bin. Ich hab gesagt, weil ich Spaß dran hab. Das hören sie gern, sie sind kleine Kinder, Jungen, sie glauben alles, was man ihnen erzählt, auch die abgeklärten, die coolen, die das dicke Geld haben und verlangen, dass man sie ohne Gummi in sich reinlässt. Kennst du das Wort Screwing Gum? Das ist lustig. Mein Mörder hat es mir beigebracht, das ist ein Lieblingswort von ihm. Er verachtet mich und sich, vor allem sich, so sind viele von den Männern, die ich getroffen habe, mit denen ich mitgegangen bin, die auf mir lagen, unter mir, die ich geschlagen habe oder die mich geschlagen haben.

Das würde ich gern wissen, wieso ich mich so oft hab schlagen lassen. Du hast mich nie geschlagen, kein einziges Mal. Die Männer mögen das, sie prügeln mich grün

und blau und gehen zurück in ihr Büro. Wieso hab ich das alles mit mir machen lassen?
Du bist jetzt da für mich, du und sonst niemand. Nicht einmal mein Mörder ist da. Aber er wird wiederkommen. Er muss wiederkommen. Er hat einen Plan mit mir, und das ist gut so. Ich lauf nicht weg.
Ich lauf nicht mehr weg. Zuerst habe ich gedacht, Dr. Forster und die Frauen haben recht, und es gibt eine Zukunft. Aber es gibt nur eine versaute Zukunft. Wir haben das Virus und wir behalten es und dann sterben wir vor der Zeit. Und wir sind selber schuld.
Niemand hat mich gezwungen. Er hat mich sogar höflich gefragt. Ben. Und ich habe mich darüber gefreut. Weil er mit mir schlief wie mit einer Frau und nicht wie mit einer Nutte. Er hat mich umarmt und nicht erdrückt und nicht gequält, er hat mich erregt und mich gestreichelt und mich geküsst. Mit seinen Händen hat er schon viel Geld verdient, überall auf der Welt. Seine Technik hat nicht jeder, es ist schwer, bei ihm einen Termin zu bekommen. Das habe ich nie verraten, wie ich es genieße, geküsst zu werden. Hast du mir das beigebracht? Du hast mich geküsst, und ich dich auch. Ich weiß nicht mehr.
Mein Mund ist trocken, ich hab so laut geschrien, meine Lippen sind aufgerissen, ich möchte mich nicht küssen. Verachtest du mich?
Ich kann dich nicht hören. Du bist zu weit weg. Deswegen kommst du auch nie in meine Träume. Weil du zu weit weg bist. Deswegen hörst du mich auch nicht, und du wunderst dich darüber.

Das war nicht gut, dass du weggegangen bist am zweiundzwanzigsten April. Das war nicht gut. Ich kam nach Hause, und du warst nicht mehr da. Frau Kunert war da, sie wartete schon auf mich, und ich wusste sofort alles. Es gab gar keinen Grund, alles zu wissen. Du warst nie krank, zuvor bist du nie einfach umgefallen, du warst immer gesund. Im Gegensatz zu mir, ich war dauernd krank und leb immer noch.

Ich werf dir nichts vor, das hab ich auch damals nicht getan, ich wollt nur wissen, warum.

Warum warum, das fragt man so, warum warum, wenn man ein Kind ist, warum warum, und manche fragen das ihr ganzes langes Leben lang, warum warum.

Erzähl mir noch was, meine hübsche Hochwohlgeborene.

Gleich, gleich.

25

Mit seinem Vater zu sprechen fiel ihm leicht. Sein Vater hörte immer zu. Niklas brauchte ihn nur anzusehen, schon stellte er eine Frage. Und Niklas durfte sich für die Antwort Zeit lassen. Seine Mutter hatte nie viel Geduld. Dafür las sie ihm Gedichte vor. Oder spielte eine Szene aus dem Stück, das sie gerade probte. Dann war Sprechen streng verboten. Und wenn sie ihn hinterher fragte, wie es ihm gefallen habe, musste er sagen, toll. Vielleicht musste er das gar nicht und er bildete sich nur ein, etwas Nettes sagen zu müssen. Er hatte nie etwas anderes gesagt. Und seine Mutter küsste ihn dann auf die Stirn. Und er warf schnell einen Blick in ihren Ausschnitt. Dorthin, wo dieser Duft herkam, den kein Koma zerstören konnte.

Mit De Niro, das war einfach. Die Kollegen sagen, der zickt rum, der lässt dich einfach stehen, wenn er keine Lust mehr hat, er will das Interview hundertmal gegenlesen, er zieht alle Aussagen zurück. Nicht bei mir. Ich traf ihn im »Stinking Rose«. Ich dachte, Silvio fallen die Oliven aus der Hose, wenn er mich mit De Niro reinkommen sieht. Und genauso war's auch. Du hättest ihn sehen sollen. Er hat uns mindestens eine Minute lang angegafft. Wortlos. Dabei hat er seit seinem zweiten Lebensjahr garantiert keine Minute mehr geschwiegen.

De Niro kannte das Lokal, er war schon mal da. Aber Silvio hat ihn nicht erkannt, du weißt, der Mann hat viele Gesichter. Das »Stinking Rose« liegt am La Cienega Boulevard, Beverly Hills. Ich zeig's dir, wenn du mich mal besuchen kommst. Das ist angenehm da. Da gibt's kleine Tische in einem Nebenzimmer, ideal für Interviews oder Rendezvous ...

Wir haben irgendwelche Nudeln gegessen, mit einem Kilo Knoblauch drauf. De Niro hat das Essen in sich reingeschaufelt, als habe er eine Diät hinter sich. Und beim Essen hat er dann mit mir gesprochen. Über seine Arbeit, seinen neuen Film, seine Freundschaft zu Scorsese und Keitel. Die drei sind ja uralte Freunde. Du weißt, sie haben »Taxi Driver« zusammen gemacht. Wir haben über alles Mögliche gesprochen. Sein Handy klingelte, er ging nicht dran. Das ist absolut ungewöhnlich für so einen großen Star. Ungefähr eineinhalb Stunden waren wir im »Stinking Rose«. Niemand hat uns belästigt. Silvio hat niemand erzählt, dass ich nebenan mein Interview mach. Dafür bin ich ihm dankbar. Aber natürlich wollte er ein Autogramm. Und weil er schon mal dabei war, hat De Niro mir auch ein Foto mit Unterschrift geschenkt. Ich hab ihn zu seinem Wagen begleitet. Japanisches Modell. Von seiner Frau, sagte er. Das Interview ist in vier Magazinen erschienen. Absolute Topgeschichte. Die hatte niemand außer mir. Sie ist auch in meinem Buch. Genau wie die über Michelle Pfeiffer, Silvios Lieblingsinterview

»Wollen Sie noch was trinken?«, fragte der Junge.

»Ich will zahlen«, sagte Schilff.

In seinem Zimmer riss er sich sämtliche Pflaster vom Körper und feuerte die Wunden an, wieder zu bluten.

»Los«, sagte er laut. »Los.« Und dann summte er. *»Some-*

body said from the Bible he'd quote, there was dust on the man in the long black coat.«

Drei Wochen lang hatte Tabor Süden keine Zeit, Niklas Schilff zu treffen und ihn tiefer in seine Geschichte zu verstricken. In dieser Zeit arbeitete er in der Sonderkommission Rica. Deren Bezeichnung setzte sich aus den Namen der verschwundenen Kinder zusammen: Rico und Carla. Nachdem die Wohnungen und Häuser der Eltern durchsucht worden waren, um auszuschließen, dass sich die Ausreißer im Keller, auf dem Dachboden oder in einem abgelegenen Zimmer versteckt hielten – was die Polizisten häufig erlebten –, wandte sich die Soko an die Presse. Gleichzeitig telefonierten Süden, Feyerabend, Heuer, Weber und ihre Kollegen mit allen erreichbaren Verwandten und Bekannten der Kinder, mit Lehrern, ehemaligen Schulkameraden, die inzwischen im Ausland lebten, mit Ferienbekanntschaften, Sportkameraden. Das Bundeskriminalamt und die Landeskriminalämter erhielten Beschreibungen und Daten über spezielle Verhaltensweisen von Rico und Carla, ebenso die zuständigen Behörden in Berlin, dem Lieblingsziel jugendlicher Trebegänger.

Drei Wochen lang blieb die Suche erfolglos. Einige Male gingen die Kriminalbeamten Hinweisen von Anrufern nach, die schworen, die Kinder in einer bestimmten Stadt gesehen zu haben. Bei den Nachforschungen stellten die Fahnder dann fest, dass sie es mit den üblichen Trittbrettfahrern zu tun hatten. Drei Tage vor Heiligabend, am frühen Morgen des einundzwanzigsten Dezember, erhielt

Süden den Anruf eines Mädchens. Sie hieß Denise und ging mit Rico in dieselbe Klasse, er hatte ihr ab und zu etwas anvertraut.

»Ich hab einen Brief von Rico gekriegt, Sie müssen sofort herkommen.«

In ordentlicher gerader Schrift hatte Rico auf ein kariertes Blatt geschrieben, dass er sich gemeinsam mit seiner Freundin Carla umbringen werde, weil er genau wisse, dass seine und ihre Eltern gegen sie waren, auch wenn sie im Fernsehen etwas anderes erzählten, und dass sie ihre große Liebe niemals erlauben würden. In einer anderen Schrift stand drunter: »Das geschieht euch recht. Carla«.

Das bedeutete, die Eltern hatten die Polizei die ganze Zeit über angelogen.

»Hast du das gewusst?«, fragte Süden.

»Nein, ich hab nicht mal gewusst, dass die zusammen sind«, sagte Denise.

Einige Schüler hatten ausgesagt, sie hätten gesehen, wie Rico und Carla sich mal getroffen und miteinander geredet hätten. Aber sonst sei zwischen den beiden nichts gewesen. Außerdem sei Rico vier Jahre älter.

Zwar wies der harte Schnee kaum frische Spuren auf, doch Süden verfolgte die Abdrücke eines Fahrrads vor Denises Elternhaus. Denise meinte, Rico habe bestimmt eines geklaut, um ihr den Brief zu bringen, Fahrradklauen sei eine seiner wenigen Begabungen. An einer Kreuzung verlor sich die Spur.

»Denk nach«, sagte Süden zu Denise. »Es gibt nur zwei Richtungen, in die er gefahren sein könnte. Wohin führen diese Straßen? Hat Rico in der Gegend Freunde, von denen wir nichts wissen? Oder Carla?«

Denise trat in der Kälte von einem Bein aufs andere. Raschelte mit ihrer Daunenjacke. Rieb sich die Hände. Und blickte lange die Straßen hinunter. Und stutzte.

»Ich weiß nicht, ob das was bedeutet ...«

»Ja«, sagte Süden schnell.

»Der Herr Holland hat eine Freundin, glaub ich ...«

Auch davon hatte Ricos Vater nichts erzählt. Wozu er nicht verpflichtet war. Vorausgesetzt, sein Verhältnis hatte nichts mit dem Verschwinden seines Sohnes zu tun.

»Und die hat ein Sommerhaus, so eine Hütte, da gibt's Strom, das hat er mir einmal erzählt ...«

Gemeinsam mit Denise fuhren Süden und Sonja aus der Stadt. Der Kommissar dachte daran, dass sie Inspektionen im gesamten Bundesgebiet aufgescheucht hatten, um nun, vor der eigenen Haustür, die Kinder wiederzufinden. Hoffentlich.

»Ich glaub, da lang«, sagte Denise.

Nach mehreren Fehlrouten fanden sie den ungeteerten Weg und den Birkenwald, den der Junge Denise beschrieben hatte.

Das Haus war aus hellem Holz, das Dach mit Schindeln gedeckt. Die grünen Läden der vorderen Fenster waren geschlossen. Sonja benachrichtigte die Kollegen. Und teilte anschließend mit Denise eine Tafel Schokolade. Derweil machte sich Süden auf den Weg zur Hütte.

Die Tür war verriegelt. Süden riss einen der Fensterläden auf. Zerschlug die Scheibe. Kletterte hinein.

Beide Kinder waren barfuß. Sie hielten sich an den Händen und standen wie erstarrt nebeneinander in der Dunkelheit.
Hinter dem Haus entdeckten Streifenbeamte später das gestohlene Fahrrad.
Auch am Heiligen Abend dachte Süden an diesen Fall. Und daran, was er aus ihm lernen musste.

»Frohe Weihnachten«, sagte Sonja und hob ihr Pilsglas. Wie im vergangenen Jahr hatten sie in einem thailändischen Lokal einen Tisch bestellt.
»Möge es nützen!«, sagte Martin Heuer und stieß mit ihr an. »Wenn ich Zitronengras und Ingwer esse, werde ich sofort gesund.« Zur Feier des Tages trug er ein blaues Hemd, keinen Rollkragenpullover. In der Zeit, in der er in der Sonderkommission Rica mitarbeitete, hatte er keinen Schluck Alkohol getrunken.
»Geht's dir gut?«, fragte Sonja.
»Unbedingt.« Sie stießen wieder an. Und aßen hungrig weiter.
»Ein Haus«, sagte Süden, »es muss ein Haus geben, in dem sich Ariane Jennerfurt aufhält.«
»Was für ein Haus?«, sagte Heuer mit vollem Mund.
»Ein Haus, das wir nicht kennen. Wir haben was übersehen, wir wissen etwas nicht, das wir wissen sollten, etwas sehr Einfaches. Und Ariane ist nicht freiwillig in dem Haus, natürlich nicht. Ihre ehemaligen Stammkunden fallen weg, die haben wir überprüft, keiner von denen hat ein Motiv, sie zu entführen.«

»Wir wissen nicht, ob sie entführt worden ist«, sagte Sonja. »Wir haben Spuren, die auf einen Kampf hindeuten. Und wir haben einen Mann, der in ihrer Wohnung war.«

»Hat er ein Haus?«, fragte Heuer. Hinter ihm lachte jemand laut auf, und er erschrak. Sonja bemerkte seine Reaktion und sorgte sich wieder.

»Das müssen wir rausfinden«, sagte Süden. »Ariane ist nicht in der Stadt. Sie ist in einem Haus außerhalb der Stadt.«

»Sprach der Seher und rettete sie«, sagte Heuer und winkte dem Kellner.

Sonja küsste Süden auf den Mund. Er legte seine Wange stumm an ihre. Und das war alles an berührbarer Welt, was in diesem Augenblick für ihn zählte.

Sie aßen die abgepackte Wurst, den Käse, das Weißbrot, die Gurken und die Spargelspitzen aus dem Glas und tranken Orangensaft und Bier dazu. Auf dem Tisch brannten sechs Kerzen, die Schilff mitgebracht hatte.

Er fühlte sich feierlich. Er hatte seinen Trenchcoat ausgezogen, die sechs dicken Kerzen angezündet, das Plastikgeschirr und das Plastikbesteck verteilt. Dann hatte er Ariane losgebunden. Vor der Tür des Badezimmers wartete er. Wie immer. Seine Geduld begeisterte ihn.

Im Auto hatte er Musik gehört. Weihnachtslieder. Kindergegröle. Der Wagen gehörte einem der Zockerfreunde von Knut Bellnik. Der brauchte seinen heute selber. Ich hätt mir auch einen geknackt. Happy Christmas, Click-Crack, keep on clicking.

Während sie aßen, sah er Ariane zu. Wie sie mit zitternden Händen die trockene Brotscheibe aus der Plastiktüte zog und eine Scheibe Salami drauflegte, störte ihn nicht. Er prostete ihr mit der Bierdose zu. Sie nippte am Pappbecher mit dem Orangensaft.

Was fehlte, war Musik. Und jemand, der ein Gedicht vortrug.

»Ich will nach Hause«, sagte Ariane mit heiserer, unverständlicher Stimme.

»Was?«

Sie hatte so laut geschrien. Und niemand hatte sie gehört. Sie hatte gebrüllt. Und dann hatte sie keinen Ton mehr herausgebracht.

In den vergangenen drei Wochen war er fast jede Nacht gekommen. Sie hatten gegessen und getrunken. Und er ging mit ihr durchs Haus. Sagte nichts. Blieb an jeder Zimmertür stehen. Sah hinein. Verzog keine Miene. Mit einem Schlag auf ihre Schulter, über den sie jedes Mal erschrak, trieb er sie weiter.

Sie musste sich abstützen. Ihre Beine knickten ein. Sie fing jedes Mal an zu weinen. Und er drückte ihren Kopf an die Wand, so lange, bis sie sich entschuldigte. Danach musste sie sich wieder in die Wanne legen. Und er fesselte sie

»Bitte«, flüsterte sie jetzt.

»Es ist bald vorbei«, sagte Schilff. Das meiste hatte er allein aufgegessen.

»Bitte ...« Sie räusperte sich. Trank einen Schluck. Verschluckte sich. Sie musste husten. Der Saft war viel zu kalt. »Bitte ...«

Schilff hob die leere Bierdose und schnippte mit dem Finger dagegen wie gegen ein Weinglas. Neigte den Kopf und horchte grinsend. Dann stellte er die Dose an die Tischkante, als wäre dies der vorgeschriebene Platz dafür. Er rückte sie sogar zurecht. Dann bückte er sich und riss eine weitere aus dem Sechserpack.

»Ich werd sterben …«, sagte Ariane.

»Yes please«, krächzte Schilff. Trank. Leckte sich die Lippen. Blickte auf die Essensreste.

Arianes Atem rasselte. Sie hätte gern noch eine Scheibe Brot gegessen. Sie hatte nicht die Kraft, den Arm auszustrecken. Sie senkte den Kopf. Ihre Schultern fielen nach unten. Ein magnetischer Schmerz zog ihren Körper in die Tiefe. Und sie hätte sich diesem Schmerz hingegeben, endlich, aber da war ein Gesicht, das nicht verschwand. Eine Stimme, die nicht endete. Und die Berührung kostbarer Wolle auf ihrer nackten Haut.

»Ich hab einen Wunsch …«, sagte sie mit aller Anstrengung, zu der sie fähig war.

»Bin ich der Weihnachtsmann?«, schrie Schilff. Und stieß aus Versehen die Dose um. Bier schäumte heraus. Er schleuderte sie durchs Zimmer.

Ariane hatte Angst vor ihm. Mit dem kahl geschorenen Schädel wirkte er auf sie wie der Gutsherr aus dem schlimmsten ihrer Träume. Den Gutsherrn hatte sie nie gesehen. Sie hatte ihn sich nur vorgestellt. Nun saß er vor ihr. Riss den Verschluss von einer Dose, hielt diese einige Zentimeter über seinen Mund und ließ das Bier in sich hineinlaufen.

Das war die letzte Chance zu sprechen. »Ich bitte … ich

bitte Sie um ... um etwas ... Gehen Sie bitte zu ... zu dem Mann, der mich ... der mich infiziert hat, und fragen Sie ihn, warum ... warum er das getan hat ...« Sie keuchte. Der Hals tat ihr weh. Nichts tat ihr nicht weh.

»Wenn du mich noch einmal siezt, knebel ich dich.« Das Bier rann über sein schwarzes Jeanshemd. Er schaute zu ihr hinüber. Sie sah den Schweiß auf seiner Stirn. Dann stellte er die Dose hin. Langsam. Als wolle er kein Geräusch machen. Stand auf. Und ging um den Tisch. Neben Ariane kniete er sich mit einem Bein auf den Boden. Und nahm ihre Hand. Zehn Finger in Eis.

»Du kennst den Mann?«, fragte er. Sein Blick veränderte sich. Ariane hatte den Eindruck, er würde sie zum ersten Mal wirklich ansehen.

»Ja«, sagte sie. Und tat etwas auch für sie Überraschendes. Sie legte ihre andere Hand flach auf seinen kahlen Kopf. Und er redete einfach weiter.

»Ich weiß doch, warum er das getan hat, ich brauch ihn nicht zu fragen, ich weiß doch, warum. Er wollte dir ein Geschenk machen. Jetzt bist du nicht mehr allein, jetzt gehörst du dazu.«

»Wo denn dazu?«, fragte sie so leise, dass sie ihre eigene Stimme nicht hörte. Und sie setzte noch einmal an. »Wo ... wo gehör ich jetzt dazu ...«

»Zu den Erwählten.«

Er spürte, wie sich ihre Hand auf seinem Kopf verkrampfte. Und sofort wünschte er, ihre Nägel würden sich in seine Haut krallen. Bis Blut kam. Bis das Blut ihm in die Augen tropfte.

»Bitte … gehen Sie zu ihm und … und fragen Sie ihn …«
»Ich hab dir verboten, mich zu siezen«, sagte er ruhig.
»Bitte«, sagte sie. Mit einem Ruck nahm sie die Hand von seinem Kopf.
»Warum?«, fragte er. Er sprang auf. Holte Luft. Und rülpste laut.
»Sie Drecksau«, sagte sie.
Ohne auszuholen, schlug er ihr ins Gesicht. Sie weinte nicht. Er nahm die Dose. Trank sie leer. Zwei Dosen waren noch übrig.
»Jetzt knebel ich dich.«
»Nein«, rief sie. »Ich … ich hab heute Geburtstag.« Sie hatte sich geschworen, es ihm nicht zu sagen.
»Was?«, sagte er. Hielt einen Moment inne. Stellte die Dose hin. Bückte sich nach den beiden anderen. »Du hast Geburtstag? Am Heiligen Abend? Das ist Pech.« Er riss die Verschlüsse ab. »Darauf stoßen wir an.«
Sie ekelte sich vor dem Bier. Er streckte den Arm aus. Hielt ihr die Dose vors Gesicht. Und wartete. Widerwillig nahm sie sie. Und bevor sie sie noch richtig in der Hand hatte, stieß er mit seiner dagegen. Sie ließ ihre Dose fallen.
»Dämliche Kuh.« Er hob die Bierdose auf und gab sie ihr zurück. Nach dem ersten Schluck hustete sie. Und würgte.
»Möglicherweise dein letzter Geburtstag«, sagte er.
Sie krümmte sich und wäre am liebsten unsichtbar geworden in dem Mantel, den anzuziehen er ihr erlaubt hatte.
Was Iris gerade machte? Hatte sie das »Glücksstüberl« geöffnet? Darüber hatten sie diskutiert. Bestimmt gab es

eine Menge Männer, die am Heiligen Abend nicht wussten, wohin. Und so hätten sie eine warme Herberge. Das waren Iris' Worte: eine warme Herberge. Iris würde eine ihrer Suppen kochen, und sie könnten alle gemeinsam essen. Und Glühwein trinken. Auf dem Tresen brennen Kerzen. Es gibt Gebäck und Musik. Und wer was erzählen will, der erzählt was. Was auch immer. Und dann erheben wir das Glas auf Paulus, der uns zu diesem Lokal verholfen hat. Und wir trinken auf die Zukunft. Und die Zukunft beginnt jeden Tag um Mitternacht.

»Ich wünsch mir, dass Sie zu Ben gehen«, sagte sie. Und trank behutsam einen Schluck.

»Wieso hörst du mir nicht zu? Wieso tust du nicht, was ich dir sage?«

»Bitte ... bitte ...«

»Ben heißt er also, Ben. Soll ich ihn umbringen? Oder soll ich noch warten? Was ist das für einer? Wo wohnt der? Wieso darf der dich ficken?«

»Er ... er ist ein Freund ...«

Schilff sah sie an. Trank. Sah sie wieder an. Und lachte. Er schüttelte sich vor Lachen. Prustete. Er musste die Dose auf dem Tisch abstellen. Er lachte immer lauter. Ariane duckte sich unter dem Gebrüll. Sie hielt sich die Unterarme vor die Ohren. Doch sein Lachen drang in sie ein. Wie seine Schläge. Seine Stöße.

Und dann stürzte er zum Fenster.

Und schlug mit der Stirn dagegen. Fünfmal. Sechsmal. Draußen lodert das Feuer. Er kann es sehen. Es lodert in den schwarzen Himmel. Und sein Vater wirft immer noch

einen weiteren Stapel Papier in die Flammen. Wann hat er das alles geschrieben? Und noch ein paar Blätter. Und noch einen Packen. Niklas will ihm zurufen: Hör auf! Hör auf! Aber durch die Scheibe ist er nicht zu hören. Und rauszugehen traut er sich nicht. Jetzt zerreißt sein Vater die Blätter. Jedes einzelne. Und alles verbrennt. Du hast doch auch was für Mama geschrieben, sagt Niklas zur Fensterscheibe. Seine Mama hat es sogar gelesen. Sein Vater ist ein heimlicher Schriftsteller. Das darf niemand wissen in der Holzfabrik. Die lachen ihn sonst aus. Und Mama wird nie mehr das lesen, was er heimlich schreibt. Niklas weiß nicht, was sein Vater schreibt. Er hat es ihm nie gezeigt. Von mir aus! Von mir aus!, schreit er gegen das Fenster. Und da erlischt das Feuer. Und sein Vater holt eine Axt. Und schlägt auf das verkohlte Holz und die Asche ein. Und schlägt. Und schlägt.
Schilff rannte zum Tisch. Und stützte sich mit beiden Händen ab. Er streckte den Kopf vor. Und löschte mit einem Rülpser alle sechs Kerzen aus.
»Weltmeister«, brüllte er aus Leibeskräften.

Umbettet von Kissen saß Paula Jennerfurt auf ihrer Couch. Kraulte ihre Katzen, die sich auf ihren Beinen fläzten.
»Wenn Er nämlich wirklich geboren worden wäre«, sagte sie, »dann würden wir heut nicht hier sitzen und uns quälen, dann hätte unser Leben einen Sinn. Aber unser Leben hat keinen Sinn, auch sieben Leben haben keinen Sinn, nicht wahr? Brav, schön stillhalten, stillhalten ist oft die beste Lösung.«

Auf der Kommode stand ein Einmachglas voll Wasser. Darin ein Latschenzweig. Die Stehlampe warf gedämpftes Licht ins Wohnzimmer. Auf der Terrasse vor dem Haus gegenüber brannten an einem kleinen Christbaum die elektrischen Kerzen. Trotzig blickte Paula durchs Fenster. »Uns stört niemand«, sagte sie und trank aus einer Tasse mit Goldrand kalten schwarzen Tee. Die Katzen schnurrten.

»Wenn Jenny tot ist, sind wir die letzten Überlebenden.« Nach einiger Zeit, während es still war und sogar die Katzen verstummten, schniefte sie. Dann neigte sie sich, ohne die Tiere zu erschrecken, zur Seite und knipste die Stehlampe aus.

Selig dösten die Katzen in der Dunkelheit. Ab und zu tropfte es auf ihr Fell.

26

An der Bar des Dampfbades war er der einzige Gast. Wenn jemand hinter ihm vorbeiging, drehte er sich nicht um. Männer und Frauen, nur mit Tüchern bekleidet, in Badeschlappen.
Niklas Schilff hatte sich ordentlich rasiert. Auch den Schädel. Die Brille geputzt. Die schwarzen eckigen Schuhe mit der Silberschnalle blank gerieben. Und einen sauberen schwarzen Pullover angezogen.
Es war ihm ein Bedürfnis, einen guten Eindruck zu machen.
Er hatte viel Zeit. Er saß auf dem Barhocker. Und trank nichts. Die Hände gefaltet, atmete er die duftende Luft ein, die ihn nicht anekelte.
Er hörte patschende Schritte. Gedämpfte Stimmen. Wasserrauschen.
Er stellte sich vor, wie er später diesen Ort des Gleichmuts und der Sauberkeit verließ. Sich in einer öffentlichen Toilette erleichterte. An einem Kiosk eine Zeitung kaufte. Und dann durch die Innenstadt schlenderte, vorbei an Boutiquen, Blumenläden, Supermärkten und Bäckereien. Und schließlich in einem Café einkehrte, einen Espresso mit Wodka trank. Und es würde ein beispielloser Tag sein, in einer Stadt, die ihm nichts bedeutete, in der er niemand mehr kennen musste.
»Feel the pulse and vibration and the rumbling force«, sagte er laut, *»somebody is out there beating a dead horse …«* Er wiegte den Kopf und brummte die Melodie.
»Grüß Gott.«

Ein Mann in weißen Hosen und einem weißen T-Shirt stellte sich neben ihn. Er hatte schwarze, nach hinten gekämmte Haare, ein braun gebranntes kräftiges Gesicht und helle Augen. An den Füßen trug er rote Schlappen, die Schilff sofort lachhaft fand.

Sie gaben sich die Hand.

»Ich hab Ihren Namen nicht verstanden«, sagte Schilff.

»Ben Zellner, Sie kommen doch auf Empfehlung von Frau Jennerfurt, oder nicht?«

»Exactly.«

»Haben Sie sie denn in letzter Zeit gesehen? Sie ist doch … sie ist verschwunden, sie ist …«

»Deswegen bin ich hier.«

»Bitte?«

»Ich weiß, dass sie verschwunden ist.« Schilff legte die Hände auf den Tresen. Zellner sah die Wunden an den Knöcheln.

»Ich verstehe jetzt nicht genau …«

»Doch«, sagte Schilff, »ich bin in ihrem Auftrag hier, ich …«

»Sie wissen, wo sie ist?«

»Nein.« Er schwieg so abrupt, dass Zellner den Kopf schüttelte und mit der Zunge schnalzte.

»Sie sind Herr Dragomir?«, fragte Zellner. Er ging hinter die Bar und stellte ein Glas auf den Tresen. »Möchten Sie was trinken?«

»Nein.«

Zellner goss Mineralwasser in das Glas und trank es in einem Zug aus.

Angewidert verzog Schilff das Gesicht.

»Ich hab viel zu tun, Herr ... Wenn Sie wissen, wo sich Frau Jennerfurt aufhält, sagen Sie es der Polizei, die sucht nach ihr, und auch ich ...«

»Warum hast du sie infiziert?«

Es war, als hätte er einen Schlag bekommen. Schilff kam es so vor, als würde alle Farbe in Zellners Gesicht sekundenschnell abfließen und nur noch eine weiße Maske zurücklassen. Phantastischer Anblick.

Zellner schnaufte immer lauter durch die Nase. Als habe er vergessen, dass er einen Mund hatte. Fing er etwa an zu heulen? Schilff starrte ihm in die Augen, die jetzt nicht mehr hell waren. Vielmehr ergraut. Wie Haare. Schilff war begeistert.

»Wer sind Sie?« Zellner flüsterte. Ein Gast, der gerade hereinkam, grüßte ihn. Zellner reagierte nicht.

»Warum hast du sie infiziert?« Es gefiel Schilff, ebenfalls leiser zu sprechen.

»Was hab ich?« Jetzt brachte Zellner den Mund nicht mehr zu. Immerhin hatte er ihn aufgebracht. Schilff nickte. Was Zellner noch mehr irritierte.

»Warum?«

»Wo ist ... Frau ... Jennerfurt ...«

»Das weiß ich nicht«, sagte Schilff. Und entließ den anderen für Sekunden aus seinem Blick. »Sie hat mich gebeten, dich zu fragen, bevor sie verschwand. Warum hast du das getan?«

Zellner stand hinter der Bar und gab keinen Ton von sich. Er hörte auch auf, durch die Nase zu schnaufen. Mit weit aufgerissenen grauen Augen starrte er an Schilff vorbei,

in Richtung der Duschräume. Dann, nachdem ein Geräusch ihn aus der Erstarrung gerissen hatte, sagte er: »Lassen Sie uns woanders sprechen.«
Eine Frau hatte den Massageraum verlassen und die Tür mit einem klackenden Geräusch geschlossen. Sie sah Zellner aus der Entfernung an und lächelte. Öffnete die Tür zum Ruheraum, hielt inne, wandte halb den Kopf. Und verschwand hinter der Glastür.
»Das ist nicht möglich«, sagte Schilff.
Zellner wurde erneut aus seinen rotierenden Gedanken gerissen. Eine junge Frau, die ebenfalls nur mit einem Tuch bekleidet war, kam zur Bar.
»Ben, die Frau Grüner ist am Telefon«, sagte sie. »Sie hat eine Frage wegen der TCM-Behandlung. Ich hab ihr gesagt, das ist dein Gebiet.«
»Ich ruf sie zurück.« Es klang, als habe Zellner den Satz auswendig gelernt.
Die junge Frau zupfte an ihrem Tuch und ging wieder.
»Ben«, sagte Schilff leise. »Wir können nicht woanders sprechen. Woanders würd ich dich totprügeln. Besser, wir bleiben hier und unterhalten uns. Wissen deine Kollegen, dass du infiziert bist? Bist du schwul?«
Mechanisch schüttelte Zellner den Kopf.
»Bisexuell?«, sagte Schilff laut.
Wieder schüttelte Zellner den Kopf. Offensichtlich dachte er an etwas. Aber seine Gedanken schienen durcheinanderzurasen.
»Ich hab einen Gummi benutzt«, sagte er. Er rieb abwechselnd eine Faust in der anderen Hand. Sprach mit ge-

dämpfter Stimme. »Der Gummi ist verrutscht, ich ... ich hab aufgepasst, das hat Ariane Ihnen doch erzählt ...«
Schilff fing an zu schwitzen. Übergangslos. In dem niedrigen Raum mit der parfümierten Luft wurde ihm immer heißer. Ich muss hier raus, ich muss hier weg. Er hatte den Eindruck, sein ganzer Körper sei von einer Schweißschicht überzogen. Und sein Gesicht. Er bekam Ohrensausen. Er musste etwas sagen.
»Was ist TCM?«, fragte er laut.
Heimgesucht von furchterregenden Erinnerungen, riss Zellner den Mund auf. Und brachte ihn nicht mehr zu. Er hatte keine Welt mehr, zu der er gehörte. Gerade noch befand er sich in seiner Wohnung in der Clemensstraße, an einem sonnigen Juninachmittag. Unten im Restaurant aßen, tranken und lachten seine Freunde. Und er lag mit seiner alten Freundin auf dem Boden auf der Wolldecke, und sie sagten sich die alten Worte. Und gleichzeitig musste er eine simple Frage beantworten. Eine Frage, die er schon hundertmal beantwortet hatte. Wieso musste er diese Frage jetzt wieder ...
»Warum hast du ihr nicht gesagt, dass du infiziert bist?«, sagte Schilff.
Er schwitzte immer stärker. Eine Glutwelle durchspülte ihn. Sein Hals wurde trocken. Er hörte nichts mehr. In seinem Kopf dröhnte es. Er legte die Hände flach auf den Schädel. Und glaubte im ersten Moment, er habe den falschen Kopf erwischt. Seine Glatze war eine Herdplatte auf Stufe drei. Zwischen seinen Schläfen schlugen Hämmer. Er hatte Durst, gewaltigen Durst.

»Ich bin nicht infiziert«, sagte Zellner leise. Die Veränderung, die mit seinem Gegenüber vor sich ging, nahm er undeutlich wahr. Er kehrte wieder in sein Wohnzimmer zurück. »Das ist unmöglich ... ich mach Tests ...«

»Was?« Schilff verstand kein Wort. »Was? Ich hab dich was gefragt, du. Ich frag dich ...« Seine Beine fingen an zu zittern. »Was? Was?« Redete der Typ? Oder war er jetzt taub? »Ich hör nix, ich hab dich was gefragt.«

»Und ... und wenn Ariane sich gar nicht bei mir angesteckt hat?« Zellner spürte den heißen Atem seines Gegenübers.

»Bei dir und bei sonst niemand«, sagte Schilff und keuchte.

»Ich will mit ihr sprechen«, sagte Zellner. Aber er sagte es ohne Mut.

Leute kamen. Grüßten. Zogen sich in den Kabinen aus. Schlangen Tücher um ihren Körper. Bekamen von Zellners Kollegen Tee serviert. Bestimmt hatten schon wieder zehn Kundinnen für ihn angerufen.

»Ich weiß jetzt, was du für einer bist.«

Die Stimme war direkt vor seinem Gesicht. Dann sah Zellner, wie der Mann, der sich Dragomir nannte, Luft holte und kurz innehielt.

Über den Rülpser erschrak er bis ins Mark.

Er gab sich einen Ruck. Und kam hinter der Bar hervor. »Sofort raus. Gehen Sie. Gehen Sie.«

Dann war er kurz davor, sich zu entschuldigen. Jetzt würde er alles sagen, der andere. Jetzt kam alles raus. Unbewusst griff Zellner nach Schilffs Hand. Aber der Reporter hatte beide Hände wieder in den Mantel gesteckt. Er glühte. Gleichzeitig fror er. Oder bildete er sich das nur ein? Ich muss hier raus, ich muss hier weg.

Er stand auf. Und verlor die Balance. Er erwischte den Barhocker und schlug mit dem Arm um sich. Niemand sprach. Er fuhr sich mit der Hand übers Gesicht. Dann mit dem Ärmel. Er spuckte aus, als hätte er ein Kilo Sand im Mund. Endlich brachte er den Kopf in die Höhe. Zwei Meter weiter war die Treppe.

Langsam, die Schultern hochgezogen, den Kopf im Nacken, drehte er sich um die eigene Achse. Und deutete mit ausgestrecktem Zeigefinger auf Zellner. Wortlos. In den Sekunden, in denen Schilff mit halb geöffneten Augen dastand, wäre Zellner am liebsten in Tränen ausgebrochen.

»Alles okay, Ben?«, fragte die junge Kollegin, die vorhin Frau Grüners Anruf entgegengenommen hatte. Sie rieb ihm über den Rücken.

»Ich muss telefonieren.«

Schilff stand auf der Straße. Und wankte. Stützte sich an den geparkten Autos ab. Schlotterte. Und leckte sich die rissigen Lippen. Vorne an der Kreuzung sah er ein Taxi. Er hob den Arm.

Wie ein Krüppel mit Bleiknochen schleppte er sich vorwärts. Hinkte. Stolperte. Rang nach Luft. Das laute Klingeln einer Straßenbahn kam aus einer anderen Galaxie.

27

Ich wollte dir noch etwas erzählen. Ich bin so müde. Ich glaube, ich werde dir nie wieder etwas erzählen, das musst du mir nachsehen. Auch werde ich dich nicht treffen, das ist alles nur Aberglauben. Du bist für immer gegangen am zweiundzwanzigsten April vor so vielen Jahren, und das war dann eben unsere Zeit. Ich begreife das jetzt. So hat mein Hiersein einen Sinn. Und ich schreibe immer noch Tagebuch, das kann niemand lesen, weil ich nur in meinem Kopf schreibe. Ich schreibe dir zu Ehren. Ich kann sehen, was ich schreibe.

Manchmal muss ich eine Pause machen, dann wärme ich mich unter dem Mantel. Es ist so kalt hier. Es wird immer kälter. Das warme Wasser wärmt mich nicht. Und es ist so anstrengend, aus der Wanne zu kriechen.

In der Kälte hier werd ich nicht so schnell verwesen. Ich seh noch eine Weile aus wie ich, und wenn ich Glück hab, kommt irgendein Handwerker und findet mich und erschrickt nicht gleich zu Tode. Kennst du Max, den Maurer?

Max, der Maurer, ist arbeitslos, und wenn ihm nichts Besseres einfällt, geht er zum Blutspenden, er bekommt dort zu essen und zu trinken, er sitzt im Warmen und er redet mit Leuten. Wie mit uns, mit Iris und mir. Er hat uns gleich gefragt, ob wir auch wirklich zwölf Stunden lang keinen Alkohol getrunken haben und ob wir nüchtern sind. Er lachte, weil er gedacht hat, das ist ein echter Witz. Wir haben auch gelacht. Er sagte, er nimmt den Job

ernst, er meinte das Blutspenden. Also trank er zwölf Stunden vorher nichts, er sagt, er steht dann in der Kneipe und bestellt alkoholfreies Bier, alle machen sich lustig über ihn. Er bleibt eisern. Das hat er uns alles erzählt beim Warten auf die Ärztin. Außerdem darf man keine großen körperlichen Anstrengungen unternehmen an dem Tag. Was für Max, den Maurer, kein Problem war, da kommt einem die Arbeitslosigkeit grad recht, sagte er.
Die Ärztin war freundlich, sie fragte uns alles Mögliche, und wir mussten ein paar Fragebögen ausfüllen. Hatten Sie in den vergangenen zwölf Monaten Geschlechtsverkehr mit jemand, den Sie nicht so genau kennen? Nein, hab ich gesagt. Ben kenne ich doch. Ich hab also die Wahrheit gesagt und trotzdem gelogen. Ich wollte nicht, dass Iris das mit Ben erfährt. Ich wollt das nicht. Und jetzt weiß ich nicht mehr, warum. Wenn sie mit mir auf dem Fest gewesen wäre, hätte ich das nicht getan, das steht fest, so funktioniert Schicksal.
Jetzt tue ich schon wieder so, als würdest du mich hören. Ich glaub nicht an Gott, ich glaub nicht dran, dass wir sterben, und dann kommt jemand und führt uns aus der Grube in ein schönes Land. Oder setzt unsere Asche wieder zusammen wie ein Puzzle. Ich hab aufgehört so etwas zu glauben. Wir sterben und sind verschwunden. Für alle Ewigkeit. Und das ist richtig so. Vorher kann man noch was Gutes tun, zum Beispiel Blut spenden.
Iris sagte, das machen wir, das hat Sinn. Hat es auch gehabt. Ich weiß jetzt, dass ich verseucht bin. Und ein Verrückter hat mich entführt, und ich werde sterben. Immer-

hin hatte ich die gute Absicht, den Plasmavorrat in Deutschland zu erhöhen. Iris hat es geschafft. Vielleicht stirbt jetzt einer dank ihres Blutes nicht.
Dr. Forster sagt: Das größte Infektionsrisiko ist der Glaube an einen treuen Partner. Den treuen Partner lass ich weg, dann bleibt der Glaube über. Der Glaube ist das größte Infektionsrisiko.
Ist heute Silvester? Dann wird gefeiert. Iris hat einen Berg Faschingszeug im Keller, das wird aufgehängt und überall verteilt, es ist bunt, und Sekt gibt's um Mitternacht umsonst. Ich wünsche mir, dass sie auch ohne mich feiert. Du sollst feiern. Wenn ich tot bin, musst du auch feiern, eine trübsinnige Wirtin ist der Untergang eines jeden Lokals. Rumhängen ist Mist, zu viel trinken ist Mist, jammern ist Mist, alles ist Mist außer jeden Tag in Güte leben.
Als hätte ich das jemals getan. Ich hab's nicht gewusst, erst jetzt, erst hier. Die Tage werden länger. Wie gut, dass du mich nicht hören kannst, Papa, du würdest mich auslachen, du würdest denken: Was redet die da, hab ich ihr das beigebracht? Nein. Du hast mir beigebracht, wie man auf dem Schlitten liegt, damit man nicht umkippt. Du hast mir beigebracht, wie man den Hahnenfuß von der Sumpfdotterblume unterscheidet und die vielen Kleearten, und auch, wie man Kümmel pflanzt, damit er später schmeckt. Und den »Flohwalzer« und »Für Elise« hast du mir beigebracht und das »Rondo alla turka«, so leicht wie du konnte ich es leider nie spielen. Du hast mir beigebracht, beim Essen still zu sitzen und abends zu beten.

Du hast mir beigebracht, wie man mit den Fingern Schattenspiele macht und wie man Fahrrad fährt. Du hast mir nicht beigebracht, was man tut, wenn man nach Hause kommt und plötzlich Frau Kunert mit einem grauen Gesicht aus dem Nebenzimmer tritt. Du hast mir nicht beigebracht, wie man sich an einem Grab verabschiedet. Du hast vergessen, mir zu erzählen, wie die Männer sind.

Das macht nichts, Papa, ich hab mir die Sachen selber beigebracht, auch wenn ich manchmal vieles verwechselt hab. Ich hab den »Flohwalzer« danebengeklimpert. Ich hab einen Bocksbart gepflückt und gedacht, es ist ein Löwenzahn, und ich hab den roten Klee nicht erkannt. Und an deinem Grab hab ich mit den Fingern gespielt, obwohl da keine Wand war und kein Licht. Auch hab ich geweint beim Essen.

Bis zum zweiundzwanzigsten April werde ich nicht durchhalten. Dann hätten wir denselben Todestag. Wem würde das gefallen? Für Mama wäre es praktisch, sie könnte dann in einem Aufwasch auf uns beide wütend sein.

In der Schule hat mich eine Lehrerin gefragt, ob ich glaube, dass mein Vater im Himmel ist. Da habe ich geantwortet: Nein, er ist in meinem Zimmer, wenn ich nach Hause komme, in meinen Tränen, wenn ich weine, und wenn ich schlafe, spielt er mir mit seinen Fingern Träume vor.

Damals war ich ungefähr dreizehn. Und das bin ich jetzt wieder. Und ich stelle mir vor, die letzten dreiundzwanzig Jahre sind einfach ungelebt geblieben. Oder jemand anders hat sie für mich gelebt. Danke für die Zeit, die du mit mir verbracht hast, sie war genug für mich, ich habe viel gelernt. Mach, dass ich schnell einschlafe und für immer. Deine hübsche hochwohlgeborene Ariane.

Nachdem sie seine Kolleginnen und Kollegen befragt hatten, setzten sie sich zu viert in sein winziges Büro hinter der Bar.

»Der Mann hat mich bedroht«, sagte Ben Zellner. Er hatte sich ein Blouson angezogen, und alles, was er fühlte, war Angst, die für Hunderte gereicht hätte.

»Das sagten Sie schon«, sagte Martin Heuer.

»Und Ariane Jennerfurt hat ihn zu Ihnen geschickt«, sagte Sonja Feyerabend. »Was genau wollte er von Ihnen?«

»Das ... ich weiß es nicht. Er ... Ich ... bin sicher, er weiß, wo Ariane ist, der weiß das ...«

»Ist Ihnen schlecht?«, fragte Heuer.

Zellner zuckte mit den Achseln. Abwesend.

»Wann haben Sie Frau Jennerfurt zuletzt gesehen?« Sonja betrachtete diesen Mann, der zusammengesunken auf seinem Stuhl saß, aschgrau im Gesicht, und der sich krampfhaft bemühte, ruhig zu atmen.

»Das ist lang her«, sagte er.

»Kennen Sie Frau Frost?«, fragte Heuer.

Ben Zellner starrte auf die rote Knollennase des Kommissars.

»Muss ich die Frage wiederholen?«

»Nein ... Ich ... kenne sie. Von früher. So wie Frau Jennerfurt.«

»Waren Sie ein Kunde von den beiden?«, fragte Sonja.
»Nein«, sagte er und legte die Hände übereinander in der Hoffnung, sie würden dann weniger zittern.
Nach einer kurzen Pause ergriff Sonja wieder das Wort. Anscheinend hatte Tabor Süden beschlossen, zu diesem Gespräch vor allem Schweigen beizusteuern. Zellner sah den Kommissar mit den langen Haaren immer wieder furchtvoll an.
»Sie hatten den Eindruck, dieser Mann hatte erst kürzlich Kontakt mit Frau Jennerfurt?«, fragte Sonja.
Zellner nickte.
»Dann werden wir den Mann vernehmen«, sagte sie.
Zellner erschrak. »Sie kennen ihn?«
»So, wie Sie ihn uns beschrieben haben, gibt's keinen Zweifel«, sagte Heuer.
»Er wird uns sagen, was genau er von Ihnen wollte«, sagte Sonja.
»Sie kennen den Mann. Das haben Sie mir verschwiegen«, sagte Zellner. Er wusste nicht, warum er das gesagt hatte. Er wollte es zurücknehmen.
»Das machen wir manchmal: schweigen«, sagte Süden und stand auf. »Darf ich telefonieren?«
»Haben Sie kein Handy?« Um ein Haar hätte Zellner gekichert. Er hatte sich nicht mehr unter Kontrolle. Wieder fing er an zu schnaufen.
Ohne die Antwort abzuwarten, hatte Süden den Hörer genommen und eine Nummer gewählt.
»Süden«, meldete er sich. »Sie kennen Ben Zellner? Wann haben Sie oder Ariane ihn zum letzten Mal gesehen?« Er

hörte zu. Nach einer Minute bedankte er sich und legte auf.
»Frau Jennerfurt war auf Ihrer Geburtstagsfeier im Juni. Frau Frost war krank, hat sie gerade gesagt. Sie hatten früher ein Verhältnis mit Frau Jennerfurt. Haben Sie an Ihrem Geburtstag mit ihr geschlafen?«
Zellner zuckte zusammen. Hielt sich die Hand vor den Mund und senkte den Kopf. Wenn es stimmte, was der Mann, der sich Dragomir nannte, gesagt hatte, musste er nun Rechenschaft ablegen. Und nichts, nicht das Geringste, würde am Ende zu seinen Gunsten zu verrechnen sein.
»Ja«, sagte Ben Zellner, »ja. Ja.«

Die Luft im Zimmer war abgestanden. Es roch nach Schweiß. Und Alkohol. Die braunen Vorhänge waren vorgezogen.
Süden knipste das Licht an.
Unter zwei Bettdecken röchelte Schilff.
»Kommen Sie«, sagte Süden.
Schilff schaute ihn aus roten Augen an. Sein Gesicht war schweißnass, sein Körper zitterte.
Sonja rief im Dezernat an.
Eine halbe Stunde später untersuchte der Polizeiarzt Dr. Bauer den Reporter in seinem Pensionszimmer.
»Er hat neununddreißig fünf Fieber«, sagte er hinterher. »Der Mann hat eine schwere Grippe, er ist nicht vernehmungsfähig. Außerdem ansteckend.«
Nach langen Diskussionen in der Vermisstenstelle erklär-

te sich Dezernatsleiter Funkel damit einverstanden, einen Antrag auf eine Vierundzwanzig-Stunden-Observation zu unterschreiben. Fünf Zivilbeamte sollten in den nächsten Tagen vor der »Pension Odetta« abwechselnd die Stellung halten. Einer von ihnen war Tabor Süden. Er wollte es noch einmal versuchen. Ein letztes Mal.
Unterdessen begannen Sonja Feyerabend und Martin Heuer damit, Schilffs Familiengeschichte zu erforschen.

Vom Schönen bleibt ein Geschmack, und ich stelle mir vor, in der letzten Sekunde, wenn ich von den Füßen her schon angefüllt bin mit Schwärze, streiche ich mit der Zunge über meinen Gaumen und dann genieße ich eine Sekunde lang ein großes Mahl. Deswegen heißt es auch Mahlzeit. Weil man die Zeit essen kann. Allerdings nur am Ende, und auch nur eine Sekunde lang.
Du musst mir das glauben, Iris, das ist sehr wichtig.
Wenn ich so daliege, habe ich keine Schmerzen, das ist auch eine Gnade. Ich lauf schnell in den Garten und schau, ob die Kapuzinerkresse schon blüht. Die Knospen legen wir in Salzlake und essen sie später wie Kapern. Sie schmecken mir besonders gut im grünen Salat oder im Endiviensalat, oder aufs Brot, mit Quark dazu. Ich bin so gern in unserem kleinen Garten, da wachsen lauter Wunder.

28

Wie hässlich diese Mäntel aussehen. Und jede der alten Frauen hat denselben an. Sie sehen alle gleich aus.
Ich will keine Butterbreze. Er wirft die Breze auf den Boden. Seine Mutter schreit ihn an. Das macht sie neuerdings öfter. Vielleicht übt sie für ein Stück. Er ist trotzdem wütend deswegen. Ganz wütend. Und er schmeißt seinen Schulranzen weg und rennt aus dem Zimmer, dem Zimmer in der Stadt.
Schulranzen. Das Wort klebte ihm im Kopf fest. Schulranzen, Schulranzen. Schilff war aufgewacht. Er lag wach in seinem Zimmer. Und war im Treppenhaus in der Isabellastraße. Wo seine Mutter wohnte. Die Schule ist ganz in der Nähe. Doch dann steht er unten vor dem Haus und weiß nicht, wohin.
Ich muss aufstehen. Ich muss hier raus. Ich muss nach Bad Reding. Ich muss Vater Bescheid sagen, dass es ihr bessergeht. Niklas steht immer noch vor dem Haus. Gegenüber ist eine Metzgerei. Er könnte sich eine Wurstsemmel kaufen. Denn beim bloßen Gedanken an eine Butterbreze wird ihm schlecht.
Er bekam keine Luft. Er wollte den Kopf heben. Wenn er nur einen Fuß aus dem Bett brächte! Den linken Fuß. Schon sieht er sich aufstehen und zum Fenster wanken. Er hat es geschafft. Jetzt reißt er das Fenster auf. Und atmet die kalte Luft tief ein. Was für ein Genuss. Jemand war in diesem Zimmer. Daran erinnerte sich Schilff plötz-

lich. Ein Mann mit einem Stethoskop. Ein anderer Mann. Eine Frau. Die Polizisten. Hatte er mit ihnen gesprochen? Nein. Er rutschte unter die Decke. Außer den schwarzen Boxershorts hatte er nichts an. Deswegen fror er auch so. Ich muss aufstehen. Und mein T-Shirt holen. Es lag auf dem Stuhl. Der Stuhl stand nur zwei Meter entfernt. In seiner Vorstellung war alles einfach. In den Achselhöhlen spürte er den Schweiß. Sein nackter Oberkörper war bedeckt von einer Schweißplane. Er bekam keine Luft.

Er geht jetzt nach links.

Nach links in Richtung des alten Friedhofs. Dahinter liegt die Schule. Aber er hat seinen Schulranzen nicht dabei, er hat ihn in der Küche liegenlassen. Er hat ihn vergessen. Ich hab meinen Schulranzen vergessen. Hilflos spricht er eine Frau an. Die ist ungefähr sechzig und kommt ihm vor wie hundert. Er fragt sie: Können Sie mir einen Schulranzen kaufen? Seine Stimme konnte er nicht hören. In seinem Mund war keine Spucke mehr. Und er zitterte. Und wälzte sich von einer Seite auf die andere. Dann war ihm wieder heiß. Und er schaffte es, eine Hand auf seinen glühenden Kopf zu legen. Flach auf die Glatze. Bleiernes Gewicht. Es wegzunehmen schaffte er nicht. So schlief er wieder ein. Und blieb gleichzeitig wach. Er wusste immer, wo er war. Und er war immer woanders.

Er ist in einem Theater. Es ist dunkel. Und er fürchtet sich. Jeden Moment soll der Vorhang aufgehen. Und dann sieht er zum ersten Mal seine Mutter auf der Bühne. Das Theater hat hundertein Plätze. Hat ihm sein Vater erzählt. Der sitzt neben ihm und versteckt beide Daumen in den Fäusten, was Niklas noch nie gesehen hat. Der Vorhang geht nicht auf. Jemand verbindet ihm die Augen. Er hört ein Klirren. Und das Schnauben von Pferden. Sein Nacken wird von einer Hand umklammert. Trotz der Augenbinde kann er alles sehen. Die Waffen. Die Männer mit den harten Gesichtern. Die Obstkisten. Hier treffen sich die Schmuggler. Hier wird das Kokain an die Unterhändler verteilt. Und das Geld. Und der Alkohol. Und manchmal tauchen Frauen auf und fangen ein neues Leben an.

Seit er ins Gymnasium geht, wohnt er fast ständig bei seiner Mutter in der Stadt. Sein Vater arbeitet in der Holzfabrik und übernachtet in dem Haus am Waldrand. Am Wochenende kommt er in die Stadt. Und wenn Mama nicht auftritt, fahren wir alle aufs Land. Wem erzählt er das? Da ist jemand. Aber er kann ihn nicht sehen. Er hebt den Kopf. Im Zimmer ist es hell. Weißes Licht an der Decke. Er ist eingeschlafen. Er springt von der Liege. Lautlos. Das Bett ist leer. Das Bett, in dem seine Mama lag. Haben Sie meine Mama gesehen?, fragt er einen jungen Mann in einem grünen Kittel. Nein, sagt der junge Mann, die ist doch im Theater. Warum lügt der? Mama ist nicht im Theater. Die ist auf dem Nordfriedhof.

Wie wär's, wenn du einfach hingehst auf die Premierenfeier und schreibst, was du siehst. Schleich dich da rein, tricks sie alle aus, das schaffst du.

Okay, Max.

Nach der Buchvorstellung in Berlin wollen sogar Kollegen Autogramme. Und stellen Fragen. Dauernd Fragen.

Er beantwortet sie alle. Und Max präsentiert die neueste Ausgabe seines Magazins, mit einem Hinweis auf das Interview mit Harvey Keitel auf dem Cover. Ein Exklusivinterview, sagt Max in die Mikrofone. Eine Reporterin fragt, wie Schilff es immer schaffe, die Leute so privat zum Reden zu bringen. Und Schilff sagt: Indem ich ihnen zuhöre und keine blöden Fragen stelle, die sie schon hundertmal nicht beantwortet haben. Jetzt muss er lachen. Aber er lacht nicht. Kein Ton. Er schwitzt. Die Scheinwerfer tauchen ihn in heißes Licht. Er liest aus dem Buch. Frage und Antwort, dazwischen Beschreibungen der Situation, der Kleidung der Stars. Seine eigenen Gewohnheiten. Zigarette in den Mund stecken. Warten. Dann erst anzünden. Schilff ist ein Autor, kein Journalist, lügt Max. Im Gedränge schieben sie sich nach nebenan, ins Restaurant. Krachend schlägt er mit dem Kopf gegen eine Glastür. Die hat er übersehen.

Das war kein Glas. Das war Holz. Lackiertes Holz. Mit einer wirren Bewegung stützte er sich am Bettrand ab. Konnte sich nicht festhalten und schlug mit dem Kinn auf der Kante auf. Als habe ein glühender Schürhaken seinen Unterkiefer durchbohrt, stieß er einen Schrei aus. Der klang in seinen Ohren dumpf und fern. Weil er sich aufrichtete und bemerkte, wie eine der Decken langsam rutschte, griff er nach ihr. Versuchte sich festzuhalten. Wie an einem Geländer. Und verlor die Balance.

Kopf voran, ein hämmerndes Eisentrumm auf seinen Schultern, kippte er mit dem Rest des Körpers eine zehn Zentimeter tiefe Schlucht hinunter.

Der Teppich dämpfte den Aufprall nicht. Ich bin nicht bewusstlos. Ich bin nicht die Treppe hinuntergefallen. Ich bin die Treppe nicht hinaufgegangen und dann hinuntergefallen. Nein. Ich liege bloß am Boden. Auf dem Teppich. Nein. Auf den Dielen.
Da war dieses Knarzen. Einen Augenblick lang. Als ob der Wind einen schweren Ast bewegt, und der knarzt dann. Das war vorher.
Wann genau? Ich steh jetzt auf. Ich kann nicht aufstehen. Dann krieche ich zur Tür. Zieh mich an der Klinke hoch. Und öffne die Tür. Ich öffne die Tür. Und die Sonne scheint herein. Mama sitzt im Liegestuhl und lernt Text. Das ist unmöglich. Sie ist seit drei Jahren tot. Da ist kein Garten. Ich bin hier falsch. Der Teppich stinkt. Ich muss gleich kotzen. Jetzt ist der Teppich weg. Ich liege auf den Dielen, unten, im Durchgang zur Küche. Da! Wieder dieses Knarzen. Der Wind. Die Tür ist zu. Die Fenster sind zu. Und im Haus weht kein Wind. Außer wenn ich rülpse. Haha. Ich kann mich nicht bewegen.
Wie lange liege ich schon hier? Ich bin nicht in Mamas Wohnung in der Stadt. Ich bin in unserem Haus in Bad Reding. Der Polizist. Die zwei Polizisten waren hier, bevor der Arzt kam. Er hat mich untersucht. Wieso kann ich meinen Körper nicht bewegen? Wer spricht zu mir? Haben Sie meinen Vater gesehen? Bitte, nur einen Schluck. Ich schreib das auch nicht, was Sie mir gerade erzählt haben. Ich schreib das nicht, bitte, nur einen Schluck. Nie wieder Wüste. Ich spucke Sand. Meine Kleidung ist klitschnass. Von Schweiß. In meinem Nacken steckt ein Messer.

Das ist ein merkwürdiges Licht. Gefiltertes Licht. Ein gelber Filter. Wer macht das? Ich bin ein Weichei. Ich steh jetzt auf. Ich brauche keine Hilfe. So geht's. Ich steh schon. Ich halte mich am Fensterbrett fest. So geht's. Was machst du da?
Mit dieser Frage synchronisierte er den stummen Schrecken. Niklas, beeil dich, deiner Mutter ist was passiert, sie hatte einen Unfall. Komm schnell. Er hörte seinen Vater aus dem stinkenden Teppich sprechen. Seinen Vater, mit dem er dann drei Jahre allein war. Die drei Jahre, die er brauchte, um sich zu ermutigen. Sein Vater.
Flach kriechend hatte Schilff den Tisch erreicht. Er sah nichts. Er schnupperte. Und keuchte. Und stieß mit der Stirn gegen das Tischbein. Und sein Kopf sackte auf den Boden.
Aus dem Boden dampfte der Schrecken jenes Nachmittags. Was machst du da? Und es knarzte. Und der Wind war sein Vater. Der hing an einem Seil vom Treppengeländer im ersten Stock. Und bewegte sich sacht. Schwer zu sagen, sagte der Polizist. Hat vermutlich das verkehrte Zeug weggeworfen, er musste ja immer alles wegwerfen. Hatte vermutlich einen Sauberkeitsfimmel, unser Papa Mud. Hat denen ihr Crack einfach in einen Müllsack gesteckt, das mögen die nicht. Und die Tatwaffe? Die Tatwaffe, ein Messer, sagt der Polizist, ein Latinoamerikaner, sehr gelassen: Ein Messer, ganz klar. Aber wir haben es nicht, sie haben es behalten, die Crack-Leute, die waren sauer, kann man verstehen. Papa Mud lag da in seinem Blut. Schilff schrieb die Story. Fünf deutschsprachige Illustrier-

te kauften sie ihm ab. Starke Geschichte, sagte Max, der sie nicht gekauft hatte, weil sie nicht in sein Magazin passte. Er las sie und rief sofort an und bestellte was Neues. Ist doch nicht schwer, darüber zu schreiben, Niklas, schreib doch mal was über dich, du bist jetzt selber ein Star, du bist interessant für die Leute, das ist doch spannend, wie du aufgewachsen bist, was mit deinen Eltern passiert ist, dein Vater, der heimlich gedichtet hat, wie du zum Reporter geworden bist. Denkst du, ich bin Reporter geworden, weil meine Eltern tot sind? Weil meine Jugend so war, wie sie war? Das ist doch idiotisch. Ist es nicht, sagt Max, du hast eine besondere Vergangenheit, mach was draus.
Hab nichts draus gemacht. Hab Zeilengeld verdient. Dann bin ich abgehauen. Hab dich nicht ausgeschlachtet, Vater. Und dich auch nicht, Mama. Ich bin abgehauen.
Ich krieg keine Luft. Ich muss zur Tür. Draußen scheint die Sonne. Hier stinkt's. Ich muss zur Tür. Ich muss zur Tür. Und dann häng ich ... Ich häng dann ...
Die Frau, ich häng die Frau an genau dieselbe Stelle. Und dann knarzt es. Als ob der Wind einen schweren Ast biegt. Und dann häng ich mich daneben. Platz ist genug. Das wird ein Stereogeknarze geben. Ich hab's so satt. Mir ist kalt. Das Bett ist dahinten. Am anderen Ende. Hast du dich verlaufen, Großer? Was? Suchst du jemanden? Nein. Wo willst du denn hin? Er wusste, was die Stimme sagte. Aber er hörte sie nicht. Er sah auch niemand. Er ist auf dem Weg zur Schule. Sonderbar. Denn er ist erst fünf. Er geht noch nicht in die Schule. Und sogar wenn er sechs oder sieben wäre, würde er nicht hier in die Schule ge-

hen, sondern in der Kleinstadt. Fürs Gymnasium bin ich viel zu jung, denkt er und dreht sich um. Und das Meer fächelt weiße Wellen über seine nackten Füße.

Sie ging mit ihm mit. Das machte sie manchmal. Enzo hat es ihr erlaubt. Und normalerweise fuhr er ihr hinterher und passte auf. In solchen Dingen war er der Beste. Er hat sich fast gesorgt um uns. An diesem Abend hatte er Besuch von einer ehemaligen Schulfreundin und viel getrunken. Was selten bei ihm vorkam. Also zog Elsa allein los. Und kam nicht wieder. Ein Spaziergänger hat sie gefunden. Wir waren alle in der Gerichtsmedizin. Wir wollten sie noch einmal sehen. Es heißt immer, die Toten haben ein schönes Gesicht, als würden sie nur schlafen. Das stimmt nicht. Elsa sah erbärmlich aus. Sie war geschminkt, aber wir konnten die Stiche erkennen. Der Kerl hat ihr ja ins Gesicht gestochen. Mitten ins Gesicht, bevor er sie erwürgt hat. Das kann kein Kosmetiker vertuschen.
Denk nicht mehr dran, Jenny, du musst an dich denken.
Elsa ist auch ich. Wir haben nicht auf sie aufgepasst, Enzo nicht, Lissi nicht, ich nicht. Wir haben sie mit dem Kerl weggehen lassen und haben sie nicht beschützt.
Du musst an dich denken, du lebst.
Nein, ich leb nicht, ich tu nur so, du kannst mich nicht täuschen, Klara.
Was hast du erwartet, als die Ärztin dir das Ergebnis mitgeteilt hat? Dass du gleich auf die Straße rennst und denkst: Jetzt erleb ich alles doppelt und intensiv und überhaupt wie noch nie? Dass du einen Bonus kriegst?

Du hast nur deine Sprüche. Du hast selber erzählt, wie wunderbar das war in Italien und dass der Augenblick jetzt länger dauert und so Zeug. Das ist doch alles bloß Einbildung.
Wenn du nicht mehr leben willst, dann bring dich doch um. Bring dich um und fertig.
Das brauch ich nicht zu tun, ich lieg hier und warte, dass ich erfrier, das dauert nicht mehr lang. Und dann, Frau Klara Schlaumeier, dauert der Augenblick bestimmt nicht länger, der ist da und ist weg, und ich bin's auch.
Wenn ich in der Toskana bin mit meinem Sohn und meinem Mann, dann ist das real. Dann bin ich wirklich dort, dann seh ich und hör ich und schmeck ich was. Aber wenn ich von der Ärztin komm, die mir gerade gesagt hat, was los ist, dann bild ich mir was ein. Dann bild ich mir nämlich ein, ich krieg jetzt eine Intensität mitgeliefert und mit der wandele ich durch die letzten Jahre meines Lebens und begreife die Welt. Das ist Quark, trotzdem hab ich gedacht, dass es so ist, und ich schwör's, du hast es auch gedacht.
Nein.
Gib's zu, Jenny, du hast genau dasselbe Empfinden gehabt.
Vielleicht.
Gib's zu.
Ja.
Das ist nicht schlimm, irgendwann musst du in die Realität zurück, das ist wichtig, wichtig fürs Überleben. Von jetzt an wirst du weniger trinken, du gehst zum Sport, du meditierst, du machst eine Therapie, du kommst zu uns,

du redest, du sorgst dich um dich, und wir sorgen uns auch um dich.
Ich bin nicht so wie du, ich bin ganz anders. Ich hab kein Kind, keinen Mann, ich hab eine depressive Mutter und einen toten Vater, ich hab mich hernehmen lassen wie eine Nutte, und was anderes bin ich nicht. Einmal Nutte, immer Nutte. Meine Mutter hat recht.
Du bist eine von uns. Schau dir Elfie an, glaubst du, die ist besser dran, nur weil sie keine Nutte ist?
Ich hau dir gleich eine runter. Ich will, dass du endlich aufhörst, so mit mir zu reden. Hör zu, Jenny, ich bin heut anders, durch die Krankheit, ich weiß nicht, ob ich mich ohne die Krankheit so verändert hätte, ich glaube nicht. Früher hatte ich wahnsinnig Angst vor Menschen, ich hab viel getrunken, sonst hätte ich nicht in der Kneipe bleiben können bei den vielen Leuten, ich hab mich selber nicht ausgehalten. Und wenn ich dann was getrunken hab, dann war ich total verändert, dann hab ich mich nicht mehr gekannt, das war gut. Ich hab viel mit Männern rumgemacht, ich hatte viele Verhältnisse, ich bin ja auch schon lang auf der Welt, zweiundsechzig Jahre. Ich hab so gelebt, als hätte es die Krankheit nicht gegeben, sie war keine Gefahr für mich, ich war leichtsinnig. Mein Leben war früher überhaupt leichtsinnig. Heute habe ich mehr Realität.
Auch ich hab Angst vor Menschen, das darf ich natürlich nicht zugeben, ich bin doch jetzt Wirtin.
Gerade hast du es zugegeben.
Bei euch.

Bei uns.
Ihr seid ja alles Frauen.
Frauen sind auch Menschen, Baby.
Du bist nicht auf den Mund gefallen, Klara.
Ich bin schon auf alles Mögliche gefallen, auf den Mund noch nicht, das stimmt. Du wirst leben, Jenny, auch Kinder leben mit der Krankheit, sie nehmen Tabletten und gehen in die Schule und zum Tanzen, sie flirten und später vögeln sie schön.
Kinder sind nicht schuld, ich schon. Ich hab die Krankheit nicht geerbt, ich hab sie mir freiwillig geholt, ich hab mich freiwillig ausgezogen, ich hab alles freiwillig mit mir machen lassen. Mir ist kalt, nur im Gesicht. Mein Gesicht wird auch nicht schön aussehen, entschuldige, Iris, es wird aussehen wie ein schwarzer Mond. Ich bin nämlich ganz dunkel in mir, und wenn ich sterbe, steigt das Dunkel wie eine Flut und sammelt sich in meinem Gesicht. Und erst im Grab vermischt sich alles Dunkel dann.
Jetzt ist mir schon weniger kalt. Habt ihr gewusst, dass der Beo auch im Dunkeln singen kann? Und er geht nie ans Telefon. Steht in dem Buch des persischen Dichters, das ich immer bei mir trage. Es ist im Mantel, ich schenke es Iris. Ein paar Mal habe ich daraus vorgelesen, sie war nicht so begeistert, vielleicht habe ich schlecht gelesen, ich bin keine Schauspielerin. Der Beo geht nie allein in Kaufhäuser, und wenn er im Stau steht, hört er Erzählungen von Thomas Mann. Von dem hab ich in der Schule »Tod in Venedig« gelesen.

Komm, lass uns rausgehen, es ist warm, wir gehen in den Englischen Garten, komm.
Du lügst, es schneit und es ist eiseskalt. Man darf sterbende Menschen nicht anlügen.
Ich lüg nicht, und du stirbst nicht.
Weißt du, ich hab auch lange gebraucht, bis ich mich wieder wertvoll gefühlt hab ...
Ist gut, Sandra.
Sei still, Klara. Und heute, heute hab ich kapiert, dass man sich mit seinen Eltern nicht versöhnen muss, nein. Ich bin das Kind und das darf ich jetzt sein. Ich bin ein erwachsenes Kind. Ich hab keine Kopfschmerzen mehr und ich vertrag auch die Medikamente besser, mein Magen kippt nicht mehr so schnell um, und ich hab nur noch selten Herzrasen. Wenn ich allein bin, kann ich viel mit mir anfangen, das war früher anders. Du hast sogar eine Kneipe, Jenny, du bist unter Leuten, du hast jeden Tag eine Aufgabe.
Ich will kein Kind sein, verflucht. Ich bin kein Kind mehr. Ich bin eine alte Frau von sechsunddreißig Jahren.
Du wirst leben, Jenny.
Du verwechselst mich, Klara.

Sie bewegte sich nicht. Ihre Augen waren geöffnet. Seit Tagen war es im Badezimmer so kalt wie nie zuvor. Irgendwann drang von fern dumpfes Krachen herein, schrilles Zischen. Aber sie war sich nicht sicher.
Sie hatte keine Schmerzen. Dort oben, hinter der schrägen Wand, war sie zu Hause. In der Küche bereitet ihr

Vater einen Salat mit gartenfrischer Petersilie zu, die muss man jedes Jahr umpflanzen, sagt er, denn Petersilie mag sich selber nicht. Sie hat das grüne Kleid an, das er ihr zum Geburtstag geschenkt hat, weil sie mit dem Wünschen nicht mehr aufgehört hat.
Dann schloss Ariane die Augen.
Immer schon lässt ihr Vater sie nur mit geschlossenen Augen probieren.

29

Es ist eine Lüge, dass tote Menschen sanft aussehen. Sie sehen brutal aus. Sie sehen aus, wie der Tod aussieht. Er stand vor dem Bett. Das war schmutzig. Und sie war nackt. Und sie war nicht schön. Dabei hatte sie keine Narbe. Keine einzige Narbe. Keine, die man sehen konnte. Alles Bluff. Niklas betrachtete ihren Busen. Und die rotblonde Scham, die er nun zum zweiten Mal sah. Und er drehte sich sofort um. Nicht weil er glaubte, seine Mutter so nicht sehen zu dürfen. Er ertrug diesen von Lügen gesalbten Körper nicht. Ich muss hier weg, ich muss hier raus. Bevor ich durchdreh und alles kaputt schlag. Alles kaputt.

Er schwankte aus der Tür. Hielt sich am Rahmen fest. Lehnte den Kopf dagegen. Als er vorhin die Gardinenschnur herunterriss, brach die Leiste ab. Die hing jetzt schräg vor dem Fenster. Draußen war es noch dunkel. Wie spät? Er hatte seine Uhr verloren. Scheiß auf die Zeit.

An der Rezeption saß niemand. Kein Gerede. Nur noch eine Tat. Die Eingangstür war verschlossen, und er sperrte sie auf.

Vor der Pension parkte ein schwarzer Golf. Älteres Modell. Ein Kinderspiel. Schilff holte sein Klappmesser aus der Manteltasche. Eine Minute später startete er den Wagen.

Seine Kopfschmerzen kümmerten ihn nicht. Er hatte es geschafft aufzustehen und sich vollständig anzuziehen. Eins nach dem anderen. Als wäre da jemand gewesen und hätte ihm vorgesagt, was er zu tun hatte. Bis zu dem

Moment, als sein Blick den Vorhang streifte. Da wurde ihm klar, weswegen er aufgestanden war. Welcher Tag es war, wusste er nicht. Er hatte keine Vorstellung davon, wie lange er im Fieber gelegen hatte. Er hatte immer noch Fieber. Doch in jener Sekunde, in der Nähe des Fensters, war alles entschieden, und er begriff, dass es kein Zurück gab.
In dem schwarzen Auto verließ er die Stadt.

»Wo bist du?«
»Ich fahr in meine Richtung«, sagte Süden.
»Allein?«
»Schilff ist vor mir.«
Es war halb sechs Uhr morgens.
»Ich ruf dich wieder an, wenn ich weiß, wo er hinwill.«
»Vielleicht weiß ich, wo er hinwill.«
»Warum sagst du mir das nicht früher?«
»Ich wollt es dir sagen, sobald ich im Dienst bin. Wir haben die Informationen heute Nacht erhalten. Es ist eine Möglichkeit, wir sind nicht sicher.«
Süden fragte, was Sonja Feyerabend und Martin Heuer entdeckt hatten.
»Wir haben eine ehemalige Kollegin von Hella Schilff ausfindig gemacht, eine Schauspielerin, die ist fast neunzig. Außerdem haben uns die Kollegen aus Sendling ein Fax geschickt, es geht um ein geklautes Auto in der Nähe von Arianes Wohnung. Die Kollegen haben gedacht, das könnte uns interessieren. Der Wagen wird heut Vormittag untersucht …«

»Schilff ist in einem gestohlenen Wagen unterwegs. Was hat die alte Frau erzählt?«

In der Morgendämmerung wirkte die verschneite Kleinstadt gutmütig. An einer Aral-Tankstelle brannte Licht. Schilff hielt an. Er fragte den Mann im Laden nach einer bestimmten Frau.
»Was wollen Sie von der?«
»Ich bin ihr Cousin, ich bin aus Amerika zurückgekommen und möchte hallo sagen.«
»Hallo. So früh in der Früh?«
»Heut Mittag flieg ich weiter nach Berlin, da werd ich in Zukunft leben.«
»Waren Sie lang in Amerika? Bei uns haben sie nämlich in der Zwischenzeit das Telefon erfunden.«
»Ich möcht sie überraschen. Aber ich kann sie auch von hier aus anrufen, wenn Sie mir die Nummer sagen. Wissen Sie, ob sie noch in Bad Reding lebt?«
Schilff erfuhr ihre Adresse. Es war nur ein Versuch gewesen. Unterwegs hatte er plötzlich an sie denken müssen. Sie war der Typ, der nie den Ort verließ, aus dem er stammte. Vielleicht war sie gestorben. Oder sie war, entgegen ihrer Natur, einem durchreisenden Mann gefolgt und in der Fremde unglücklich geworden. Oder glücklich. Was wollte er von ihr? Ich hab's doch eilig.
»Wer sind Sie?«
Der verschlafene Mann im grünen Trainingsanzug war Mitte vierzig und trug den rechten Arm in einer Schlinge.
»Kann ich mit Miriam sprechen? Ich bin ein alter Freund.«

Schilff stand vor der Tür eines Einfamilienhauses, auf einem Hügel oberhalb von Bad Reding. Es fing an zu schneien. Harter Wind schlug ihm von der Seite ins Gesicht.
»Ja?« Die Frau hatte einen roten Trainingsanzug an und war auffallend dünn.
»Ich bin Niklas Schilff.«
Miriam sagte kein Wort.
»Alles okay?«
»Ja«, sagte sie.
»Ich geh wieder«, sagte er.
»Niki ...«, sagte sie. Hinter ihr tauchte jetzt wieder ihr Mann auf.
»Du siehst ...«, sagte Schilff. Dann strich er sich über die Wange, die von Stoppeln übersät war. »Ich wollt dich nicht erschrecken.«
Sie drehte den Kopf zu ihrem Mann.
»Auf Wiedersehen, alles Gute für die Kinder.«
»Woher weißt du, dass ich Kinder hab?«, sagte sie. Er ging schon zurück zum Auto.
»Ich hab geraten«, sagte er. Stieg ein. Fuhr weg.
Miriam und ihr Mann blieben ein lichtbewachtes Paar im Rückspiegel. Schilff sah nach vorn.

Viermal schlug er ihr ins Gesicht. Dann öffnete sie langsam die Augen.
Ariane hatte die Hände auf dem Bauch gefaltet, unter der Decke und dem Mantel. Schilff hatte ihre Fesseln durchtrennt.

»Vor dem Haus steht ein Auto«, sagte er. »Du hältst einfach die Drähte aneinander ...«
Sie sah zu ihm hinauf.
»Du bist frei«, sagte er. Und: »Ich schreib nicht über dich.«
Keine Gedanken waren mehr in seinem Kopf. Kein Bild. Kein Gesicht. Kein Geräusch. Kein Wummern und Brummen. Kein Hammer, der schlug.
Mit leichter Hand verknotete er die Gardinenschnur am Treppengeländer im ersten Stock. Formte eine Schlinge und steckte den Kopf durch. Dann stieg er über das Geländer. Die Brille rutschte ihm von der Nase, fiel nach unten, zerbrach.
Dann hörte er ein Knarzen. Beinah hätte er gelacht.
»Nein«, sagte eine Stimme.

Schilff hielt sich mit beiden Händen am waagrechten Geländer fest. Die Schlinge hatte er fest um den Hals gezogen und den Trenchcoat nicht aufgeknöpft.
Er spürte, wie seine Finger das kantige, kalte Holz umklammerten. Ich muss springen, ich lass mich fallen. Zu spät. Zu spät! Schon als er die Stimme gehört hatte, war die Leere in seinem Kopf explodiert. Und ein Gedanke begann zu wuchern. Blitzschnell. Ein Gedanke, der seinen Plan vernichtete und ihn zurückverwandelte in den sich grenzenlos entfremdeten Fremden, als der er sich sein Leben lang an allen Orten und zu jeder Zeit empfunden hatte.
Da ließen seine Finger das Geländer los. Erstaunt hob er den Kopf. Die Schnur spannte sich um seinen Hals. Das

Licht war schäbig. Und Arme packten ihn. Und zerrten ihn wie ein Paket über das Geländer. Und legten ihn auf den Boden.
Süden kniete sich neben ihn und zog ihm die Schnur über den Kopf.
»Da war niemand bei meinem Vater.«
»Niemand«, sagte Süden.
»Niemand«, sagte Schilff.
Niemand, sagte das Haus.

30

Aus der Brauerei hatten Rudi und Toni einen roten Ledersessel mitgebracht. Und in dem saß sie, eingehüllt in eine Kamelhaardecke, eine weiße Kappe auf dem Kopf. Sie ließ sich bedienen. Das »Glücksstüberl« war voller Gäste. Es war ihr Wunsch gewesen, den Geburtstag der Polizistin hier zu feiern, und Sonja hatte nichts dagegen gehabt.

»Wir haben beide an einem Feiertag Geburtstag«, sagte Ariane Jennerfurt und nippte am Tomatensaft. Der Arzt hatte ihr erlaubt, ein paar Stunden das Haus zu verlassen. In den vergangenen drei Tagen war sie von mehreren Ärzten untersucht und behandelt worden. Sie trank Unmengen von Tee und wurde von Iris gezwungen, auf deren Couch liegen zu bleiben. In ihre eigene Wohnung wollte Ariane noch nicht zurück.

Heute war Samstag. Sechster Januar. Heiligdreikönig.

»Ja«, sagte Sonja, »ich hab mich nie in der Schule feiern lassen können.«

Die beiden Frauen saßen nah am Eingang. Sie redeten nicht viel. Sie hörten sich die Musik an, die Iris auflegte, und öffneten gelegentlich die Tür, um frische Luft zu bekommen.

Freya Epp tanzte mit ihrem korpulenten Kollegen Paul Weber, der sich mit riesigen weiß-blauen Taschentüchern den Schweiß abwischte.

Tabor Süden und Martin Heuer lehnten am Tresen und tranken Bier. Iris stellte es ihnen ungefragt hin.

»Du kannst also doch observieren, ohne dass du dich nach fünf Minuten ertappt fühlst. Sogar in der Nacht.«

Süden blickte zu Sonja und Ariane.

»Früher«, sagte Iris und nahm einen Zug aus der Zigarette, »hab ich gedacht, es gibt nur zwei Sorten von Männern. Solche vor und solche nach dem Orgasmus.«

Heuer stieß mit seinem Glas gegen das seines Freundes.

»Und zu welcher Sorte gehören wir?«, fragte er.

Sie prosteten Iris zu. »Möge es nützen!«, sagte Heuer und trank.

In der Ecke, unter dem Fernseher, saßen die beiden Bierfahrer und überlegten, ob es gut fürs Geschäft war, dass so viele Polizisten in dem Lokal verkehrten.

Dann wechselte die Musik. Ariane stand mit von Schmerzen gezeichnetem Gesicht von ihrem Sessel auf.

»Ich würd gern tanzen«, sagte sie zu Iris. Sie nahm ihre Freundin bei der Hand und führte sie um den Tresen herum und ließ sie nicht mehr los.

Erst war es eng zwischen dem Tresen und den Tischen, dann machten die anderen Platz.

»Klappt schon wieder«, sagte Iris, nachdem sie sich ein paar Mal vorsichtig im Kreis bewegt hatten. »Und wieso heulst du jetzt?«

»Ich heul immer bei ›American Pie‹ von Madonna.«

»Das Lied ist ja eigentlich von Don McLean«, sagte Iris.

»Das weiß ich. Du sollst mich nicht belehren.«

Madonna sang weiter. Tränen liefen über Arianes Gesicht.

Dann endete der Song. Und sie hörte auf zu weinen und

ließ sich erschöpft von Iris zu ihrem Sessel zurückbringen.
Den ganzen Abend sprachen sie kein Wort über den Reporter.

Ich verzeihe Niklas Schilff nicht. Ich verzeihe ihm nicht. Und das ist auch ganz ohne Bedeutung, wem ich verzeihe und wem nicht. Ich bin nicht Gott. Ich bin eine kranke Frau, die in einem anderen Leben ankommt.
So wie du. Ohne mich würdest du noch nichts wissen von deiner Zukunft. Ach, Ben.
Ob der Augenblick jetzt länger dauert, werden wir sehen, wenn er da ist. Zurzeit ist alles Übergang.
Iris erzählt mir vom Lokal, wir haben neue Stammgäste, und es sind nicht alles Alkoholiker. Am Wochenende hilft eine zweite Bedienung aus, dann kann Iris manchmal früher gehen, und wir essen zusammen hier in ihrer Wohnung. Von Dr. Forster hat sie sich einen Packen Unterlagen besorgt, sie liest mir vor, und ich muss ihr beipflichten.
Der Schnee schmilzt. In diesem Jahr wäre es mir lieber, er würde noch bleiben. Die weißen Wiesen entlang der Isar, wo ich jeden Tag eine Stunde lang im Wind spazieren gehe, sind wie ein Spiegel für etwas, das in mir ist.
Das ist, als könnte man die Stille sehen. So will ich werden: in tiefer Seele still. Sandra sagt, die Seele ist das Immunsystem. Das ist mir zu medizinisch. Wenn es still ist in mir, bin ich automatisch immun gegen alles, was mich stört. Und im Moment stört mich alles. Die Besuche

beim Arzt, die Anrufe des Anwalts, den mir die Polizistin Sonja vermittelt hat, das Dasitzen und sogar das Reden mit Iris. Ich wache morgens auf. Und dann gibt es diese Sekunde, in der ich das Virus vergesse. Dann erinnere ich mich wieder. Und der Lärm beginnt.
Dem Schnee habe ich es zu verdanken, dass ich mich nicht mehr aussätzig fühle. Mein Blut ist nicht mehr ekelig, und mit dem Tod will ich nichts zu tun haben. Gemeinsam mit einer Krähe am Hochufer habe ich beschlossen, dreiundneunzig zu werden, wir haben uns lange unterhalten.
Kann sein, normal zu sein wäre besser. Nein. Wie Papa gestorben ist, war nicht normal. Und wie Mama lebt, ist nicht normal, ich bin also geprägt.
Ich fürchte mich vor den Blicken der Männer, wenn es Frühjahr wird und mir einer gefällt. Was werde ich tun, wenn ich ihm die Wahrheit sage, und er erschrickt? Ich werde ihm sagen, dass mein formschöner Nasenhöcker und mein leichtes Übergewicht, das vor allem meinem Busen zugutekommt, jedes Virus wettmachen. Und wenn er mich fragt, wie ich heiße, werde ich sagen: Ariane. Oder: Jenny. Ich bin jetzt beide.

Was ist?
Ich kann nicht aufstehen.
Warum nicht?
Ich kann nicht.
Warum denn nicht?
Kann nicht.

Sei *jetzt*, verflucht. Später wird's von selber.
Ich hab Angst.
Ich auch. Komm, der Schnee wartet nicht auf dich.

Heute hat sich Niklas Schilff in der Psychiatrischen Klinik, wo er in Untersuchungshaft sitzt, Blut abnehmen lassen. Er ist positiv. Jetzt wird er rund um die Uhr bewacht, damit er sich nicht aufhängt. Demnächst werde ich ihn besuchen. Ich will nicht mit ihm sprechen. Ich sitze ihm gegenüber. Mein Herz schlägt gleichmäßig, und die Zeit, die vergeht, ist ganz auf meiner Seite. Anschließend kehre ich in meine Wohnung zurück und öffne alle Fenster. Es wird März sein. Und mitten am Tag.

Die Geschichte von der Briefmarken sammelnden Libelle stammt von dem Dichter SAID und ist seinem Buch entnommen: »Dieses Tier, das es nicht gibt« (C. H. Beck Verlag, München 1999).

Niklas Schilffs Songs sind von Bob Dylan: *Man in the Long Black Coat* und *Chimes of Freedom.*